W0239548

10
18
12, AVENUE D'ITALIE. PARIS XIIIe

Sur l'auteur

Sebastian Rotella est grand reporter et vit aux États-Unis. Spécialiste des questions de terrorisme international, de crime organisé, de sécurité et d'immigration pour le *Los Angeles Times*, puis pour *ProPublica* – une agence indépendante dédiée au journalisme d'investigation –, il a été finaliste du prix Pulitzer en 2005 pour ses reportages. Après *Triple Crossing*, doublement sélectionné par le *New York Times* comme meilleur premier roman et meilleur thriller de l'année, *Le Chant du converti* est son second roman paru chez Liana Levi.

SEBASTIAN ROTELLA

LE CHANT DU CONVERTI

Traduit de l'anglais (États-Unis)
par Anne Guitton

10
18

LIANA LEVI

Du même auteur
aux Éditions 10/18

TRIPLE CROSSING, n° 4733

Titre original :
The Convert's Song

© Sebastian Rotella, 2014.
© Éditions Liana Levi, 2014,
pour la traduction française.
ISBN 978-2-264-06587-2

Para Carmen, mi amor.

Ils restent sur les bords de l'affaire. Ils sont les professionnels, les entrepreneurs, les intermédiaires entre les financiers, les politiciens qui veulent la fin et ont peur des moyens, et les fanatiques, les idéalistes qui sont prêts à mourir pour leurs convictions. La question importante, dans un assassinat ou une tentative d'assassinat, n'est pas qui a tiré le coup mais qui a payé la balle. Cela, ce sont les canailles à la Dimitrios qui peuvent vous l'apprendre. Ils sont toujours disposés à parler pour s'éviter les inconvénients de la prison.

Eric Ambler, *The Mask of Dimitrios*
(*Le Masque de Dimitrios*)
traduit de l'anglais par Gabriel Veraldi.

Dans ce vaste pays qu'il avait tant aimé, il était seul.

Albert Camus, *L'Hôte*

Prologue

PEDRO NAVAJA

Raymond avait dit que ce soir serait le grand soir. Que ce soir, ils allaient passer à l'action. Frapper un grand coup.

Raymond avait dit qu'il était désolé mais que Valentino le décevait un peu. Qu'il se relâchait. Qu'il s'inventait des excuses à deux balles, entre son boulot, sa copine accaparante et sa famille toujours sur son dos. Raymond se demandait si Valentino avait toujours envie de se faire de l'argent. Ou s'il avait la trouille. Pourtant, au fond de lui, il savait que Valentino avait du cran. Ils étaient de vrais *cuates,* depuis longtemps. Et ce soir, c'était important. « Alors ne te défile pas, *man.* Ce n'est pas le moment de me planter. »

En gros, Raymond avait sorti son baratin habituel. Mais s'il prétendait avoir besoin de renforts, c'était sans doute vrai.

Valentino avala un *italian beef special*, debout au comptoir, en prenant soin de ne pas tacher son blouson en cuir. Le soleil de novembre se couchait sur le paysage urbain : immeubles de brique à deux étages, grilles en fer forgé. Le stand du glacier italien, vert-blanc-rouge, drapé de guirlandes électriques et fermé jusqu'en mai. L'épicerie de l'autre côté de la rue où, gamin, Valentino accompagnait son père dans ses pèlerinages du samedi chez Benny le Boucher.

Benny travaillait au fond du magasin, dans sa forteresse de frigos et de vitrines, son billot et ses lames suspendues à des crochets ou aimantées sur des râteliers. C'était un homme trapu, le tablier ensanglanté, les manches retroussées et l'air sérieux avec ses lunettes à monture noire. Ses rages de dents perpétuelles lui faisaient des joues de hamster et l'obligeaient à marmonner. Il découpait, tranchait et empaquetait sans cesser de discuter avec monsieur Pescatore, tout en tendant à Valentino, par-dessus le bois couvert d'entailles, des morceaux de mortadelle ou de prosciutto.

Un jour, Benny le Boucher avait disparu. Comme ça. Pour échapper aux bookmakers.

Mais Vince, le vendeur de sandwichs, était toujours là. Pescatore s'aperçut que son verre vide s'était rempli de Coca. Cadeau du patron. Il leva les yeux vers Vince qui se traînait en grimaçant jusqu'à un nouveau client. Le calibre .45 accroché à sa ceinture accentuait son déhanchement. On aurait dit Stumpy dans *Rio Bravo*.

Le quartier était en pleine reconversion. Pavillons et petits immeubles voyaient revenir les enfants des anciens habitants, ceux qui une génération plus tôt avaient fui ces rues pour les banlieues. Italiens, Noirs et Mexicains avaient appris à s'entendre ou à s'ignorer. Mais de l'eau coulerait encore sous les ponts avant que Vince laisse son flingue derrière le comptoir.

Valentino avait un examen le lendemain. *Je devrais être à la maison en train de réviser*, songea-t-il. *Au lieu de m'occuper de Raymond et de ses plans foireux.*

Il vida son verre de Coca puis se dépêcha de sortir car la BMW bleu acier approchait, haut-parleurs braillant du jazz latino dans le crépuscule. Il se glissa sur le siège passager. Raymond lui serra la main façon membre de gang et lui donna un petit coup de poing sur le torse.

— *Cuate !* cria-t-il par-dessus la musique. Pile à l'heure. Bien joué, mec.

« Bien joué, mec. » Sa dernière expression en date, piquée à un membre du gang des Latin Kings qui lui vendait de la dope. Raymond était un collectionneur de formules. Il les répétait en testant divers accents. Il prononçait *cuate* comme un Mexicain de la 18e Rue. Et *comemierda* comme un Cubain de Logan Square.

Et il conduisait vite. Il alluma un joint. Jeta un coup d'œil à son portable, tambourinant sur le volant au rythme de la musique : congas, piano percussif, cuivres éclatants.

— Chano Pozo, annonça-t-il en passant le joint à Valentino. *Manteca.*

— La vieille école, quoi.

— Ça reste une valeur sûre.

Valentino avait arrêté de fumer depuis des semaines à cause des tests de dépistage de l'hôtel, mais il tira quand même une bouffée. Puis une autre.

— Quel génie, ce Chano Pozo. Le parrain de la conga. C'est lui qui a fait découvrir le latin jazz à Dizzy Gillespie en arrivant à New York. Un vrai gangster défoncé à la coke, un *santero* complètement barré qui faisait des sacrifices d'animaux. Tu sais comment il est mort ?

Valentino secoua la tête pendant que les trompettes hurlaient. Ray était une véritable encyclopédie. On apprenait toujours quelque chose en l'écoutant.

— Dans un bar de Harlem, reprit Raymond. Super sapé. Il venait de mettre une pièce dans le juke-box pour lancer *Manteca*, son grand tube. Il chantait, il dansait, il s'éclatait. C'est là qu'ils ont débarqué. Les mecs l'ont descendu sur sa propre chanson.

— Merde.

La BMW s'engagea sur l'échangeur de Lake Shore Drive. La rampe d'accès montait en décrivant une courbe, révélant un panorama de gratte-ciel sur fond de nuages orangés.

— Alors, il se passe quoi de si important ce soir ? demanda Valentino.

Raymond tripota les boutons du lecteur CD sans répondre.

— Écoute-moi ça. *Pedro Navaja*. Le *Mack the Knife* latino.

La tête rejetée en arrière, une main sur le volant, Raymond se mit à chanter. Il suivait Rubén Blades note pour note, à la nuance près. Malgré sa technique limitée, il avait un joli timbre. C'était un imitateur né : Sinatra, Springsteen… Quand il parlait, on sentait parfois qu'il prenait son interlocuteur pour un con. Mais quand il chantait, chacun de ses mots paraissait sincère. Ça devenait difficile de le détester.

Raymond portait le manteau de cuir, col relevé, qu'il avait acheté après avoir revu *L'Impasse* de Brian De Palma. Il se laissait pousser une petite barbe, comme Al Pacino dans le film. D'un an plus âgé que Valentino, il était mince et élancé, avec des bras interminables et des cheveux lissés en arrière. Valentino, lui, avait un corps massif musclé, compact, et une tignasse bouclée. Pourtant, on croyait souvent qu'ils étaient de la même famille. Raymond en profitait : « Hé, ma belle, ça te dirait que mon cousin t'offre un verre ? Il est trop bien élevé pour te le proposer… »

La BMW filait vers le sud entre le lac et la voie ferrée.

— Vous avez joué ça, hier soir ? reprit Valentino.

Raymond chantait dans trois groupes différents : rock, latino et jazz.

— Non.

Au bout d'un moment, sans quitter la route des yeux, il ajouta :

— Mais c'était sympa. Pas mal d'étudiants. Et des filles sexy qui dansaient au pied de la scène.

Raymond prit une bretelle de sortie. Au stop, il posa une main sur l'épaule de Valentino.

— Ça faisait un bail, *man*. Alors, qu'est-ce que tu racontes de beau ? Dolores te traite bien ? *La belle et sympathique*[1] Dolores.

Raymond avait appris le français dans l'école privée dont il avait fini par se faire renvoyer.

— Ça va, soupira Valentino. Elle est très occupée – ses devoirs, des dossiers à faire pour la fac, tout ça.

Raymond hocha la tête.

— Et tes vieux ?

— Ils passent leur temps à s'aboyer dessus.

— Argentine-Mexique, un cocktail explosif. Ils t'emmerdent pas trop avec la fac ?

— Je me suis inscrit en pénal. D'après mon oncle, ça pourrait m'aider à entrer dans la police.

— La police ?

— Si les flics ne veulent pas de moi, il me conseille de me présenter à la Patrouille frontalière.

— La *pinche migra* ! s'exclama Raymond. Ces fachos de Stormtroopers !

— Il connaît un des boss chez eux. Apparemment, ils cherchent des mecs qui parlent espagnol.

1. Tous les termes en italique suivis d'un astérisque sont en français dans le texte. (*N.d.T.*)

Rocco, l'oncle de Valentino, était lieutenant de police. C'est lui qui lui avait trouvé le poste de vigile à l'hôtel et lui avait appris à tirer. Il n'aimait pas Raymond, dont il ignorait pourtant les rêves d'une carrière mêlant le crime et la musique. Oncle Rocco disait : « Tu sais ce qui est pire qu'un voyou ? Un fils d'avocat pourri gâté qui joue au voyou. Tiens-toi à l'écart de ce crétin. Et je ne te parle même pas de son père. Il n'y a pas un salaud dans cette ville à qui il n'ait léché les bottes. »

Roulant au pas, la BMW entra dans un parc situé en bordure du lac. Raymond se dirigea vers un coin sombre du parking. Il choisit une place avec vue sur la route et la coupole du musée.

— Comment ça se passe, à l'hôtel ?

Visiblement, il ne comptait dévoiler son plan qu'au dernier moment.

— Pas mal. Hier, on a eu un voleur de bagages. Un petit malin en costume trois pièces. Sa technique, c'est de traîner dans le hall jusqu'à ce qu'il repère une valise à son goût. Cette fois, le bagage en question se trouvait près de la porte ; il a demandé à un chasseur de le porter jusqu'à un taxi. Il lui a même filé un dollar de pourboire. Je lui ai couru après, mais je l'ai perdu.

Raymond gloussa. Valentino savait que l'histoire lui plairait.

— Le coup du porteur, c'est gonflé. Bien joué, le mec !

— Tu connais Henry, le vieux flic obèse sur Michigan ? Il n'a pas levé le petit doigt. Trop occupé à se faire de la thune. Tout le monde magouille, dans cet hôtel : les flics, les portiers, les voituriers…

— Ouais, enfin, les pires, c'est quand même les connards de cadres, de banquiers et de politiciens qui occupent les chambres !

— Bon, Ray, dis-moi : c'est quoi le programme ?

Ray se tourna vers lui, ménageant son effet.

— Tu vas voir, c'est un putain de coup. Tu te souviens de cet enculé de Wolf ? Il doit nous retrouver ici. Avec Alvin, son abruti de copain. Et cinquante mille dollars.

Valentino avait toujours refusé d'être impliqué financièrement dans les trafics. Raymond lui demandait de temps à autre d'assurer sa sécurité, ce qui revenait à rester planté derrière lui avec un air mauvais. Mais depuis que les quantités de drogue en jeu avaient augmenté, Valentino avait pris ses distances.

— Tout bénef, ajouta Raymond. Cinquante mille à l'œil : je n'ai pas apporté la coke.

— Quoi ?

Raymond se pencha et ouvrit la boîte à gants d'un geste théâtral. À l'intérieur, il y avait un pistolet.

— Ton Smith & Wesson préféré. Neuf millimètres, comme ceux de la police. Et moi…

Il écarta un pan de sa veste, révélant un holster d'épaule.

— … j'ai mon Beretta.

Valentino cligna plusieurs fois des yeux, les paupières lourdes, sonné. Il ne savait plus s'ils étaient dans le parking depuis cinq ou vingt-cinq minutes.

— Tu veux l'entuber ? Tu es dingue !

— Il va faire quoi, appeler les flics ? Sa mère ?

Valentino referma violemment la boîte à gants.

— Et s'il pète un câble ? S'il apporte un flingue ? Tu comptes les descendre ?

— Relax. À la seconde où ce petit merdeux verra les *cuetes*, il lui faudra un nouveau short.

— Ça ne me plaît pas.

Valentino s'enfonça dans son siège, refusant le joint que Raymond lui tendait.

— Pas de quoi te mettre dans tous tes états, *man*.

Ses yeux, profondément enfoncés dans leurs orbites et injectés de sang, luisaient à la lumière du compteur.

— Tu ne peux pas lui voler son fric et te barrer, insista Valentino.

— On parie ?

— La dernière fois qu'on a vu Wolf, tu étais super pote avec lui !

— Je faisais semblant.

Raymond fronça les sourcils.

— J'ai hâte de voir ce sale Juif chier dans son froc.

— Arrête, Raymond. C'est quoi, ces conneries de nazi ?

— Je te rappelle que je suis d'origine libanaise du côté de ma mère.

— Tes ancêtres ont émigré en Argentine il y a genre un siècle !

— Et alors ! On a encore de la famille là-bas. Et tu sais parfaitement ce que les Juifs ont fait aux Libanais. Aux miens. Partout dans le monde.

— Non mais, tu t'entends ? Tu décides de braquer un de tes clients, et tu transformes ça en croisade politique ?

— Il est temps que tu comprennes ce qui se passe dans le monde, Valentino.

— Tu délires.

— Qu'est-ce qui te dérange, au juste ? Tu t'inquiètes pour tes projets de carrière dans la police ? Je vais te dire un truc : tu n'y arriveras jamais.

— Pourquoi pas ?

— Tu as toujours le cul entre deux chaises. Tu fumes ma came et tu profites de mon fric, mais tu refuses qu'on te traite de dealer. Tu branles rien en cours, et après tu t'en veux. Tu déçois tes parents, mais ça t'embête. C'est comme dans la chanson de

Los Lobos : *Too weak to live, too strong to die*. Trop faible pour vivre, trop fort pour mourir.

Valentino jeta un coup d'œil à l'horloge du tableau de bord.

— D'ailleurs, précisa Raymond, Dolores est d'accord avec moi.

— Dolores ?

— On a parlé de toi hier soir.

L'ombre d'un soupçon flotta dans le cerveau embrumé de Valentino. Raymond jouait toujours les grands frères protecteurs avec Dolores. Mais ce type n'avait aucune morale.

— Hier soir ?

— Au concert.

— Elle est restée chez elle pour réviser. Je l'ai eue au téléphone.

— Non, elle est venue au concert, *man*. Elle a dansé, elle s'est bien amusée. Canon dans sa petite robe noire. *Está bien buena*.

Dans un accès de rage, Valentino s'imagina frapper Raymond en plein visage. Il décomposa le mouvement dans son esprit et vit passer une lueur d'hésitation dans les yeux de son ami.

— Quoi, mon frère, tu vas m'en coller une ?

— Tu commences vraiment à me gonfler.

— Jamais je ne toucherais à ta nana, tu le sais.

Valentino se tourna vers la fenêtre.

— Écoute-moi bien, Ray. Je m'inquiète pour toi. Je ne suis peut-être pas fait pour être flic, mais toi, tu n'as rien d'un criminel professionnel.

Raymond sortit un briquet pour rallumer son joint.

— Et ?

— Tout ça va mal finir. Tu as beau être malin et très fort pour truander les gens, c'est du bluff. Et quelqu'un finira par s'en apercevoir. Le problème, c'est que je n'ai pas envie de tomber avec toi. Quand je pense que l'autre jour, tu m'as emmené acheter de la coke dans ces putains de tours…

— Tu t'es bien débrouillé.

Valentino avait emporté le Smith & Wesson. Mais à part quelques regards menaçants de types à capuche rassemblés dans la cage d'escalier qui puait l'urine, le deal s'était passé sans encombre. Valentino avait même ressenti une petite montée d'adrénaline en s'enfonçant dans ces quartiers mal famés – même si jamais il ne l'admettrait.

— Ouais, sauf que j'ai eu la trouille de ma vie. Faut que t'arrêtes tes conneries avant d'y rester. Tu pourrais même aller à la fac, si tu voulais ! Ton père est blindé de thunes. Ou alors, tu pourrais te lancer à fond dans la musique. Moi, si j'étais capable de chanter comme toi, j'en profiterais. Je ne vois pas meilleur moyen de gagner sa vie. Mais tu prends ça à la rigolade. Comme tout le reste, en fait.

L'expression de Raymond se radoucit.

— Tu es le seul à oser me manquer de respect comme ça, Valentino.

— Je suis le seul à être franc.

Le téléphone de Raymond se mit à sonner. Il répondit d'une voix enrouée, saccadée :

— Ça roule, ma poule ? Vous êtes où ? OK, c'est pas loin… continuez vers le sud pendant cinq minutes… Ouais, au bord du lac… bien joué, mec. À tout de suite.

Il raccrocha et haussa les épaules avec un sourire sarcastique.

— Bien que cette discussion psychanalytique soit tout à fait passionnante, il est temps de se mettre au boulot. Alors décide-toi.

Valentino éprouva un mélange de tristesse et de soulagement. Son ami venait de lui tendre la perche qu'il attendait depuis des mois.

— OK, répondit-il. Je me casse.

Raymond encaissa la nouvelle avec un grognement.

— Si tu étais dans la merde, je te donnerais un coup de main, continua Valentino. Mais là, ce n'est pas le cas. Un conseil : dis à Wolf que le deal est annulé. Invente un truc. Et rentre chez toi. En tout cas, ne compte plus sur moi.

Raymond regarda l'heure. Se passa la main dans les cheveux. Contempla le pare-brise, puis son ami. Enfin, il pencha la tête comme pour examiner le problème sous un autre angle. Ses yeux brillaient.

Il demanda, en espagnol :

— On s'arrête là, alors ?

— C'est ça, répondit Valentino dans la même langue.

Il ouvrit sa portière. Un vent froid balayait le parking. Le corps tendu, les jambes douloureuses, il claqua la portière derrière lui.

La vitre passager descendit et Raymond se pencha vers lui, un sourire crispé aux lèvres.

— Tu sais, mon pote, je ne t'en veux pas. Tu as pris ta décision. Mauvaise, à mon avis, mais peu importe. Bien joué, mec.

— Fais pas le con, Raymond. S'il te plaît.

Raymond hésita.

— Désolé pour Dolores.

Valentino se demanda si c'étaient des excuses ou une provocation. Est-ce que ça signifiait : « Désolé d'avoir parlé de Dolores » ? Ou : « Désolé que tu aies des problèmes avec Dolores » ? Ou encore : « Désolé de m'être tapé Dolores dans ton dos et que tu l'apprennes comme ça » ?

Valentino s'éloigna d'un pas vif. Des tessons de bouteilles étincelaient sur le bitume. Une forme sombre détala sous une voiture et disparut dans les buissons.

Depuis des années, le parc était un lieu de rendez-vous où les jeunes jouaient au ballon, au football américain, se défonçaient et draguaient les filles. Les gens venaient y pique-niquer en famille, promener leurs chiens, s'asseoir sur les rochers pour contempler les gratte-ciel qui s'élevaient derrière le lac telle une citadelle de science-fiction.

Mais le soir, les rats reprenaient leurs droits. De gros rats bouffis qui galopaient dans tous les coins. Mieux valait éviter d'y regarder de trop près ou de s'attarder trop longtemps.

Valentino se dépêcha de traverser le tunnel humide couvert de graffitis qui passait sous Lake Shore Drive. Le vent sifflait autour de lui.

Arrivé au bout, il s'arrêta. Il tendit l'oreille, guettant un bruit de portière, des cris, des coups de feu.

Mais il n'entendit rien. Alors il reprit sa route. Il ne fit pas demi-tour, car il ne savait pas vraiment s'il finirait par aider Raymond ou s'il lui casserait la gueule.

PREMIÈRE PARTIE

1

CAFETÍN DE BUENOS AIRES

Les vrais ennuis commencèrent dix ans plus tard, par une journée d'automne ensoleillée, alors que Valentin Pescatore commençait à se sentir chez lui à Buenos Aires.

Il se leva et enfila un jogging. Il prit un taxi sur l'Avenida del Libertador pour rejoindre le terrain de sport du parc de Palermo. À huit heures du matin, la piste de course en caoutchouc rouge était encore déserte. Son souffle se condensait dans l'air froid du matin : en Argentine, le mois de mai était l'équivalent de novembre dans l'hémisphère Nord. Il n'était plus aussi rapide ni aussi musclé qu'à l'époque où il travaillait pour la Patrouille frontalière américaine. Pourtant, il menait une vie bien plus saine. Il avait perdu les kilos accumulés lorsqu'il vivait avec Isabel Puente à San Diego. *Arroz con pollo*, *ropa vieja*, bananes plantains frites et autres spécialités cubaines. Arrosées de scènes de ménage et d'amertume.

Le vent du fleuve charriait une odeur de crottin. Les écuries de la police montée fédérale argentine étaient situées tout près. Les bâtiments abritaient également le quartier général de l'unité antiterroriste.

Revigoré par sa séance de footing, Pescatore se laissa aller contre le siège du taxi qui le ramenait chez lui. Le chauffeur avait l'air d'un grand-père distingué. Ses épaules dansaient au rythme du célèbre tango diffusé par la radio : *Cafetín de Buenos Aires*.

Le taxi s'arrêta devant son immeuble. La chanson était en train de se terminer dans une envolée de bandonéons et de violons. Elle rendait hommage à un café de quartier, la plus belle chose dans la vie du chanteur après sa mère.

— J'adore, commenta Pescatore. La dernière phrase disait quoi ? *Dans ce café j'ai appris la philosophie, les dés* et… ?

Le chauffeur le dévisagea par-dessus ses lunettes avant de répondre :

— *La cruelle poésie de ne plus penser à moi.*

Pescatore prit l'ascenseur pour monter au neuvième étage. Il avait déniché son meublé grâce à Facundo Hyman Bassat, son patron. Le propriétaire l'avait décrit comme un *penthouse*. En fait, c'était d'anciennes chambres de bonne sous les combles. La porte d'entrée s'ouvrait sur un étroit couloir, qui desservait à gauche une cuisine tout en longueur et un salon-salle à manger. Pescatore y avait installé des étagères pour sa vieille collection de CD et sa toute nouvelle collection de livres. En empruntant le couloir sur la droite, on accédait à la chambre mansardée qu'un Velux rendait un peu moins oppressante. Une porte-fenêtre coulissante s'ouvrait sur un petit balcon.

Celui-ci était souvent inondé par la pluie. En été, la chaleur était accablante, et des chauves-souris vivaient sous les toits. Mais c'était un appartement très lumineux où l'on se sentait bien. Depuis le balcon, on apercevait le fleuve. Et l'avantage principal était sa situation : en plein Recoleta, le quartier le plus chic de la ville.

Pescatore ressortit quarante minutes plus tard, douché et rasé. Il portait son Beretta en bandoulière sous sa veste de cuir brun. Ses cheveux bouclés étaient plus longs qu'à l'époque de la Frontalière. Même s'il n'allait pas jusqu'à les peigner en arrière comme les Argentins, on le prenait fréquemment pour l'un d'entre eux. Ça lui convenait.

Il tourna dans une rue bordée d'arbres où un hôtel faisait face à un centre commercial. Des gamins déguenillés venus des quartiers défavorisés du bord du fleuve se bousculaient autour de la station de taxis, mendiaient, portaient des paquets. Les notes aiguës d'un harmonica résonnaient entre les immeubles, annonçant la présence de l'*afilador* – un rémouleur galicien itinérant qui semblait promener sa casquette plate, sa vareuse bleue et son chariot dans le coin depuis plus d'un siècle.

Au milieu de la chaussée, un agent de police bedonnant arrêta la circulation pour laisser traverser deux femmes menues à vestes de fourrure. Deux flics, bottes aux pieds et casque sur la tête, fumaient près de leur moto. Ils appartenaient à la brigade mobile d'intervention. Pescatore les avait vus foncer à contresens sur l'Avenida Callao, avec sirène et gyrophare, le pilote penché sur son engin, son collègue l'arme au poing.

Des agents de sécurité flanquaient l'entrée de l'hôtel et celle du centre commercial. Les portiers des immeubles d'habitation montaient également la garde, y compris le dimanche – même si ce jour-là, ils restaient le plus souvent plantés dans une sorte de transe verticale, à écouter la retransmission d'un match de foot à la radio. Pourtant, lorsqu'une bande de malfrats avait envahi un restaurant italien juste à côté quelques soirs plus tôt, personne n'avait rien vu.

Les voleurs, des types efficaces aux cheveux rasés, avaient délesté les riches clients de leurs objets de valeur. On racontait qu'il s'agissait d'agents de la Bonaerense – la police de la province de Buenos Aires, une zone grande comme la France entourant la capitale. Ce genre d'incidents faisait partie du conflit ancestral opposant la police provinciale aux forces fédérales qui patrouillaient dans le centre-ville.

Le vieux policier s'approcha du trottoir, la casquette négligemment inclinée sur l'oreille. Les motards et lui se saluèrent en s'embrassant sur la joue. Pescatore fit un détour pour les éviter. En tant que citoyen américain, il n'était pas censé porter une arme en territoire étranger. Malgré son accréditation d'enquêteur et le non-respect des règles qu'il observait à tous les coins de rue, ça le rendait toujours un peu nerveux. Et puis cette manie qu'avaient les Argentins de se faire la bise le mettait mal à l'aise. Ça n'avait rien à voir avec les baisers efféminés des stylistes et des stars de cinéma. Dans ce pays, c'était la façon de se saluer des serveurs, éboueurs, employés de banque, joueurs de foot, bagagistes d'aéroport et même des flics.

Le hall de l'hôtel, colonnes en marbre et épais tapis, sentait le renfermé. Pescatore monta directement dans la suite de son client américain. Le docteur Block l'accueillit à la porte, en costume cravate. Ils prirent place dans des fauteuils. Pescatore se pencha en avant, les coudes sur les genoux et les mains jointes. C'était la mission la plus délicate que Facundo lui ait jamais confiée.

— Comment allez-vous, docteur Block ? Vous ne souffrez pas trop du décalage horaire ? Vous voulez un café ou autre chose ?

— Je vais bien, monsieur Pescatore, répondit l'homme d'une voix lasse. J'ai simplement hâte que tout soit terminé pour rentrer chez moi.

— S'il vous plaît, docteur, appelez-moi Valentin.

Block était un pédiatre originaire de Miami. Il avait la douceur de ceux qui ont passé des décennies à soigner des enfants. Mais derrière ses lunettes, son regard bleu semblait vide. Il y avait longtemps que Pescatore n'avait pas croisé quelqu'un d'aussi triste. Le fils de Block, un ingénieur, avait épousé une Brésilienne. Un projet de travaux publics l'avait conduit sur la Triple Frontière où se rencontraient le Brésil, le Paraguay et l'Argentine. Il était entré en conflit avec un investisseur argentin : procès, allégations de détournement de fonds, menaces de mort… Lors d'un séjour au Paraguay, le jeune Block avait été abattu au volant lors d'une embuscade routière.

Face à l'absence de réaction des autorités paraguayennes, le docteur Block s'était tourné vers Facundo dont l'agence de détectives privés opérait sur la fameuse zone frontalière et à Buenos Aires. Ce dernier avait aidé le FBI à localiser un des tireurs, réfugié dans la capitale, où la police l'avait arrêté. Alors que tout désignait l'ancien partenaire d'affaires du fils Block comme étant le donneur d'ordre, l'enquête piétinait. Facundo avait prévenu l'ambassade américaine que l'homme de main serait bientôt relâché. Les recours officiels avaient échoué.

En tant qu'agent de Facundo à Buenos Aires, Pescatore avait donc été chargé de régler le problème de manière officieuse.

— Voilà où nous en sommes, docteur : le juge s'apprête à remettre ce gars en liberté. À moins qu'on le paye. Ses amis et lui réclament quarante mille dollars. Nous vous recommandons d'accepter. Cela devrait permettre de maintenir le suspect en prison et de relancer l'enquête.

Le docteur fixa sur lui un regard abattu.

— Si je puis me permettre, sur quoi se sont-ils basés pour aboutir à ce montant ?

— Nous pensons qu'en face, on leur en a proposé trente mille.

— Des enchères ?

— Exactement. Aussi abject que ce soit, c'est le marché qu'ils proposent. Nous avons rendez-vous avec le juge en charge de l'enquête tout à l'heure. Si vous êtes d'accord.

— Je m'attendais à quelque chose dans ce genre. Ma belle-famille et moi avons décidé d'y mettre le prix qu'il faudra. Mais je n'ai pas quarante mille dollars sur moi.

— Ne vous inquiétez pas pour ça, docteur. Du moment que vous avez votre chéquier, tout va bien.

À bord d'une berline avec chauffeur, ils longèrent l'Avenida 9 de Julio, centre névralgique de la capitale et marée d'embouteillages qui s'étalait sur une dizaine de voies. Ils étaient en route vers une *cueva*, une « cave » – autrement dit, une maison de change clandestine.

— Je viens ici tous les mois chercher des dollars pour mon loyer, expliqua Pescatore. C'est illégal d'utiliser de la monnaie américaine dans ce pays, mais mon bail m'y oblige. Je remets donc des enveloppes pleines de billets à ma propriétaire, comme si j'achetais de la drogue.

Fabián, le chauffeur, se fraya un chemin sur le rond-point de l'obélisque à l'intersection des Avenidas 9 de Julio et Corrientes. Fabián était l'homme de confiance de Facundo. Il portait une écharpe bleu et jaune aux couleurs de l'équipe de foot junior de la Boca et mâchonnait un cure-dents. Pescatore le guida à travers les ruelles encombrées du Microcentro, le quartier des affaires défraîchi datant des années 1970.

Block et Pescatore sortirent de la voiture. Ce dernier ne quittait pas son client d'une semelle. Ses yeux balayaient le trottoir, les vitrines, les voitures en marche ou à l'arrêt.

Ils entrèrent dans une agence de voyages. Pescatore s'avança vers la réceptionniste plantée près d'une porte fermée et murmura le mot de passe : « Je suis l'ami américain de Facundo. »

La jeune femme appuya sur un bouton, faisant apparaître une étroite cage d'escalier qui conduisait à une petite pièce entourée d'isoloirs. Une table trônait au milieu, sur le sol couvert d'une vieille moquette marron. Le maître de cérémonie se tenait juste derrière. Pescatore le surnommait pour lui-même monsieur Guita – en argot argentin, le mot signifiait « argent ».

— Monsieur Pescatore, fit-il.

L'établissement tirait une grande fierté de sa discrétion. On y distribuait les billets acquis au marché noir dans une atmosphère recueillie, digne d'une église ou d'un hôpital. Pescatore inscrivit le montant désiré sur un papier. Monsieur Guita lui désigna une cabine. Après avoir soulevé le rideau pour laisser entrer le docteur Block, Pescatore lui demanda de remplir un chèque en laissant l'ordre en blanc. Puis monsieur Guita les rejoignit et déposa sur la table une grosse enveloppe cartonnée. Il examina le chèque, sortit plusieurs liasses de l'enveloppe, compta les billets et les remit à l'intérieur. Ils échangèrent des reçus. Enfin, il les salua et disparut de l'autre côté du rideau.

Avant de quitter l'isoloir, Pescatore dégaina son arme. Le docteur ouvrit de grands yeux. Pescatore glissa le Beretta dans la poche de son blouson.

— N'ayez pas peur. Simple mesure de précaution.

Il tenait l'enveloppe de la main gauche et garda l'autre serrée sur son arme jusqu'à ce qu'ils aient regagné la voiture. Il rangea alors le pistolet dans son holster et soupesa l'enveloppe. L'argent le rendait nerveux ; il avait hâte de le remettre à son destinataire. Il adressa un sourire rassurant à Block.

— Il faut toujours rester vigilant, docteur. On se croirait dans une ville d'Europe, pas vrai ? Les gens sont sophistiqués, chics, bien élevés, il y a plein de restaurants et de jolies femmes… Mais ils sont capables de vous racketter en plein jour, sur la place de la mairie.

Le palais de justice était situé juste après la limite qui séparait la ville de la province de Buenos Aires. C'était une de ces banlieues étranges où des quartiers luxueux protégés par de hauts murs, les « countrys » (un terme dérivé des country clubs anglais), côtoyaient des bidonvilles sauvages appelés « villas ». Le tribunal était un cube moderne qui contrastait avec les vieux pavés de la place municipale.

En montant les marches menant à l'entrée, Pescatore prévint le docteur Block que le juge parlait mal anglais. Un signal avait été convenu à l'avance. Si le juge exhibait un mouchoir violet, ils lui remettraient simplement son pot-de-vin. S'il choisissait un mouchoir blanc, cela signifiait qu'un problème avait surgi et qu'il fallait reprendre les négociations.

— D'une manière ou d'une autre, je nous sortirai de là le plus vite possible, promit-il. Apparemment, le coup du mouchoir est la marque de fabrique de cette ordure.

Ils furent accueillis par une femme mûre qui se présenta comme la secrétaire du juge. Elle les conduisit au pas de course et en roulant des hanches le long de couloirs hauts de plafond. Ils traversèrent une salle bruyante éclairée aux néons, où deux agents portant le béret de la police pénitentiaire encadraient un prisonnier qu'interrogeait un homme en civil, assis derrière un ordinateur. Les employés discutaient bruyamment ou parlaient au téléphone. Un serveur en uniforme passa devant eux, un plateau de cafés fumants en équilibre sur une main. D'énormes dossiers jaunis s'amoncelaient sur les étagères, débordaient d'un chariot, recouvraient les bureaux et formaient d'immenses piles le long des murs.

Dans le bureau du juge, l'ambiance était très différente : lumières tamisées, lambris de bois sombre, hautes fenêtres donnant sur un jardin. La décoration se résumait à des crucifix, des tableaux religieux et des photos du juge en compagnie de gros bonnets.

Petit, soigné, la cinquantaine, bouc blond et oreilles décollées, le juge parlait d'une voix nasillarde en mangeant ses mots. Il donna une tape sur l'épaule du docteur Block comme pour transcender la barrière de la langue.

Trois chaises étaient placées face à son bureau. Pescatore indiqua celle de gauche à son client, prit place au milieu et, d'un geste délibérément lent, posa l'enveloppe sur celle de droite. Le juge continua à les abreuver de paroles comme si de rien n'était. Pescatore, censé traduire pour le docteur, avait du mal à suivre. Après avoir évoqué l'ampleur de sa charge de travail et présenté ses condoléances à Block, l'homme de loi se tut et jaugea Pescatore du regard.

— Je t'ai déjà vu, jeune homme.

Le tutoiement le surprit.

— Au tribunal, je pense. Tu es argentin, non ?

— Non, monsieur, je…

— Je ne me souviens plus de l'affaire. Tu étais enquêteur ? Ou accusé ?

Son sourire révéla une dentition parfaite.

— Tu n'es pas un escroc, si ?

Pescatore se raidit.

— Je suis un ancien agent de la police fédérale des États-Unis. J'étais dans la Patrouille frontalière. C'est l'équivalent de la Gendarmería ici, sauf que…

— Je plaisantais, mon ami, je plaisantais.

Le juge entreprit de leur expliquer que l'état désastreux du système judiciaire entravait ses efforts courageux et ceux de son équipe, alors qu'ils étaient résolus à faire enfermer l'assassin du fils du docteur.

Le téléphone sonna. Le juge décrocha, entama une conversation animée, éclata de rire, puis reposa le combiné. Il se tourna ensuite vers son écran et tapa un e-mail, tout en se plaignant des bien-pensants et des défenseurs des droits de l'homme qui voulaient instaurer des passe-droits pour les criminels dans les tribunaux.

Pescatore jeta un coup d'œil à Block, dont le visage se crispait dans une expression douloureuse. Il continua à traduire pendant une minute, puis s'arrêta. Le juge, imperturbable, poursuivit son monologue. Pescatore abattit une main sur le bureau pour l'interrompre, avant de lui décocher à son tour un sourire hypocrite.

— Je suis navré, votre honneur, mais le docteur Block ici présent a un avion à prendre cet après-midi. S'il est venu aujourd'hui, c'est uniquement pour vous supplier de maintenir le suspect derrière les barreaux et de reprendre l'enquête. Il veut que vous sachiez, votre honneur, qu'il a une confiance absolue en ce tribunal et dans le système judiciaire.

La voix du juge descendit d'une octave.

— C'est une affaire complexe. Pleine de subtilités. Ces mafias, docteur, sont terribles. Mais nous faisons tout notre possible. Je ne peux qu'imaginer la douleur insupportable que doit représenter la mort d'un fils...

Il secoua la tête, les larmes aux yeux. Sa main manucurée plongea dans sa poche de poitrine et en sortit un grand mouchoir violet. Il se tamponna les paupières en murmurant :

— C'est tellement triste, tellement triste.

Pescatore se leva. Message reçu cinq sur cinq. Pas besoin de prolonger cette tragicomédie. Block l'imita.

— Merci encore de nous avoir accordé un peu de votre temps, votre honneur, lança Pescatore en regardant avec insistance l'enveloppe posée sur la chaise.

— J'ai été ravi de discuter avec vous. Le plus important, cher docteur, c'est de prier. Priez tant que vous pouvez.

Pescatore conduisit Block hors de la pièce sans laisser le temps au juge de leur serrer la main. Ils regagnèrent le centre-ville en voiture. Pescatore déposa Block à l'hôtel pour qu'il boucle tranquillement sa valise. Puis il se rendit à pied à un café appelé La Biela, repaire de longue date et bureau informel de Facundo Hyman Bassat. C'est de là qu'il dirigeait sa société, Villa Crespo International Investigations and Security.

Comme le voulait l'argot national, Facundo était surnommé *el Ruso*, le Russe. Pourtant, il n'avait rien à voir avec ce pays. Mais c'était ainsi : les Argentins d'origine espagnole étaient appelés *Gallegos*, les

Italiens *Tanos*, les Arabes *Turcos*, et les gens d'origine juive, *Rusos*.

Facundo partageait son temps entre Buenos Aires et la ville de Puerto Iguazú, du côté argentin de la Triple Frontière. Il gagnait très bien sa vie grâce aux diverses sociétés et aux gouvernements qui faisaient appel à son agence. Sa femme et une de ses filles vivaient à Buenos Aires ; les autres avaient émigré à Miami et Tel Aviv. Quand il se trouvait dans la capitale, Facundo tenait une permanence à La Biela. Buenos Aires regorgeait de cafés aussi richement décorés que des cathédrales et grands comme des salles de bal. L'établissement, qui occupait un coin de rue avec vue sur le cimetière de Recoleta, était fréquenté par des politiciens, des journalistes, des gens du spectacle et des intellectuels. Les serveurs y portaient nœud papillon et gilet vert ; ils se déplaçaient d'un pas fier et rapide entre les rangées de tables et de plantes vertes. Mais l'ambiance était sans prétention.

Pescatore trouva son patron adossé au mur dans son coin habituel. Le gros Argentin, son portable à l'oreille, serrait la main d'un homme élégant aux cheveux argentés, un foulard autour du cou. Ce dernier s'éloigna aussitôt. Quand Facundo aperçut Pescatore, il mit fin à sa conversation en hébreu et posa son téléphone. Puis il ouvrit grand les bras et s'avança vers lui avec une démarche de catcheur. Il lui donna une grande tape sur l'épaule, lui agrippa la main et planta un baiser sonore sur sa joue, laissant derrière lui une sensation de picotement et une odeur d'eau de Cologne mêlée de nicotine.

— *Cómo te va*, Valentino ?

Sa voix rocailleuse émanait des tréfonds de sa poitrine. Il s'assit lourdement, la respiration sifflante. Un serveur déposa sa commande habituelle sur la table : un double espresso, trois petits croissants appelés *medialunas*, et un verre d'eau minérale.

— Dieu te garde, mon fils, le remercia Facundo.

Pescatore commanda lui aussi un café pendant que son patron soulevait une viennoiserie d'un air émerveillé. Elle paraissait fragile dans son immense main poilue.

— Ah, les *medialunas* de La Biela. Tu as vu le type avec qui je discutais ?

Il brandit le croissant en direction de l'homme au foulard.

— C'est Dario D'Ambrosio, un ancien responsable du SIDE.

Le SIDE était l'agence centrale de renseignement argentine. Pescatore regarda D'Ambrosio s'éloigner comme s'il était en retard à une partie de polo.

— J'ai entendu parler de lui. Il vient de prendre sa retraite, non ?

— Théoriquement. Bien qu'environ trente pour cent des agents se réfèrent encore à lui. Eh bien, sache que ce maître-espion éprouve le plus grand respect et une immense reconnaissance envers ton humble serviteur.

— Pourquoi ?

Facundo sourit, les yeux réduits à deux fentes sous ses épais sourcils.

— Disons, hum, qu'il a eu quelques soucis avec les représentants d'une très grande nation lorsqu'ils ont découvert son implication dans un trafic de voitures international. Et disons que quelqu'un est intervenu pour convaincre les agences en question que, sans être un saint – mais qui peut prétendre à cela ? –, Dario demeurait un allié fort utile. Comment ça s'est passé aujourd'hui ?

— Bien, répondit Pescatore d'un ton hésitant.

— La secrétaire du juge a appelé. Ils sont « très satisfaits de notre collaboration efficace et professionnelle ». Il va prolonger la détention de six mois. Alors, où est le problème ?

Pescatore baissa les yeux. Lorsqu'il avait quitté la Frontalière et Isabel Puente, Facundo l'avait engagé pour rendre service à Leo Méndez de Tijuana, avec qui ils avaient tous deux travaillé dans le cadre d'une affaire sur la Triple Frontière. Méndez l'avait recommandé à Facundo en le décrivant comme un gars bien, costaud, plutôt malin, qui voulait s'installer en Argentine pour prendre un peu de recul. Mais il avait également mis l'Argentin en garde contre son côté impulsif. À force de loyauté et de sérieux, Pescatore avait fini par balayer les doutes de Facundo. Voilà pourquoi il rechignait à se plaindre.

— Eh bien, je sais que c'était pour la bonne cause, qu'on n'avait pas le choix, tout ça, mais je n'aime pas jouer les transporteurs de fonds. Vraiment pas. Je préfère de loin les missions de surveillance ou de protection.

— Je comprends.

— Et puis, vous aviez raison : ce juge est un guignol. Il a recommandé au docteur Block de prier. J'étais à deux doigts de lui en coller une.

— Quel *chorro*.

Facundo engloutit la dernière viennoiserie.

— Malheureusement, il a beaucoup d'influence au sein de ce nouveau gouvernement très fermé. Ce qui n'est pas le cas de l'ambassade américaine. Le nouveau représentant du FBI s'est déjà mis tellement de gens à dos qu'il craint d'être déclaré *persona non grata*.

— Sérieux ?

— Ça ne sent pas bon. Non, non, non.

Facundo secoua la tête et expira bruyamment. Il semblait fatigué. Les quantités industrielles de steak, de café, de cigarettes et de *dulce de leche* qu'il consommait ne devaient pas aider. Depuis que Pescatore l'avait rencontré, il était passé de gros à obèse ; ses cheveux en bataille et sa moustache s'étaient teintés de gris. Pourtant, quand il lui avait enseigné des techniques de combat, il avait prouvé être en meilleure forme qu'il n'y paraissait. Mais il avait cinq petits-enfants : il devait avoir passé la soixantaine.

— Les frontières entre criminalité et terrorisme se brouillent, poursuivit-il. Dans tout le continent. Et cela s'accompagne d'une montée de l'extrémisme, du sentiment anti-américain et de la haine d'Israël.

Facundo baissa la voix, ce qui n'arrivait pas souvent.

— Tout à l'heure, j'étais au téléphone avec un vieil ami. Un *paisano*. (Dans sa bouche, le terme désignait un Israélien travaillant pour une agence gouvernementale.) Des bruits inquiétants courent. On a repéré des mouvements suspects ; un attentat pourrait être en train de se préparer.

— Ici ? s'étonna Pescatore, en jetant un regard autour de lui pour s'assurer que personne ne les écoutait.

— En Amérique du Sud, en tout cas. Les réseaux islamistes voient dans cette région du monde un théâtre d'opérations prometteur. Une nouvelle zone à coloniser.

— Des réseaux sunnites ou chiites ?

— J'opterais plutôt pour la deuxième solution. Les Iraniens, le Hezbollah. Ils font beaucoup de profits dans le coin, s'allient avec les mafias, les extrémistes. Mais ce n'est pas très clair. Les membres d'Al-Qaïda sont eux aussi en quête de cibles inattendues.

Facundo lui avait raconté comment dans les années 1990, l'Argentine avait subi deux frappes terroristes : l'une à l'ambassade israélienne et l'autre à l'AMIA, un centre communautaire juif. Ces attentats à la voiture piégée étaient l'œuvre du Hezbollah libanais, dont la présence s'étendait de Buenos Aires à la Triple Frontière ainsi qu'au Venezuela et se renforçait au fil des ans. Aucun responsable important n'était allé en prison. Depuis, la communauté juive vivait retranchée derrière des barrières anti-bombes, des caméras de surveillance et des compagnies de sécurité privées, dans l'espoir d'éviter ce que les gens appelaient d'un ton résigné « la troisième attaque ».

Facundo se leva. Le docteur Block venait d'entrer dans le café. Ils lui commandèrent une tasse de thé. Pescatore, qui servait d'interprète, se sentit agréablement embarrassé quand l'Américain loua son travail.

— J'espère bien ne jamais revivre pareille expérience. Mais si cela devait arriver un jour, je ne voudrais personne d'autre que ce jeune homme à mes côtés.

— Ça ne me surprend pas, commenta Facundo avec un large sourire.

Il assura Block qu'il aurait son avion à temps et qu'il dormirait bien en classe affaires. Puis il leur raconta une histoire drôle : un businessman embarque à bord d'un avion et s'endort avant que les plateaux-repas soient servis. Son voisin en profite pour engloutir leurs deux parts. Pris de nausée, il vomit sur les genoux de l'homme d'affaires. Lorsque celui-ci se réveille, son voisin lui essuie le visage en disant : « Vous vous sentez mieux ? »

Pescatore traduisait au fur et à mesure. Facundo mima joyeusement la scène, et déclama la chute en anglais avec un fort accent yiddish. Pendant un long moment, Block dévisagea les deux hommes, les yeux brillants derrière ses lunettes. Puis il explosa de rire, la tête en arrière, tanguant sur sa chaise. Il riait sans plus s'arrêter. Pescatore se joignit à lui.

Block somnola durant tout le trajet vers l'aéroport. Les adieux furent brefs. En le regardant franchir les portiques de sécurité, Pescatore se dit que cet homme se souviendrait toujours de lui comme du jeune Américain qui l'avait aidé à payer un pot-de-vin à Buenos Aires.

C'est alors qu'il sentit une présence dans son dos. Une main s'abattit sur son épaule. Deux doigts se plantèrent contre sa colonne, imitant le canon d'une arme.

Il n'avait pas entendu cette voix depuis longtemps, mais il la reconnut instantanément. Douce, joviale, étudiée. Très semblable à la sienne, ce qui ajoutait encore à la confusion de cet instant. Il fut envahi par un mélange d'incrédulité, d'inquiétude et de nostalgie.

— *Cuate*, lança Raymond. Qu'est-ce que tu racontes de beau ?

2

BACKSTREETS

Ils buvaient des rhum-Coca, comme au bon vieux temps.

Pescatore avait beaucoup réduit sa consommation d'alcool. Il manquait d'entraînement.

Raymond enchaînait les verres sans que cela semble lui faire le moindre effet. Comme au bon vieux temps.

— Tu as l'air en forme, mon frère, lança-t-il avec un sourire. Je parie que tu te défendrais encore sur le ring.

— Toi aussi, répliqua Pescatore, devinant que ce compliment attendait une réciproque. Tu t'es mis au sport ?

— J'ai arrêté la drogue et l'alcool. Changé de régime alimentaire. Plus de porc. Je me suis purifié, physiquement et spirituellement.

— Comme les chrétiens régénérés ?

— Pas tout à fait, fit Raymond, l'air amusé.

— Mais là, tu bois.

— C'est une grande occasion, Valentino.

Raymond s'était laissé pousser la moustache et s'était un peu dégarni. Sous sa veste et son T-shirt noir, on devinait qu'il avait pris du muscle. Dans cette tenue, avec sa peau lisse et bronzée, ses pommettes hautes et son bagage cabine noir à roulettes, il ressemblait à un jeune cadre sud-américain. Ou à un officier militaire issu d'une famille aisée : dynamique, athlétique, éduqué. Il prétendait avoir aperçu Pescatore par hasard en allant s'enregistrer pour son vol, un voyage d'affaires. Il n'avait mentionné ni sa destination, ni la nature de ses affaires.

— Dix ans, *cabrón !* J'ai du mal à y croire.

Dix ans depuis cette ultime soirée au bord du lac, la dernière où ils s'étaient parlé. Dix ans depuis qu'il avait été arrêté après avoir tiré sur Wolf. Il avait ensuite disparu de la circulation. Certaines rumeurs disaient qu'il était en prison. D'autres qu'il avait passé un marché avec la police. Ou que son père avait tiré quelques ficelles.

— Je repense souvent à cette nuit-là, ajouta Raymond.

— Moi aussi.

La petite serveuse leur apporta leurs verres. Raymond lui effleura le bras, sûr de lui et désinvolte, ce qui lui valut un sourire timide. Il avait toujours eu un penchant pour les serveuses.

— Tu as fait ce qu'il fallait. Tu m'as mis en garde. Tu n'as jamais pris de pincettes avec moi. Mais je ne t'ai pas écouté. Ce qui est arrivé est entièrement de ma faute.

— Pour être honnête, je m'en veux un peu aujourd'hui.

— J'étais sur une mauvaise pente. C'était inévitable.

— Je n'aurais pas dû te planter là.

— Tu as été plus malin que moi. Bien joué, mec.

L'expression et le timbre rauque étaient toujours les mêmes, mais Pescatore constata un changement. Finis, le débit de mitraillette, le swing dans la voix, le ton moqueur et les paroles embrumées par l'alcool ou la drogue. Raymond articulait désormais avec soin, s'exprimait plus lentement – même si son baratin était toujours aussi peu convaincant. On aurait dit qu'il avait mis au point une version plus posée, plus cadrée de lui-même.

— Et toi, Valentino ? Tu bosses dans la sécurité, c'est ça ?

— Ouais. Tu as devant toi un véritable détective privé international, acquiesça Pescatore, non sans une certaine fierté.

— Énorme. Et la Patrouille frontalière ?

— C'est une longue histoire. Dis-moi, ton avion est à quelle heure ?

Raymond baissa les yeux sur sa Rolex.

— Ça va, j'ai le temps. Et au pire, les vols vers Miami ne manquent pas.

— Tu vis là-bas, maintenant ?

— Non, je dois y prendre une correspondance. Alors, raconte-moi tout, *man*. Ton rêve s'est réalisé, si je comprends bien ?

— Je n'en sais rien. Mon rêve était d'entrer dans la police de Chicago. À la place, je me suis retrouvé impliqué dans un plan foireux. J'ai bien failli atterrir en taule moi aussi.

Pescatore lui rapporta ses tentatives d'infiltration d'une bande de voleurs à l'époque où il travaillait comme vigile à l'hôtel de Chicago. Cela lui avait valu une arrestation, environ deux ans après la disparition de Raymond. Il n'avait pu sauver sa peau que grâce à l'intervention de son oncle. Rocco l'avait poussé à postuler à la Frontalière et il avait tiré quelques ficelles pour qu'il soit accepté. Bosser là-bas l'avait remis sur les rails. Il était doué. Mais sur la Ligne, le choc des cultures allait de pair avec les mauvaises fréquentations. Il s'était fait embrigader par une bande de ripoux.

— Décidément, c'est une habitude ! s'amusa Raymond.

— Je me suis fait pincer pour avoir poursuivi un enfoiré sur quelques mètres de l'autre côté de la frontière. L'OIG – les affaires internes, en gros – me tenait *por los cojones*. Ils m'ont demandé d'infiltrer un réseau de trafiquants de drogue. Et c'est parti en *live*.

— Tu as fait les gros titres, mon frère. Tu étais recherché, ils croyaient que tu avais buté un flic. Pour finir, tu as aidé à faire tomber un baron de la drogue, non ?

— Je me suis juste débrouillé pour survivre.

— *Puro* Hollywood !

Pescatore sirota son cocktail. Évoquer ces événements l'avait replongé dans le passé, sur la piste sanglante qui l'avait conduit de San Diego à l'Amérique du Sud avant de l'en ramener.

— Comment se fait-il que tu sois au courant ? s'étonna-t-il.

— Google, mon frère. Je me demandais ce que tu devenais.

— Ne le prends pas mal, mais je t'ai filé plein d'infos depuis tout à l'heure. Alors que toi, rien.

Raymond éclata de rire.

— Regarde-toi, tout méfiant et soupçonneux… Un vrai flic !

Pescatore plissa les yeux. Raymond consulta de nouveau sa montre avant de lancer :

— Tu as raison, *man*. J'ai plein de trucs à te raconter. Alors voilà ce que je te propose : j'annule mon vol. On va dîner dans un coin *piola* pour bavarder un peu. Je passerai une nuit de plus à l'hôtel et je prendrai l'avion demain.

— Tu es sûr ?

— Mais oui. J'ai beaucoup réfléchi. J'ai trente ans. Ça fait quoi, un an de plus que toi ? Plus je voyage, plus je rencontre de gens dans ce monde de merde, et plus je me rends compte que tu es le meilleur ami que j'aie jamais eu. Pourtant, je n'ai pas été super réglo. Et voilà que je tombe sur toi sur la terre de nos ancêtres. J'ai enfin une chance de réparer ce que j'ai fait, de renouer nos liens. Rien n'arrive par hasard. C'est le destin.

Raymond parlait d'une voix hachée, en secouant la tête sous le coup de l'émotion. Son discours sonnait juste, mais on aurait dit qu'il l'avait répété. *Toujours aussi doué pour le baratin*, pensa Pescatore. *Monsieur J'en-fais-des-tonnes. On se croirait dans un film.*

— Désolé de bouleverser tes projets, répondit-il.

— Laisse-moi juste le temps de régler ça avec la compagnie aérienne. Je reviens tout de suite.

En sortant du café, Raymond glissa quelques mots à l'oreille de la serveuse, dont le teint sombre et les sourcils noirs laissaient supposer qu'elle était originaire du Pérou ou de Bolivie. Elle eut un sourire hésitant tandis que Raymond s'éloignait. *Un vrai séducteur, comme avant*, s'amusa Pescatore. Il envisagea de le suivre pour vérifier qu'il avait effectivement un billet à modifier.

Arrête un peu, se reprit-il. *À quoi bon monter toute une mise en scène pour me faire croire qu'on s'est rencontrés par hasard ?*

Ils retournèrent en ville dans la voiture avec chauffeur de Pescatore. Ce dernier prit place à l'avant. En voyant l'écharpe de la Boca Junior de Miguel, Raymond se mit à parler football. Pescatore et lui avaient joué ensemble dans une petite équipe de quartier. L'entraîneur, argentin, connaissait leurs parents par le biais de la grande famille des immigrés. Pescatore était le seul à fréquenter une école catholique et à avoir un père dans l'administration. La plupart des autres joueurs allaient dans la même école privée que Raymond, près de l'université. Fils d'avocats, de cadres supérieurs, de professeurs. Les matchs étaient pour eux l'occasion d'arpenter les différentes enclaves ethniques de la ville.

— Tu te souviens de l'équipe assyrienne ? demanda Raymond.

— Les Eagles ? Des chrétiens d'Irak, je crois. Ils étaient cool.

— Et la baston contre ces enculés de Croates ?

— Quand tu as démoli ce géant qui ressemblait à un homme préhistorique ?

— Pendant tout le match, il n'avait pas arrêté de me traiter de *taco* et de sans-papiers. Pour finir, je me suis planté devant lui et je lui ai lancé : « Je suis même pas mexicain, connard ! »

— C'est là que je suis intervenu ! se souvint Pescatore. Tu lui as dit : « Lui, par contre, il est mexicain. » Et le mec me sort : « Sale *taco.* » Et là, *bam !* Tu lui as éclaté les oreilles avec tes poings. La classe.

— Il s'est étalé comme un gros tas de *jelly* de quatre-vingt-dix kilos. Après ça, il faisait moins le malin.

Ils rirent à l'unisson. Raymond était un lutteur souple et agile ; il portait les coups avec une efficacité froide. Sur le terrain, c'était pareil. Il était attaquant et n'hésitait pas à feinter, à siffler des insultes, à jouer des coudes et à provoquer les autres pour les pousser à la faute. Même s'il avait parfois des éclairs de génie, il était paresseux, mauvais perdant et souvent défoncé. Pescatore, à l'inverse, était un défenseur-né, très doué à sa place d'arrière grâce à sa vitesse, sa force et son centre de gravité bas.

— Tu es déjà allé chez Che ? lui demanda Raymond en lui posant une main sur l'épaule.

— Non.

— C'est super, tu vas voir. J'y étais tout le temps fourré quand je vivais ici.

Il donna quelques indications au chauffeur. Ils filèrent le long de l'autoroute suspendue, en direction des tours du centre-ville qui luisaient au soleil couchant.

Voilà déjà un point d'éclairci, se dit Pescatore : *il a vécu ici.*

Au restaurant, ils descendirent une bouteille de Malbec le temps que leurs assiettes arrivent. Raymond en commanda une deuxième et désigna l'assiette de gnocchi de son ami.

— C'est la spécialité du jour de paye que tu as là.

Pescatore tendit l'oreille au-dessus du brouhaha des conversations et des enceintes qui crachaient de vieux classiques américains et latinos. Chez Che était situé à Palermo Hollywood. Les murs étaient ornés d'enseignes fluorescentes et de fresques représentant des femmes plantureuses qui dansaient le tango avec des hommes enchapeautés. La clientèle était un mélange de jeunes gens branchés et de familles au grand complet – grands-parents dignes, enfants déchaînés et bébés hurleurs.

— Traditionnellement, c'est le plat que mangeaient les Argentins le jour où ils étaient payés, expliqua Raymond. C'est aussi comme ça qu'ils surnomment les fonctionnaires : des « gnocchi ». Parce qu'ils ne viennent au bureau que pour récupérer leur chèque.

À nouveau, Ray l'Encyclopédie lui apprenait la vie. Raymond leva une main. Des arpèges de piano romantique et des accords de synthé résonnaient dans les haut-parleurs.

— *Backstreets*. Super chanson.

Il entonna la mélodie en même temps que Springsteen. Son groupe de rock avait fait d'assez bonnes reprises du Boss. Raymond avait eu une période d'adulation pour le chanteur, durant laquelle il jouait à fond sur leur très légère ressemblance. Pescatore était persuadé que sa pose favorite, regard songeur et doigts posés sur les lèvres, était inspirée, consciemment ou non, de la pochette de *The Wild, the Innocent and the E Street Shuffle*.

— Tu chantes toujours ? s'enquit-il. Ce serait dommage que tu aies arrêté.

Le sourire de Raymond se fit mélancolique.

— Tu m'as toujours encouragé à continuer la musique. Depuis qu'on est tout petits.

— Je me disais que ça t'éviterait les ennuis.

— Quand je suis arrivé à Buenos Aires, j'ai été chanteur pendant un bout de temps. Dans un piano-bar. Je reprenais de vieux standards de jazz et de tango. Un gagne-pain honnête, pour changer.

Pescatore but une gorgée de vin. Chaque fois qu'il entendait Springsteen, il revoyait Raymond sur scène. Et Dolores qui dansait, tout sourire, et l'applaudissait. Le front moite, il pensa à Isabel tandis que Springsteen entamait un solo de guitare.

— Sinon, quoi de neuf dans ta vie ? enchaîna Raymond. Tu es marié ?

— J'ai été fiancé quelque temps.

— Jolie ?

— Tu n'as même pas idée.

— Flic ?

— Ouais.
— D'où ?
— Miami et Cuba.
— Aïe.
Avec un sourire entendu, Raymond se lança dans un discours lascif sur les *Cubanas*. Pescatore le regarda droit dans les yeux avant de l'interrompre.
— Et toi, tu deales toujours ?
Son ami pencha la tête sur le côté.
— Non, mon pote, c'est fini. Mais qu'est-ce que ça peut te faire ?
— Je déteste les dealers. D'ailleurs, j'en ai même buté un ou deux. Des Mexicains du cartel. C'était eux ou moi.
Raymond tressaillit.
— Tu es toujours autant en colère, à ce que je vois.
— Bon, je veux bien croire que tu sois content de me revoir, reprit Pescatore le plus calmement possible. Moi aussi, je suis content. Le passé, c'est le passé. Mais arrête ton baratin et raconte-moi plutôt ce que tu deviens.
— Il n'y a pas grand-chose à dire. Tu es déjà au courant pour Chicago.
— Je ne connais que des bribes de l'histoire. Il paraît que tu as déconseillé à Wolf de courir, ou tu lui tirerais une balle dans le cul. Et qu'il s'est mis à courir, et que tu lui as tiré une balle dans le cul. C'est vrai ?
— Ouais. Mais attention, je n'en suis pas fier.
— Tu es dingue.
Pescatore réprima un petit rire. Il croisa les bras.
Raymond prit une grande inspiration. Son regard s'assombrit. Il lui raconta comment, quelques heures après la fusillade, la police avait retrouvé sa trace. Ils avaient mis la main sur le Beretta, les cinquante mille dollars de Wolf et la drogue.

— J'encourais des peines nationale et fédérale. De quoi me mettre à l'ombre jusqu'à l'âge de la retraite. J'étais à la maison d'arrêt de Cook County, *cabrón*. Il fallait que je réagisse vite.

— Ils t'ont fait changer de camp.

— *Y tanto*. Mon père est un connard, mais aussi un putain de ténor du barreau. Il m'a dit : « Maintenant, ça se résume à une transaction. Balance-leur tout et tout le monde. »

Le père de Raymond était un avocat réputé. Il était spécialisé dans ce qu'il appelait « les causes politiques insurgées ». En fait, il défendait des tueurs de flics et des politiciens véreux. C'est pour cette raison que l'oncle de Pescatore ne pouvait pas l'encadrer.

— J'ai ouvert le répertoire de mon BlackBerry et je leur ai tout donné, continua Raymond. Des membres des Gangster Disciples, des mômes de North Shore, un fournisseur relié au cartel de Sinaloa. Une équipe de la police fédérale a pris le relais. Comme je parlais espagnol, je les ai convaincus de me laisser descendre dans la rue. J'ai joué le *Colombiano*, le *Mexicano*, tout ce qu'ils voulaient. Je soulevais des lièvres, je faisais tomber des têtes. Les fédéraux étaient dingues de moi. Tu as bossé sous couverture, tu connais ça. Le kiff ultime.

— Moi, j'étais plutôt mort de trouille.

Raymond acquiesça d'un air entendu.

— Je parie que tu étais doué, mais que ça ne t'amusait pas. Tu n'as jamais aimé mentir.

Contrairement à toi, songea Pescatore.

— Tu as réussi à t'en tirer ?

— Je n'avais pas de casier. Mon père a conclu un marché. Ils ont décidé de me baser à Miami et de me faire bosser dans toute l'Amérique latine.

Le portable de Raymond se mit à sonner. Il jeta un coup d'œil à l'écran sans répondre. Il buvait beaucoup, mais avait à peine touché à son steak. Ils commandèrent des flans à la *dulce de leche* pour le dessert.

— J'étais un super indic, *un buchón de primera, boludo*, se vanta Raymond.

Il parlait plus vite, retrouvait son débit frénétique d'autrefois.

— J'ai gagné un tas de thunes. Mais je me suis tout collé dans le pif. Au bout de quelques années, j'étais vidé. J'ai démissionné et je suis venu m'installer ici chez des cousins. Tu as encore de la famille dans le coin ?

— Non. Mon père est arrivé seul d'Italie à dix-huit ans. Un de ses oncles vivait ici, mais il est mort. Alors il a fini par rejoindre ses frères à Chicago.

— J'ai fait des recherches sur l'histoire de mes ancêtres. J'ai appris des trucs intéressants.

— Du genre ?

— Tu as déjà vu les parents de Carlos Menem, le gars qui est devenu président dans les années 90 ? Des vieux *Turcos* et des femmes voilées à peine débarqués du bateau ? Nos photos de famille ressemblent à ça. En fait, on est des convertis.

— Ah bon ?

— Au Liban, on était musulmans. Le pays faisait partie de l'Empire ottoman, c'est pour ça qu'ici on appelle les Arabes *Turcos*. Comme les Menem et beaucoup d'autres, mes arrière-grands-parents se sont convertis au catholicisme à leur arrivée. Alors tu sais quoi ? Je me suis reconverti.

— Tu es musulman, maintenant ?

— Ouais, répliqua Raymond avec un réel enthousiasme. Ça m'a aidé à me remettre sur les rails. Pendant un moment, j'ai pris tout ça très à cœur.

— J'ai lu pas mal de choses sur l'islam. Mon boss est un vrai spécialiste. Sa famille est originaire de Turquie.

— Il fréquente la mosquée du Roi Fahd sur Libertador ?

Pescatore ouvrit la bouche pour lui expliquer que Facundo était juif, mais au dernier moment il se reprit.

— Non, dit-il simplement. Mais c'est fou, que tu te sois converti. Tu as fait le hajj ?

Raymond parut impressionné qu'il connaisse ce mot. Il répondit qu'il était allé à La Mecque, mais pas lors de ce grand pèlerinage annuel. Après avoir quitté Buenos Aires quelques années plus tôt, il avait passé un certain temps au Proche-Orient et en Europe. Il avait investi dans plusieurs sociétés et dans l'immobilier. Ses affaires marchaient bien.

Son portable sonna de nouveau. Il leva les yeux au ciel avant de répondre. À en croire ses *mamita* et ses *mi amor*, c'était une femme. Il la supplia de se calmer et promit de la rappeler plus tard. Avec elle, son accent était celui d'un pur *porteño*.

Pescatore n'en revenait toujours pas que son ami se soit converti. Raymond avait toujours fait passer ses désirs avant le reste ; il l'imaginait mal respecter des principes religieux stricts.

— C'était quoi déjà, le brandy espagnol que ton vieux buvait ? lui demanda Raymond.

— Du Cardenal Mendoza.

Il commanda deux shots et leva son verre.

— Il trinquait toujours à des *figli maschi*, des « héritiers mâles ». Je me souviens des dîners chez vous quand on était gosses ; le moment où il sortait *el Cardenal* était un vrai cérémonial. J'aimais bien ton *viejo*.

Pendant que Raymond reproduisait à la perfection l'accent italo-hispanique de son père, Pescatore savoura le riche parfum de l'alcool. Leurs familles n'avaient jamais été proches, mais les dîners étaient joyeux. Quand Pescatore, adolescent, se plaignait de la sévérité de son père, Raymond lui rappelait qu'il était là pour sa famille. Le sien préférait courir les étudiantes, les secrétaires et les assistantes juridiques. Raymond lui en voulait de faire subir ça à sa mère.

— Je porte toujours ce toast moi aussi, reprit-il. Ça doit fonctionner, vu que j'ai deux fils.

— Félicitations.

— Ouais, mon pote, deux petits gars super. Leur mère vient d'Afrique du Nord. C'est une princesse, une lionne.

L'arrivée d'un texto fit clignoter son téléphone. Il soupira.

— À côté de ça, j'ai cette *mina* argentine. Une vraie chieuse. Elle n'arrête pas de m'appeler, de m'envoyer des textos. Toujours *rompiendome las pelotas*. Comme je suis resté, il va falloir que je passe la voir ce soir.

— Tu vis où, Raymond ?

— Oh, ici ou là.

Pescatore avait la tête qui tournait. Il songea : *Ici ou là ? Ça veut dire quoi, bordel ? Même avec un flingue sur la tempe, ce type ne serait pas foutu de donner une réponse franche.*

— Dis-moi, Valentino…

Raymond se pencha en avant et posa les coudes sur la table. Ses mouvements étaient ralentis par l'alcool.

— La boîte pour laquelle tu travailles, c'est quoi au juste ? Un sous-traitant qui assure la sécurité du gouvernement américain ?

— On bosse dans le public comme dans le privé, pour des tas de clients différents.

— Je demandais ça comme ça. Souvent, les anciens membres des forces de l'ordre continuent à collaborer avec les fédéraux. Surtout à l'étranger. Ce Facundo et toi, vous devez avoir pas mal de contacts à l'ambassade, non ?

— Lui, surtout.

Pescatore tenta de se rappeler s'il avait prononcé le nom de Facundo.

— Mais c'est confidentiel, Ray. Je ne peux pas te parler de mon travail.

— Je sais, je sais. Simple curiosité.

Raymond leva les mains en signe de reddition. Apercevant la serveuse, il en profita pour lui réclamer l'addition. Puis il prit sa pose à la Springsteen, main devant la bouche et regard en coin. Il semblait triste, presque effrayé.

— Écoute-moi, *cuate*. Il faut que je te dise un truc. À propos de cette fameuse nuit.

— OK.

— Ce *maricón* de Wolf… les toubibs n'avaient pas encore extrait la balle de son cul qu'il m'avait déjà balancé. Et il a raconté aux flics que tu étais mon associé.

— C'était faux.

— Je sais. Mais ils ont trouvé ton numéro dans mes téléphones. Plusieurs témoins leur ont confirmé que tu me donnais parfois un coup de main. Ils ont fait pression sur moi pour que je te dénonce. Mon père était tout excité. Il disait qu'on pourrait inventer un scénario crédible : je n'étais qu'un suiveur, un *perejil*. Alors que toi, tu avais un profil de leader. Tu venais d'un milieu moins aisé, certains de tes cousins mexicains avaient des casiers. Si je te chargeais à fond, je pourrais m'en sortir.

L'histoire sonnait juste.

— Et ?

— Je l'ai envoyé se faire foutre. Je leur ai dit que je voulais bien témoigner contre n'importe qui, piéger n'importe qui, sauf toi. J'acceptais de coopérer à une seule condition : qu'on te foute la paix. J'ai vendu des tas de gens. Mais en ce qui te concerne, je suis resté loyal. Parce que toi, tu l'as toujours été.

Pescatore sentit monter en lui une peur oubliée depuis longtemps. Il s'était souvent demandé pourquoi la police ne l'avait pas interrogé. Il avait supposé qu'il n'était pas assez impliqué. Ou que ça avait un rapport avec son oncle policier.

— Que veux-tu que je te dise, Raymond ?

— Rien. Je voulais simplement que tu le saches.

Le portable de Raymond recommença à sonner. Il l'ignora et posa une carte de visite sur la table. Elle portait son nom, un numéro argentin et une adresse e-mail. Pescatore regarda l'écran du téléphone allumé juste à côté. Le nom qui s'y affichait à l'envers ressemblait à « FLO ».

— Voilà où me joindre, mon frère. N'importe où, à n'importe quel moment. Tu as une carte ?

— Non, mentit Pescatore en évitant son regard. Désolé.

— Tiens.

Raymond lui tendit un carnet et un stylo.

Pescatore ne voulait lui donner aucune information liée à l'agence de détectives. Il nota donc son adresse e-mail personnelle et le numéro d'un portable argentin qu'il n'utilisait pas pour le travail.

— C'est quoi, ce bordel ? s'offusqua Raymond en pointant un doigt accusateur sur le carnet.

— Quoi ?

— Ces conneries de Valent*in*.

Il haussa les sourcils d'un air consterné. Avec un gloussement nerveux, Pescatore lui expliqua qu'à son arrivée à la Frontalière, une faute de frappe avait enlevé le *o* de son prénom. L'administration n'avait jamais corrigé son erreur, et il avait fini par s'y habituer.

— C'est aussi ce qui est écrit sur mon passeport : Valentin. Alors que mon certificat de naissance et mes bulletins scolaires, eux, sont toujours au nom de Valentino. Ça pose parfois problème.

— *Qué quilombo !*

Raymond eut un rire dur et vida son verre de brandy.

— Voilà ce qui arrive. Les gouvernements te prennent pour un con. Les gens te prennent pour un con. Et à force, tu ne sais même plus qui tu es. Surtout si tu ne l'as jamais vraiment su.

3

TODOS TENEMOS UN AMOR

Au cours de la semaine qui suivit cette rencontre, Pescatore fut envahi par une sensation de malaise croissant.

Il ne tenait pas particulièrement à évoquer ce chapitre peu glorieux de son passé, mais il allait devoir en parler à Facundo. Il n'en eut pas tout de suite l'occasion car il passa la plus grande partie de la semaine à Rosario, pour assurer la sécurité d'un cadre italien qui avait échappé à une tentative d'enlèvement.

Il rentra à Buenos Aires le jeudi. Le vendredi matin, il s'installa avec son ordinateur portable à la table du salon, baigné par la lumière du soleil. Il envoya un virement à la veuve de l'agent de la CHP (la police de la route californienne) abattu dans une fusillade du temps où il travaillait à la Frontalière. Ce jour-là, il se rendait à Tijuana avec un de ses supérieurs corrompus, qui avait ouvert le feu sur l'agent quand il avait voulu les contrôler. Quelque temps plus tard, Pescatore était allé présenter ses condoléances à sa veuve. Elle s'était montrée très compréhensive, mais il se sentait coupable. Alors il lui transférait chaque mois cent dollars pour l'aider à élever ses trois enfants.

Pescatore passa ensuite une heure à terminer le dernier ouvrage conseillé par Facundo : *Le Vrai*

Visage des terroristes, de Marc Sageman. Lorsque son patron avait appris que Pescatore s'était sérieusement mis à la lecture, il avait décidé de superviser son programme d'études improvisées. C'était devenu un rituel : un vendredi par mois, il l'aidait à choisir un nouveau livre.

À onze heures trente, Pescatore se rendit à pied à la librairie. Avenida Santa Fe, Facundo sortait justement de la Renault de Fabián, portable dans une main, cigarette dans l'autre et sourcils froncés. Il était très chic avec son pardessus, son costume rayé et ses chaussures noires pointues, le cou engoncé dans une cravate rouge. On aurait dit un croisement entre un chef d'orchestre et un videur de boîte de nuit. Chaque fois qu'il portait une cravate, on avait l'impression qu'on lui avait passé la corde au cou. Il la réservait donc aux rendez-vous importants et à la synagogue.

— Une cellule terroriste a été démantelée à La Paz hier, déclara-t-il après avoir raccroché. Trois individus, avec des armes et des explosifs.

— Un complot islamiste en Bolivie ?

— C'est devenu un pays très laxiste.

— Ça explique peut-être les rumeurs.

— Peut-être.

Facundo jeta son mégot de cigarette et l'écrasa sous son talon.

— Les Boliviens refusent de nous donner des détails, mais ils auraient reçu un signalement très précis.

La librairie était installée dans un ancien théâtre. L'intérieur, grandiose, était orné de fresques néoclassiques, de statues et de balcons arrondis sous une immense coupole.

— Et la cible ? demanda Pescatore.

— On n'a pas encore d'infos. Qu'as-tu pensé du bouquin de Sageman ?

— Super. Surtout les exemples concrets. Sa théorie me parle : devenir terroriste, c'est un peu comme intégrer un gang. Au fond, on s'associe avec de sales types pour avoir l'impression d'être un dur.

— Exactement. L'aspect religieux est important, mais pas forcément moteur. Les gens ont souvent du mal à le comprendre.

Facundo déambulait entre les rayonnages, les mains dans le dos.

— Cette fois, on va te trouver quelque chose en espagnol. Voyons voir… il y en a un pas mal d'Irujo sur les attentats de Madrid. Ah, voilà.

Pescatore entendit passer des sirènes devant la boutique.

Facundo se baissa en grognant pour attraper le livre sur une étagère au ras du sol.

— Tu viens pour shabbat ? s'enquit-il. Comme ma femme est à Miami, Esther s'est approprié la cuisine. Pour moi ça ne change pas grand-chose : je fais ce qu'on me dit.

— Avec plaisir ! Merci.

Le dîner du vendredi soir chez Facundo faisait partie de leur rituel mensuel. Esther, sa fille divorcée, se joignait souvent à eux avec son fils David, âgé de cinq ans. Le garçon adorait que Pescatore lui fasse la lecture ou joue avec lui.

— Je prendrais bien quelque chose pour David. Qu'est-ce que vous pensez d'*Un grillon dans le métro ?*

— Si ça vient de toi, ça lui plaira forcément. Je n'arrive pas à croire que ce petit monstre soit si sage quand tu es là. Avec tout le respect que je dois à mademoiselle Puente, elle a mal calculé son coup : tu aurais fait un très bon père.

Ce n'était pas la première fois que Facundo tenait ce genre de propos, et Pescatore ne savait jamais comment réagir. Nouvelles sirènes. À travers la vitrine, il vit des voitures de police filer vers l'ouest le long de l'Avenida Santa Fe. Puis une ambulance. Des camions de pompiers. Et d'autres voitures de police, gyrophares allumés.

Le portable de Facundo sonna. Quelques secondes après avoir décroché, il s'écria :

— Mon Dieu ! Où ?

Il se mit à courir, évitant de justesse un présentoir de livres d'art. Pescatore le suivit jusqu'à la voiture de Fabián.

— El Almacén ! ordonna Facundo. Aussi vite que tu peux. Et allume la radio !

Tous les véhicules de police et les secours de la ville convergeaient dans la même direction. La mâchoire serrée, Fabián se faufila dans le sillage d'une ambulance et écrasa l'accélérateur. D'après le présentateur radio, il y avait eu des explosions et des coups de feu à El Almacén, un centre commercial situé dans le quartier du textile. Il était question de fusillades, de possibles attentats-suicides, de nombreuses victimes et de mouvements de foule. La journaliste dépêchée sur les lieux et contactée par téléphone informa les auditeurs que les assaillants portaient des uniformes de police. Elle fut interrompue par une explosion suivie de hurlements.

— C'est une salade composée ! braillait Facundo par-dessus le vacarme de la radio, des sirènes et des klaxons. Une salade composée !

— Une quoi ?

— Tireurs plus bombes, les deux en même temps, expliqua-t-il tout en composant un numéro sur son téléphone. Un scénario d'attaque complexe… Allô, Dario ? Où es-tu ? Qu'est-ce que c'est que cette histoire de dingues ? Je t'appellerai de là-bas.

Les rues devenant plus étroites, la circulation se figea. Les véhicules des secours se frayèrent un passage en force. Facundo eut une brève conversation téléphonique en hébreu. Pescatore savait qu'El Almacén était situé en plein quartier juif, et que les propriétaires étaient une riche famille. L'ambassade israélienne donnait des consignes de sécurité à la communauté.

Comme il était désormais impossible d'avancer, ils sortirent de voiture. Avec une agilité remarquable au vu de son embonpoint, Facundo se faufila dans la foule séparée en deux courants : d'un côté les gens qui fuyaient les lieux de l'attentat, de l'autre ceux qui s'y précipitaient. Pescatore le suivit au pas de course, une main sur son arme. Au coin de la rue, ils découvrirent une scène digne d'un film catastrophe. La rue était envahie de voitures de police et de camions de pompiers. Des agents établissaient un périmètre de sécurité à l'aide de barrières métalliques et de ruban jaune. Les civils les observaient, se mettaient à l'abri, aidaient les blessés ou erraient, le regard perdu.

Le centre commercial occupait un ancien entrepôt de textile datant du début du XXe siècle. Les gigantesques parois de verre et d'acier étaient entourées de grandes arches de brique. Des policiers armés – en uniformes, en civil, voire équipés de casques et de gilets pare-balles – étaient accroupis derrière des véhicules et de chaque côté de l'entrée principale. On n'entendait aucun coup de feu, juste les sirènes et les cris. Un contingent du GEOF, le groupe d'intervention de la police fédérale, entra dans le bâtiment dont les clients sortaient en courant. Une jeune femme titubait sur une seule chaussure à talon. Elle avait des lunettes de soleil dans les cheveux et plusieurs sacs de courses à la main. Sa veste était tachée de sang.

Instinctivement, Pescatore analysa la scène et se mit à compter les victimes : deux dizaines de corps étendus sur les marches et dans l'entrée, et deux fois plus de blessés. Ambulanciers, pompiers et policiers s'occupaient d'eux un peu plus loin. Visiblement, les assaillants avaient utilisé des fusils et des grenades. Les kamikazes avaient dû se faire sauter à l'intérieur.

— Quelle boucherie… bande de fils de putes ! gronda Facundo, qui respirait par à-coups.

Pescatore n'avait jamais vu un tel bain de sang. Comme autrefois sur la frontière dans les moments de grand danger, il se sentit envahi par une étrange sensation de calme. Un agent de police échevelé et sans casquette les intercepta ; l'accès au centre était interdit, ils risquaient de se faire tuer. Facundo lui agita une accréditation sous le nez.

— Enquêtes spéciales ! Où se trouve le poste de commandement, fiston ?

L'agent s'écarta, confus, avant de désigner un espace triangulaire délimité par des voitures de police. Pescatore se demanda si son chef avait effectivement une autorisation officielle, ou si c'était du bluff. Dans le PC improvisé, le chaos régnait. Massés autour d'un plan étalé sur le capot d'une voiture, des officiers en civil hurlaient dans leurs radios, leurs téléphones ou les uns sur les autres. Facundo accosta un homme en gilet pare-balles qui portait un holster par-dessus son jean. Grand, les cheveux mi-longs, il ressemblait davantage à un joueur de foot ou un soldat des rues qu'à un fonctionnaire.

— *Che*, Biondani. Je suis Facundo le Russe. Le copain de Dario, tu te souviens ? Dis-moi tout… c'est grave ?

La mention de Dario D'Ambrosio, l'ancien chef des services secrets aperçu à La Biela, signifiait que Biondani n'était pas un flic mais un espion. Il salua aussitôt Facundo avec respect.

— Très grave, répondit-il en tournant le dos aux autres officiers. Une centaine de morts, facile. Ils ont lancé l'assaut par l'avant et l'arrière en même temps. Fusils, grenades, et sans doute des kamikazes. C'est un massacre.

— Arabes ?

— Les témoignages sont contradictoires. Ils portaient des uniformes de police, ce qui a semé la pagaille. Les agents se soupçonnaient les uns les autres. On nous a parlé d'un nombre important de suspects, mais je pense qu'en réalité, il ne s'agissait que d'un groupe restreint. Ils se sont retranchés à l'étage avec des otages. Ils continuent à tirer et à balancer des grenades de temps en temps.

— Est-ce qu'ils ont des téléphones ? Ils reçoivent peut-être des ordres de l'extérieur.

— Le GEOF est en train d'établir un deuxième poste de commandement à l'intérieur. Les négociateurs sont en route et…

— Ce qu'il faut, c'est obtenir des infos sur leurs téléphones ou un angle de tir, l'interrompit Facundo. Les otages ne sont qu'un moyen d'alerter les médias. Ils vont les tuer. Vous devriez aussi envoyer des démineurs vérifier qu'il n'y a pas de voiture piégée dans les parages. Tout de suite. Ils peuvent très bien préparer une seconde attaque.

La voix tonitruante de Facundo attirait les regards. Pescatore entendit quelqu'un demander :

— C’est qui, le gros avec Biondani ?

— Un type de leur ambassade, répondit un autre, sûr de lui.

Ce n’était pas la première fois que des policiers supposaient, à tort, qu’il travaillait pour l’ambassade israélienne. Facundo ne les détrompait pas. Bien qu’il ait effectué quelques missions pour les services secrets américains et israéliens, leurs relations se limitaient désormais à des échanges d’informations. Le ton sur lequel l’homme avait prononcé « leur ambassade » dérangeait Pescatore. Ça lui rappelait les scènes honteuses décrites dans les livres sur l’attentat de l’AMIA en 1994 : équipes de secours pillant les cadavres, commentateurs établissant une distinction entre Juifs et « Argentins innocents », appels anonymes harcelant les survivants.

— Est-ce que tu peux nous conduire jusqu’au poste de commandement intérieur ? demanda Facundo, déjà prêt à y aller.

Biondani le retint par le bras.

— S’il vous plaît, c’est l’horreur là-dedans. Dario ne me le pardonnerait jamais s’il vous arrivait quelque chose.

— Je n’ai pas besoin de vous expliquer en quoi je peux être utile. Et je parle arabe. Vous avez beaucoup de négociateurs arabophones sous la main ?

Ils avaient atteint le camion de pompiers le plus proche du centre commercial. Deux ambulanciers tentaient de réanimer une victime prostrée sur le trottoir. Caché derrière la cabine, Facundo tendit le cou pour jeter un coup d’œil à la zone découverte. Il sortit son arme, un Bersa neuf millimètres, des profondeurs de son manteau. Pescatore l’imita. Il partait du principe que son patron était sincère et voulait simplement aider les équipes d’intervention.

Mais s'il avait décidé de s'en prendre aux terroristes, il pourrait aussi compter sur lui. Autorisation ou pas, le jeune homme suivrait Facundo jusqu'au bout, quitte à y rester. Malgré tout, il était inquiet, et pas seulement à cause des balles perdues ou des kamikazes. Le gros Argentin était tout rouge et respirait difficilement. Il ne semblait pas capable de supporter un effort physique supplémentaire.

Biondani implora Facundo de revenir à la raison, lui rappelant qu'il n'était pas habilité à entrer. Une expression de rage et de tristesse se peignit sur le visage du vieil homme.

— Pas habilité ? Fiston, ça va faire vingt ans que je m'échine à empêcher que ce genre de choses se reproduise. Alors je refuse de rester là à ne rien faire. Prêt, Valentino ?

— *A todo dar*, chef.

— C'est ce que je voulais entendre.

Les genoux fléchis, Facundo s'avança sur un lit de verre brisé. Son manteau flottait derrière lui telle une cape. Pescatore le suivait de près. Il dut enjamber un cadavre. Biondani fermait la marche. Ils traversèrent les portes vitrées béantes tandis que les agents postés de chaque côté leur criaient d'arrêter, sans grande conviction.

Le centre occupait quatre niveaux. C'était une cathédrale de métal, de marbre et de verre inondée de soleil. Biondani passa devant eux. Ils longèrent à la file indienne les boutiques du rez-de-chaussée, en restant près des vitrines pour se protéger des tireurs postés au-dessus. Ils croisèrent beaucoup de corps inertes. Des coups de feu épars retentissaient dans les étages supérieurs. Comme l'avait expliqué Biondani, les terroristes s'étaient barricadés dans les hauteurs du magasin. Lors d'une discussion sur les tactiques de combat, Facundo avait qualifié celle-ci d'« option forteresse ».

Arrivé au milieu du centre, Biondani se réfugia dans l'entrée d'un magasin de disques. Les deux autres l'imitèrent. Il chuchotait dans sa radio, essayant de localiser le poste de commandement intérieur. Soudain, ils perçurent un mouvement au fond de la boutique. Des civils y étaient cachés. Pescatore croisa le regard de l'un d'entre eux, un vendeur à la coiffure de rocker accroupi derrière un présentoir. Il leva le pouce pour le rassurer, mais le type agita la main, murmura quelque chose et fit mine de les rejoindre. Il croyait sans doute qu'ils étaient là pour les évacuer. D'un geste, Pescatore lui ordonna de ne pas bouger. En se retournant vers la galerie, il comprit qu'une bombe ou une grenade y avait explosé un peu plus tôt. La zone était recouverte d'éclats de verre, de sang, de débris et de chaussures.

C'est alors qu'il vit le bras.

Un bras d'homme, posé sur le sol en lino. Nu, bronzé, plutôt musclé. Maculé de suie ou de poussière. Son propriétaire ne devait pas avoir plus de vingt ou trente ans. Le membre avait été coupé net au niveau de l'épaule. Aucun cadavre de visible dans les parages, rien qui indique si la victime était un civil ou un assaillant. Juste un bras.

Face à cette vision, Pescatore prit enfin conscience de l'horreur qui l'entourait ; tous ses sens en furent soudain affûtés. Un peu plus loin, le soleil illuminait un panneau publicitaire pour des cosmétiques. On y voyait deux jeunes gens en train de courir sur une plage, beaux, bronzés, sensuels. Il entendit les gémissements des blessés, leurs sanglots de terreur. Il s'aperçut que les haut-parleurs diffusaient toujours de la musique d'ambiance. *Todos Tenemos un Amor* de La Mosca. Un air joyeux, débordant de cuivres et de percussions.

Facundo et Biondani conféraient à voix basse.

— Où ? demanda Facundo.

Adossé au mur, il tentait de reprendre son souffle. La sueur dégoulinait de ses cheveux.

Biondani était penché sur sa radio. Une minute s'écoula ; il écoutait toujours. Il secoua la tête d'un air écœuré.

— Quoi ? grogna Facundo.

— Attentat à la voiture piégée. Devant une école.

— Où ça ?

— Juste après Belgrano… une école juive.

Facundo se redressa d'un bond.

— Laquelle ? Laquelle ?

— Je ne sais pas. Les transmissions radio évoquaient simplement la voiture piégée et l'envoi de démineurs.

Facundo tâtait frénétiquement les poches de son manteau à la recherche de son portable. Pescatore se souvint que son petit-fils fréquentait une école de ce quartier. Le gros homme poussa un gémissement étranglé. Il était pâle comme la mort. Soudain, son visage se tordit. Il lâcha son arme, agrippa son épaule gauche et s'affaissa le long du mur, les yeux révulsés. Il était inconscient.

Ils lui arrachèrent son manteau et vérifièrent son pouls.

— Mon Dieu ! s'exclama Biondani. On dirait une crise cardiaque.

— Il faut qu'on le sorte d'ici.

Pour la première fois depuis leur arrivée sur les lieux, Pescatore eut peur. Il hissa Facundo sur son dos et traîna sa masse inerte vers la porte, heureux d'être en bonne forme physique. Biondani l'escortait, l'arme au poing, surveillant les alentours et l'aidant dans la mesure de ses capacités. Ils mirent une éternité à atteindre l'entrée.

De retour dans le chaos de la rue, ils comprirent que Facundo ne serait pas une priorité au milieu des nombreuses victimes mutilées par les explosions ou déchiquetées par des rafales d'arme automatique. Biondani réquisitionna une voiture de police et conseilla à Pescatore de le conduire directement à l'hôpital.

Plus tard ce soir-là, Pescatore se retrouva avec le petit-fils de Facundo dans la salle d'attente bondée.

Son chef avait fait un infarctus sévère. Il était désormais en soins intensifs, entouré des victimes du carnage. Sa fille Esther se tenait à son chevet.

Pescatore faisait la lecture à David. Il essayait de lui changer les idées et de détourner son attention de la télévision qui diffusait en boucle des images des attentats. Il avait choisi un siège à l'autre bout de la pièce, le plus loin possible de l'écran. En fouillant dans la pile de magazines, il avait déniché une vieille bande dessinée de Mafalda, un personnage très aimé des Argentins.

David tombait de sommeil, mais il était passionné par le livre. Il n'arrêtait pas de passer de sa chaise en plastique bleu aux genoux de Pescatore. C'était un petit garçon aux joues rondes et aux jambes solides, vêtu d'un maillot de foot de River Plate. Il avait hérité des cheveux en bataille et du regard vif de son grand-père.

— Mafalda rêve, lui expliqua Pescatore. Ces deux petits bonshommes avec les drôles de chapeaux, là, ce sont des extraterrestres. Tu vois ? Dans son rêve, ils discutent de la Terre. C'est notre planète, celle sur laquelle on vit.

— La *bestiaplaneta ?* demanda David en montrant un mot sur la page.

— Oui. C'est comme ça que les extraterrestres l'appellent. La « planète des bêtes ».

— Pourquoi ?

— Parce que pour eux, nous sommes des animaux.

— Comme des chiens ?

— Non, pas tout à fait. Pas vraiment des animaux, plutôt des hommes préhistoriques. Alors cet extraterrestre dit à l'autre : « Ils sont encore en train de se battre sur la planète des bêtes. Pauvre planète. » Ils sont tristes pour nous, les habitants de la Terre, parce qu'on se bagarre tout le temps pour rien. Tu comprends ?

L'horloge fixée au mur indiquait minuit. Les autres familles étaient massées autour de la télévision. Tout en tournant les pages, Pescatore écouta les titres. Le nombre de victimes s'élevait à plusieurs centaines. Deux kamikazes s'étaient fait sauter chez un traiteur casher d'El Almacén. Les autorités avaient identifié une demi-douzaine de terroristes en tout, dont aucun n'avait survécu. La tentative d'attentat à la voiture piégée de l'école avait échoué. Comme on pouvait s'y attendre, la confusion régnait et même les plus simples détails restaient encore à confirmer.

Alors qu'il tendait l'oreille pour écouter le journaliste, Pescatore s'aperçut que David lui parlait.

— Qu'est-ce qu'il y a, bonhomme ?

— Est-ce que les terroristes ont tué mon papy ?

Le petit garçon dardait sur lui le regard inquisiteur d'un procureur. *Ce gamin est beaucoup trop futé.*

— Non, David. Ne t'inquiète pas. Ton grand-père est tombé malade, c'est tout. Ta maman est avec lui.

Mais il est bien trop fort pour les terroristes. C'est un gros ours. Il ne va pas tarder à se réveiller, et il aura très faim. Comme ça.

Pescatore se frotta les yeux et poussa un grognement endormi. Le petit éclata de rire. Pescatore laissa aller sa tête contre le mur et étendit sa jambe droite avec précaution. Sa cuisse le faisait souffrir. Il avait dû se froisser un muscle en portant Facundo. Esther les rejoignit. C'était une femme à l'ossature délicate et au visage doux.

Elle lui annonça que l'état de son père s'était stabilisé.

— Il va devoir être opéré du cœur. Mais il faut d'abord qu'il se rétablisse. De toute façon, tu te doutes bien que tous les chirurgiens de la ville sont débordés. Quelle barbarie…

— Alors il va s'en sortir ?

— C'est grâce à toi qu'il est encore en vie. Merci, Valentino. Il est tard, tu devrais rentrer te reposer.

— Ça va.

— Je t'en prie, ça ne sert à rien que tu passes la nuit ici.

Pescatore jeta un coup d'œil au petit garçon, plongé dans son livre.

— Esther, depuis que je suis ici, ton père et toi m'avez traité comme un membre de la famille. Je n'ai personne d'autre dans cette ville. Ma place est auprès de vous.

Mais elle finit par le convaincre de rentrer chez lui. Il dormirait un peu et viendrait la relayer le lendemain matin. Elle le serra dans ses bras en pleurant doucement.

— Il va s'en sortir, répéta-t-il. Tout ça l'a beaucoup affecté. Je crois que ça lui a littéralement brisé le cœur. Mais il est solide. Ça va aller.

Le taxi qui le reconduisait à son appartement croisa plusieurs postes de contrôle et convois de police. Les piétons et les clients des cafés paraissaient choqués ; c'étaient les habitants d'une ville blessée.

Une fois rentré, Pescatore enfila un jean et le sweat-shirt vert de la Frontalière. Il mangea un reste de pizza devant les infos. Il était question de la fameuse « troisième attaque » si longtemps redoutée contre la communauté juive, et du fait que les terroristes avaient ciblé cette fois l'ensemble de la population. Un homme politique interviewé dans un couloir de l'Assemblée fit un long discours accusant les États-Unis et Israël, dont les mesures draconiennes et les guerres impérialistes épuisaient le reste du globe. Pescatore brandit son majeur devant l'écran de télévision jusqu'à ce que le politicien ait disparu.

D'après le journaliste, les « premiers résultats de l'enquête » indiquaient que les terroristes étaient « probablement liés à Al-Qaïda ». Pescatore n'y croyait pas. Les attentats des années 1990 avaient été organisés par l'Iran et le Hezbollah. Pour autant qu'il sache, les réseaux chiites étaient bien mieux implantés en Amérique latine que les groupes sunnites rattachés à Al-Qaïda. Et personne n'avait encore mentionné les arrestations en Bolivie dont Facundo lui avait parlé. Pourtant, il y avait forcément un lien.

À quatre heures du matin, Pescatore ne dormait toujours pas. Il alla chercher la bouteille de Jack Daniel's rangée au fond d'un placard depuis des mois, jeta quelques glaçons dans un verre et entreprit de s'anesthésier.

Deux whiskies plus tard, la télévision diffusa un reportage sur l'attentat raté à l'école. Le fourgon piégé, un Renault Trafic, avait forcé la barrière de sécurité, surveillée par des agents non armés, pour se diriger vers les bâtiments. Le policier en charge de la protection des lieux venait de terminer sa pause et sortait de la cafétéria. Il avait vu arriver le van à toute allure, poursuivi par les gardiens à pied. Les témoins rapportaient qu'au lieu de courir se mettre à l'abri, il s'était planté au milieu de l'allée et avait vidé son chargeur dans le pare-brise des assaillants. Le van l'avait renversé avant de s'arrêter. Mais la bombe ne s'était pas déclenchée. Le chauffeur avait succombé à ses blessures. La seule autre victime était le policier.

La voix de la présentatrice se brisa. Pescatore se leva et, titubant un peu, emporta son verre sur le balcon. Sa jambe le faisait toujours souffrir. Il s'appuya contre la rambarde. Le vent était froid.

Un hélicoptère de police apparut dans un fracas de rotor au-dessus des toits. Pescatore se demanda s'il était à la recherche de terroristes cachés dans son quartier. L'appareil resta en vol stationnaire pendant un moment avant de s'élever vers le ciel et de repartir vers le nord en direction du fleuve.

Sous les pieds de Pescatore, la ville était plongée dans le noir. Il connaissait la vue par cœur : l'Avenida Libertador, le parc, la voie ferrée, les quartiers mal famés, l'autoroute, les grues et les containers du port, la ville de Colonia Sacramento à peine visible du côté uruguayen du fleuve.

— Bande de fils de putes, marmonna-t-il dans la nuit. Salopards de fils de putes.

4

EVIL WAYS

Une nuit, quand Pescatore était petit, des voyous venus d'une cité voisine étaient entrés par effraction chez lui. Sa famille endormie ne s'était rendu compte de rien.

Quelques mois plus tard, des cambrioleurs du même quartier armés de battes de base-ball avaient tabassé à mort les habitants d'une autre maison, à quelques rues de la sienne. Son oncle Rocco s'était vu confier l'enquête. Lors de l'interrogatoire, les inspecteurs avaient balancé un suspect par la fenêtre du premier étage du commissariat. Les deux affaires s'étaient confondues dans l'esprit de Pescatore. Dans ses cauchemars, il entendait quelqu'un entrer mais ne parvenait pas à se lever pour protéger sa famille. Depuis cette époque, il avait un sommeil agité. Il se réveillait en sursaut, le cœur battant, incapable de savoir s'il y avait eu un bruit ou si son imagination lui jouait des tours.

Ce samedi-là, il s'écroula juste avant l'aube, à plat ventre sur son lit, tout habillé. Quand il rouvrit les yeux, un jour gris pénétrait par le Velux et la porte-fenêtre du balcon. Il n'avait dormi que trois ou quatre heures. Il resta immobile, anéanti.

Comme d'habitude, il avait cru entendre un bruit. Mais il n'était pas vraiment inquiet. Sous les toits, il profitait d'une véritable symphonie de battements d'ailes, de cris aigus, de grincements et de chocs sourds provoqués par les oiseaux, les chauves-souris et les éléments. Il tendit une oreille paresseuse, pressé de replonger dans l'oubli. Il lui fallait davantage de sommeil.

Soudain, il distingua un bruit différent des autres. Des pas ? Puis un cliquètement métallique.

Il avait laissé son holster sur une chaise près de la porte-fenêtre. Hors de portée. Il faudrait qu'il roule de son lit et traverse la pièce d'un bond.

Du calme, songea-t-il. *Ce n'est peut-être rien.*

Toujours immobile, il ferma les yeux et se concentra. Son cœur tambourinait contre le matelas. Les sons furtifs se multipliaient. Respirations, frôlements, nouveaux bruits de pas. Aucun doute. Quelqu'un – plusieurs personnes, même – avançait doucement vers sa chambre. Ils avaient dû forcer la serrure, ou contraindre le concierge à leur donner la clé.

Il rouvrit les yeux et, toujours à plat ventre sur le matelas, visualisa la succession de mouvements : rouler, bondir, dégainer.

Il fut interrompu dans ses calculs par une ombre sur la gauche, en périphérie de son champ de vision. Il y avait également quelqu'un sur le balcon.

Bon Dieu ! Ils m'ont encerclé. Comme des pros. Des flics...

Cette hésitation lui sauva la vie. La chambre fut envahie de hurlements :

— Police police ! ne bouge pas fils de pute ne bouge pas, ou t'es mort, petite merde !

Une demi-douzaine d'hommes armés et cagoulés en gilets pare-balles. Certains avaient déboulé par la porte du couloir. D'autres le tenaient en joue depuis le balcon, laser rouge éclaboussant la vitre. Ils braillaient des ordres, des insultes, des menaces.

— Du calme, répondit-il, la joue sur l'oreiller. Je suis un détective privé américain. Il y a un pistolet…

Des mains gantées l'arrachèrent à son lit. Il fut menotté dans le dos et plaqué contre le sol, sweat-shirt sur le visage pour restreindre son champ de vision et ses mouvements. Une technique révélatrice : la police argentine avait l'habitude de couvrir ainsi la tête des suspects. Sur les scènes de crime, on voyait souvent des prisonniers assis par terre sous ce masque improvisé. Cela permettait de préserver l'anonymat des équipes et celui des criminels. Pescatore y avait toujours vu une part de provocation : on a chopé ce connard, alors maintenant, il est à nous. Faites pas chier si vous ne voulez pas qu'il vous arrive la même chose.

Des bruits de voix et de bottes envahirent son appartement. Les radios grésillaient. Les portes claquaient, les tiroirs s'écrasaient sur le sol, l'argenterie tintait. Qu'est-ce qui se passait, bon sang ?

— Bingo, commandant ! lança quelqu'un depuis le salon. On a le téléphone.

— Bravo, *pibe*.

Pescatore était pourtant certain d'avoir posé son portable sur la table de nuit. Il distinguait quelques ombres à travers son sweat-shirt : plusieurs agents l'entouraient. Ignorant son instinct qui lui soufflait de se taire, il s'adressa à eux à travers le tissu plaqué sur ses lèvres :

— Excusez-moi, il doit y avoir un malentendu. Je suis un citoyen américain. Mon passeport se trouve dans le premier tiroir de la commode. Je suis détective privé, et…

La pointe d'une botte s'abattit sur sa cuisse gauche. Il se tordit de douleur. Les dents serrées, il marmonna :

— Sale enfoiré !

— La ferme, terroriste de merde !

L'homme semblait grand et costaud. Son haleine empestait le café, sans doute additionné d'un doigt de brandy en prévision de l'intervention.

Une vague de douleur et d'incrédulité le submergea : le policier l'avait traité de terroriste. Ces types étaient payés pour défoncer des portes, frapper, appuyer sur la gâchette et, si leur cible survivait, la livrer à bon port. Ça ne servait à rien de discuter avec eux. Au bout de quelques minutes, on lui fit enfiler ses mocassins avant de le traîner dans l'escalier. Il sentit l'air froid sur son torse découvert pendant qu'on le poussait dans une voiture. D'après les sirènes, il y avait plusieurs véhicules. Ils prirent à gauche sur Libertador.

Le trajet fut bref et lui parut familier. À l'arrivée, une odeur d'écurie confirma ses soupçons. On le conduisait dans les bâtiments de la police fédérale, juste à côté du stade, ceux de la police montée et de l'unité antiterroriste.

On lui retira les menottes, on baissa son sweat-shirt, et il se retrouva seul dans une cellule faiblement éclairée. Un banc de béton était moulé dans le mur. Les relents du désinfectant masquaient presque ceux de l'urine. Il supposa qu'on allait le laisser mariner là un moment. Pour l'affaiblir psychologiquement, et le temps de passer en revue les résultats de la fouille.

Il n'était pas pressé. Il aurait simplement préféré ignorer le remarquable répertoire de tortures dont disposaient les forces de l'ordre latino-américaines – et argentines en particulier. Pour le moment, il avait eu plus de peur que de mal, mais l'équation risquait bientôt de s'inverser. Il respira profondément. Essaya de se concentrer.

On le soupçonnait visiblement d'avoir joué un rôle dans l'attaque d'El Almacén. C'était sans doute un malentendu lié à sa présence et à celle de Facundo sur les lieux. D'autant plus qu'ils étaient armés. Mais un agent des services secrets les avaient accompagnés. La vérité ne serait sans doute pas difficile à rétablir. À moins que quelque chose de plus sinistre ne se trame…

Les terroristes portaient des uniformes de policiers. On pouvait donc imaginer plusieurs scénarios. Des agents et des soldats antisémites à tendance d'extrême-droite avaient déjà été mis en cause dans de précédents attentats. Et la police était très douée pour détourner les soupçons en plaçant des armes à des endroits stratégiques, en inventant de faux complots et en présentant à de prétendus témoins un suspect choisi à l'avance. Un Américain ferait un *perejil* – ou bouc émissaire – idéal.

Au début, Pescatore lutta pour rester éveillé. Son oncle Rocco lui avait appris une chose qu'il avait pu vérifier à la Frontalière : les coupables dormaient comme des bébés pendant leur garde à vue. Mais au bout d'une heure, n'y tenant plus, il s'allongea sur le banc après s'être assuré du coin de l'œil qu'il n'y avait pas de rats. Il avait mal partout, surtout aux jambes.

Ne t'endors pas, sinon tu auras l'air coupable, se répéta-t-il jusqu'à ce qu'il s'assoupisse.

Ils le secouèrent aussitôt, comme s'ils n'attendaient que ça. En salle d'interrogatoire, ils menottèrent son poignet droit à la table.

L'inspecteur était tel que Pescatore se l'était imaginé, c'est-à-dire tout sauf rassurant. Un torse large et des abdominaux saillants sous son pull à col roulé, le crâne dégarni et de longues pattes qui descendaient sur des mâchoires puissantes. Un agent en tenue de combat était planté près de la porte. Un homme plus jeune, en civil mais d'allure militaire, était assis derrière un ordinateur. Son visage émacié, sa raie sur le côté et sa fine moustache rappelèrent à Pescatore un personnage d'une comédie des années 1950 que son père adorait – un élégant voleur sicilien nommé Ferribotte.

Pescatore résista à l'envie de clamer son innocence. L'inspecteur examina plusieurs documents et jeta un regard à l'écran d'ordinateur de son adjoint. Il leva son énorme menton et dévisagea Pescatore, les paupières plissées. Enfin, d'une voix de baryton, il déclara :

— Il y a un vieux dicton de la police qui dit : plus le temps passe, plus la vérité nous échappe. Tu prétends avoir été l'un des nôtres avant de devenir enquêteur privé. Tu dois donc être capable de te mettre à ma place. J'ai deux cents cadavres sur les bras, des centaines de blessés, un pays sous le choc et des répercussions énormes à gérer. Et toi. Ce que je n'ai pas, c'est du temps. Je te prierai de me donner des réponses aussi courtes et directes que possible. Compris ?

— Oui. Je suis ici pour vous aider. J'ignore pourquoi j'ai été arrêté, puisque je n'ai rien fait. Mais je tiens à choper le…

— Tu vois ? Ça part mal.

L'homme leva les yeux au ciel comme un proviseur exaspéré contraint de recourir au châtiment corporel.

— J'ai dit « des réponses courtes et directes ». On recommence. Je suis l'inspecteur Francisco Mendizábal Wright. Décline ton identité.

Pescatore s'exécuta, puis répondit à quelques questions préliminaires. Il luttait contre la panique et la colère qu'il sentait monter en lui. Le jeune adjoint pianotait sur son clavier.

— Très bien.

Mendizábal reprit sa posture initiale, mâchoires serrées et paupières plissées.

— Puisque tu veux nous aider, je vais t'en donner l'occasion. Explique-nous ton rôle au sein du réseau terroriste qui opère ici, en Bolivie et en France. Dis-nous tout ce que tu sais au sujet de la préparation et l'exécution des attentats.

— Inspecteur, je n'ai rien à voir là-dedans. Je n'ai jamais mis les pieds ni en France ni en Bolivie. Si je me suis rendu à El Almacén, c'était pour assister mon employeur, Facundo Hyman de la société Villa Crespo Investigations. Nous étions accompagnés d'un agent du SIDE nommé Biondani.

Le policier ne broncha pas. Pescatore réalisa qu'il pouvait très bien s'agir d'un nom de code ou d'un alias, comme cela se faisait souvent dans l'espionnage. Sans compter que les relations entre la police et les services secrets n'étaient pas des plus cordiales. Et même s'ils retrouvaient la trace de Biondani, ce dernier n'avait rencontré Pescatore qu'une seule fois, dans des circonstances plutôt agitées.

— Bon, reprit-il. Cet agent dont je vous parle connaît mon patron. Facundo Hyman. Tout le monde connaît Facundo. L'ambassade américaine, l'ambassade israélienne, vos services. Comment pourrais-je…

— Ta gueule !

La voix de baryton résonna dans la petite pièce.

— Tu n'es qu'un salopard de la pire espèce. Un lâche qui tire les ficelles, organise tout dans l'ombre, mais n'a pas assez de couilles pour appuyer lui-même sur le détonateur.

— Vous faites erreur.

— Tu es venu jusqu'ici depuis ton pays de merde pour assassiner les nôtres. Espèce de sale Américain arrogant. Tu crois que ton foutu passeport peut te tirer de n'importe quelle situation ?

Mendizábal jeta ses papiers d'identité sur la table.

— Écoutez, inspecteur : la simple idée que vous puissiez me croire lié à tout cela me donne la nausée.

Dans un flash-back, Pescatore revit El Almacén : les éclats de verre ensanglantés, les clients terrifiés, le bras sectionné. Il ferma les yeux. Il tremblait.

— Épargne-moi tes larmes de crocodile. Explique-moi plutôt pourquoi tu étais en contact téléphonique avec les terroristes.

L'agent qui ressemblait à Ferribotte leva les yeux de son écran. Pescatore se demanda si Mendizábal bluffait.

— Je n'ai appelé aucun terroriste. La quasi-totalité de mes conversations sont professionnelles. À moins qu'une des personnes à qui j'ai eu affaire dans le cadre de mon travail soit secrètement un terroriste.

Mendizábal poussa un soupir exagéré.

— Bon, soyons précis.

Il posa un petit téléphone argenté sur la table et ouvrit le clapet.

— Ton portable montre…

— Ce n'est pas mon portable ! Ce n'est même pas mon…

Mendizábal bondit de sa chaise. Il agrippa Pescatore par le col de son sweat-shirt et lui envoya son énorme poing dans la figure. Ses phalanges s'écrasèrent sur le front du jeune homme qui tangua vers l'arrière, retenu à la table par les menottes. Puis l'inspecteur se pencha vers lui et, d'un geste mesuré, lui administra une paire de gifles supplémentaires.

Pescatore encaissa la douleur malgré le grondement dans ses oreilles et le goût de sang dans sa bouche. La face rageuse du policier flottait devant lui, distordue et oblongue, comme une lune nimbée de brouillard. Il était sur le point de tomber dans les pommes.

Il avait déconné. C'était bien son téléphone.

Dans la panique, il ne l'avait pas reconnu. Il l'avait acheté le deuxième ou troisième jour qui avait suivi son arrivée à Buenos Aires. Il se revoyait téléchargeant une sonnerie : le refrain d'*Evil Ways* par Santana. Un souvenir de l'époque où il vivait avec Isabel. Le soir, en rentrant du travail, il lui fredonnait souvent pour plaisanter le passage sur la maison sombre et les casseroles froides.

Une semaine plus tard, Facundo lui avait donné un iPhone. Il avait rangé le premier téléphone dans un tiroir et ne l'avait presque plus utilisé depuis.

— Je me suis trompé, marmonna-t-il. Je vous confirme que ce téléphone m'appartient.

— Bien. Reprenons.

Une goutte de sueur roula lentement sur la tempe et la mâchoire de Mendizábal.

— Mardi, tu as reçu trois appels de terroristes en provenance de France.

— Je n'étais pas là, mardi, souffla Pescatore entre ses lèvres enflées. J'étais à Rosario pour affaires. Ce téléphone ne sort jamais de chez moi. Je n'étais pas au courant de ces appels, et je n'aurais pas pu y répondre. Vous n'avez qu'à vérifier. Il n'a pas servi depuis des mois. Quasiment personne ne connaît le numéro…

Il baissa les yeux sans terminer sa phrase. Il y avait bien quelqu'un à qui il l'avait donné : Raymond. Pour éviter de lui révéler quoi que ce soit en rapport avec la société de Facundo.

Raymond, son vieil ami ressurgi de nulle part. L'homme mystérieux à la voix d'or et au débit de mitraillette, récemment converti à l'islam.

— C'est vrai, ce numéro est resté en sommeil pendant des mois, confirma Mendizábal. On voit ça souvent. Une ligne sécurisée à usage unique, qui ne sert que pour déclencher l'opération. Pas de conversation, juste un appel en absence. Et trois jours plus tard, un attentat se produit. Tu te pointes sur les lieux comme si de rien n'était, en prétendant vouloir aider les autorités. Ça aussi, c'est courant. C'est le syndrome du pompier pyromane. Des *Carapintadas* en ambulance.

Pescatore suffoquait. Il avait déjà entendu parler de ces « visages peints » : il s'agissait de commandos fascistes surpris sur la scène de l'attaque contre le centre juif en 1994. Ils s'étaient fait passer pour des secouristes grâce à une fausse ambulance. Leur présence était l'un des nombreux détails mystérieux de cette affaire jamais élucidée. Si une personne liée à l'attentat d'El Almacén avait contacté Pescatore depuis l'étranger, cela avait effectivement de quoi le rendre suspect.

— Qui t'a appelé de France ?

— Aucune idée.

Il ne dirait pas un mot sur Raymond tant que son nom n'aurait pas été mentionné. Malgré sa peur et ses soupçons, il n'était pas certain que l'appel vienne de lui. Il ne le balancerait pas sans une bonne raison. Surtout après ce qu'il lui avait raconté sur Chicago.

— Qui t'a appelé de France ?

— Je n'ai même pas vu le téléphone. Montrez-moi le numéro. Dites-moi à qui il appartient, je pourrai peut-être vous aider.

Ferribotte posa une main sur le bras de Mendizábal. Ils discutèrent à voix basse. Ferribotte indiqua quelque chose sur son écran. Il recevait certainement des infos par e-mail en temps réel. Mendizábal fronça les sourcils. Pescatore commença à se demander s'il avait bien interprété leur relation hiérarchique. Il avait l'impression que Ferribotte ne cautionnait pas vraiment l'approche de son partenaire.

— Écoutez, messieurs, reprit-il en essayant en vain de croiser le regard du jeune homme, obstinément tourné vers son ordinateur. Je ne veux pas vous faire perdre de temps. Vous devriez contacter certaines personnes qui témoigneront de ma bonne foi. Je ne suis pas un terroriste. Comme les archives vous le prouveront, j'ai derrière moi des années de carrière au service des forces de l'ordre.

— Qui connaissez-vous à l'ambassade américaine ? demanda Ferribotte d'une voix calme.

Pescatore cita un agent du FBI, avant de se rappeler qu'il avait déjà terminé sa mission à Buenos Aires.

— Il va falloir trouver mieux.

— Je n'ai pas encore rencontré le nouveau représentant du Bureau. Il vient à peine d'arriver.

— Et votre employeur ?

Pescatore ne savait même pas si Facundo était encore en vie.

— Monsieur Hyman est en soins intensifs à l'hôpital. La dernière fois que je l'ai vu, il ne pouvait pas parler.

— Comme c'est pratique, grommela Mendizábal.

Pescatore lui jeta un regard glacial. Sa lèvre fendue lui laissait un goût de sang dans la bouche.

— Il a eu une crise cardiaque à El Almacén. Alors qu'il tentait d'aider l'équipe du GEOF.

— Si ce Hyman (l'homme prononçait ce nom comme un terme obscène) emploie un *chorro* dans ton genre, il ne doit pas être très regardant.

— En tout cas, il s'y connaît un peu en matière d'enquête. Il sait que ça ne se limite pas à jouer les gros durs et à tabasser des suspects incapables de riposter.

Mendizábal bondit sur ses pieds. Pescatore se protégea de son bras libre, prêt pour un nouveau passage à tabac. L'inspecteur se pencha par-dessus la table telle une montagne bleu foncé, le cou et la mâchoire tendus.

Il va encore me sortir un de ses petits discours avant d'envoyer la sauce, songea Pescatore. *Ce connard adore s'écouter parler.*

— Je te préviens, Pescatore. Mes supérieurs m'ont donné l'autorisation de recourir à tous les moyens nécessaires. À côté de mes méthodes, Guantanamo, c'est Disneyland. Quoi qu'il arrive, et même si tu devais y rester, personne ne te pleurera. Même le plus remonté et le plus crétin de ces pédés de défenseurs des droits de l'homme n'osera pas se plaindre. Au contraire, on me donnera une médaille. Alors je te suggère de coopérer.

Mendizábal n'eut pas l'occasion de mettre ses menaces à exécution. Les appels se succédaient sur le téléphone de Ferribotte. Le rythme des questions devint hésitant. Quelque chose avait changé. L'agent posté près de la porte sortit, puis revint. Tous les trois s'entretinrent dans un coin. Puis l'inspecteur et Ferribotte se levèrent.

Tandis qu'on le raccompagnait à sa cellule, Pescatore ne pensait qu'à une chose : à la seconde où il avait reconnu Raymond à l'aéroport, il avait senti venir les ennuis. Il aurait préféré que son instinct ne soit pas aussi infaillible.

Quelques minutes plus tard, Ferribotte lui amena des visiteurs : un homme et une femme. Ils dévisagèrent ce jeune homme prostré sur son banc.

— Monsieur Pescatore ? Je suis l'agent spécial Tony Furukawa, détaché à l'ambassade par le FBI. Et voici ma collègue de la police française, la commissaire Fatima Belhaj. Vous allez être transféré sous ma responsabilité.

— Bonne nouvelle.

— J'ai déjà collaboré avec Facundo Hyman sur certaines affaires. Comment vous sentez-vous ? Permettez-moi de jeter un œil à ces blessures.

L'agent du FBI s'approcha de lui dans la pénombre de la cellule.

— Inspecteur, marmonna-t-il, les dents serrées. Quelqu'un a frappé ce ressortissant américain.

— C'est fort regrettable, et je vous présente mes excuses au nom de la police fédérale argentine, répondit Ferribotte dans un anglais ni agressif, ni obséquieux.

— Est-ce ainsi que vous traitez les témoins ? continua Furukawa. En leur collant quelques *trancazos* pour être sûrs d'obtenir toute leur attention ?

L'homme avait dû apprendre l'espagnol au Mexique ou à proximité. En Argentine, on aurait plutôt dit *trompadas*.

— Au moment de son arrestation, il était considéré comme un suspect armé et dangereux.

— Ça ne me paraît pas justifié par les informations dont vous disposez. Vous voyez sa tenue ? C'est un ancien agent fédéral américain. Détenteur d'une licence de détective privé. Monsieur Pescatore, souhaitez-vous porter plainte pour violences policières ? Il est de mon devoir de vous le proposer.

— Ce que je voudrais surtout, c'est un peu d'Advil. Ce n'est pas cet inspecteur qui m'a frappé. Ils ont un gorille avec un pois chiche dans la tête qui s'en charge. Ils le gardent en bas, à la cave.

La femme eut l'air amusé. Pescatore remarqua sa chevelure bouclée, ses grands yeux en amande et son sourire franc.

— Vous voulez porter plainte ou pas ? insista Furukawa.

— Non, c'est bon.

Le soulagement se peignit sur le visage mince de Ferribotte. Il les conduisit à l'accueil et s'installa à un guichet avec l'agent du FBI pour régler la paperasse relative à la garde à vue de Pescatore et aux biens confisqués dans son appartement.

— Parfait, conclut Furukawa en se tournant vers lui. Ils vont garder vos affaires jusqu'à la fin de l'enquête : passeport, téléphones, ordinateur, ainsi que l'arme pour laquelle vous n'avez de toute façon pas de permis. Si nous ne connaissions pas aussi bien votre employeur, vous n'auriez même pas été libéré.

Ferribotte proposa un café ou un verre d'eau à Pescatore, qui refusa. Puis il lui donna des formulaires à signer et reprit sa conversation avec l'agent du FBI. Sentant quelqu'un bouger dans son dos, le jeune homme se retourna : Mendizábal était là, une gourde de maté à la main, entouré de quelques collègues.

Il avait remonté ses manches sur ses bras musclés. Il leva le menton, un air de bienveillance amusée sur le visage.

— Allez, *muchacho*, ça aurait pu être pire, lança-t-il en espagnol. On n'a pas de temps à perdre dans ce genre de situation.

Pescatore hésita. Tout le monde les observait.

— C'est sûr.

— Si tu as vraiment été flic, tu sais comment ça se passe.

— Ce sont les risques du métier.

— Tout à fait.

— Ça arrive.

— C'est ce que je dis.

— Vous avez sans doute raison.

Pescatore s'avança, la main tendue, un sourire conciliant aux lèvres.

Une lueur d'hésitation passa dans le regard de Mendizábal. Il semblait évaluer les risques. D'un geste lent, il fit passer la gourde dans sa main gauche et tendit la droite. Pescatore la serra fermement, posément, en fixant l'autre droit dans les yeux. Comme son père le lui avait appris. La poignée de main dura longtemps.

Puis il fit la chose la moins professionnelle, la plus immature et la plus stupide qu'il ait osée depuis longtemps.

Il le frappa.

Son dernier match de boxe remontait à plus de dix ans. Il ne s'était pas battu depuis son départ de la Frontalière. Toute cette rage accumulée… Son poing gauche partit de très bas, chargé de toute la peur, la douleur, la haine et la rancœur des dernières vingt-quatre heures. Son torse pivota pour accompagner le mouvement. Son poing s'abattit juste au-dessus de l'oreille de son adversaire, avec un bruit sourd qui résonna jusque dans son épaule. Il poussa un grognement d'effort mêlé de satisfaction.

Mendizábal tangua vers la gauche telle une locomotive en train de changer de voie. Sa gourde de maté s'envola. Comme elle, il resta suspendu un long moment dans les airs. Puis il s'écrasa à plat ventre sur le sol dans un immense fracas. Une fraction de seconde plus tard, la gourde explosait en mille morceaux à ses côtés.

Pescatore se tourna vers Ferribotte qui le dévisageait, horrifié. Il lança :

— Ça, c'était cadeau.

5

CAMBALACHE

— *Persona non grata*, déclara l'attaché à l'ambassade.

Le bureau de Furukawa était décoré de posters et de l'attirail typique d'un fan des Los Angeles Dodgers et Angels of Anaheim. Il y avait aussi des photos d'enfants en âge d'aller à la fac, mais pas de femme. On était samedi soir. C'était la seule pièce éclairée du bâtiment, telle la cabine de pilotage d'un vaisseau spatial désert. Pescatore était allongé sur un canapé. L'agent du FBI avait pris place derrière son bureau. Malgré sa lassitude, il semblait de bonne humeur.

— Si vous continuez, je vais finir au placard moi aussi. Ils vont me virer du pays avant même que j'aie eu le temps de défaire mes valises. Je ne pourrai plus jamais bosser dans une ambassade, même au fin fond de la Zambie. Grâce à vous, *pinche baboso cabrón*.

D'une main, Pescatore se protégea les yeux de la lumière.

— Où est-ce que vous avez appris à parler comme ça ?

— Comment ?

— Comme un *vato*. On croirait que vous êtes né dans les quartiers est de L.A.

— Quartiers ouest, en fait. Mes copains d'école étaient mexicains, on jouait au base-ball ensemble. J'ai bossé à l'anti-gangs de la police d'Inglewood avant d'atterrir au FBI. Mais assez parlé de mon CV, revenons-en à vous. Vous vous êtes pris pour Oscar De La Hoya ou quoi ?

Comme on pouvait s'y attendre, le geste de Pescatore avait provoqué une sacrée pagaille au sein de l'unité anti-terroriste. À peine debout, l'inspecteur Mendizábal s'était jeté sur lui. Titubant comme un marin saoul, il avait hurlé :

— Je vais te défoncer la gueule !

Ses hommes l'avaient entraîné de force hors de la pièce. Un responsable avait menacé de porter plainte pour agression d'un agent, et Furukawa pour non-respect flagrant des droits de l'homme. Pour finir, Ferribotte et la Française avaient ramené le calme et évité un incident diplomatique.

— Je suis désolé, lança Pescatore depuis son canapé. Ils savaient que j'étais l'un des leurs. Ils auraient pu tenter de comprendre, m'expliquer ce qui se passait. Au lieu de ça, ils m'ont traité comme un criminel, tapé dessus, accusé d'être un terroriste. Qu'ils aillent se faire foutre.

Furukawa avait les yeux cernés.

— Très bien. Le vilain monsieur vous a fait mal, mon vieux, mais vous l'avez cherché…

— Vous avez piqué ça dans un bouquin.

— Quoi ?

Pescatore tendit le doigt vers la bibliothèque.

— *The Long Goodbye.*

Furukawa jeta un coup d'œil vers le roman, puis regarda Pescatore comme s'il venait de lui tendre la pièce manquante d'un puzzle.

— Un de mes préférés. Surtout le passage où le flic dit qu'il n'existe aucun moyen pour faire cent millions de dollars honnêtement. Vous aimez Chandler ?

— Celui-là m'a plu. Mais, en général, je ne suis pas très romans, je préfère les essais.

— Eh bien… Ah, commissaire, vous voilà ! J'avais peur que vous vous soyez perdue en cherchant le distributeur de Coca.

Fatima Belhaj venait de faire son entrée, deux cannettes à la main. Elle en posa une sur la table basse devant Pescatore avec un tube d'aspirine. Elle faisait partie des services de renseignement français. Elle était arrivée le matin même pour enquêter sur la mort de deux de ses compatriotes à El Almacén et apporter son éclairage sur d'autres aspects du dossier. D'après Furukawa, elle parlait plusieurs langues et était la star de son unité.

Belhaj avait dit être d'origine marocaine. Pescatore n'avait jamais rencontré de Nord-Africains ; pour lui, elle ressemblait plutôt à une métisse à la peau claire. Elle avait des lèvres pulpeuses et des dents délicates. Ses boucles brunes aux reflets cuivrés retombaient sur des yeux aux paupières sombres, qui lui rappelaient l'ange de *La Vierge aux rochers* de Léonard De Vinci. Sa veste en daim et son jean bleu clair soulignaient des formes séduisantes. Elle s'assit dans un fauteuil et croisa les jambes.

— *Et votre tête, monsieur Valentin* ?*

Quand elle porta une main à son front, il comprit qu'elle lui demandait des nouvelles de sa blessure. Elle parlait d'une voix rauque, avec un accent prononcé, en détachant chaque syllabe. Une voix qui lui ressemblait : dure, réservée mais sexy.

— Ça va, merci.

Il se redressa et avala avec délectation une grande gorgée de Coca.

Elle le dévisageait.

— Vous devriez mettre un pansement.

— Il va bien, intervint Furukawa. C'est un ancien boxeur, il a l'habitude. J'ai une trousse de secours, on va nettoyer tout ça. Vous feriez mieux de vous inquiéter pour moi. Vous sentez cette odeur de brûlé ? C'est ma carrière qui part en fumée. Fatima, je vous laisse nous briefer ?

— Ouais, renchérit Pescatore en ouvrant le flacon d'aspirine. Qu'est-ce que c'est que cette histoire de terroriste français qui me téléphone ?

— Nos collègues argentins ont un peu exagéré. L'identité de l'appelant n'a pas pu être établie. Mais son numéro correspond à un lot de cartes SIM volées par un gang d'« islamo-braqueurs », des criminels radicaux qui commettent des vols à main armée dans le but de financer des groupes islamistes. La même personne est également à l'origine de l'appel anonyme vers la Bolivie qui a permis le démantèlement de la cellule terroriste de La Paz, juste avant les attentats de Buenos Aires.

Belhaj sortit un paquet de Gitanes en jetant un regard de conspiratrice à Furukawa. Ce dernier fit non de la main.

— Il est interdit de fumer dans les locaux du gouvernement américain, mademoiselle.

— Allez, *hombre*, il n'y a pas un chat !

Elle parlait espagnol avec l'accent chuintant de ses voisins européens. Pescatore nota que lorsqu'elle souriait, un coin de sa bouche descendait un peu. Il trouva que ça lui donnait l'air encore plus sincère.

— Négatif, répliqua Furukawa. Je suis moi-même fumeur, mais les règles sont les règles.

Pescatore n'avait encore rien entendu qui mette Raymond en cause. La discussion prenait un tour étrange.

— Attendez une minute, intervint-il. La police m'a menti. Ce n'est pas un terroriste qui m'a appelé, mais quelqu'un qui voulait nous aider. Vous croyez qu'il essayait de me prévenir qu'un attentat se préparait ?

— Oui, dit Furukawa. Et qui que ce soit, il n'a même pas essayé d'effacer ses traces : le numéro n'était pas protégé. Mais certains Argentins estiment que la cellule bolivienne était un leurre, que vous étiez impliqué dans le véritable complot et que ce coup de fil a déclenché l'opération.

— Sauf que je n'ai pas répondu. Ça n'a aucun sens.

Furukawa haussa les épaules.

— Mettez-vous à leur place : les Boliviens ont contacté la France après avoir reçu ce tuyau anonyme. L'équipe de Fatima était déjà sur l'affaire quand l'attentat d'El Almacén s'est produit. Ils sont remontés jusqu'à vous et ont transmis l'info aux Argentins, qui ne savaient plus où donner de la tête. Les preuves vous reliaient à un réseau terroriste opérant dans trois pays. Ils avaient des témoins et des images de vidéosurveillance confirmant votre présence sur les lieux du crime.

— Bon sang…

Pescatore croisa les mains derrière sa tête et se balança doucement.

— Alors que si j'avais répondu à ce foutu coup de fil, le massacre aurait pu être évité !

Belhaj fit la moue.

— Pas forcément.

Furukawa contourna son bureau et retira sa veste. Il prit place dans un fauteuil de l'autre côté du canapé.

— Fatima a raison. Le fait est que vous n'utilisiez pas ce téléphone. La personne qui a appelé pour vous prévenir – si c'était bien là son intention – n'a pas laissé de message. Elle n'a pas non plus essayé de joindre quelqu'un d'autre en Argentine. Il reste beaucoup de zones d'ombre à éclaircir.

— Il va me falloir un peu de temps pour digérer tout ça.

— Eh bien, dépêchez-vous. Le moment est venu de nous dire tout ce que vous avez caché à la *federal*. C'est de la plus haute importance si nous voulons que cette enquête progresse.

Le regard de Pescatore passait de l'agent du FBI à la Française. Ils l'avaient coincé. Il commençait à apprécier Furukawa. Quant à Belhaj, il avait du mal à détacher son regard d'elle. Il se sentait en sécurité à l'ambassade. Il était passé du statut de suspect à celui de témoin. Néanmoins, il ne se faisait aucune illusion : c'était un interrogatoire informel.

— Bon, écoutez, je veux vous aider, déclara-t-il pour gagner du temps. Mais est-on bien sûr que cet appel m'était destiné ? Ils ont pu se tromper de numéro.

Belhaj le dévisagea sans répondre. Furukawa croisa les bras.

— C'est très peu probable. À votre avis, Valentin, était-ce un faux numéro ?

Assez déconné, songea Pescatore. *Sois un homme.*

— D'accord, d'accord, je vais vous avouer un truc. Même si je ne suis pas convaincu que ça vous avance à quoi que ce soit. C'est peut-être un écran de fumée. Mais en échange, j'ai une requête : j'aimerais participer à l'enquête. Pour Facundo. Ça vous paraît faisable ?

— Nous verrons. Mais n'oubliez pas que je suis responsable de vous. Alors les *chingaderas*, c'est fini.

— Compris, agent Furukawa.

Pescatore leur parla de Raymond. Il leur raconta toute l'histoire, de Chicago au restaurant de Palermo Hollywood. Cette confidence avait quelque chose de cathartique. Furukawa ne le quittait pas des yeux, très concentré. Belhaj buvait son Coca à petites gorgées. Pescatore avait toute leur attention ; il se sentait à la fois puissant et vulnérable.

— En résumé, ce n'est pas grand-chose de plus qu'une intuition basée sur quelques faits. Je suis tombé sur Raymond. Je lui ai donné ce numéro que très peu de gens connaissent. Quelqu'un m'a appelé sur ce téléphone. Et cette saloperie est arrivée. Je ne peux pas vous garantir que c'était Raymond, ni prétendre que j'y comprends quelque chose.

Les questions fusèrent. Il avait le tournis. Non, il ne savait pas où vivait Raymond ; ce dernier était resté très évasif. Il avait simplement parlé d'une correspondance à Miami. Non, Raymond n'avait pas évoqué de liens avec la France, juste un séjour en Europe et une épouse nord-africaine. Oui, Raymond avait travaillé comme indic pour la DEA, l'agence antidrogue américaine aux États-Unis et en Amérique latine.

Furukawa semblait très intéressé par ce détail et par les doutes de Pescatore sur leur rencontre « fortuite » à l'aéroport.

— Soyons précis. Qu'est-ce qui vous a fait penser qu'il mentait ?

— J'ai eu une impression bizarre. Je l'ai bien connu autrefois. Il n'était pas naturel.

— Partons du principe que Ray était bien l'auteur du coup de téléphone. D'une manière ou d'une autre, il a appris que vous vous trouviez à Buenos Aires.

Qu'il soit impliqué ou non, il était au courant du projet d'attentat. Il vous a localisé, a organisé ces petites retrouvailles, et quelques jours plus tard, il a appelé en Bolivie pour…

— Qui a été contacté, là-bas ?

— Nous l'ignorons. Je disais donc : Raymond Mercer ne vous avait pas vu depuis le soir où vous l'aviez planté et où il s'était fait arrêter à Chicago. Mais c'est vers vous *monsieur Valentin* qu'il a décidé de se tourner. Pourquoi ?

— Peut-être parce qu'il a confiance en moi. Ou à cause de mes liens avec les forces de l'ordre. Il m'a posé des questions sur Facundo et l'ambassade.

Belhaj jouait avec une mèche de cheveux.

— Vous a-t-il expliqué quand et où il s'était converti à l'islam ? Est-il sunnite ou chiite ?

— En Argentine. Et il est sunnite, j'en suis quasiment sûr.

Furukawa prenait des notes sur un bloc de papier.

— Connaissez-vous le nom de jeune fille de sa mère ? Il a de la famille en Argentine ?

— Non. Ils étaient originaires du Liban.

L'agent du FBI regarda sa montre.

— Bon. Voilà enfin un angle d'attaque qui pourrait amener cette affaire sous ma juridiction. Car croyez-le ou non, l'attentat n'a pas fait une seule victime américaine. Pas une. Dieu merci, mais c'est tout de même étrange. Fatima, il faudrait que nous lancions une recherche sur Mercer dans nos bases de données respectives. Et nous devons prévenir immédiatement la police fédérale. Que signifie ce regard, Valentin ? Je ne peux pas leur cacher une piste.

— Je ne voudrais pas que ça atterrisse entre de mauvaises mains.

— En dépit de votre expérience, leur unité antiterroriste est plutôt douée. Ils se sont professionnalisés depuis les années 1990. Je m'inquiète davantage de l'aspect politique des choses… Certains de mes collègues ici sont convaincus que le nouveau gouvernement n'y résistera pas.

— Ce qu'il vous faut, c'est une personne de confiance qui vous tienne au courant et s'assure de leur bonne foi.

Furukawa acquiesça.

— Une source officieuse. Le problème, c'est que mon contact habituel, votre patron, est à l'hôpital. Des suggestions ?

— Je connais quelqu'un qui pourrait faire l'affaire.

Le lendemain, Belhaj passa chercher Pescatore à bord d'une voiture de l'ambassade française. Elle lui montra le gros titre d'un journal du matin : *De policier à terroriste*. L'enquête avait permis d'identifier l'un des principaux suspects, un ancien officier des stups de la police provinciale converti à l'islam. Son corps avait été retrouvé, entouré des cadavres des otages, au dernier étage d'El Almacén. Il s'appelait Belisario Ortega. L'article était accompagné d'une photo de jeunesse sur laquelle il posait en uniforme, le regard dur. D'après certains journaux, il y avait autant d'Argentins que d'étrangers parmi les terroristes, bien que la police n'ait encore donné aucun nom.

Fatima Belhaj annonça à Pescatore que ses recherches sur Raymond n'avaient abouti à rien.

— Si Mercer est venu en France, il est passé par un autre pays ou a utilisé un faux nom. Nous avons contacté nos voisins européens, mais le dimanche, tout tourne au ralenti. Tony m'a dit qu'il n'avait pas eu plus de chance côté américain.

— Je peux vous emprunter votre téléphone ? On ne m'a pas rendu le mien. Je n'ai plus d'arme, plus d'ordinateur, plus de passeport. Ça craint.

— Un orphelin du monde moderne.

Pescatore repensa à ses yeux sombres baissés sur lui, la veille, quand elle lui avait bandé le front à l'ambassade. Elle avait insisté pour s'en charger, d'une main sûre et délicate. Ce souvenir l'avait empêché de dormir une partie de la nuit, tout comme l'énigme incarnée par Raymond. Indic, terroriste, agent double – quel rôle son ami avait-il joué dans les événements qui venaient de bouleverser sa vie ?

Pescatore téléphona au café La Biela et demanda à parler à Modesto. Le serveur était un immigré galicien, un *Gallego* à l'ancienne, circonspect, courtois et bavard. Après trente ans passés en Argentine, il n'avait pas perdu l'accent rustique de son village de montagne.

— Est-ce qu'il est là ? s'enquit Pescatore.

— Il vient de réclamer l'addition. Il ne traîne jamais longtemps le dimanche.

— Je suis en route, Modesto.

Pescatore fit signe à Belhaj de demander au chauffeur d'accélérer.

— Il y a cinquante pesos pour toi à la clé. Arrange-toi pour le retenir.

— Comment ?

— Parle-lui !

— De quoi ?

— De foot, des femmes, je n'en sais rien. La Televisión Española n'a pas diffusé un sujet sur la Galice, récemment ?

— Ah si, c'est vrai qu'il y a eu un reportage intéressant l'autre jour sur la région de Rías Baixas. Apparemment, les courants marins…

— Parfait. Va lui raconter ça. On arrive dans une minute.

Pescatore croisa les doigts. Si Modesto était inspiré, il pouvait palabrer jusqu'à endormir son interlocuteur. Il adorait relater en détail les documentaires interminables dont la télévision espagnole abreuvait la diaspora galicienne nostalgique.

Parmi les nombreux contacts de Facundo, Pescatore estimait que Dario D'Ambrosio, l'ancien chef de l'espionnage habitué de La Biela, serait le plus à même de les aider. Il devait un service à son patron et tirait encore pas mal de ficelles au sein des services secrets. Belhaj et Pescatore devaient se charger de l'approcher.

— Je ne suis pas très présentable, murmura le jeune homme en tâtant son bandage et sa lèvre supérieure enflée. Ça m'embête d'entrer là-dedans avec ma tête à la *Raging Bull*.

— Ce n'est pas grave. Vous avez un corps de boxeur, et maintenant le visage qui va avec.

Pescatore digéra ce commentaire pendant que la voiture s'arrêtait Avenida Quintana, sous l'auvent vert et blanc du café. Il jeta un coup d'œil à sa voisine, tournée vers la fenêtre ruisselante de pluie.

— Quand vous dites que j'ai, euh, un corps de boxeur, c'est un compliment ?

— *C'est une question de goût**.

Elle joue avec moi, songea-t-il. *Elle est maligne, sexy et française, et elle joue avec moi.*

Ils trouvèrent D'Ambrosio assis dans un coin de la partie fumeurs, séparée du reste de la salle par une cloison de verre. Modesto était planté devant la table tel un gardien de but attendant un penalty, plateau à la main et torchon sur le bras. Il était plongé dans un monologue mais, dès qu'il les aperçut, il s'interrompit au milieu d'une phrase et s'écarta. Pescatore se présenta comme le bras droit et très bon ami de Facundo Hyman.

— Oui, bien sûr, je sais qui vous êtes, répondit D'Ambrosio d'une voix suave. De l'argent attendait sur la table à côté de l'addition ; ils étaient arrivés juste à temps.

D'Ambrosio observa son visage meurtri avant de demander :

— Comment va notre ami Facundo ? À l'hôpital, on m'a dit qu'il ne pouvait pas encore recevoir de visites.

— J'ai appelé ce matin, son état est stable. Dieu merci.

L'espion était la première personne que Pescatore voyait utiliser un fume-cigarette. Grand et mince, cheveux argentés, foulard lie-de-vin et veste en velours côtelé, D'Ambrosio avait l'allure d'un gentleman-farmer ; on l'imaginait parfaitement dans sa maison de campagne après une partie de chasse. Lorsque Pescatore lui présenta Belhaj comme une responsable des services antiterrorisme français, il se leva, le dos bien droit, et se déclara enchanté. Puis il les invita à s'asseoir en jetant un regard appréciateur aux courbes de la jeune femme. Pescatore se félicita. Furukawa aurait voulu qu'il rencontre l'Argentin en tête à tête, pour ne pas s'impliquer. Mais Pescatore avait insisté pour que Belhaj l'accompagne afin de confirmer qu'il travaillait bien avec la police. Il n'avait pas précisé qu'il comptait également sur les atouts physiques de la jeune femme pour amadouer D'Ambrosio.

Sans perdre de temps, il entreprit de raconter son passage entre les mains de la police fédérale.

— J'ai effectivement entendu parler d'un léger quiproquo impliquant un Américain, acquiesça D'Ambrosio.

— Oui, ils ont confondu ma tête avec un punching-ball.

La remarque fit sourire son interlocuteur. Quand Pescatore lui expliqua qu'ils avaient besoin de son aide pour une affaire délicate, il tira sur son fume-cigarette d'un air pensif.

— En d'autres termes, vous m'avez tendu une embuscade.

Son ton suggérait qu'il le prenait plutôt bien – pour le moment.

— Une embuscade amicale, oui. Étant donné l'état de Facundo, je ne savais pas vers qui me tourner. Je suis sûr qu'il compterait sur moi, et sur vous, monsieur, pour aider la commissaire et le FBI. D'autant plus que je suis directement concerné.

Il lui demanda s'il pouvait se renseigner discrètement sur l'éventuelle implication d'un autre Américain.

— Vous me mettez dans une situation compliquée. N'oubliez pas que j'ai pris ma retraite. Anticipée, bien sûr, précisa-t-il en se tournant vers Belhaj. Tiens, quel âge me donnez-vous, mademoiselle ?

Soixante, mais réponds cinquante-cinq, pensa Pescatore.

— Cinquante ? minauda la jeune femme en ouvrant de grands yeux innocents.

— Vous me flattez !

D'Ambrosio lui décocha un sourire de présentateur télé.

— Quoi qu'il en soit, je ne peux pas me permettre de fourrer mon nez là-dedans.

— Docteur D'Ambrosio, reprit Pescatore (partant du principe que l'homme était certainement diplômé en droit, ce qui en Argentine lui conférait le titre de « docteur », et qu'au pire des cas il apprécierait le compliment), Facundo m'a expliqué que vous aviez encore beaucoup d'influence sur votre ancien service, et que vous aviez toujours été un défenseur du bien.

— En bon ami, Facundo exagère toujours mes mérites... Je crains de ne pas pouvoir vous aider, jeune homme.

— Je n'ai peut-être pas été assez clair, docteur.

— Bien sûr que si.

— S'il vous plaît, docteur, je...

— Maintenant, si vous voulez bien m'excuser, j'ai un rendez-vous important.

Pescatore décida de laisser tomber les flatteries.

— Écoutez-moi, marmonna-t-il, les dents serrées. Je suis au courant de l'immense service que vous a rendu Facundo. Il vous a sorti d'une situation désagréable et fort embarrassante impliquant mon gouvernement. Vous lui êtes redevable, ce qui en l'état actuel des choses signifie que vous me devez une faveur. Compris ?

D'Ambrosio lui jeta un regard dur, le gentleman-farmer se muant soudain en parrain de la pègre.

— Je n'aime pas beaucoup qu'on fasse pression sur moi, *muchacho*.

Pescatore ne baissa pas les yeux, bien qu'il fût conscient d'y être allé un peu fort. Belhaj intervint. Avec un sourire ravageur, elle demanda une cigarette à l'Argentin, qui s'exécuta galamment avant de lui offrir du feu. Elle repoussa une mèche de cheveux et souffla la fumée.

— Cher monsieur, n'oubliez pas que monsieur Valentino vient de vivre une expérience traumatisante, lui rappela-t-elle dans son espagnol chantant. Il se trouvait sur les lieux de l'attentat, et on l'a accusé à tort. On peut comprendre qu'il soit tendu. Nous cherchons à faire la lumière sur un crime horrible. Vous seul pouvez nous y aider.

D'Ambrosio alluma une nouvelle cigarette en évitant leurs regards. Il était troublé.

Pescatore lui tendit un rameau d'olivier.

— Je suis désolé de vous avoir parlé si crûment.

— Disons que nous nous sommes tous les deux emportés. Il y a de quoi, en ce moment. Vous avez raison : Facundo voudrait que je vous donne un coup de main. J'allais me commander un cognac. Prenons-en un ensemble et discutons un peu, qu'en dites-vous ?

Pescatore lui raconta sa rencontre avec Raymond et l'implication possible de ce dernier dans les attentats. L'ancien espion écoutait avec une attention de plus en plus grande, en l'interrompant de temps à autre avec des questions incisives.

Ce type est un pro, pensa le jeune Américain avant de lui tendre un dossier contenant quelques informations de base, dont le numéro argentin et l'adresse e-mail fournis par Raymond. D'Ambrosio préféra sortir un carnet en moleskine et un stylo-plume pour prendre des notes.

— Mieux vaut éviter d'échanger des documents. Vous avez bien fait de venir me voir. Je transmettrai ces données aux agents compétents. L'enquête est ralentie et faussée par les différents intérêts en jeu. Les polices fédérale et provinciale sont toutes deux impliquées à un niveau ou un autre. Quant aux dirigeants, ils doivent tenir compte de problèmes de politique intérieure et extérieure. Un vrai *cambalache.*

Pescatore traduisit pour Behlaj :

— C'est un tango qui parle de la corruption omniprésente, à cause de laquelle on a du mal à distinguer les escrocs de ceux qui ne le sont pas.

— Exactement, confirma D'Ambrosio. *Mademoiselle la commissaire**, pensez-vous vraiment que l'attentat soit l'œuvre d'une organisation liée à Al-Qaïda, comme le prétend la version officielle ?

La question les prit par surprise. *Il a du mal à croire qu'une femme d'origine marocaine puisse être un flic si haut placé*, devina Pescatore.

— Nous n'excluons pas cette possibilité. Le numéro de téléphone français renvoie indirectement à des réseaux extrémistes liés au Pakistan et à la Syrie. La zone d'influence d'Al-Qaïda. L'Amérique du Sud est un territoire nouveau, mais de nos jours, c'est ce qu'ils recherchent. Des cellules naissent spontanément et frappent là où elles le peuvent.

— De mon point de vue, cette opération révèle un grand professionnalisme. Cela ne correspond pas aux méthodes maladroites et aux nombreux échecs d'Al-Qaïda ces dernières années. Je vais vous révéler un détail inconnu du grand public : les équipes médico-légales ont découvert les détonateurs utilisés par les kamikazes. Ils étaient encore serrés dans leurs mains ; une main droite, et une main gauche. Ils ont fini par comprendre que toutes les deux appartenaient à la même personne. Qu'en déduisez-vous ?

Nouveau regard séducteur en direction de Belhaj, qui inclinait la tête et tirait sereinement sur sa cigarette. Elle s'amusait beaucoup.

— Cela suggère que les cerveaux de l'attaque ont étudié la psychologie de leurs hommes, dit-elle. Ils ont certainement eu des doutes sur l'un d'entre eux. Le kamikaze le plus résolu, celui en qui ils avaient le plus confiance, s'est donc vu attribuer la responsabilité de son camarade. Il a déclenché les deux bombes. Du travail de pro.

— Excellente analyse, qui renforce ma conviction d'avoir affaire à des groupes inconnus. Pescatore, autre chose ?

— Oui. Le soir où j'étais avec Raymond Mercer, il a reçu un coup de fil d'une Argentine. Il s'adressait à elle comme à une maîtresse. Elle avait l'air en colère. Il a promis de passer la voir plus tard. Je crois qu'elle s'appelait Flo, peut-être le diminutif de Flora ou Florencia.

Belhaj le dévisagea, surprise. Il avait gardé cet atout dans sa manche. La veille, à l'ambassade, il avait oublié de leur parler de cette femme, ce qui impliquait que la police fédérale ignorait son existence. Quand il s'en était souvenu, ils avaient déjà prévu d'aller voir D'Ambrosio. Il avait donc décidé de réserver cette info au responsable du SIDE. Cela mettrait les services secrets sur le même plan que la police, et lui garantirait la loyauté des deux camps. Tout en laissant une longueur d'avance aux Américains, aux Français et à lui-même.

C'était une tactique risquée et un peu tordue. Mais nécessaire.

6

SOPHISTICATED LADY

L'immeuble était l'un des gratte-ciel les plus chics de la ville. Un refuge aérien pour magnats, politiques, footballeurs, stars de la télé et membres de la faune branchée.

L'ascenseur de service grimpait le long de sa cage, percée à chaque étage de petites fenêtres donnant sur le quartier de Puerto Madero. Situé sur la berge du fleuve, cet alignement de vieux docks et de hangars de brique avait été transformé en promenade bordée de restaurants.

— Vous avez vu le nombre de chiens de luxe que ce pauvre type traînait derrière lui dans la rue ? murmura Furukawa. Il y avait une bonne douzaine de laisses ; à deux mille dollars par tête, ça fait dans les trente mille billets.

— On dirait que Flo a réussi, commenta Pescatore. Chez nous, aucun agent de l'immigration ne vit aussi bien. Même les ripoux.

Trois jours s'étaient écoulés depuis le rendez-vous de La Biela. L'enquête avançait en suivant deux pistes parallèles. La version officielle évoquait désormais un complot terroriste « maison » – du jamais-vu en Amérique latine. Belisario Ortega, l'ancien des stups, avait séjourné dans un camp d'entraînement islamiste au Pakistan. De retour chez lui, il avait rassemblé une bande d'Argentins originaires du Proche-Orient et de criminels convertis à l'islam. Leur idéologie mélangeait l'influence d'Al-Qaïda et celle de groupuscules néonazis. Les autorités insistaient sur le fait que l'ex-flic s'était chargé seul de l'armement et de la préparation de ses hommes, comme de l'organisation de l'attentat. Les uniformes de la police fédérale revêtus par les kamikazes auraient été des faux. Les porte-parole contredisaient les conclusions des premiers rapports, selon lesquels certains des terroristes étaient étrangers. Ils écartaient également l'idée de cerveaux réfugiés outre-Atlantique.

— Plus l'affaire reste locale, plus ils gardent le contrôle, leur avait expliqué D'Ambrosio lors d'un second entretien à La Biela, au milieu du nuage de fumée créé par sa cigarette et celle de Belhaj. Notre gouvernement ne porte pas vraiment les Américains dans son cœur, pas plus que les Européens ou les Israéliens. Et il entretient de fructueuses relations commerciales avec le Proche-Orient. De ce fait, il répugne à partager des informations avec des services de renseignement étrangers trop curieux, qui risqueraient d'orienter les regards vers une direction dangereuse. L'attentat de Bombay en 2008, très similaire à celui-ci, était une opération de haut vol menée par un groupe terroriste en collaboration avec les services secrets pakistanais, après deux ans de préparatifs. Et là, ils prétendent que les *pelotudos* auraient agi seuls, et ils s'attendent à ce que les autres *pelotudos* les croient ?

Les hommes de D'Ambrosio s'étaient jetés sur la piste suggérée par Pescatore. Ils avaient retracé les déplacements de Raymond à Buenos Aires et identifié sa maîtresse, une certaine Florencia Pucinski

Rodriguez. Surnommée *la Gorda Flo* (« la grosse Flo »), elle était responsable adjointe des services de l'immigration. Les agents avaient obtenu un mandat pour l'assigner à résidence. Elle avait coopéré, leur fournissant une quantité importante d'informations. D'Ambrosio avait proposé aux enquêteurs américains et français de rencontrer cette source précieuse.

— Je ne m'étais pas autant amusé depuis des années, avait-il lancé à Pescatore avec un immense sourire. Grâce à vous, oublié la retraite !

L'ascenseur s'arrêta au vingt-cinquième étage. La grille métallique s'ouvrit bruyamment sur un visage familier : celui de Biondani, l'espion aux cheveux longs qui s'était trouvé à El Almacén juste après l'attaque.

— La maîtresse de maison vient de rentrer de la salle de sport, les informa-t-il. Elle est en train de se rafraîchir et sera à votre disposition d'ici très peu de temps.

Biondani leur fit traverser une cuisine ensoleillée. Des hommes en civil étaient assis à table devant un petit déjeuner et un effrayant pistolet-mitrailleur MP5. L'appartement occupait tout l'étage et profitait d'une vue panoramique. On aurait dit un salon d'exposition : piano à queue, épais tapis, canapés luxueux.

— Bonjour tout le monde !

Florencia les accueillait comme une hôtesse joyeuse, et non comme la prisonnière d'une cage dorée. Elle était suivie d'une policière fatiguée en jean et d'une femme de chambre encore plus fatiguée en uniforme. Biondani fit les présentations.

— Le fameux Valentino de Chicago ! s'exclama Florencia en l'embrassant sur les deux joues. J'ai beaucoup entendu parler de vous.

Tandis qu'elle les faisait asseoir, Pescatore se dit que malgré son surnom peu galant, la Gorda Flo n'était pas vraiment grosse. Elle s'installa près de lui sur le canapé. Ses formes plantureuses étaient moulées dans un bustier à motif léopard et un pantalon en cuir bleu électrique. Elle avait la quarantaine passée, soit dix ans de plus que Raymond. Son brushing rappela à Pescatore les minettes de banlieue des *Sopranos*. Sous sa frange, ses yeux perpétuellement écarquillés et son petit nez retroussé révélaient un recours excessif à la chirurgie esthétique.

— Seigneur Dieu, mais on dirait Beyoncé ! lança-t-elle. Vue de dos, en tout cas. Et quelle chevelure !

Elle parlait de Fatima Belhaj, qui était en train de poser son manteau sur une chaise. La ressemblance n'était pas flagrante, ce qui confirma l'impression de Pescatore : cette femme ne devait pas beaucoup réfléchir avant de parler. Peu lui importait que ses remarques soient politiquement incorrectes ou déplacées.

— Alors, vous vouliez me parler de Ramón ? reprit-elle en se tournant vers lui. (Derrière son sourire et son fard, on devinait sa peur.) Votre vieil ami. L'amour de ma vie. Ma malédiction.

— Quand on était petits, c'était Raymond. Ne me dites pas qu'en réalité, il s'est toujours appelé Ramón ?

— Non, c'est le surnom que je lui donnais. Il a fini par l'adopter. Il disait que ça faisait partie de sa quête des origines.

Pescatore avait prévu de laisser les autres poser les questions, mais il avait l'impression que Florencia se sentait à l'aise avec lui. Il jeta un coup d'œil à Furukawa, qui l'encouragea à continuer d'un signe de tête.

— Et donc, il vous a parlé de moi ?

— Beaucoup.

Elle posa une main sur son bras. Son parfum sentait la noix de coco.

— Il avait énormément d'affection pour vous. Il disait que vous étiez son meilleur ami d'enfance. Que vous auriez pu avoir une bonne influence sur lui. Mais qu'en fait, c'est lui qui en avait eu une mauvaise sur vous. Il le regrettait sincèrement. Comme si c'était la cause de tous ses problèmes.

Pescatore avait espéré découvrir que son ami était revenu du côté du bien, mais il commençait à se faire une raison. Et voilà que les premiers mots de cette femme ressemblaient à des excuses par personne interposée.

— Comment l'avez-vous rencontré ?

— C'était il y a environ huit ans. Je rendais quelques services à de riches *Turquitos* : pour leurs titres de séjour, des problèmes administratifs... Ils me remerciaient généreusement. Ramón m'a été envoyé par un de ses cousins éloignés, par l'intermédiaire de la famille Kharroubi. Il voulait obtenir la nationalité argentine.

Il était en droit d'y prétendre car sa mère était argentine. Florencia avait accéléré les démarches contre rémunération. Raymond l'avait invitée à un de ses concerts dans un petit club de San Telmo. Il s'y produisait plusieurs fois par semaine, seul au piano ou accompagné d'une section rythmique.

— La première fois, il m'a dédié la chanson *Sophisticated Lady*. Après ça, il la jouait toujours pour moi. Quel air... Quelle voix... Je ne comprenais pas la moitié des paroles, mais ça n'avait aucune importance.

Un souvenir revint à Pescatore. Il était en train de se défoncer avec Raymond en écoutant la version de

Tony Bennett de cette chanson. Raymond trouvait que c'était l'une des plus belles de tous les temps. D'après lui, aucune femme ne devait résister à Benedetto quand il chantait ça.

— Il m'a dit que j'étais sa *sophisticated lady*. J'avais l'impression d'être la reine du monde. Il venait de me planter une flèche en plein cœur. *Ay*.

Elle pressa une main contre sa poitrine et s'adressa à Belhaj comme à une sœur.

— C'était une belle histoire d'amour. Il ne lésinait sur rien : champagne, restaurants, grands hôtels… Entre nous, c'était très physique. La différence d'âge rendait la chose encore meilleure. Les hommes jeunes sont si vigoureux, si passionnés !

Par pitié, épargnez-nous les détails, songea Pescatore.

Florencia entreprit alors de décrire leurs escapades romantiques sur la côte uruguayenne.

— Il adorait cette région. Je lui avais raconté une vieille plaisanterie : quand viendra l'Apocalypse, il faudra se réfugier en Uruguay, parce que là-bas tout arrive avec cinquante ans de retard. Il disait qu'il serait ravi de se trouver un petit bar sur la plage et d'y jouer du piano en attendant la fin du monde. Il aimait ce calme, cette lenteur. Ça l'apaisait. Il faut dire qu'il était à peine sevré de son addiction à la cocaïne. Il était encore très tourmenté. Je me suis occupée de lui. Je l'ai soigné.

Raymond s'était peu à peu rapproché de Suleiman Kharroubi, un homme d'une trentaine d'années propriétaire de concessions automobiles et de sociétés d'import-export qui traitaient avec la Bolivie.

— Les Kharroubi avaient le bras long au sein de la communauté arabe. Ils s'étaient bâti un véritable empire dans les voitures d'occasion. Pas toujours très honnêtement. C'était de vrais gangsters.

Raymond y avait vu une chance de gagner beaucoup d'argent. Il s'était mis à amener de nouveaux « clients » à Flo pour qu'elle les aide à obtenir de faux papiers.

— *Turquitos, Chinitos, Bolitas*.

Pescatore traduisit mentalement, dans un registre plus politiquement correct : Arabes, Asiatiques, Boliviens.

— Et aussi des Indiens, des Pakistanais, des Mexicains. Plus un ou deux Américains. Certains voulaient s'acheter de nouvelles identités. D'autres des passeports et des visas argentins pour partir aux États-Unis ou en Europe. Je préférais rester discrète, ne pas trop en faire, mais Raymond en voulait toujours plus. Il savait se montrer si charmeur, si persuasif… J'étais dingue de lui. Et on gagnait des sommes incroyables. Même avant que la drogue entre en jeu. C'était *Amour, gloire et beauté*. Pardon, mais je meurs d'envie d'une cigarette. Ça ne vous dérange pas, Valentino ?

Ça le dérangeait. Mais étant donné qu'il supportait la fumée de Belhaj depuis plusieurs jours, il aurait été malvenu de se plaindre. Flo fit tourner son briquet entre ses mains potelées. Biondani intervint :

— La drogue, c'est le lien avec Belisario Ortega, le leader de la cellule terroriste.

Il était appuyé au bras d'un fauteuil, comme s'il refusait de s'installer trop confortablement sur des biens frauduleusement acquis.

— Je n'ai rencontré Ortega que deux ou trois fois, reprit Florencia. Il ne me plaisait pas. *Un negro de la provincia*.

Cette expression raciste, banale à Buenos Aires, décrivait une personne à la peau sombre issue des classes populaires et vivant aux alentours de la capitale. Pescatore espéra que la domestique ne l'avait pas entendue depuis la pièce voisine. Il se demanda aussi de quel qualificatif Florencia aurait affublé sa mère.

Le trafic de cocaïne découlait du trafic d'êtres humains, leur expliqua-t-elle. Le réseau d'immigration clandestine soudoyait des employés stratégiques dans les ports, les aéroports et aux postes-frontières. Peu à peu, Raymond et ses amis s'étaient mis à utiliser les mêmes routes pour le transport de drogue : import depuis la Bolivie, export vers l'Europe en passant par l'Afrique. Au début, la cocaïne était confiée à des mules. Mais au fur et à mesure que les volumes augmentaient, ils avaient dû cacher la marchandise dans des containers, essentiellement de voitures d'occasion, sous couverture des sociétés de Kharroubi.

— C'est Ramón qui a contacté Ortega, alors chef des stups à la Bonaerense. Ses hommes escortaient les cargaisons, protégeaient la distribution. L'argent n'a pas tardé à couler à flots. Vous n'imaginez même pas. J'avais beau dépenser sans compter, il y en avait toujours plus. Je me suis acheté ce pied-à-terre. Et j'ai offert un piano à Ramón.

Elle eut un geste las qui englobait la pièce, l'instrument, la ville et l'horizon au-delà. Comme pour dire : regardez ce que je m'apprête à perdre.

— C'est un appartement magnifique, confirma Pescatore, sentant qu'elle attendait un compliment. Vous aviez la belle vie.

Elle poussa un soupir.

— Oui et non, chéri. Franchement, j'étais terrifiée. On jouait dans la cour des grands. Ramón prétendait savoir ce qu'il faisait. Il avait des relations – dans la police, aux États-Unis. Il était encore en contact avec les agents américains pour qui il avait travaillé. Il leur filait quelques tuyaux de temps en temps. Mais notre relation…

— Quels Américains ? l'interrompit Furukawa, dont le petit déjeuner n'avait pas l'air de passer. A-t-il cité des agences en particulier, des noms ? Les avez-vous rencontrés ?

— Non.

Elle remonta les jambes sur le canapé, comme une enfant.

— Notre relation, disais-je, se détériorait peu à peu. Je savais qu'il fréquentait d'autres femmes. Des femmes plus jeunes. Et puis il a commencé à se passionner pour toutes ces histoires de religion. À cause de ses origines. Les *Turquitos* l'ont emmené dans leur mosquée. Ils passaient leur temps à parler de l'islam, d'Israël, de la Palestine. Moi, la politique, ça ne m'a jamais intéressée. C'est devenu une véritable obsession pour Ramón. Il s'est converti. Comme ce sale type d'Ortega. Vous connaissez Ramón, c'est un beau parleur. À l'entendre, ils étaient en train de devenir des guerriers internationaux.

Raymond était passé par des phases de dévotion religieuse au cours desquelles il se laissait pousser la barbe, priait constamment et fuyait toute forme de plaisir.

— Il me rendait folle. Il se montrait violent. Verbalement et physiquement. Il disait que je m'habillais comme une pute, que je me comportais comme une pute. Et puis, au bout de quelques semaines, il redevenait lui-même : il se rasait, dépensait de l'argent, faisait la fête. À croire que tout ça n'était qu'une gigantesque plaisanterie. Le trafic de drogue ne cessait de prendre de l'ampleur. Je lui ai conseillé de ralentir le rythme. À quoi bon gagner plus ? Il s'est mis en colère. Il m'a dit qu'il faisait ça « pour la cause ». Quoi que cela signifie.

Les choses n'avaient pas tardé à dégénérer. La police fédérale avait intercepté un chargement de cocaïne dans la province de Buenos Aires. Des rumeurs couraient sur l'implication de la DEA. Raymond était passé la voir, très tendu, et lui avait annoncé qu'il partait pour la Bolivie, qu'il allait faire profil bas pendant quelque temps.

— Une semaine s'est écoulée. Kharroubi m'a rendu visite. Il m'a rassurée : mes hommes ne risquaient rien. Les alliés de Ramón nous protégeaient. D'après Kharroubi, il serait bientôt de retour.

Elle prit une grande inspiration. Pescatore remarqua que Biondani était en train d'envoyer un texto.

— Après ça, plus de nouvelles. Pendant des mois, j'ai essayé de l'appeler. Je lui ai envoyé des e-mails. Il ne répondait pas. Je voulais aller en Bolivie. Ils m'ont conseillé d'être patiente, expliqué que la situation était délicate. Ramón avait disparu de ma vie. C'était aussi brutal qu'un coup de poing en plein ventre. C'était…

Elle se tut et se mit à pleurer. Les sanglots secouaient ses épaules rondes. Pescatore regarda les autres : apparemment, ils comptaient sur lui pour la réconforter. Il lui tapota le dos d'un geste maladroit. Elle avait beau être irritante, il avait pitié d'elle.

— Ça va aller, Flo. Prenez votre temps.

Il prit un mouchoir en papier dans la boîte posée sur la table et le lui tendit.

— *Me van a limpiar*, gémit-elle.

C'était de l'argot des rues. Littéralement : « Ils vont me nettoyer. » Métaphoriquement : « Ils vont me tuer. »

— Allons, Florencia, grogna Biondani en levant le nez de son BlackBerry. Nous vous protégeons vingt-quatre heures sur vingt-quatre.

— *Soy boleta.*

Encore une expression imagée : « Je suis poinçonnée. »

— Pour l'amour de Dieu, qui pourrait vouloir vous tuer ? s'énerva Biondani.

— Tout le monde !

Elle le regarda par-dessus son mouchoir, des traînées de mascara sous les yeux.

— Les narcos, les terroristes, la police…

— Arrêtez le mélodrame.

— C'est peut-être du mélodrame, mais c'est la vérité.

Biondani lui rappela que l'une des conditions de sa confortable détention était son entière coopération. Elle se reprit et continua. Un an plus tôt, Raymond avait refait surface. Il avait sonné à sa porte avec une bouteille de champagne et des excuses. Il disait avoir été forcé de disparaître. Il avait évoqué des complots, des mafias, des gouvernements. Mais tout cela était terminé. Il avait investi sagement la fortune amassée grâce à la drogue. Et il était là pour affaires.

— Il avait changé, et pas que physiquement. Il était plus froid, plus mûr.

— Où vivait-il ? demanda Belhaj.

— Il est resté vague. En Europe, peut-être.

— Qu'en était-il de ses pratiques religieuses ?

— Il était toujours musulman. Mais il prétendait s'être purgé de ses tendances fanatiques. Il avait pris du recul par rapport à sa foi.

— Vous l'avez cru ?

— Vu comme il se comportait, oui. Je m'étais juré de ne jamais lui pardonner. Mais bien sûr, j'ai craqué.

Il est resté quelques jours ; ensuite, il revenait de temps en temps. Il y a quelques mois, j'ai compris que c'était intéressé : il avait besoin de deux passeports.

— Nous pensons qu'ils étaient destinés aux kamikazes de la semaine dernière, précisa Biondani. Celui qui a déclenché les bombes d'El Almacén, et le chauffeur du fourgon piégé.

— Je n'étais pas au courant, se défendit Florencia. Je ne les ai jamais rencontrés. J'ai adressé Ramón à un spécialiste qui travaille pour les services d'immigration.

Furukawa l'interrogea :

— C'était donc des faux ?

— Pas du tout. Ils étaient parfaitement authentiques.

Pescatore comprenait mieux comment les autorités avaient pu étouffer les rumeurs d'implication étrangère. Officiellement, les terroristes étaient tous argentins, comme le prouvaient leurs papiers.

— Les deux Arabes n'étaient pas encore arrivés, poursuivit Flo. Il y a environ deux semaines, Ramón est passé en ville. Ses amis attendaient en Bolivie, prêts à prendre l'avion pour Buenos Aires. Il leur avait remis les passeports, mais il voulait s'assurer qu'ils ne rencontreraient aucun problème. Je lui ai répondu que je refusais d'être mêlée à ça. Il m'a bercée de belles paroles et manipulée pour que je coopère. Et moi, comme une idiote, j'ai accepté de lui indiquer les horaires de service d'un de mes hommes de confiance à la douane. C'était une simple garantie, personne n'aurait à intervenir. Voilà, c'est tout.

Il y eut un silence.

— Savez-vous s'il connaissait bien le centre commercial El Almacén ? l'interrogea Furukawa d'une voix douce.

Pescatore fut impressionné par sa patience. Cet homme savait vraiment écouter.

— A-t-il pris des photos, filmé les lieux, ou quoi que ce soit d'autre qui puisse suggérer qu'il repérait les lieux ?

Florencia le dévisagea, muette et horrifiée.

— Pas besoin : il connaissait El Almacén comme sa poche ! Je l'y avais emmené lors de notre première visite de la ville. On y était tout le temps fourrés. Pour faire du shopping, aller au cinéma, boire un café… C'est là-bas qu'il m'achetait des vêtements et des bijoux. Quand je pense à ce qui est arrivé…

Furukawa hocha la tête, attendant la suite. Une larme roula sur la joue de Florencia.

— On mangeait souvent chez le traiteur où la bombe a explosé. Raymond avait sympathisé avec les serveurs, il les appelait par leur prénom. La nourriture lui rappelait un restaurant de Chicago – Moro, ou Mauri, quelque chose comme ça. Mais après sa conversion, on a cessé d'y aller.

Morry's, corrigea mentalement Pescatore. Il revit la petite boutique du South Side où ils achetaient des sandwichs au corned-beef. Raymond faisait toujours le clown au comptoir. *Quel salopard.*

Furukawa et Belhaj posèrent d'autres questions à Florencia. Celle-ci pensait que Raymond avait été en contact avec Kharroubi au cours des derniers mois.

— Je n'ai pas eu de nouvelles depuis un moment, mais il est très bien renseigné. C'est un vrai mafieux.

Florencia ouvrit une chemise posée sur la table basse et leur montra une photo. On y voyait Raymond aux côtés de Kharroubi – un homme au visage rond et à l'air arrogant – et d'Ortega, l'ancien flic devenu terroriste. Tous trois portaient la barbe. Le dossier contenait également une photocopie du passeport argentin de Raymond. Sur la photo d'identité, il était rasé et avait les cheveux lissés en arrière. Ses yeux hagards trahissaient le toxicomane en cours de sevrage. Le document était au nom de Ramón Verdugo, un mot qui signifiait « bourreau » en espagnol. *Je parie qu'il trouve ça cool*, se dit Pescatore.

— Le nom de jeune fille de sa mère était Takiedinne Verdugo, expliqua Florencia. Il a choisi de ne garder que la deuxième partie, craignant que le patronyme arabe ne lui pose problème lors de ses voyages. Mais n'oubliez pas qu'il était en contact direct avec mes sous-traitants, et qu'il avait obtenu des passeports. Pour lui, et pour d'autres. Les collègues de ce monsieur sont probablement en train de se pencher sur la question, ajouta-t-elle en désignant Biondani.

Ce dernier hocha la tête avec impatience. Il semblait pressé d'en finir.

Florencia serrait un coussin contre sa poitrine ; elle semblait épuisée, malheureuse. Elle tendit la main pour caresser la joue de Pescatore.

— *Ay*, Valentino. Dans quel enfer votre ami m'a laissée ! Malgré tout, je l'aime encore. Si vous le retrouvez, dites-le-lui.

Elle le dévisagea un moment.

— C'est drôle. Vous ne ressemblez pas vraiment à Ramón, mais quelque chose dans votre façon de parler, de vous tenir, me fait penser à lui.

— Je ne sais pas comment le prendre.

Biondani redescendit avec eux. Il avait du nouveau. Les services secrets étaient sur la trace de Kharroubi, l'associé de Raymond. Il s'en était rendu compte et s'était enfui avec ses gardes du corps dans l'espoir de prendre un jet privé pour la Bolivie. Les agents étaient arrivés à l'aéroport en même temps que lui, mais il était parvenu à leur échapper en voiture. Ils avaient passé la nuit à le chercher, avant de localiser sa planque dans une banlieue industrielle à l'ouest de la ville.

— Nous sommes convaincus que Kharroubi a joué un rôle dans les attaques, conclut-il d'un ton animé, sur le trottoir devant l'immeuble. Les fouilles menées chez Ortega et d'autres nous en ont fourni la preuve, ainsi que les données trouvées sur leurs téléphones et leurs ordinateurs. Il était en charge de l'aspect logistique : armes, véhicules, explosifs, uniformes de police (authentiques, contrairement à ce que racontent les médias). Nous nous apprêtons à l'arrêter. Si vous voulez, vous pouvez m'accompagner et assister au spectacle.

Dans la voiture, Furukawa et Belhaj appelèrent leurs ambassades respectives pour leur transmettre la nouvelle identité de Raymond. Pescatore sortit l'iPhone qu'il avait acheté le matin même. Il appela à l'hôpital, où on lui annonça que Facundo allait mieux et pourrait bientôt recevoir des visites.

— Alors, lança Furukawa d'un air sombre. Qu'avons-nous pensé de la petite *telenovela* à laquelle nous venons d'assister ?

— À mon avis, elle disait la vérité, répondit Belhaj. Bien qu'elle ait sans doute exagéré son rôle de victime. Raymond a suivi le processus de radicalisation habituel : la criminalité conduit à l'extrémisme, et le trafic de drogue se justifie par le djihad. C'est le « gangsterrorisme ».

— Les passeports fournis aux kamikazes semblent confirmer votre théorie, acquiesça Furukawa. Ils n'étaient pas sûrs de trouver des Argentins prêts à se faire exploser au nom de la foi. Alors ils ont fait venir des étrangers qui avaient des *cojones*.

Belhaj, assise à l'avant, se retourna vers Pescatore.

— Et vous, *monsieur** Valentino, qu'en pensez-vous ? C'est vous le spécialiste de Raymond-Ramón.

Il aimait quand elle l'appelait « *monsieur* Valentino » de sa voix rauque.

— La façon dont il a traité Florencia lui ressemble bien. Il n'a jamais eu beaucoup de morale avec les femmes. Par contre, cette histoire d'agence américaine me semble bizarre.

— Je ne vous le fais pas dire, marmonna Furukawa. Ça ne m'a pas plu du tout.

— Il y a une chose que je ne comprends pas... Raymond était visiblement impliqué. C'est lui qui a obtenu les passeports, qui a fait entrer les kamikazes dans le pays. Il devait aussi appartenir à la cellule bolivienne. Alors pourquoi aurait-il retourné sa veste et sonné l'alarme à la dernière minute ? Je sais qu'il aime jouer sur plusieurs tableaux, mais là, c'est étrange.

— Votre copain n'est pas très fréquentable.

— Peut-être que maintenant, on va enfin découvrir où il se cache et ce qu'il manigance.

Un brouillard matinal flottait au-dessus des champs. La voiture sortit de la ville et traversa un paysage gris dominé par les flèches d'une église mormone. Au sommet de la plus haute, la statue d'un ange doré tenant une trompette étincelait sous les pâles rayons du soleil.

— Comment s'appelle l'endroit où nous nous rendons ? demanda Belhaj.

— La Matanza.

— Ce qui signifie...

— « Le Massacre », traduisit Pescatore. Une troupe d'Espagnols y a été décimée par les Indiens au XVIe siècle. J'y suis déjà allé deux ou trois fois pour le boulot. La ville porte toujours très bien son nom.

7

LES BRIGANDS

Le *comisario* mangeait du steak tous les jours.

C'était un bagarreur. Ça se voyait à la façon dont ses grosses mains noueuses maniaient le couteau et la fourchette, à ses épaules carrées, à sa voix rocailleuse. Il portait une veste bleue par-dessus un gilet en laine pour se protéger du froid de la salle à manger. Le QG de la police du district avait un chauffage défectueux. Les agents gardaient leurs manteaux et leurs écharpes à l'intérieur. Plusieurs toussaient.

Le *comisario* s'appelait Saladino. Une statuette était posée sur l'étagère derrière lui : la Vierge de Luján, patronne de la police provinciale. C'était le seul élément décoratif de la pièce, avec les drapeaux d'Argentine et de la province accrochés aux murs verts dont la peinture s'écaillait.

— Je suis allé à New York une fois en mission, déclara-t-il en regardant Furukawa à travers ses lunettes carrées. Une ville sale, bruyante, peuplée de fous et de sauvages. Les Américains ne savaient rien de nous. Ils s'attendaient à voir débarquer des Indiens avec des plumes. Ils nous ont emmenés manger du poisson cru et des légumes chinois. De la bouffe de gonzesse. Rien ne vaut notre bon vieux bœuf argentin. Je mange du steak tous les jours.

Les sous-fifres qui l'entouraient opinèrent du chef. Leurs nuques étaient aussi épaisses que les morceaux de viande servies par des policiers en uniformes. La police provinciale était la force armée la plus importante du pays. Elle participait en moyenne à une fusillade par jour.

Pescatore but une gorgée de vin rouge qui lui réchauffa le ventre. La traque de l'associé de Raymond avait été suspendue le temps d'un repas gargantuesque offert par la police de La Matanza. En arrivant dans la cour boueuse de ce complexe aux allures de ranch, Biondani les avait mis au courant des dernières avancées. Ses espions avaient localisé Kharroubi dans cette ville où il possédait plusieurs concessions de voitures et d'autres biens immobiliers. Mais Biondani rechignait à contacter la police fédérale, qui risquait de ne pas apprécier cette enquête menée en parallèle de la sienne. Il s'était donc tourné vers la police provinciale, ennemie jurée de la première. Le *comisario* Saladino était responsable d'un district de plus d'un million d'habitants. Une marée humaine de mafieux, de civils et d'uniformes.

— La police provinciale connaît bien ce territoire, expliqua Biondani. Si nous essayons de passer à l'attaque sans eux, ils nous mettront des bâtons dans les roues. Alors nous allons prendre le risque de collaborer. Saladino est à peu près fiable.

Pescatore n'en était pas convaincu. Au beau milieu de cette guerre des tranchées, ils allaient confier leurs vies à une force tristement célèbre.

— J'ai entendu parler de Saladino, déclara-t-il. C'est un spécialiste des opérettes, non ?

— En effet. On fait avec ce qu'on a.

Biondani sortit du véhicule. Belhaj demanda :

— Des opérettes ? Comme *Les Brigands* d'Offenbach ?

— Pas exactement, non…

Pescatore sentit monter une bouffée de fierté. Ses séjours dans la province avec Facundo, ses missions en solo dans des casernes isolées, son attention aux détails : tout cela avait fini par payer. Il était désormais un expert de la question.

— Voilà comment fonctionne une opérette, expliqua-t-il. La police s'associe avec un gang de braqueurs. Elle l'aide à choisir sa cible, magasin ou banque, protège le périmètre. On appelle ça une « zone franche ». Elle s'assure que les voleurs entrent et sortent sans être inquiétés. Ensuite, ils se partagent le butin. Ils font ça plusieurs fois, histoire que tout le monde se sente en confiance. Et puis un jour, il y a un nouveau braquage. Sauf que cette fois, la police tend une embuscade à ses anciens complices et les tue au fur et à mesure qu'ils sortent du bâtiment. Elle peut alors annoncer qu'elle a remporté une nouvelle victoire contre le crime.

Le *comisario* avait accueilli ses visiteurs en leur annonçant qu'ils avaient de la chance : le mercredi, son équipe et lui mangeaient un *asado*, une débauche de viandes grillées sur un barbecue aux dimensions industrielles. Le raid attendrait donc la fin du repas.

Belhaj avait joué le jeu. Furukawa, parfaite incarnation de l'Américain coincé, piaffait d'impatience. Il se racla la gorge pour la deuxième fois en répétant qu'il appréciait beaucoup ce repas en bonne compagnie, mais qu'il était peut-être temps de se concentrer sur le fugitif.

— Y a pas le feu, répliqua le *comisario*. On est en train de mettre l'opération en place. Tout est sous contrôle. Tenez, prenez donc un verre de vin.

Ses adjoints et lui étaient assis en face de Furukawa, Biondani et Belhaj. Relégué en bout de table, Pescatore mangeait en silence. Il jeta un coup d'œil à Belhaj. Elle était tout en noir et ça lui allait bien : bottes, jean, chemisier et une espèce de gilet très court. Grâce à sa cohabitation avec Isabel, il savait que cela s'appelait un « boléro ». Il avait encore du mal à cerner la Française. Elle était à cheval sur les formalités et peu bavarde – son silence pouvait parfois sembler hautain. Pourtant, elle ne manquait pas d'humour et savait jouer de ses charmes. Visiblement, elle appréciait l'esprit d'équipe qui s'était instauré entre Pescatore, Furukawa et elle.

Après le café, le *comisario* se mit au travail. Kharroubi se terrait à vingt minutes de là avec deux gardes du corps armés. La police et les services secrets avaient cerné la maison.

— C'est parti, allons chercher les embrouilles ! lança le *comisario*.

Le brouillard s'était encore épaissi. Une rangée de véhicules de police les attendait dans la cour. L'unité d'intervention était montée à bord de deux pick-up : casquettes sur la tête, combinaisons paramilitaires, fusils d'assaut et machettes. Un petit hélicoptère au cockpit en forme de bulle ronronnait un peu plus loin, prêt à décoller.

Biondani et Furukawa montèrent à bord d'une voiture, Pescatore et Belhaj d'une autre. Un agent brun et moustachu nommé Aldo les accompagnait. Sa doudoune accentuait encore sa carrure impressionnante. Carabine à la main, il semblait ravi de jouer les baby-sitters pour ces invités de marque. Ils les aida à enfiler leurs gilets pare-balles, tint la portière à Belhaj et donna une tape amicale dans le dos de Pescatore.

Le convoi longea des maisons de brique bien entretenues avec des barreaux aux fenêtres, des caméras de sécurité et des grilles acérées. Puis le quartier résidentiel se termina brutalement, cédant la place à des terrains boueux où des bus multicolores, des vans et des taxis déposaient et récupéraient des passagers. La plupart de ces petites silhouettes courbées contre le vent étaient des immigrés boliviens ou paraguayens qui rentraient de leur matinée de travail. Leur haleine formait des nuages de condensation sous leurs capuches et leurs bonnets en laine. Ils regardèrent passer la police. Les limites de la ville de Buenos Aires marquaient aussi la fin des illusions européennes sur la réalité de l'Amérique latine.

Aldo avait pris place à côté du chauffeur. Visiblement insensible au vent glacial, il gardait sa vitre ouverte. Il communiquait avec ses collègues, alternant entre une radio manuelle et celle du tableau de bord. Ils entrèrent dans un bidonville. Les rues devinrent étroites, poussiéreuses ; bon nombre n'étaient pas goudronnées. Les trottoirs surélevés et les bâtiments bas formaient un patchwork de brique, de bois, de plâtre et de métal. Ils passèrent devant une épicerie où des pancartes peintes à la main vantaient les *empanadas ;* puis devant un garage sur le toit duquel se promenait un doberman squelettique.

La planque était un petit pavillon aux fenêtres grillagées. Derrière, on apercevait une cour et plusieurs cabanes. Quand la voiture de Pescatore arriva, l'assaut avait déjà été donné. Les policiers semblaient détendus. Le chef de l'unité d'intervention s'adressait à eux depuis l'entrée. L'hélicoptère apparut. Des voisins pointèrent le nez à leurs fenêtres.

Pescatore s'approcha de Furukawa pour lui demander ce qui se passait.

— Ils ont fouillé la maison. Il n'y a plus personne.

Au même instant, une dizaine de radios se mirent à grésiller dans les voitures, dans les mains des agents et à leurs ceintures : on entendit un bruit de sirène, des coups de feu, une voix déformée qui hurlait à quelqu'un de tirer.

Branle-bas de combat. Une opératrice criait par-dessus le brouhaha :

— *Enfrentamiento a mano armada ! Enfrentamiento a mano armada !*

Une fusillade. Les policiers remontèrent à bord de leurs véhicules et s'éloignèrent dans un crissement de pneus, toutes sirènes hurlantes. Un nuage de poussière vint épaissir le brouillard.

Les trois suspects se trouvaient à bord d'une Ford Falcon. Ils avaient foncé sur une voiture de patrouille à quelques rues de là, ouvert le feu et détalé. Sa radio collée à l'oreille, Aldo s'exclama joyeusement :

— *Epah !* J'y crois pas, ils ont un FAL !

En raison de la vitesse et du terrain accidenté, Pescatore se retrouva projeté contre Belhaj. Il s'accrocha à la poignée du plafond. Le convoi s'était scindé en plusieurs groupes afin de couper la route aux fugitifs. La berline déboucha à toute allure sur l'artère principale, dérapa et faillit entrer en collision avec une vieille dépanneuse rouillée qui les évita de justesse, écrasant son klaxon. Aldo tapait comme un fou sur le bras du chauffeur pour qu'il accélère. Devant eux, les véhicules ralentissaient. Au lieu de freiner, l'homme prit l'autre file à contresens, pied au plancher. On aurait dit que les roues arrière décollaient du sol. Les conducteurs venant d'en face donnaient des coups de volant désespérés pour s'écarter de leur chemin, atterrissant sur le bas-côté, visages pétrifiés de peur et de rage derrière les pare-brise. La berline roula sur une ornière avec un bruit sourd. L'impact fut assez violent pour faire tomber la radio de son support. Aldo poussa un cri de joie et recommença à taper le bras de son voisin.

Bande de tarés, songea Pescatore. *Soit on va se planter, soit ils vont nous conduire au beau milieu de la fusillade.*

La voiture vibrait bruyamment. Le chauffeur slalomait entre les voies, jurait, déclenchait la sirène. La circulation devenait de plus en plus dense. Les civils n'avaient pas l'air pressés de dégager le passage.

Pescatore se pencha vers Belhaj.

— Vu le bruit qu'on fait, ils pourraient se pousser.

Aldo se retourna. Le canon de sa carabine dépassait par la fenêtre ouverte.

— Oui, vous avez vu ? Ils ne nous laissent même pas la priorité !

Pescatore n'eut pas le temps de répondre qu'il avait sorti le torse et agitait son arme en direction des voitures. Il donna un grand coup sur la carrosserie d'un van. Ses cheveux volaient au vent.

— Poussez-vous, fils de putes ! Allez, putain, bougez de là !

Pescatore aperçut l'hélicoptère qui tournait au-dessus de leurs têtes. Leur chauffeur, penché sur son volant, essayait de ne pas le perdre de vue. La berline tourna sur une route secondaire derrière d'autres véhicules de police. Ils franchirent un pont de bois surplombant un lit de rivière asséché, jonché d'immondices. Les petits groupes d'arbres et les champs en jachère disparurent brutalement alors qu'une usine abandonnée surgissait du brouillard. Avec ses immenses vitres fissurées et ses réservoirs cylindriques couverts de rouille, on aurait dit une immense épave. Le chauffeur écrasa la pédale de frein. Pescatore et Belhaj furent projetés contre la banquette avant.

— Tout le monde va bien ? s'enquit Aldo. Allons-y !

Ils sortirent de voiture. Les trois fugitifs avaient abandonné leur Falcon dans un fossé, ailerons dressés vers le ciel, avant de partir chacun dans une direction différente. Les policiers étaient à leurs trousses. Pescatore entendit des coups de feu près des portes de l'usine, au-dessus de laquelle tournoyait l'hélicoptère.

Aldo s'enfonça dans un champ de broussailles sur leur gauche, suivi par Pescatore et Belhaj. Les mauvaises herbes leur arrivaient à la taille. L'air froid brûlait les poumons de Pescatore qui courait d'un pas raide, engoncé dans son épais gilet pare-balles.

Nouveaux tirs au loin. Il crut reconnaître le fracas du FAL, ou fusil automatique léger. Il continua d'avancer, tête basse, en maudissant la police fédérale qui lui avait confisqué son arme. Aldo et plusieurs argents convergeaient vers un bosquet entouré d'un muret de pierres. Ils étaient sur la piste d'un des suspects.

— Attention, attention, dit quelqu'un. Il est tout près.

Les hommes avançaient à pas de loup, genoux fléchis, l'arme au poing. Aldo scannait le terrain du regard comme s'il chassait le canard sauvage. Empêtré dans les buissons, Pescatore enviait les machettes de l'unité d'intervention. Il aperçut Belhaj sur sa droite, élégante dans ses grandes bottes ; elle non plus n'était pas armée.

Il eut un mauvais pressentiment. Avec son gilet, il devait ressembler à un flic. Leur proie était tapie quelque part, tellement proche qu'ils risquaient de lui marcher dessus. Si l'homme avait un peu l'habitude des affrontements avec les policiers, il saurait qu'ils n'hésitaient pas à ouvrir le feu sans sommation. Sa seule chance de survie consistait donc à prendre un otage, une tactique fréquemment utilisée par les criminels de la région. Nul doute qu'il choisirait le premier imbécile sans arme qui lui tomberait sous la main.

Évidemment, c'est ce qui se produisit.

Le sort voulut que ce soit Belhaj.

Pescatore perçut un mouvement sur sa droite. Le fugitif jaillit des broussailles tel un plongeur remontant à la surface. Il se jeta sur la Française. Nez cassé et crâne rasé, c'était l'un des gardes du corps de Kharroubi. Accroupi derrière Belhaj, il lui passa un bras autour du cou et lui colla son arme sur la tempe.

— Reculez où je descends cette pute de *rati* ! Je vais lui exploser la cervelle.

Aldo et ses collègues le mirent en joue. Pescatore était plus près qu'eux, à trois mètres à peine de l'homme. Il écarta les mains pour lui montrer qu'il n'était pas armé.

Aldo ordonna au suspect de jeter son pistolet. Le type lui répondit d'aller se faire foutre. Il resserra sa prise autour du cou de Belhaj.

— Reculez, *ratis* !

Pescatore savait que s'il n'agissait pas vite, Belhaj mourrait sous les balles de son ravisseur ou celles de la police.

Il s'avança, les mains en l'air.

— Regarde, lança-t-il. Je ne suis pas armé. Écoute-moi. Ne tire pas. Écoute-moi, je suis ta dernière chance.

La terreur déformait le visage du garde du corps de Kharroubi. Il planta son pistolet dans le cou de Belhaj.

— Recule ou elle est morte !

— Ne fais pas ça, insista Pescatore.

Encore un pas. Il voulait que le type pointe son arme sur lui.

— Regarde-moi, crétin, j'essaie de te sauver la vie !

Du coin de l'œil, il s'aperçut que les autres policiers se rapprochaient. Comme si la situation n'était pas déjà assez compliquée, ils risquaient de provoquer des tirs croisés.

— Attendez, les supplia-t-il. Attendez ! Il va prendre la bonne décision.

Il fit un pas de plus dans sa direction. L'hélicoptère vrombissait au-dessus de leurs têtes comme un insecte rageur. Le souffle des pales couchait les herbes sur le sol. Le suspect leva des yeux paniqués.

Allez, vise-moi, tête de psychopathe, pensa Pescatore. *Tu y es presque.*

Il se décala sur la gauche. Il savait que l'homme préférerait tirer sur lui plutôt que de sacrifier son bouclier humain. Il croisa le regard de Belhaj. Elle avait compris.

— Écoute-moi, je te dis !

Le canon du pistolet se tourna vers Pescatore. Aussitôt, la Française donna un grand coup de coude dans le visage de son ravisseur, qui tituba et relâcha son étreinte. Pescatore plongea en avant. Il vit la bouche de métal cracher une flamme, juste avant qu'un impact aussi violent qu'un coup de massue le frappe en pleine poitrine. Il attrapa Belhaj et la plaqua au sol. Les balles fusèrent autour d'eux. Ils roulèrent deux fois sur eux-mêmes, puis s'immobilisèrent, Pescatore sur le dessus.

Les tirs durèrent longtemps. Quand la fusillade et les cris prirent fin, que le vacarme de l'hélicoptère s'estompa, Pescatore comprit qu'ils s'en étaient sortis vivants.

Il avait des cheveux de Belhaj plein la bouche. Sans le vouloir, il avait eu la confirmation que son corps était aussi ferme qu'attirant. Il se dégagea et lui demanda :

— Vous allez bien ?

Elle s'agenouilla, écarta ses boucles emmêlées de son visage. Elle respirait vite. Ses yeux semblaient immenses. Ses vêtements étaient couverts de boue. Lorsqu'elle parla enfin, ce fut d'une voix assurée.

— Ça va. Et vous ?

Il baissa les yeux vers son torse, qu'il avait l'impression de regarder de très haut. Lentement, il porta les doigts à l'endroit où il avait été touché. La balle écrasée était encore incrustée dans le gilet. Aucune trace de sang ni de blessure, juste une douleur intense au niveau des côtes. Il aurait sûrement un bel hématome, mais le gilet avait rempli son rôle.

— En plein dans le mille, plaisanta-t-il avec un rire un peu chevrotant. Enfin, c'est à ça que ça sert, non ?

Belhaj et lui se relevèrent, lentement, avec des gestes hésitants. Ils titubaient comme s'ils étaient saouls. Elle passa un bras autour de son cou et l'étreignit brièvement, avant de lui murmurer à l'oreille :

— Merci.

— Merci à vous.

Il avait la tête qui tournait et soudain très chaud.

— Vous avez bien réagi. On a eu de la chance.

Le suspect s'était traîné sur quelques mètres avant de s'affaler à la lisière du bosquet. Une demi-douzaine de flics entourait son cadavre. Un jeune agent en sweat-shirt réglementaire faisait les cent pas, les mains sur les hanches. Il levait la tête vers le ciel, se courbait en deux, se retenant visiblement de vomir. Aldo inspectait le corps avec une indifférence de professionnel. Il salua un gros sergent en uniforme qui tenait un revolver à la main.

— *Che, Polaco.* Tout va bien ?

— Tout va bien.

Ils se firent la bise par-dessus le cadavre.

Pescatore et Belhaj s'approchèrent. L'homme gisait sur le dos, un bras replié au-dessus de la tête. Il portait un jogging et des baskets montantes couvertes de boue, sans chaussettes. Un chargeur de rechange était encore glissé près de sa cheville. Le corps était dans un sale état, mais le visage était resté à peu près intact.

Pescatore entendait résonner l'écho de sa voix ; il les avait traités de *ratis*, un mot dérivé de *tira*. À l'origine, il désignait les épaulettes que portaient autrefois les policiers sur leur uniforme. En argot des prisons, on inversait les syllabes ; *tira* était devenu *rati*.

— Vous avez vu ce qu'il a sur le front ? lança Pescatore à Belhaj. C'est quoi, une marque de prière ?

Elle s'accroupit près de lui.

— Oui. Une *zebiba**.

— Il a l'air argentin. Il n'a pas de barbe.

— Mais la *zebiba* suggère qu'il s'était converti à l'islam.

— C'est ce que je me disais. En prison, peut-être.

Les policiers s'empressèrent autour de Pescatore et de Belhaj. Ils en faisaient des tonnes, les époussetaient, louaient leur professionnalisme et leur bravoure. Puis le groupe repartit à travers champs pour rejoindre la route. Pescatore s'étendit sur le capot d'une voiture. Une douleur sourde battait dans sa poitrine et sous ses côtes.

Et dire que je venais juste de retirer le bandage de mon front... Raymond finira par avoir ma peau.

Furukawa arriva en courant. Lorsqu'il apprit ce qui venait de se passer, il pâlit.

— Vous imaginez un peu le bordel international dans lequel je serais plongé si vous vous étiez fait tuer ? Il est temps que vous arrêtiez vos conneries, tous les deux.

— Est-ce qu'ils ont eu Kharroubi ? s'enquit Pescatore.

— Lui et l'autre garde du corps ont été descendus par l'unité d'intervention.

— Notre meilleure piste vient donc de disparaître. À part Raymond, tous ceux qui avaient un rapport avec les attentats sont morts.

Belhaj se tourna vers eux, le regard dur. Elle commençait tout juste à réaliser à quoi elle avait échappé.

— Ça ne serait pas une de ces opérettes dont vous parliez tout à l'heure ? Quelqu'un a pu vouloir les faire taire.

Elle n'avait pas tort. Le *comisario* avait déclaré que la planque de Kharroubi était sous surveillance, que ses hommes avaient bouclé la zone. Pourtant, les trois suspects étaient parvenus à s'échapper et à franchir le périmètre de sécurité. La police pouvait effectivement avoir tout manigancé afin de les abattre lors de la course-poursuite.

— D'après Biondani, ils voulaient vraiment nous aider, marmonna Furukawa, mal à l'aise. J'aimerais le croire. Mais vous commencez à saisir comment ça fonctionne par ici.

8

ANSIEDAD

Quand Pescatore arriva à l'ambassade américaine le lendemain matin, Belhaj l'appela Valentino tout court, sans le « *monsieur* ». Elle ne dit pas grand-chose de plus, mais son sourire suffit à illuminer sa journée.

Furukawa, par contre, n'était pas de bonne humeur. La mort de Kharroubi était un échec cuisant. Le SIDE était convaincu que Raymond avait servi d'intermédiaire entre la cellule locale et les cerveaux étrangers. Mais en dehors du témoignage de Florencia, aucune preuve ne venait contredire la version officielle d'un complot intérieur.

Furukawa leur exposa le plan de la dernière chance : il voulait que Pescatore envoie un e-mail à l'adresse argentine que Raymond lui avait communiquée. Il lui prêta son ordinateur, en lui demandant de rester aussi bref et aussi vague que possible.

Pescatore se mit au travail : il espérait que Raymond allait bien et insistait pour qu'il le contacte au plus vite. Il avait des relations influentes qui pourraient l'aider. Mais pour cela, il fallait que Raymond sorte de son silence. Il lui donna tous ses numéros de téléphone.

Furukawa, qui lisait par-dessus son épaule, lui recommanda d'ajouter une touche personnelle.

— Du genre ?

— Quelque chose que vous êtes les seuls à comprendre. Pour qu'il sache que c'est bien vous.

Pescatore réfléchit une minute.

— Quand on était gosses, on aimait bien les vieux films. Les histoires de gangsters, les westerns... On a dû voir *Rio Bravo* une bonne dizaine de fois.

— Parfait, *órale*.

Pescatore revit John Wayne dans le rôle du shérif John T. Chance. Dean Martin incarnait Dude, son adjoint alcoolique. Retranchés dans leur prison, ils se battaient contre les ennemis qui avaient envahi la ville.

« Je parie que tu te sens un peu comme John T., tout seul dans sa taule », écrivit-il. « Ou plutôt comme Dude : il chante mieux. En tout cas, mon frère, tu vas avoir besoin de renforts. »

Furukawa hocha la tête, satisfait. Pescatore cliqua sur « Envoyer ».

— Et voilà. Pas dit que ça fonctionne.

— Il vous a déjà contacté une fois. Il pourrait recommencer.

Leur programme prévoyait ensuite une rencontre avec un cousin de Raymond, le professeur Jorge Takiedinne. Bien qu'il ait déjà été interrogé par les hommes du SIDE, Furukawa et Belhaj tenaient à entendre son témoignage de sa bouche. Takiedinne les reçut chez lui, dans le quartier de Belgrano. L'appartement sombre était plein à craquer d'antiquités et de meubles en bois sculpté. Takiedinne était chercheur, spécialisé dans les maladies infectieuses. Ses prix et ses diplômes trônaient sur les murs à côté d'une grande vitrine exposant des spécimens de parasites tropicaux. Une galerie cauchemardesque de monstres miniatures, avec antennes, tentacules et carapaces, qui provenaient apparemment des entrailles humaines.

Malgré son amabilité, le professeur semblait aigri. Jeune cousin de madame Mercer, il avait hérité du même regard vif et des mêmes pommettes hautes que Raymond, et il portait la moustache. Sa femme et lui avaient hébergé le jeune homme quelques mois, le temps qu'il trouve un appartement. Takiedinne reconnaissait l'avoir orienté vers les Kharroubi lorsqu'il avait eu vent de ses problèmes avec l'immigration. Il les connaissait parce qu'ils l'avaient consulté pour avis médical. Selon lui, son cousin était un homme agréable, mais réservé. Après son départ, ils s'étaient revus lors de repas de famille ou de visites occasionnelles, puis avaient fini par perdre le contact. Lorsque l'agent du FBI l'interrompit pour l'interroger sur les tendances religieuses de Raymond, Takiedinne s'énerva.

— Tout ce que je sais, c'est qu'il s'est converti. C'était une décision légitime de la part d'un jeune homme hyperactif et doté d'une intelligence remarquable. Je considère de mon devoir de citoyen de répondre à vos questions. J'ai été horrifié par ces attentats. Je connaissais personnellement l'une des victimes. Reste que le terrorisme est une question de point de vue. Quelques nations riches et puissantes décident qui sont les terroristes, qui sont les criminels de guerre, qui peut lancer des bombes et commettre des assassinats. Comme je le dis souvent à mes collègues de cette confession, quand on est juif, on peut soutenir l'État d'Israël – pas de problème, c'est normal. Par contre, si on est libanais et qu'on a le malheur de rappeler que le Hezbollah défend la souveraineté de sa nation et lutte contre la pauvreté, on est aussitôt catalogué comme terroriste.

— Personne ne vous accuse de cela, monsieur, le rassura Furukawa. Nous essayons simplement de comprendre ce qui peut avoir conduit ce jeune homme à se radicaliser.

— Je ne suis pas un spécialiste de l'islam. En ce qui me concerne, je suis catholique non pratiquant. Même si cela n'empêche pas vos douaniers de me poser des questions stupides et insultantes chaque fois que je me rends aux États-Unis pour une conférence. Apparemment, dans votre pays, avoir un nom arabe est un des pires crimes qui soient.

Furukawa se déclara navré que le terrorisme ait forcé sa patrie, pays d'immigrants, à se montrer moins accueillante.

— Est-ce que ça vous a déjà permis d'arrêter un seul vrai terroriste ? Vous avez vu le film d'anticipation *Brazil ?* Où de sales brutes aboient sur les gens et arrêtent des innocents ? C'est à cela que ressemblent vos aéroports. Aux portes d'un empire sur le déclin.

Pescatore avait toujours mal aux côtes. Il n'était pas d'humeur à écouter quelqu'un manquer de respect à son pays, sans parler de ses anciens collègues de l'immigration. Il coupa la parole à Takiedinne pour lui rappeler que oui, les agents postés dans les aéroports avaient permis de neutraliser plusieurs personnes, comme le vingtième pirate supposé du 11-Septembre ou l'auteur de l'attentat avorté de Times Square.

— Rappelez-moi qui vous êtes, jeune homme ? répliqua Takiedinne, les naseaux dilatés au-dessus de son énorme moustache.

— Un vieil ami de Raymond. Nous avons grandi ensemble à Chicago – j'allais souvent chez ses parents. Nous pensons qu'il court un grave danger. Nous essayons de le retrouver avant qu'il soit trop tard.

Takiedinne fronça les sourcils.

— Vous connaissez Lydia ?

— Quand j'étais gosse, j'étais tout le temps fourré dans sa cuisine. (Il se sentit sourire.) Elle faisait les meilleures *empanadas* que j'aie jamais mangées.

Le regard du professeur se radoucit. Il questionna Pescatore sur l'enfance de Raymond, sans doute pour vérifier qu'il ne mentait pas. Puis il poussa un soupir.

— J'aimerais pouvoir vous aider. À un moment donné, Raymond a décidé de prendre ses distances avec nous. On s'entendait pourtant bien. Malheureusement, il a choisi une voie différente.

— Vous voulez parler de ses relations avec Kharroubi ? De Florencia Pucinski ?

— Entre autres. Je n'ai pas revu Raymond depuis qu'il a déménagé.

— S'il tenait vraiment à vous, il n'aurait pas disparu sans donner de nouvelles. Vous êtes sûr qu'il ne vous a jamais contacté ? Un coup de fil, un e-mail ?

— Il y a environ deux ans, j'ai reçu une carte postale du Liban. Il avait visité le village situé dans le nord, près de Tripoli, dont notre famille est originaire. Il m'envoyait juste un petit bonjour de là-bas. Malheureusement, je ne l'ai pas conservée.

Le compte rendu de l'interrogatoire du SIDE ne mentionnait aucune carte. Pourtant, ce n'était pas le genre de chose qu'ils auraient négligée. Takiedinne se tourna vers Furukawa.

— J'avais oublié ce détail lors de mon entretien avec les autorités. Mais cette discussion avec votre collègue vient de le faire remonter dans ma mémoire. C'est drôle, non ?

Il n'avait pas d'autre scoop à leur servir. En sortant, Furukawa et Belhaj s'entretinrent brièvement sur le trottoir. Puis, étant tous deux attendus dans leurs ambassades respectives, ils annoncèrent à Pescatore qu'ils n'avaient plus besoin de lui pour le moment.

Ça ne le dérangeait pas. Il était fatigué, il avait mal partout et devait réfléchir. Il se rendit dans un café et commanda une *milanesa a la napolitana* : un steak pané surmonté d'une tranche de jambon et de mozzarella fondue. Un mets réconfortant. Son père soulignait souvent l'ironie de cette spécialité argentine qui réconciliait le snobisme milanais et la rudesse napolitaine.

Pescatore mangea lentement, réfléchissant à ce qu'il avait appris jusqu'ici. Si l'attentat de Buenos Aires avait été commandité de l'étranger, quel rôle avait joué Raymond ? Sa visite au Liban signifiait-elle quelque chose ? Ce pays était majoritairement contrôlé par le Hezbollah chiite, mais des groupes sunnites rattachés à Al-Qaïda sévissaient dans le Nord, ainsi qu'en Syrie et en Irak. Raymond était sunnite, comme les autres membres de la cellule de Buenos Aires. Kharroubi, lui, était chiite.

Pescatore rentra chez lui, appliqua un sac de glaçons sur son abdomen douloureux et fit une sieste. À son réveil, il décida d'aller voir à quoi ressemblait le petit club de San Telmo où Raymond avait courtisé Florencia. Pas parce qu'il espérait y dénicher de nouveaux indices, mais simplement pour en savoir plus sur la vie de son ancien ami à Buenos Aires.

Pendant tout le trajet en taxi, il inspecta les autres véhicules. Il repéra une moto et une berline qui auraient pu le suivre. Il y avait de fortes chances pour que la police fédérale l'ait placé sous surveillance. Même les Américains et les Français pouvaient vouloir s'assurer de sa loyauté. Et puis tant qu'à faire, pourquoi pas les Israéliens.

Il se souvint d'une citation de Paco Ignacio Taibo II : *Un Mexicain paranoïaque est un homme persuadé qu'on le suit et qu'on va le descendre, et qui a raison.*

Un peu comme moi, songea-t-il en remontant le col de son blouson de cuir sur son visage. *Moitié Mexicain, donc moitié parano. Quant à l'autre moitié, elle n'est pas rassurée non plus.*

Le bar se trouvait en bordure du quartier historique de San Telmo, au coin d'une petite rue pavée. Non loin de là, la Plaza Dorrego et ses établissements vintage réputés proposaient des spectacles de tango haut de gamme, avec orchestre et troupe de danseurs. L'ancien club de Raymond était plus modeste. Il fallait descendre quelques marches pour accéder à la salle sombre et enfumée, située en dessous du niveau de la rue. Les ventilateurs à pales et l'énorme machine à espresso ornée d'une statue d'aigle créaient une ambiance de bistrot pour habitués.

L'endroit était presque désert. Un pianiste et un accordéoniste s'échauffaient sur la petite scène. Ils interprétaient une version paresseuse de *Libertango*, le grand classique d'Astor Piazzolla. Les accords jazzy du piano soutenaient la complainte de l'accordéon. Pescatore les écouta en dégustant un rhum-Coca.

La serveuse arborait des dreadlocks de toutes les couleurs. Son T-shirt, qui représentait Che Guevara vêtu d'un T-shirt Che Guevara, découvrait son ventre plat. Après avoir commandé un deuxième verre, Pescatore lui confia qu'il était à la recherche d'un vieil ami, un chanteur qui s'était produit dans ce club sept ou huit ans plus tôt.

— Je ne bossais pas encore ici, *gordo*.

Pour les Argentins, l'adjectif « gros » était plus un terme affectueux qu'une insulte.

— Je vais demander aux *muchachos*. Ils sont ici depuis des années.

Elle parlait des musiciens. Quelques minutes plus tard, ils abandonnaient leurs instruments et s'asseyaient à la table de Pescatore, qui leur paya une tournée. Rien dans leur attitude ne laissait supposer que la police ou le SIDE étaient venus les voir. Pescatore commençait à s'habituer aux réactions peinées, agressives ou effrayées que suscitait le nom de Raymond. Cette fois, rien à voir : les deux hommes confirmèrent avec enthousiasme qu'ils avaient joué avec lui et l'avaient souvent vu au club.

— Un mec super ! s'exclama Nestor, l'accordéoniste, en rejetant ses longs cheveux vers l'arrière. Il nous faisait rire avec ses imitations. Bocha, tu te souviens quand il reprenait Nat King Cole ? *Ansiedad* ?

— Bien sûr, *loco*.

Le pianiste, un mulâtre joufflu aux paupières tombantes, était originaire d'Uruguay.

— C'était un génie.

Bocha chantonna quelques paroles, en reproduisant de son mieux le timbre velouté de Cole et sa jolie façon de prononcer l'espagnol – en particulier les *o*. Nestor et lui éclatèrent de rire, bientôt suivis par Pescatore. L'imitation du pianiste était très drôle. Ces deux types lui plaisaient. Il avait envie de poursuivre cette conversation.

— Ce Raymond, c'était quelqu'un, renchérit Nestor. Il avait vraiment du talent.

— Même si ce n'était pas un grand pianiste, ajouta Bocha avec une grimace, comme s'il regrettait de devoir le préciser.

— Il me disait souvent qu'il faisait semblant de jouer du piano, confirma Pescatore. Qu'il en savait juste assez pour donner le change.

Bocha gloussa.

— Tout à fait. Qu'est-ce qu'il devient ?

— Je n'en sais rien. J'espérais que vous pourriez me donner de ses nouvelles.

Il leur expliqua que Raymond avait coupé les ponts avec tous les membres de sa famille. Et comme Pescatore connaissait du monde en Argentine où il bossait comme enquêteur, ils lui avaient demandé de retrouver sa trace. Lui aussi s'inquiétait pour son ami. Bien que techniquement, tout cela fût vrai, Pescatore était gêné. Il s'attendait à ce que les musiciens deviennent nerveux en entendant parler de la police. Ce ne fut pas le cas. Il s'aperçut qu'ils évoluaient dans un monde beaucoup plus simple et plus civilisé que le sien. Ils étaient gentils, ouverts et ne voyaient pas le mal partout.

Ils lui rapportèrent que Raymond était devenu un habitué du club au cours de ses deux premières années en ville. Son personnage de scène remportait un franc succès : il présentait les chansons en espagnol *porteño*, puis les chantait dans un anglais parfait. Il commençait à être bien connu dans le quartier. C'était un type affectueux, généreux. Bocha lui raconta une anecdote : Raymond avait prêté de l'argent à une serveuse qui s'était retrouvée à la rue, et quand elle avait voulu le rembourser, il avait refusé.

— À tous les coups, il voulait se la taper !

— Non, *che*, c'était un vrai gentleman, s'offusqua Bocha. Il lui a dit qu'il se sentait comme chez lui ici, qu'on était sa famille. Même s'il n'en parlait pas beaucoup, on savait que c'était un ancien toxico. La musique l'a aidé à s'en sortir.

Les deux hommes se souvenaient très bien de Flo Pucinski, et vaguement de Kharroubi. Plus il les fréquentait, moins Raymond donnait de concerts. Il disait voyager beaucoup pour affaires. À la fin, il avait complètement arrêté. Lors de ses dernières visites au club, il leur avait parlé de sa découverte de l'islam.

— Il adorait la musique, mais il adorait aussi sa nouvelle religion, conclut Nestor en haussant les épaules. Ça ne regardait que lui, on n'avait pas à s'en mêler. Je trouve juste dommage qu'il ait dû choisir entre les deux.

Bocha se frottait le menton. Il ouvrit la bouche, puis la referma. But une gorgée de bière. Recommença à se frotter le menton. Pescatore attendit.

— Vous savez quoi, déclara enfin le pianiste, je ne suis pas sûr, mais je crois l'avoir vu cette année. C'était bizarre.

Il s'interrompit. Pescatore le pressa :

— Pourquoi ?

— Je n'y avais pas repensé depuis un moment. C'était pendant une pause entre deux sets. J'étais dehors sur le trottoir, en train de, euh, de fumer.

Nestor ricana. Pescatore remarqua le regard vitreux de Bocha et comprit qu'il devait s'agir d'un joint.

— Il pleuvait un peu. Je m'apprêtais à rentrer. Et puis j'ai eu une sensation étrange, vous savez, comme quand on se sait observé. Il y avait une voiture garée de l'autre côté de la rue, avec un type au volant. Il me regardait. Ça m'a surpris. Il faisait nuit, mais son visage m'a paru familier. Je me suis dit : *Che, je sais à qui ce gars me fait penser. On dirait Raymond, le chanteur américain.* J'ai avancé d'un pas. Peut-être agité la main. Aussitôt, la voiture a démarré et est repartie.

— Vous êtes sûr que c'était lui ?

— Difficile à dire. Dans le noir, avec les reflets, la pluie… Si c'était Raymond, il m'aurait répondu.

Afin de situer l'événement, Pescatore lui demanda s'il se rappelait de concerts, de voyages, de vacances. Conclusion : la soirée où Raymond avait peut-être été aperçu datait de six semaines à trois mois.

Après une nouvelle tournée, les musiciens le remercièrent et retournèrent sur scène. Pescatore s'était attendu à ce qu'ils lui parlent de bagarres, de deals, d'intrigues amoureuses. Mais dans ce club, Raymond s'était comporté en citoyen modèle. Il s'était montré sous son meilleur jour, gardant même ses distances avec les serveuses. Pendant quelque temps, il avait suivi le conseil de Pescatore et s'en était tenu à la musique. Il n'était peut-être pas assez doué pour faire fortune, mais ça lui permettait de gagner sa vie.

Si je savais chanter, songea Pescatore, *je me serais bien plu ici.*

Il était convaincu que l'homme surpris au volant de sa voiture par le pianiste était bien son ami. Cela concordait avec le récit de Florencia. Il n'avait aucune peine à imaginer la scène : Raymond revenait à Buenos Aires. Il était agent de terrain. Plongé jusqu'au cou dans un complot terroriste, soit comme complice, soit comme intermédiaire. Mais il ne pouvait pas résister à l'envie de passer devant le club. Il restait assis dans sa voiture. Hésitait à entrer, à saluer ses anciens amis, à écouter quelques chansons. Quand il voyait Bocha, les souvenirs remontaient. Et tout à coup, ce dernier l'apercevait. Alors il paniquait et s'en allait.

Le scénario d'un Raymond pris de doutes au moment de passer à l'action paraissait de plus en plus crédible à Pescatore. Il devait être déchiré par la culpabilité et le remords.

Pescatore vida son verre de rhum-Coca. Il buvait trop, ces derniers temps.

Son portable vibra sur sa hanche. C'était Furukawa, qui lui indiquait un nom de rue. Ça avait l'air urgent.

Ce mystérieux rendez-vous à onze heures du soir n'augurait rien de bon.

9

HEART WON'T TELL A LIE

La nuit était devenue glaciale.

En claquant la portière du taxi qui l'avait ramené du club, il frissonna. L'air froid chassa les dernières vapeurs d'alcool.

Furukawa l'attendait au coin de la rue, près d'une voiture mal garée. Un Chevrolet Suburban aux plaques diplomatiques. L'agent du FBI portait un manteau ceinturé par-dessus un col roulé. Après l'avoir salué, il lui fit signe de le suivre et se mit à marcher sans un mot. Il avançait vite. Trois rues plus loin, il prit à gauche vers l'Avenida 9 de Julio. Son chauffeur, un type au crâne rasé qui aurait pu appartenir aux Forces spéciales, leur emboîta le pas tout en restant à bonne distance.

Furukawa s'arrêta pour allumer une cigarette, les yeux plissés. Puis il repartit vers le sud et l'obélisque, faisant une boucle pour regagner leur point de départ.

Tout cela était très étrange : l'heure, le silence de l'agent, l'absence de Belhaj.

— J'ai récupéré votre passeport.

Sans ralentir, il lui tendit une enveloppe.

— Merci, Tony.

Pescatore fourra le paquet dans la poche intérieure de sa veste, puis remonta la fermeture éclair. Il n'était plus un orphelin du monde moderne, pour reprendre l'expression de la Française.

— Vous devriez songer sérieusement à vous en servir, conseilla l'agent d'une voix sèche.

— Vous voulez que je quitte le pays ?

Furukawa continua à marcher d'un pas vif, cigarette à la main, en regardant droit devant lui.

— Oui. La situation se complique. Ici comme à Washington. Le QG veut reprendre l'enquête sur Ray Mercer. Je vais devoir me contenter d'un rôle d'agent de liaison, comme le veut mon poste d'attaché. Ce qui marque également la fin de notre collaboration.

— Pourquoi ?

Furukawa tira furieusement sur sa cigarette.

— Il faut vraiment que je vous fasse un dessin ?

— Hum… je crois que j'ai une théorie.

— Je vous écoute.

— Plus vous en apprenez sur Raymond, plus ça devient délicat. Parce qu'il a travaillé pour le gouvernement américain.

— J'ai déjà eu affaire à des types dans son genre. Des volcans en sommeil. Plus un informateur est doué, plus il se retrouve dans la merde. Et plus on s'inquiète. Si j'étais son responsable, j'aurais déjà prérempli ses papiers de licenciement. Comme ça, le jour où il se ferait arrêter pour je ne sais quelle connerie à minuit, je serais prêt : j'écrirais qu'il a cessé de bosser pour nous à midi.

— Donc j'ai raison ?

— La coopération de Mercer avec la DEA a évolué. Il était en contact avec plusieurs services différents.

— C'est peut-être toujours d'actualité.

— Dans ce cas, pourquoi vous aurait-il appelé ?

— Vous marquez un point.

— Son dossier est passé au crible en ce moment même. Par plusieurs agences. Qui savait quoi et quand, qui a signé quel accord… autant de questions susceptibles de ruiner une carrière.

Ils approchaient du centre névralgique au milieu duquel trônait l'Obélisque, au croisement des Avenidas Corrientes et 9 de Julio. Une vive lumière émanait des magasins, des écrans géants et des enseignes au néon placardés sur les façades et les toits. On se serait cru en plein jour. Les voitures vrombissaient sur le rond-point, les trottoirs étaient envahis par la foule et de la musique sortait des boutiques.

Pescatore crut reconnaître les premiers accords de guitare de *Heart Won't Tell a Lie* de Los Lonely Boys. Il avait découvert les frères Garza, un trio texan, à l'époque où il bossait à la Frontalière. Il eut le mal du pays en repensant à San Diego. Là-bas, à l'époque, il ressentait la même chose en pensant à Chicago. Et visiblement, une nouvelle ville allait s'ajouter à la liste.

Regarde autour de toi, se dit-il. *Fais tes adieux. Tu as entendu la nouvelle : Buenos Aires, c'est fini.*

— Vous savez où se trouve Raymond ? demanda-t-il.

— Non.

— On pourrait continuer à bosser ensemble. On forme une bonne équipe. Ce soir encore, je…

— *Se acabó*. Les *Trois Amigos*, c'est du passé.

— Et s'il reprend contact avec moi ?

Furukawa lui jeta un regard entendu.

Bien sûr, ils seront tout de suite au courant. Je parie que je suis sous surveillance. Qu'ils espionnent mes coups de fil, mes e-mails. Moi qui croyais être parano…

— En cas de besoin, ils sauront où vous trouver. Je vous ai laissé mes coordonnées dans l'enveloppe. Si vous avez des nouvelles de Raymond, appelez-moi.

L'agent prit à gauche sur l'Avenida Roque Sáenz Peña, qui rejoignait en diagonale la Plaza de Mayo et le palais présidentiel. Ils s'éloignèrent du bruit et des lumières. Après s'être assuré que personne ne pouvait les entendre, Pescatore demanda :

— Ça vous dérangerait de m'expliquer pourquoi je dois subitement quitter la ville ?

Il s'aperçut avec agacement que sa voix tremblait.

— Me faire discret, je veux bien, mais là c'est un peu radical, ajouta-t-il.

— La situation est en train de dégénérer. Ça devient politique. Le SIDE veut reprendre l'affaire. La police préférerait clore le dossier en taisant l'implication de Raymond et Florencia. Ça risque de se terminer en bataille rangée entre deux juges. Le gouvernement est instable. Vous seriez pris au milieu d'une lutte de pouvoir.

— Je pourrais aider les services secrets. Témoigner contre Raymond.

— Vous risquez d'y laisser votre peau.

— Je n'ai pas envie de fuir.

— Et la prison, ça vous a plu ? Je vous rappelle que vous avez démoli un inspecteur. Ils rêvent toujours de vous coffrer pour l'attentat. Rien n'a changé.

— Mais je me suis expliqué au sujet des coups de téléphone reçus de France. Ils n'ont aucune preuve.

— Ouais, ouais. Comme si ça entrait en ligne de compte quand on cherche un bouc émissaire. Surtout s'il est américain. Au cas où vous ne l'auriez pas remarqué, notre cote de popularité est en chute libre dans cette région du monde.

Ils étaient de retour près du Suburban. Le chauffeur se glissa derrière le volant. Furukawa ouvrit la portière.

— Et mon boulot ? J'ai des responsabilités ici, une vie…

— Facundo comprendra.

— Qu'en pense Fatima ?

Furukawa leva les yeux au ciel. Son visage ovale luisait sous le lampadaire.

— Elle est déçue. Elle estime que vous étiez notre meilleur atout pour atteindre Raymond, et qu'on devrait vous garder sous la main. Je suis du même avis. Mais je dois obéir aux ordres.

— Où est-elle ?

— En Bolivie, pour autant que je sache.

— En Bolivie ?

— Elle explore une nouvelle piste.

— J'aimerais lui parler…

— Vous croyez que je n'ai pas remarqué ce qui se tramait entre vous ?

Pescatore ouvrit de grands yeux. Bien qu'un peu surpris, il était flatté d'apprendre qu'il se « tramait » visiblement quelque chose. Belhaj avait dû s'envoler pour la Bolivie juste après leur entretien avec le cousin de Raymond. Elle n'avait pas soufflé mot de ses projets. Pourtant, son attitude laissait penser qu'elle lui faisait confiance et qu'elle éprouvait de l'amitié, voire une certaine attirance pour lui.

— Vous êtes adultes, continua Furukawa. Ça vous regarde. Mais je crois que vous devriez lâcher l'affaire. Votre vie est déjà bien assez compliquée comme ça. Rentrez chez vous, *vato*.

L'agent du FBI jeta son mégot de cigarette. Pescatore eut soudain la conviction qu'ils ne se reverraient jamais. Il allait être livré à lui-même et devoir se battre seul.

— Écoutez, je suis désolé de vous annoncer ça de cette façon, Valentin. Vous êtes un chouette type. Mais votre copain Raymond vous a mis dans la merde. Je dois me retirer, et je vous conseille vivement d'en faire autant.

Furukawa lui serra la main, monta dans le Suburban et partit.

De retour à son appartement, Pescatore se mit à tourner comme un lion en cage. Il consulta les horaires des vols. Miami, Los Angeles via Lima. Ses vêtements tiendraient dans une ou deux valises. Il envisagea plusieurs scénarios. Si la police fédérale avait émis un mandat d'arrêt à son encontre, il tomberait directement dans ses griffes à l'aéroport. Il songea à réclamer une protection à Furukawa. À moins qu'il soit plus simple de filer en douce, par exemple en prenant le ferry pour l'Uruguay ou en traversant la frontière chilienne.

Il sentait monter la colère. Contre les flics, Furukawa, Raymond, lui-même. Ses antécédents de collaboration avec les fédéraux et Facundo faisaient de lui un homme fiable, bien connu des autorités américaines. Il détenait des informations précieuses. Furukawa et Belhaj avaient besoin de lui. Il repensa à la détermination dont l'agent du FBI avait fait preuve durant l'enquête. Il n'avait pas mis longtemps à enclencher la marche arrière. Ses chefs à Washington avaient dû sacrément lui remonter les bretelles.

Pescatore décida d'aller se coucher. Pour compenser la perte de son arme, il avait acheté un couteau de chasse et une batte de base-ball. Il vérifia que cet arsenal de protection était bien à sa place, le couteau sur la table de nuit, la batte à portée de main sous le lit. De toute façon, cela ne lui servirait pas à grand-chose dans l'éventualité d'un nouveau raid. À part à donner aux intrus une raison de l'abattre.

Les yeux grands ouverts, il imagina ses retrouvailles avec l'inspecteur aux allures d'homme préhistorique. Qui pourrait l'aider s'il se faisait arrêter une nouvelle fois ? Facundo avait surtout des contacts au SIDE, chez les Israéliens et chez les Américains. Les hommes de Biondani pourraient sûrement lui donner un coup de main, mais ils étaient déjà débordés par leurs rivalités avec la police. Même si les Israéliens acceptaient de se mouiller, ils n'avaient pas beaucoup d'influence. Et à en croire Furukawa, ce n'était plus la peine de compter sur l'ambassade américaine.

Pour la première fois depuis des jours, Pescatore pensa à Isabel Puente. Son ex était probablement la personne la plus puissante qu'il connaisse. Elle occupait un poste haut placé à la Sécurité intérieure, et avait suffisamment de pouvoir pour le faire libérer d'une prison argentine. Isabel était au courant de son passé trouble à Chicago, bien qu'il n'ait jamais mentionné Raymond. Mais il se voyait mal ravaler sa fierté et lui demander son aide.

Tout en s'endormant, il conclut : *Faut te faire à l'idée, mon pote. T'es tout seul sur ce coup-là. Ça ne sert à rien de traîner dans le coin. Tu ne feras qu'empirer les choses. Et tu finiras là où l'oncle Rocco l'a toujours prédit : en taule.*

Il avait prévu de réserver son billet d'avion avant de passer voir Facundo. Mais il dormit tard, ce qui ne lui était pas arrivé depuis longtemps. Peu avant midi, il se dépêcha de rejoindre l'hôpital. Des barricades bloquaient les rues, des policiers à pied ou en voiture montaient la garde. Il se passait quelque chose. Au moment où il traversait la place, un jeune couple poli lui tendit un prospectus. L'homme portait une étoile de David en pendentif sur une chaîne en or ; la femme avait des petites lunettes à la mode et l'appela *compañero*. Ils l'incitèrent à participer à la manifestation organisée ce jour-là en mémoire des victimes et en signe de protestation, une semaine exactement après les attentats. Il leur répondit qu'il allait justement rendre visite à l'un des blessés.

Il trouva Esther devant la porte de la chambre, en tenue de travail.

— Je sais que vous allez parler affaires, bien que ça lui soit interdit, dit-elle. N'oublie pas qu'il est encore fragile. Il ne faut pas qu'il s'agite. Il doit bientôt être opéré.

— Bien sûr.

Quelques jours plus tôt, en s'adressant à David, Pescatore avait comparé Facundo à un ours. La ressemblance était devenue encore plus frappante – un ours séfarade, grisonnant et débraillé. Il était assis dans son lit, le dos soutenu par des oreillers, la télécommande à la main. Une barbe poivre et sel assortie à ses cheveux en bataille était apparue sur ses joues. Sa chemise verte sans manches laissait voir la toison qui recouvrait son torse et ses bras.

— Valentino ! lança-t-il d'une voix deux fois moins puissante qu'à l'ordinaire. Mon fils.

Pescatore se baissa et l'étreignit maladroitement. C'était dur de voir Facundo dans un tel état. Et de savoir que ce serait certainement là leurs adieux. Il se força à sourire.

— Comment ça va, chef ?

— Comme tu vois, répondit le vieil homme avec un grognement morose.

— À vrai dire, je m'attendais à pire.

Les gestes et les expressions de Facundo paraissaient apathiques. Il était d'une pâleur effrayante.

— Les médecins sont en train de dresser la liste de tout ce qui m'est désormais interdit. Cigarettes, café, alcool, glaces, *medialunas*, *dulce de leche* – en gros, tout ce qui est bon. Je ne dois ni trop parler, ni m'énerver, ni m'exciter. Ils n'ont pas mentionné le sexe, mais étant donné que c'est une chose agréable, je crains le pire. Et je découvre avec stupéfaction que ma chère fille a des talents innés de gardienne de prison. Si un jour elle se lasse de l'architecture, elle pourra se reconvertir. Elle refuse même de me laisser téléphoner.

— C'est pour votre bien. Vous avez fait un gros infarctus.

— Je n'ai plus aucune dignité. À quoi bon vivre comme ça ? Non, non, non. Enfin, d'après ce que j'ai compris, c'est grâce à toi que je suis vivant et que je peux encore râler. Je dois te remercier…

— N'en parlons plus. Biondani et moi avons fait équipe.

Facundo but une gorgée d'eau dans un gobelet en plastique. Sa tête retomba en arrière. Son regard se posa sur la télévision, dont le son était coupé.

— Une marche du souvenir. Déjà une semaine, tu te rends compte ?

— J'ai l'impression que c'était hier.

— J'ai perdu la notion du temps. Les seules informations dont je dispose sont celles du journal télévisé. Une source de piètre qualité. Non, non, non. Pour ma santé mentale, mieux vaut éviter de regarder.

— Vous vous rattraperez quand vous irez mieux.

— J'ai profité d'un relâchement de la vigilance de mes geôliers pour appeler mon ami à La Biela. La conversation fut brève. Il paraît que tu as joué un rôle important. Dario D'Ambrosio est impressionné. Mais il y a un million de détails que j'ignore ou que je ne comprends pas.

— J'ai promis à Esther qu'on ne parlerait pas boulot.

— *Y tú*, Valentino ? À ton avis, qu'est-ce qui me fatigue le plus ? Recevoir des informations crédibles, utiles et détaillées, ou ronger mon frein et déprimer comme un crétin inutile ?

— C'est une longue histoire.

— Par chance, j'ai pu te ménager un créneau dans mon emploi du temps chargé. Assieds-toi, pour l'amour de Dieu. Et enlève ta veste.

Pescatore prit une chaise mais garda sa veste. Il se tourna lui aussi vers la télévision. Des policiers en uniformes bleus montaient la garde autour d'un podium couvert. Les dignitaires portaient un bandeau noir autour du bras. Des parapluies et des pancartes flottaient au-dessus de la foule. La cérémonie d'hommage avait commencé en même temps que la pluie.

— Ne vous mettez pas dans tous vos états, s'il vous plaît.

— Allez ! insista Facundo.

D'après l'expérience de Pescatore, les gens qui parlaient beaucoup et fort ne savaient généralement pas écouter. Facundo était une exception à la règle. Il était capable de couper son torrent de paroles d'un seul coup, comme s'il fermait les vannes. Il attendait, immobile, son énorme poitrine montant et descendant au rythme de sa respiration laborieuse. Pescatore commença par le prologue : ses étranges retrouvailles avec Raymond.

— Ton copain m'a tout l'air d'un sacré *chanta*, commenta Facundo.

— *Chanta*, *chorro*, *atorrante*, tout ce que vous voulez. Je ne me pardonnerai jamais de ne pas vous avoir prévenu aussitôt. Si je vous avais appelé…

— Ça n'aurait rien changé.

— Quand même. Je suis gêné d'avoir été ami avec un gars comme lui.

— Nous avons tous fréquenté des gens peu recommandables.

Cette réponse rassura Pescatore. Pour la première fois depuis une semaine, il se sentit en sécurité. Ses paroles ne seraient pas utilisées contre lui. Il enchaîna sur la suite de l'histoire, avec force détails et non sans émotion : son arrestation, l'intervention du FBI et de la police française, Florencia, La Matanza, le club.

Facundo hochait la tête, soulevait ses gros sourcils, fermait les yeux pour se concentrer, murmurait « ça alors » et « *epah* ».

Pescatore termina par la mise en garde de l'agent du FBI attaché à l'ambassade.

— Et tout à coup, bang ! Il me conseille de me faire discret si je veux éviter la prison.

Il baissa les yeux avant d'ajouter :

— J'ai bien envie de le prendre au mot et de quitter la ville un moment.

Facundo soupira.

— Tony est un type bien. Il a déjà eu des problèmes avec sa hiérarchie. J'ai l'impression qu'il se contente d'obéir aux ordres pour éviter d'attirer l'attention sur ses compatriotes. Ça m'étonnerait qu'on t'arrête. Au pire, ils t'embarqueront au poste pour un nouvel interrogatoire.

— Je m'en passerais bien.

— Ce que je trouve intéressant, c'est la façon dont les autorités ont réussi à étouffer le rôle de Raymond dans cette affaire. Visiblement, c'est un sujet sensible pour tout le monde. Si je comprends bien, nous ne sommes pas certains que ce soit lui qui t'ait appelé de France ?

— Non. Mais à part vous, quasiment personne d'autre n'a ce numéro.

— Que savons-nous de la cellule démantelée en Bolivie ?

— Moi, rien. D'après Furukawa, le gouvernement bolivien refuse de communiquer avec le Bureau. Ou la CIA.

Facundo ferma les yeux. Il semblait épuisé. Pescatore attendit qu'il les rouvre pour lui servir un verre d'eau. Son chef but avidement.

— Et selon toi, pourquoi Raymond t'aurait-il téléphoné ?

Pescatore croisa les bras et les chevilles.

— Il a sans doute voulu me prévenir. Et je ne dis pas seulement ça parce qu'il a été mon meilleur ami.

— Aujourd'hui, tu as des sentiments plus mitigés à son égard.

— Très mitigés. À cause de lui, on m'a enfermé, tabassé, tiré dessus, menacé et quasiment viré d'Argentine à coups de pied au cul. Mais j'essaie de prendre du recul et d'analyser les choses comme vous le feriez. Mettons que c'est lui qui a appelé en Bolivie et sur mon téléphone. Le soir où je l'ai vu, quelque chose le tracassait. Qu'il ait croisé ma route par hasard ou que ce soit un coup monté, j'ai l'impression qu'il me jaugeait. Pour savoir si je pourrais l'aider à se tirer d'un mauvais pas. Avec Raymond, tout est toujours intéressé.

— S'il est encore informateur pour la police, il agissait peut-être sur l'ordre de quelqu'un.

— Comme me l'a fait remarquer Tony, à quoi bon passer par moi s'il était en contact avec les Américains ?

— Les individus de son espèce entretiennent souvent des liens parallèles avec plusieurs gouvernements. Et certains services d'espionnage, pour des raisons aussi bien politiques que commerciales, ont parfois intérêt à donner l'alerte de manière indirecte. En passant par des gens comme Raymond.

Le regard de Pescatore se posa sur l'écran de télé. Un vieil homme barbu coiffé d'une kippa parlait au micro.

— Toi seul peux nous apporter un éclairage psychologique sur le personnage, reprit Facundo. C'est précieux, et cela soulève de plus vastes questions : Qui est ce type ? Avec qui fricote-t-il ?

— Au début, j'ai cru que le Hezbollah et l'Iran étaient impliqués et qu'il bossait pour eux. Après tout, ils se sont déjà attaqués deux fois à l'Argentine par le passé. L'Iran était pour moi le suspect numéro un. Mais je commence à en douter.

— Pourquoi ?

Facundo semblait intéressé, mais pas plus convaincu que ça.

— Déjà, il est sunnite libanais, pas chiite.

— On a déjà vu des sunnites être recrutés ou manipulés par l'Iran.

— Mais quand Ortega est allé au Pakistan, c'était par le biais de réseaux sunnites affiliés à Al-Qaïda.

— Continue.

— Une attaque de cette ampleur pourrait faire penser à la force Al-Qods, l'organisation terroriste iranienne. Mais le style ne leur ressemble pas. Une cible très exposée, des mecs qui tirent dans tous les coins… ça me rappelle plutôt Al-Qaïda. Et puis, l'attentat à la voiture piégée a échoué. Et les kamikazes sont arrivés à la dernière minute. Pour une opération de cette envergure, ça commence à faire pas mal de cafouillages.

— Les Iraniens ont beau avoir le bras long, ils peuvent aussi manquer d'efficacité et de discipline. Si ce n'était pas eux, pour qui pencherais-tu ?

Pescatore songea aux quelques occasions où il avait témoigné au tribunal ; il gagnait en confiance au fur et à mesure qu'on le questionnait. Il répondit :

— Vous l'avez dit vous-même : la plupart des attaques sont plus simples et moins professionnelles qu'on ne croit. Pourquoi pas une bande de criminels radicalisés agissant de leur propre initiative ? Ils auraient tracé les grandes lignes, puis confié à Ortega et peut-être Raymond le soin de recruter de l'aide et du personnel auprès d'Al-Qaïda à l'étranger.

— Et pourquoi avoir choisi de frapper en Bolivie et en Argentine ?

— Parce que c'est leur territoire. Par pur opportunisme.

— J'apprécie ton analyse, ta façon d'envisager l'affaire sous tous les angles. Mais pour moi, l'Iran et le Hezbollah sont forcément les responsables. Ils ont un passif, l'infrastructure nécessaire dans la région, le…

Ils furent interrompus par le claquement des talons d'Esther qui approchait. Elle les dévisagea d'un air pincé. Facundo leva les yeux au ciel.

— Je sais ce que tu vas dire, ma chérie. Rassure-toi, je me sens en pleine forme.

Elle ignora ostensiblement son père :

— Valentino, il est vraiment temps qu'il déjeune et qu'il se repose.

— Bien sûr.

— Merci pour ton infatigable vigilance, ma fille, murmura Facundo.

Impassible, elle lui envoya un baiser et les laissa.

— Et donc, Facundo… reprit Pescatore. Pour en revenir à ce qu'a dit Furukawa, peut-être qu'un mois de congé…

— Où est passée cette foutue télécommande ? Je connais cette fille, je connais sa famille. C'est Claudia Rabinovitch. La pauvre a perdu son père et son fils dans l'attentat.

Pescatore se tourna vers l'écran. Une femme brune avait pris place derrière le micro sur l'estrade du mémorial. Il la reconnut : la quarantaine, les traits fins, le regard dur. Les journaux papier et télévisés avaient évoqué son histoire. Sa famille était propriétaire de l'épicerie-traiteur d'El Almacén. Le matin de l'attaque, son fils adolescent était chargé d'installer les clients à leurs tables. Claudia Rabinovitch et son père faisaient les comptes au fond, dans le bureau. Elle avait voulu envoyer un fax, mais comme l'appareil refusait de fonctionner, elle était sortie tenter sa chance dans une autre boutique. Son père était allé donner un coup de main à l'entrée car il y avait foule en ce vendredi midi. Quelques minutes plus tard, les deux kamikazes avaient débarqué.

Facundo poussa un grognement et se pencha dangereusement sur le côté pour attraper la télécommande. Autour de la femme, les gens s'essuyaient les yeux. À l'arrière-plan, des membres du gouvernement se serraient les uns contre les autres comme pour se tenir chaud ou se protéger. Ils semblaient plutôt mal à l'aise. Le son revint.

— Je me tiens ici aujourd'hui, sur cette scène, déclara la femme d'une voix forte. Entourée par la police. Entourée par tous ces représentants du ministère de l'Intérieur, de la force publique, du palais présidentiel, de la justice et du congrès. Mais je ne me sens pas en sécurité. *Nous* ne nous sentons pas en sécurité. Écoutez-moi bien, mesdames et messieurs du gouvernement. *Nous ne nous sentons pas en sécurité !*

Applaudissements. Insultes criées aux politiciens. Rabinovitch se tourna vers le cordon d'agents en uniformes et d'officiels. Elle pointa un doigt accusateur vers le secrétaire d'État en charge de la Sécurité intérieure. Vêtu d'un trench-coat, il avait un bronzage de ski, des lèvres siliconées et des pommettes redessinées au bistouri, ainsi que les longs favoris typiques des *politicos* de province. Il regardait au loin, l'air solennel, comme s'il méditait ce qu'il venait d'entendre. Mais ses paupières frémissaient. De toute évidence, il rêvait de disparaître sous terre. La caméra zooma sur Rabinovitch.

— Nous ne nous sentons pas en sécurité, parce que vous êtes des menteurs ! Nous ne nous sentons pas en sécurité, parce que vous êtes des criminels !

Son éloquence blessée fit frissonner Pescatore. Elle récita une longue liste de crimes et de dissimulations notoires, dont les attentats jamais résolus des années 1990, avant d'évoquer les contradictions et les mystères entourant l'attaque d'El Almacén – les uniformes de police portés par les terroristes étaient-ils réels ou factices, le complot international ou pas ? Pescatore s'émerveilla une fois de plus des talents d'orateurs des Argentins. Indépendamment de leur âge, de leur classe sociale ou de leur éducation. Leurs discours étaient vifs, pleins d'esprit, théâtraux, drôles, impitoyables. Il adorait les écouter parler.

La foule reprit en chœur le refrain : « Nous ne nous sentons pas en sécurité ! »

Au milieu du groupe des dignitaires, un homme coiffé d'un chapeau de feutre se pencha. C'était un des leaders de la communauté juive. Il toucha l'épaule de la femme et lui murmura quelque chose à l'oreille.

— Oh, fous-lui la paix, sale larbin, siffla Facundo. Retourne t'occuper des magouilles de ta banque.

Rabinovitch se dégagea d'un coup d'épaule. Ses yeux lançaient des éclairs ; sa voix résonnait dans les haut-parleurs.

— Nous ne nous sentons pas en sécurité ! Parce que d'une façon ou d'une autre, activement ou passivement, vous cautionnez tous ce monstrueux système où règnent la corruption, l'impunité, la cruauté, la haine, et aujourd'hui le terrorisme ! Nous ne nous sentons pas en sécurité ! Parce que vous avez sur les mains le sang de mon père et de mon fils, celui de nos pères et de nos fils, de nos mères et de nos filles !

Elle se détourna brusquement du micro et tituba. Les gens qui l'entouraient s'approchèrent pour la soutenir. La foule applaudissait à tout rompre.

— La vache, commenta Pescatore. Elle vient de tailler un sacré costard à ces imbéciles. J'espère qu'elle a des gardes du corps.

Facundo baissa le volume.

— Il ne lui arrivera rien.

Sa voix étranglée, dégoûtée, surprit Pescatore.

— Vous croyez ?

— Il ne lui arrivera rien. Tu sais pourquoi ? Elle est courageuse, magnifique. Mais aussi impuissante. L'année prochaine, et celle d'après, et celle d'encore après, il y aura d'autres commémorations. D'autres rassemblements. À chaque fois, elle prendra la parole et tiendra plus ou moins le même discours qu'aujourd'hui. Parce que rien n'aura changé. Au mieux, on aura arrêté quelques sous-fifres, procédé à quelques mises en examen sans conséquence. Chaque année, elle refera ce discours. Et rien ne changera. Pour les auteurs de cet attentat, pour le système qui l'a permis, elle est un symbole d'impunité !

Pescatore leva une main apaisante.

— Qui va élucider l'affaire ? reprit Facundo. Qui s'en soucie ? Dario fait de son mieux, mais sa marge de manœuvre est limitée. La version officielle est déjà écrite.

— Peut-être que les Américains, ou les Israéliens…

— Aucune victime n'était originaire des États-Unis. La seule raison pour laquelle ils s'intéressent à tout ça, c'est l'éventuelle implication de Raymond. Quant aux Israéliens, je peux te garantir que ce n'est pas leur priorité. Écoute-moi bien, Valentino. À moins que quelqu'un accomplisse un miracle, dans vingt ans, Claudia Rabinovitch sera comme les familles de l'AMIA ou comme les Mères de la Plaza de Mayo. Tournant en rond, réclamant justice, à en perdre la tête.

Pescatore imagina une Claudia Rabinovitch grisonnante et courbée derrière son micro.

— C'est terrible, reconnut-il.

Facundo était à bout de forces et fit un petit somme pendant que Pescatore regardait la pluie tomber derrière la fenêtre et à la télé. Au bout d'un moment, son patron releva la tête.

— Tu m'as dit quoi tout à l'heure ? À propos de Furukawa ?

— Il veut que je prenne un avion là, tout de suite. Que je rentre chez moi.

— Ah.

— Il s'est montré très insistant.

— Ah.

— Il avait l'air de sous-entendre que sinon, j'aurais de gros problèmes.

Facundo le dévisagea.

— Que comptes-tu faire ?

Dis-lui, songea Pescatore. *Dis-lui que tu as pris ta décision. Qu'il est temps de tailler la route. Que tu es désolé, mais que tu dois mettre un peu de distance entre Raymond, ce bazar et toi. Présente-lui ta démission. Dis-lui que tu rends ton tablier.*

Il s'entendit répondre :

— Je ne vais pas rentrer.

Facundo attendit la suite.

— Je connais Raymond mieux que personne. Tôt ou tard, je finirai par le retrouver. Ou alors c'est lui qui me retrouvera. D'ici là, j'ai l'intention de reconstituer la partie de sa vie que j'ignore. Ça nous aidera peut-être à expliquer les attaques. Je ne vais pas rester là à attendre que le FBI daigne se souvenir de moi. Je veux bosser sur cette affaire.

Quand il vit l'expression de bonheur de son patron, il sut que c'était la bonne décision. Même s'il avait la sensation d'avoir couru jusqu'au bord d'une falaise, de s'être arrêté juste à temps, puis d'avoir sauté dans le vide.

Facundo se frotta les mains.

— Alors, on s'y prend comment ?

DEUXIÈME PARTIE

10

GIBRALTAR

Ils partirent pour la jungle avant l'aube.

Belhaj s'endormit à l'arrière de la voiture. Réfugiée dans le cocon sensoriel formé par ses lunettes de soleil et les écouteurs de son téléphone, elle était blottie contre la portière, son buste joliment moulé dans une veste kaki. À côté, Pescatore somnolait par intermittence, la tête contre la vitre opposée.

Le trajet se déroula comme dans un rêve. La route grimpa à travers les montagnes en direction du soleil levant, puis redescendit brutalement vers la forêt équatoriale, tapisserie d'une beauté hallucinatoire qui semblait prendre vie avec le jour. Le Toyota Land Cruiser filait à flanc de coteaux entre masses nuageuses et rayons de soleil, pluie fine et arcs-en-ciel. L'asphalte devint irrégulier. La voiture grinçait, secouée par les ornières. La chaleur et l'humidité augmentèrent. La végétation se fit tropicale : lianes, éclaboussures de fleurs, canopée verte.

Leur chauffeur alluma la clim. Il pointa le doigt vers la fenêtre de son voisin, le garde du corps de l'ambassade française – bolivien comme lui, cheveux séparés par une raie au cordeau et mitraillette en bandoulière.

— Coca, annonça-t-il.

Au bord de la route, des feuilles vert tendre séchaient au soleil sur une bâche. Pescatore supposa qu'il s'agissait de la variété légale – la législation sur la drogue était complexe en Bolivie.

Les dernières vingt-quatre heures étaient passées en un éclair. À l'hôpital de Buenos Aires, son patron et lui avaient décidé qu'il continuerait l'enquête à sa façon. Facundo contacterait ses informateurs par téléphone et e-mail dès qu'il aurait subi son intervention. Sa fille qui gérait l'agence à Miami continuerait à payer Pescatore par virement sur son compte de San Diego. En cas d'urgence, il pourrait lui demander un mandat, et Facundo l'avait envoyé chercher huit mille dollars à la *cueva* pour couvrir ses premiers frais. Pescatore se sentait comme un trafiquant avec une telle somme dans les poches.

— Sois prudent, Valentino, lui avait recommandé Facundo. Il existe deux sortes de terroristes : les fous furieux, et les mercenaires au sang-froid. En l'occurrence, je crois que nous avons affaire aux deux.

En quittant l'hôpital, Pescatore avait repensé à sa conversation avec Furukawa. Tous deux avaient un point commun : ils détestaient mentir. Lorsqu'il avait dit que Fatima Belhaj était en Bolivie, l'agent avait précisé : « pour autant que je sache ». Pescatore avait sauté dans un taxi. Comme il s'y attendait, il avait trouvé la Française à son hôtel, se préparant à partir en fin d'après-midi. Elle ne s'était pas démontée en le voyant arriver hors d'haleine. Ils avaient pris un café dans le restaurant du dernier étage, avec vue sur la Plaza San Martin et la Torre de Los Ingleses – une grande tour dans le style de Big Ben, vestige de la présence britannique en Argentine au même titre que le polo, le rugby ou le foot.

Pescatore avait préparé son laïus. Il s'attendait à des protestations, un refus. À sa grande surprise, Belhaj avait accepté sans discuter.

— Excellente idée. Continuons à travailler ensemble. Je ne comprends pas la logique du FBI. J'ai d'ailleurs dit à Tony que c'était une erreur de vous écarter.

Elle lui avait ensuite expliqué les raisons de son départ précipité. Malgré le mutisme du gouvernement bolivien, l'ambassade française à La Paz avait identifié l'informatrice. Celle qui, après avoir reçu le fameux coup de téléphone de France, avait permis de démanteler la cellule terroriste. Elle avait accepté de rencontrer Belhaj.

Pescatore se réveilla en clignant des yeux. Le Land Cruiser était arrêté à un barrage de police, sous une arche en bois. Les agents occupés à fouiller les véhicules avaient un air de soldats de plomb avec leurs visages de guerriers, leurs carrures compactes et leurs treillis. Plusieurs étaient rassemblés autour d'un vieux camion rempli d'ananas. Le capot et les portières étaient ouverts. Les policiers désossaient le tableau de bord sous le regard d'un groupe de passagères. Sans doute d'origine quechua ou aymara, elles portaient de longues robes et des chapeaux de paille ornés de rubans.

Un officier à l'uniforme impeccable s'approcha du Land Cruiser, la casquette baissée sur les yeux. Après avoir jeté un œil à leurs passeports étrangers et aux documents de l'ambassade, il leur fit signe de passer. Le chauffeur et le garde du corps échangèrent quelques commentaires à mi-voix. D'après eux, mieux valait ne pas contrarier ces commandos antidrogue surnommés les Léopards ; ils ne plaisantaient pas et étaient capables de poursuivre un fugitif dans la jungle pendant une éternité.

— Bien reposé ? demanda Belhaj à Pescatore avec un léger bâillement. Elle remonta ses lunettes de soleil sur sa tête.

— Super. Votre informatrice sait que je vous accompagne, et qui je suis ?

— Vous êtes un collègue de Buenos Aires, *point barre**. Si elle vous demande votre nationalité, répondez-lui. Sinon, mieux vaut jouer la carte de la discrétion.

— OK. Vous écoutez quoi ?

— Abd al Malik. Un rappeur français, musulman et éclairé.

Elle lui tendit ses écouteurs.

— La chanson s'appelle *Gibraltar*.

— Cool, déclara-t-il après quelques mesures. Avec ce piano et ces percus, on dirait du jazz *spoken-word*.

— C'est à propos d'un jeune homme sur le détroit de Gibraltar.

— Ouais, je crois que j'ai saisi. Un jeune Noir, qui passe par différents états. D'abord il pleure, après il chante dans un bar, c'est ça ? Et après il hurle comme un fou. Il est heureux. Il part pour le merveilleux royaume du Maroc.

Elle hocha la tête d'un air amusé.

— Ne me dites pas qu'en fait, vous parlez secrètement français ?

— Pas vraiment. Mais je l'ai étudié à l'école. Pendant dix ans. Je maîtrisais déjà l'espagnol, et mon père trouvait que le français, c'était classe. Mais Raymond est beaucoup plus doué que moi.

— Valentino Pescatore, murmura-t-elle en secouant ses boucles et en faisant traîner la dernière syllabe. *Toujours plein de surprises**.

Ils avaient à peine échangé quelques mots depuis qu'à Buenos Aires elle avait brusquement mis fin à leur conversation pour attraper son avion. Pescatore avait pris un vol quelques heures plus tard, après avoir confié les clés de son appartement à la fille de Facundo. Il s'était raidi au moment de franchir la douane à l'aéroport d'Ezeiza, mais les contrôleurs n'avaient pas bronché. Il ne savait pas si Furukawa avait exagéré, si quelqu'un était intervenu en sa faveur, ou si ça n'avait rien à voir. Il était tellement soulagé qu'on ne l'arrête pas – et tellement excité de reprendre l'enquête – qu'il n'avait pas réalisé tout de suite à quel point ses chances de retour en Argentine étaient incertaines. En arrivant dans la ville bolivienne de Cochabamba, il avait trouvé un message de Belhaj à l'hôtel lui demandant de se tenir prêt pour cinq heures le lendemain matin.

Belhaj remit ses lunettes et regarda par la fenêtre.

— Vous connaissez la Bolivie ? demanda-t-elle.

— Pas vraiment. Lors d'une de mes missions pour Facundo, j'ai dû protéger un Bolivien qui fuyait les narcos. Il m'a appris que cette jungle produit environ un quart de la cocaïne consommée dans le monde. Je suppose que c'est le gagne-pain de la majorité des gens du coin.

Belhaj hocha la tête.

— Nos services de police surveillent la région, car la plus grande partie de la cocaïne atterrit en Europe en passant par l'Argentine ou le Brésil.

— Le président de ce pays est un ancien cultivateur de coca. Il a foutu la DEA dehors, ce qui en dit long sur le personnage.

Le Land Cruiser quitta enfin la route principale pour une voie partiellement bitumée qui s'enfonçait dans un tunnel de végétation. Les pneus dérapaient sur un mélange jaunâtre de gravier et de boue. Ils croisèrent quelques cabanes, une vache attachée à une corde, des femmes faisant leur lessive dans un ruisseau. Il pleuvait.

Le chauffeur s'arrêta brutalement au détour d'un virage. Pescatore reconnut l'uniforme des Léopards. Arme au poing, les agents couvraient leurs camarades équipés de machettes et éparpillés sur la colline. Ils escaladaient la pente avec agilité, s'accrochant aux lianes et aux branches, s'aidant les uns les autres dans les passages difficiles. Près du sommet, de la fumée et des flammes s'élevaient au-dessus des arbres.

Le garde du corps leur expliqua que la police venait sans doute d'incendier un laboratoire clandestin produisant de la pâte de coca. La voiture reprit lentement sa route. Trois prisonniers menottés étaient assis sur le bas-côté. Deux étaient pieds nus, sales et émaciés, les joues gonflées par des boulettes de coca.

— Je crois que ce sont des *pisacocas*, murmura Belhaj à l'oreille de Pescatore, penchée sur lui pour regarder par sa fenêtre. Ils foulent les feuilles de coca pour obtenir une bouillie. Comme on le faisait avec le raisin autrefois en France.

Le troisième prisonnier semblait plus menaçant, mieux nourri, et il portait des bottes. Il dardait un regard noir sur le policier qui inspectait son vieux fusil. Tous, agents comme suspects, étaient couverts d'une boue jaune. D'après le garde, l'homme aux bottes devait être la sentinelle chargée de protéger le labo.

— Il a un Mauser, ajouta-t-il. C'est une arme solide. Précise. La préférée des *cocaleros*. Avec la dynamite.

— La dynamite ? répéta Pescatore.

— Ils en balancent partout, aussi tranquillement que si c'était des pétards. Ces hommes sont souvent d'anciens mineurs descendus de leurs montagnes. Ils sont passés de l'étain à la coca.

Le soleil brillait quand ils atteignirent enfin leur destination, un village aux rues larges et boueuses bordées de maisons en bois. À peine sorti de voiture, Pescatore fut assailli par une chaleur moite. Il imagina Raymond déambulant entre les cochons qui fouillaient le caniveau, longeant les terrasses des gargotes où des nuages de mouches tournaient au-dessus des maxi-bouteilles de Coca ou de Fanta. Ici, dans la jungle du Chapare, son ancien ami avait conclu des alliances, passé des marchés et gagné beaucoup d'argent. Quel drôle d'endroit.

Ils se dirigèrent vers une salle communale de plein air, simplement couverte d'un toit de tôle ondulée. Une réunion était en cours : celle du syndicat des cultivateurs de coca, ou *cocaleros*. Les intervenants se tenaient sur une scène ornée de banderoles et d'un poster du président bolivien en tenue de cérémonie indigène, la poitrine couverte de colliers de fleurs. L'assistance était debout ou assise sur des chaises pliantes. Un peu partout, des enfants jouaient, d'autres dormaient. Le garde du corps s'approcha de l'estrade pendant que Pescatore et Belhaj attendaient près d'un muret. Des hommes étaient accroupis ou adossés au mur, le visage impassible sous leurs casquettes. Ils mâchaient de la coca. Sur leurs coupe-vent et leurs vestes de seconde main s'étalaient les noms d'équipes de foot européennes ou des inscriptions en anglais – *Daytona City*, *Western Traditional*.

Une femme trapue à la jupe multicolore et aux cheveux noirs tressés selon un motif compliqué prit la parole en quechua. Sa voix aiguë monta crescendo, et son intervention fut saluée par des hourras. Elle brandit le poing. Passant à un espagnol teinté d'un fort accent, elle cria :

— *Viva la coca ! Muerte a los Yanquis ! Viva la coca ! Muerte a los Yanquis !*

La foule reprit le slogan en chœur. Pescatore se pencha vers Belhaj.

— Ça, j'ai compris. « Mort aux Américains. » Quelle connerie.

Belhaj répondit par un claquement de langue agacé. Elle préférait qu'il garde son indignation patriotique pour lui.

Il regarda autour de lui. Un peu plus tôt, en les voyant transporter péniblement des cargaisons de feuilles ou pédaler sur leurs vélos rouillés, il avait éprouvé de la compassion pour les habitants du Chapare. Malgré leur implication plus ou moins directe dans le trafic de drogue, ils n'avaient pas grand-chose à voir avec les membres de cartel et les excités de la gâchette auxquels il avait eu affaire par le passé. La Bolivie fonctionnait selon un système presque féodal, où les cultivateurs de coca étaient l'équivalent des serfs. Mais leur agressivité l'inquiétait un peu. Il était le seul Américain dans les parages.

OK, madame Coca, j'ai compris, conclut-il. *Il est temps que je me trouve un flingue.*

Le garde du corps de l'ambassade revint en compagnie d'une femme brune et mince d'une trentaine d'années. Elle n'avait pas l'air de venir des montagnes – ou alors, d'une famille de propriétaires de mines. Elle échangeait sourires et plaisanteries avec la foule. Après avoir salué Belhaj, elle se dépêcha de les pousser vers le Land Cruiser. Le chauffeur les déposa devant un petit groupe de bâtiments qu'un panneau identifiait comme le Centre légal pour la médiation des conflits et la justice sociale.

Il régnait une chaleur étouffante dans le bureau aux murs de parpaings. Les fenêtres étaient équipées de barreaux mais dépourvues de vitres. Leur hôte s'appelait Amélie Hidalgo Florian. Belhaj avait briefé Pescatore à son sujet : elle était avocate et dirigeait une association à but non lucratif créée conjointement par les Nations unies et l'Union européenne. Son centre proposait une assistance juridique gratuite et servait de médiateur entre les *cocaleros* et le gouvernement.

Elle leur servit du thé, puis remplit sa propre tasse à l'aide d'une autre carafe.

— Le mien contient de la coca, leur expliqua-t-elle en français, avant d'ajouter avec un sourire moqueur : Je ne voudrais pas que vous soyez contrôlés positifs lors d'un test surprise, ça ferait scandale au sein de la police française.

Puis elle continua en espagnol. Pescatore ne fut pas surpris d'apprendre qu'elle était à moitié belge. Cela expliquait son nom, son teint clair associé à des traits andins, ses liens avec l'ambassade de France. Elle avait un style très nature. Sans maquillage, les cheveux ramassés en queue-de-cheval, elle portait des sandales, un jean déchiré et une chemise de coton blanc. Elle répondit à leurs questions, la main posée à la naissance de la gorge sur la clavicule. Elle avait un port de danseuse. On sentait qu'elle venait d'une famille riche et influente. Ses manières directes ne manquaient pas de charme. Tout pour plaire à Raymond.

Il lui faut vraiment une femme dans chaque port, songea Pescatore.

Raymond avait rencontré Amélie Hidalgo sept ans plus tôt, au moment où son trafic de drogue commençait à prendre de l'ampleur. Il l'avait approchée dans un café de Cochabamba en se présentant comme Ramón Verdugo, homme d'affaires argentin.

— Je vis ici, leur expliqua-t-elle en désignant le centre par-dessus son épaule. Mais de temps en temps, je passe le week-end à Cochabamba. Et donc ce Ramón s'est assis à côté de moi dans le café brésilien et a engagé la conversation. Il prétendait qu'ils servaient le meilleur cappuccino de Bolivie. Peu après, ce sale type de Suleiman Kharroubi l'a rejoint. Quand Ramón m'a invitée à dîner avec eux, j'ai refusé. Je lui ai dit que je ne le connaissais pas, mais que je devinais qui il était. Ça l'a fait rire.

Hidalgo était très bien informée sur les réseaux clandestins opérant dans la jungle ainsi qu'à Cochabamba et Santa Cruz, les deux villes situées en bordure du Chapare. Pour les mafias, elle était un pion utile sur l'échiquier car elle défendait les cultivateurs et enquêtait sur les abus des forces armées. C'est pourquoi on la laissait tranquille, malgré sa tendance à critiquer les barons de la drogue. Trafiquants, cultivateurs de coca et représentants du gouvernement appréciaient sa neutralité.

Au cours des deux années qui avaient suivi sa rencontre avec Raymond, elle l'avait croisé plusieurs fois dans les établissements fréquentés par les étrangers et l'élite de Cochabamba. Il passait aussi la voir à son bureau. Ils avaient instauré une sorte de rituel. Il l'invitait à sortir ; elle refusait toujours.

— Il m'appelait la « reine de la jungle ». Quel beau parleur… Intelligent, certes. Il aimait la musique, la littérature, le cinéma. Je crois qu'il n'avait personne d'autre avec qui discuter de tout ça. Après avoir appris que ma mère était belge, il s'adressait parfois à moi en français. Et il évoquait ses activités clandestines à mots couverts. Il aimait glisser des indices dans la conversation, pour se vanter. Son groupe était en train de se tailler une place au soleil. Jusque-là, le trafic se faisait au petit bonheur la chance : les paysans pauvres transportaient des cargaisons de pâte de coca par des chemins détournés ou en les dissimulant dans des caches. Au final, la quantité de drogue qui parvenait à quitter la vallée était suffisante pour que l'opération reste profitable aux chefs de cartel. Le gang de Raymond a révolutionné cette approche. Ils ont atteint un rendement industriel. Ils se chargeaient eux-mêmes du raffinage, soudoyaient la police et embarquaient leur produit par camions entiers, sur la route principale.

— J'ai cru comprendre que leur réseau avait des liens avec le Proche-Orient, intervint Belhaj.

Elle tenait cette information de l'ambassade de France à La Paz. Elle avait confié à Pescatore qu'elle comptait beaucoup sur Hidalgo, car les autorités boliviennes refusaient toujours de coopérer.

L'avocate fronça les sourcils.

— Que les choses soient claires. Je suis très occupée. Deux cent mille personnes vivent ici, dans le Chapare. C'est un vrai labyrinthe, et pas seulement au sens géographique. Entre les syndicats de *cocaleros*, la police, l'armée, les mafias locales et brésiliennes, colombiennes ou argentines… Ma réputation dépend de mon absolue neutralité. Je ne dénonce personne.

— Votre réputation ne sera pas entachée.

— Ça me contrarie d'avoir été impliquée à mon insu dans une affaire de terrorisme international. C'est la seule raison pour laquelle j'ai accepté de vous parler. Et de vous recevoir ici, au vu de tous, sur mon territoire où les espions sont légion.

Hidalgo reprit son récit. Les sociétés de Kharroubi exportaient des voitures, des ananas et d'autres produits vers l'Argentine et le reste du monde. Grâce à cette couverture, la cocaïne transitait jusqu'en Europe, en Afrique et au Proche-Orient.

— Il y avait un étranger. Presque personne ne l'avait vu, ni ne connaissait sa véritable identité. C'était apparemment un partenaire influent du réseau de Raymond. Les gens le surnommaient Ali Baba.

— Venait-il du monde arabe ? Ou était-ce un Latino-Américain originaire du Proche-Orient ?

— Aucune idée. Je ne l'ai jamais rencontré.

— Raymond vous a-t-il parlé de l'islam ?

— Il m'a dit être musulman comme je pourrais vous dire que je suis catholique. Il abordait plutôt des sujets tels que la politique internationale, les droits des femmes… des choses susceptibles de m'impressionner. Il insistait pour replacer les mouvements islamistes dans le contexte de la lutte anti-impérialiste. D'ailleurs…

Elle ouvrit une armoire fermée à clé, en sortit un livre et le tendit à la Française comme s'il était empoisonné. Pescatore lut le mot « CARLOS » en grosses lettres sur la couverture noire. Le titre était en français : *L'Islam révolutionnaire*.

— Écrit en prison, les informa Hidalgo. Par Carlos le Chacal, le terroriste vénézuélien des années 1980. C'est une ode à Ben Laden. Il incite les gauchistes et les révolutionnaires du monde entier à se rassembler derrière Al-Qaïda. Une vraie merde. Je vous en prie, gardez-le comme preuve, pour les empreintes ou je ne sais quoi.

Raymond lui avait offert l'ouvrage à l'occasion de sa dernière visite. Après ça, une guerre intestine avait éclaté entre sa bande de trafiquants et des mafias rivales. Hidalgo ne l'avait jamais revu.

Belhaj ouvrit le livre à la page de titre et le tendit à Pescatore. Au-dessus de l'initiale *R*, il y avait une dédicace en français : *Pour Amélie, la plus charmante des révolutionnaires**.

L'écriture tarabiscotée de Raymond n'avait pas beaucoup changé. D'un signe de tête, il lui confirma son authenticité.

— Que pouvez-vous nous dire au sujet de l'avertissement reçu par téléphone ? reprit Belhaj d'une voix douce.

— C'était il y a deux semaines. Ramón m'a appelée ici. Il m'a demandé si je me souvenais de lui. J'ai été surprise. Il prétendait m'avoir toujours respectée, avoir confiance en moi. Il avait des informations sensibles à transmettre au gouvernement.

Une cellule islamiste préparait une attaque en Bolivie. Il lui avait donné un nom et l'adresse d'une planque à La Paz, mais avait refusé de lui dire où il se trouvait, ou de répondre à ses questions.

— Il voulait que je prévienne aussitôt les autorités. On aurait dit qu'il récitait un texte appris par cœur. Des vies étaient en danger. Il n'y avait pas un instant à perdre. Avant de raccrocher, il a plaisanté d'une façon assez inquiétante. Il m'a appelée la « reine de la jungle », puis il a ajouté : « Vous voyez combien mes sentiments pour vous sont forts, ma Reine ? Bien que vous m'ayez rejeté, je n'ai jamais cessé de penser à vous. » Comme si c'était un honneur. J'ai téléphoné à un de mes amis au ministère de la Justice. La police a localisé la cellule, en passant sous silence les implications terroristes de l'affaire.

Les deux principaux suspects, tous deux convertis à l'islam, étaient un Espagnol et un Bolivien qui avait fait ses études à Madrid. Le troisième, un criminel local, était le propriétaire de la planque où la police avait découvert des AK-47, des pistolets, des grenades et un ordinateur rempli de littérature et de vidéos extrémistes. Ces hommes s'étaient rendus dans un centre commercial de La Paz et avaient fait le tour des ambassades, des résidences diplomatiques et autres lieux fréquentés par des étrangers. Ils avaient enregistré de longues séquences vidéo. Mais rien n'indiquait qu'ils aient établi un plan précis.

Pescatore essuya son visage en sueur. Ses derniers doutes venaient de s'envoler. C'était bien Raymond qui l'avait appelé, tout comme il avait appelé Amélie Hidalgo. Il songea une fois de plus, la boule au ventre, que le pire aurait sans doute pu être évité à Buenos Aires s'il lui avait donné l'autre numéro.

Hidalgo leur resservit du thé. Belhaj la remercia avant d'ajouter :

— Si je puis me permettre, il y a une chose que je ne comprends pas. Pourquoi avoir gardé secrète l'identité de Raymond ?

Hidalgo hocha la tête comme si elle s'était attendue à la question.

— Les autorités et les trafiquants connaissent mon mode de fonctionnement. Je peux relayer des informations, mais je protège toujours mes sources. Au-delà de ses supposés – et encombrants – sentiments pour moi, c'est ce qui a poussé Ramón à me contacter. Mon ami du ministère m'a suppliée de lui en dire davantage. À ce moment-là, il n'y avait encore aucune victime. Les suspects de La Paz étaient en prison. Je me suis donc contentée de lui indiquer que j'avais reçu cette information de l'étranger. Je suppose que les services secrets, qui me surveillent de près, ont eu accès d'une manière ou d'une autre à la liste de mes communications et qu'ils sont remontés ainsi jusqu'à la France.

— Et puis il y a eu l'attentat de Buenos Aires.

— Exactement.

Le regard d'Hidalgo s'assombrit.

— Ça changeait tout. Je n'étais pas sûre que Ramón soit impliqué, mais je me devais d'agir. Alors j'ai livré son nom aux services boliviens et je me suis tenue à votre disposition.

Pescatore se décida à intervenir, avec son meilleur accent argentin :

— Mademoiselle Hidalgo, Ramón vous a-t-il parlé de ses origines, de son enfance ?

— Non. Comme il vivait à Buenos Aires, j'ai cru qu'il était de là-bas.

— Vous dites que « presque personne » n'a rencontré Ali Baba. Ça veut dire qu'il y a des exceptions ?

Hidalgo le regarda droit dans les yeux, la main toujours posée sur sa clavicule.

— Je n'ai eu vent que d'un cas, répondit-elle lentement. Ça remonte à six ans, Ramón venait de m'offrir le livre.

C'était une période agitée. Les trafiquants brésiliens avaient lancé une offensive contre la bande de Mercer. Il y avait eu des fusillades. Les deux camps manipulaient la police à coups de révélations sur les activités de l'ennemi. Une nuit, une équipe d'intervention spéciale avait intercepté deux 4x4 en route vers Santa Cruz. Ils étaient remplis d'armes, d'argent liquide et de cocaïne.

— Ils ont arrêté Ramón ainsi qu'un homme portant un nom oriental. Je crois que c'était le fameux Ali Baba, son mystérieux associé. On les a interrogés. Il y a eu de longues négociations. D'après ce que j'ai compris, les Brésiliens faisaient pression sur la police pour avoir la tête de Ramón. Au bout du compte, les deux prisonniers ont payé un énorme pot-de-vin, ils ont serré la main des inspecteurs, et on les a laissés repartir. Ce genre de pratique est assez courant. En tout cas, il en est ressorti une information : l'homme qu'on surnommait Ali Baba possédait un passeport étranger. Un passeport diplomatique.

11

ANGELINA

Le plan initial, dicté par le souci de sécurité de l'ambassade française, était de quitter le Chapare avant la nuit.

Pourtant, ils étaient toujours là. La pluie résonnait sur la tôle ondulée qui couvrait la terrasse du restaurant, îlot éclairé à la bougie au milieu des ténèbres. Pescatore et Belhaj étaient les deux seuls convives. L'hôtel leur avait été recommandé du bout des lèvres par le garde du corps, à l'issue d'un long discours sur les risques encourus. Situé à l'écart de la grand-route, le complexe comprenait une piscine et deux douzaines de bungalows. Il survivait grâce à une clientèle de cadres gouvernementaux, d'employés d'ONG étrangères et de touristes en quête d'aventure.

Le garde du corps et le chauffeur avaient regagné leurs chambres à la fin du dîner. Pescatore s'attendait à ce que Belhaj les imite, mais elle était restée. Ils avaient entamé une deuxième bouteille de vin rouge chilien en discutant des événements de la journée. Leur langue de communication officielle était progressivement passée de l'espagnol à l'anglais.

— Vous croyez que nous aurons des nouvelles d'Amélie ce soir ? demanda Pescatore.

— Ça m'étonnerait.

Belhaj lui tendit son verre pour qu'ils se partagent le fond de la bouteille.

— Demain, j'espère.

— Vous y êtes allée en douceur, mais vous vous êtes bien débrouillée avec elle.

— Je crois qu'on tient quelque chose avec cette histoire d'Ali Baba.

Après la bombe lâchée par Hidalgo, Belhaj avait convaincu l'avocate de leur en dire davantage sur l'homme et son passeport diplomatique. Au début, celle-ci avait résisté : elle n'en savait pas plus et ne voulait pas compromettre sa source. Belhaj l'avait prévenue que le risque d'attentat resterait élevé tant que Raymond serait en cavale. Il fallait qu'ils le retrouvent, qu'ils obtiennent un maximum d'informations à son sujet. Pescatore était intervenu. Il avait raconté ce qu'il avait vu sur les lieux du carnage à Buenos Aires, décrit l'explosion du restaurant qui avait emporté le père et le fils de Claudia Rabinovitch.

Amélie Hidalgo avait fini par céder à contrecœur. Mais elle ne leur avait rien promis. Ils allaient devoir attendre.

Pescatore écouta les sons de la nuit : oiseaux, grenouilles, insectes, singes, et un hurlement troublant d'origine indéterminée.

— Quel boucan… Vous aussi, vous êtes une citadine ?

— Oui. J'ai grandi dans une HLM près de Paris. Cent pour cent béton.

— Comme ces banlieues dans lesquelles il y a eu des émeutes ?

— Tout à fait. C'est magnifique, par ici.

— Ouais, sauf qu'on est en plein territoire narco. Je serais plus à l'aise si j'avais une arme.

La bougie était protégée par un cube de verre rouge. Quand Belhaj se tourna vers lui, la lumière se refléta en tremblotant sur ses paupières et son profond décolleté. Elle portait une chemise vert olive dont, vaincue par la chaleur, elle avait défait les premiers boutons dans le courant de la journée.

— Notre garde a un fusil. Mon permis n'est pas valable à l'étranger.

— Ça n'a pas l'air de vous déranger.

— Mis à part les opérations sur le terrain, je dégaine rarement mon pistolet. La plupart du temps, je ne l'ai même pas sur moi.

Sur ce point, elle ne ressemblait pas à Isabel Puente, qui se sentait nue sans son arme, s'entraînait régulièrement au stand de tir et s'était retrouvée impliquée dans au moins deux fusillades. Il se surprit à comparer les deux femmes. Fatima était plus discrète et plus détendue qu'Isabel, dont la franchise était aussi attirante qu'agressive. Physiquement, l'Américaine était plus petite mais bien faite. Belhaj avait de longues jambes et était aussi plus voluptueuse…

La gérante de l'hôtel mit un terme à ses pensées en leur proposant un digestif. Belhaj jeta un regard interrogateur à Pescatore. Ils commandèrent du Baileys avec des glaçons. Leur hôte leur apporta la bouteille et un seau de glace avant de leur souhaiter une bonne nuit. Quelques minutes plus tard, la lumière s'éteignit à la réception.

Pescatore fit tourner les glaçons dans le liquide couleur caramel, presque doré à la lueur de la bougie.

— Pour le passeport d'Ali Baba, vous parieriez sur quoi ? Iranien ? Al-Qods a souvent recours à des couvertures diplomatiques. Elle est présente dans la région, elle y sème le trouble et fait beaucoup de profits. Mais si c'est le cas, je n'y comprends plus rien. Le réseau de Raymond était sunnite, pas chiite.

— Je n'exclus pas cette possibilité. Mais Amélie Hidalgo n'a pas précisé qu'il s'agissait d'un passeport d'un pays du Proche-Orient. Et ça pourrait très bien être un faux.

— C'est vrai. On peut se procurer des papiers au Venezuela, au Honduras, au Belize. Raymond a pu mettre Ali Baba en contact avec Florencia. Reste qu'un passeport diplomatique, ça ne court pas les rues. Vos hommes ont réussi à retrouver la trace de Ray en France ?

— Pas encore. Il faut vérifier les différents pseudos, passer par les instances européennes… ça prend du temps.

— Raymond a beau être malin, il ne pourra pas rester invisible éternellement.

— L'énigmatique Raymond…

Elle se servit de la bougie pour allumer une cigarette.

— Comment êtes-vous devenus amis ?

— Vous avez des frères et sœurs ?

— Huit.

— Huit ? La vache. Moi, aucun. Raymond non plus. On avait des origines argentines, lui du côté de sa mère, moi du côté de mon père. Nos familles nous faisaient jouer ensemble. D'aussi loin que je m'en souvienne, il a toujours été là. On était très proches.

— Comme des frères.

— Enfant, il était drôle, intelligent, généreux. Il avait un an de plus que moi, alors il m'apprenait des tas de choses. Que je le veuille ou non, il a eu une influence sur les sports que je pratiquais, la musique et les films que j'aimais, ma façon de parler. C'était un de ces garçons à qui tous les autres veulent ressembler, dont tout le monde recherche la compagnie. Surtout quand il a commencé à chanter. Une vraie star. Dans ces moments-là, son mauvais côté disparaissait. On avait envie de croire en lui.

Des éclairs zébrèrent le ciel au-dessus des arbres. Un coup de tonnerre suivit. La pluie s'intensifiait.

— Un lien fort.

— Sa famille était plus riche que la mienne. Il a fréquenté une école privée, il vivait dans un beau quartier. Mais selon lui, c'était chez moi que se trouvaient les « vraies gens », quoi que ça signifie. J'étais plus en contact avec la rue, disons, et il a toujours rêvé d'être un gamin des rues. Au final, il a fait bien plus de conneries que moi.

— Il avait une vision romantique du gangster.

— Mais il a toujours eu une attitude paradoxale à mon égard. Florencia l'a mentionné, vous vous souvenez ? Il prétendait que j'étais la seule personne sur qui il pouvait compter. Un jour, il m'a dit : « Les choses sont simples avec toi. Quand tu dis un truc, c'est que tu le penses. »

Belhaj recracha la fumée de sa cigarette. Il aimait sa façon de passer de l'alcool au tabac. Sa grâce languide lorsqu'elle croisait les jambes. Ses boucles qui dansaient autour de son visage.

— Vous croyez que Raymond est bisexuel ?

Il encaissa le coup.

— Pardon ?

— Est-ce qu'il couche avec des hommes aussi bien que des femmes ?

— J'avais compris. Je me demande juste pourquoi vous me posez une question pareille.

Elle lui décocha un sourire en coin.

— Je connais les types dans son genre. Des informateurs professionnels, des agents doubles. Ils vendent des infos, retournent leur veste, séduisent, trahissent. Ils utilisent souvent le sexe à ces fins, même avec d'autres hommes.

Cette idée le dérangeait. Quand on interroge quelqu'un sur sa relation avec son plus vieil ami, puis sur l'éventuelle bisexualité de l'ami en question, il y a comme un sous-entendu. Est-ce qu'elle jouait avec lui ? Elle n'en avait pourtant pas l'air.

— Je n'y ai jamais réfléchi. À l'époque où on traînait ensemble, il passait son temps à courir les filles et à se vanter de ses conquêtes. Je n'ai pas l'impression que ça ait beaucoup changé.

Il hésita à lui raconter que Raymond lui avait volé sa copine, mais décida que ce n'était pas le moment d'ouvrir cette boîte de Pandore. Il vida son verre, savourant le goût fort et sucré du Baileys. Belhaj n'avait pas l'air ivre, bien qu'il ne l'ait jamais entendue parler autant. Son accent était plus marqué que d'habitude.

— Un vrai Casanova, conclut-elle.

— Un bourreau des cœurs, oui. Il draguait toujours les serveuses. Pour lui, c'était un jeu. Dès qu'elles étaient un minimum jolies, il leur débitait son baratin et leur chantait *Angelina* de Louis Prima.

Belhaj le regarda sans comprendre.

— Vous savez, Louis Prima – *Just a Gigolo*, *Banana Split for My Baby*... Vous n'avez jamais entendu parler de lui ?

— Non.

— Dommage, vous ratez quelque chose. C'était un Sicilien de la Nouvelle-Orléans. Un mélange de Louis Armstrong et de Dean Martin. Vous ne connaissez pas la chanson *Angelina*, sur une serveuse de pizzeria ?

— Je vous assure que non.

Pescatore gloussa.

— J'ai tellement bu que je serais capable de vous la chanter.

Elle ouvrit de grands yeux amusés.

— Allez-y !

L'envie était trop forte. Martelant le rythme syncopé sur la table en bois, il se lança dans une interprétation enthousiaste de la chanson, passage en italien compris. Belhaj l'applaudit en riant.

— Je vois que Raymond a également eu une influence positive sur vous. Et bravo pour la prononciation.

— Mon père est italien. Il n'a fait que passer par l'Argentine.

— Vous êtes aussi mexicain, non ?

— Ouais. Encore un verre de ce truc, et j'attaque les *rancheras*.

Belhaj le resservit.

— Alors, Fatima. Maintenant que je vous ai raconté mon enfance, que je vous ai fait une imitation ridicule de Louis Prima, que vous m'avez interrogé sur mon orientation sexuelle…

Elle recommença à rire.

— L'orientation sexuelle de Raymond, pas la vôtre !

— Oui, bref. À mon tour de vous poser une question. Je ne sais pas comment ça se passe à Paris, mais à Chicago, on ne rencontre pas beaucoup d'agents fédéraux haut placés dans la lutte antiterroriste qui ont grandi dans des logements sociaux. Comment êtes-vous devenue flic ?

Elle baissa la tête en faisant mine de réfléchir.

— Une question biographique, donc.

— Oui.

— La raison principale, c'est mon père.

Il était originaire d'un village de la campagne marocaine – *le bled**, comme elle l'appelait. Quand il avait décidé d'émigrer, ses voisins s'étaient cotisés pour lui payer un costume. En France, il s'était construit une nouvelle vie grâce à un emploi dont il tirait une grande fierté : il conduisait le bus municipal.

— C'était son navire. (Il y avait dans sa voix une tendresse que Pescatore n'avait encore jamais entendue.) Et lui, c'était le capitaine. Il l'entretenait parfaitement, connaissait le nom de tous les passagers. Certains lui offraient des petits cadeaux pour nous. L'un d'entre eux était responsable des services de renseignement de la police. Une vraie légende. Il avait enquêté sur de grosses affaires de terrorisme. Au Liban, en Algérie, au Pakistan… il était *arabisant**. À l'époque, il n'était déjà plus sur le terrain et dirigeait une équipe d'analystes. Un jour, mon père n'était pas dans son assiette ; il lui a expliqué qu'il se faisait du souci pour sa fille aînée.

Pescatore se pencha vers elle, les coudes sur les genoux.

— C'est-à-dire vous.

— C'est-à-dire moi.

Belhaj but une gorgée d'alcool. Son débit ralentit ; elle était perdue dans ses souvenirs. Le tonnerre grondait. La pluie tombait à verse.

Elle avait eu une enfance difficile. Ses frères aînés avaient sombré dans la délinquance et la drogue, consumant toute l'énergie de leurs parents. Elle était très bonne élève, mais solitaire et taciturne. À l'adolescence, son intelligence et son goût pour les décolletés lui avaient valu d'être constamment harcelée par les deux groupes qui régnaient sur sa cité : les fondamentalistes et les voyous.

— J'étais très malheureuse. Je détestais sortir, parce que je savais qu'ils seraient là, prêts à s'en prendre à moi. Au lycée, c'était pareil. Je passais de plus en plus de temps enfermée dans ma chambre, à lire, traîner, manger. J'étais en pleine dépression. Et très grosse.

— Difficile à croire.

— Je pesais vingt-cinq kilos de plus qu'aujourd'hui. Ça fait quoi, cinquante livres, à peu près ?

Il comprenait maintenant qu'elle avait dépassé les excès et les traumatismes et s'était réinventée. Elle portait en elle la conscience et la satisfaction quotidienne de cet exploit.

À dix-sept ans, ses notes étaient en chute libre. Son père était effondré. Les professeurs lui avaient toujours dit que sa fille était brillante, qu'elle irait loin si elle voulait bien s'en donner la peine. Quand le vétéran des services secrets avait entendu cette histoire, il lui avait proposé son aide.

— Il est passé chez nous un dimanche pour déjeuner. Vous auriez vu mon père, on aurait dit qu'il recevait une visite présidentielle. Nous avons discuté. De ses voyages, des affaires sur lesquelles il avait travaillé, de l'islam, d'espionnage. J'étais fascinée. Il était tellement cultivé. Et *raffiné**.

— Sophistiqué ?

— C'est ça. Les policiers que je connaissais étaient des brutes alcooliques ou des gamins de province effrayés de voir autant de Blacks et de Beurs. Cet homme est devenu mon… mon mentor, disons. Je suis allée à l'université, puis il m'a aidée à intégrer son service. J'ai commencé comme analyste et traductrice. C'était intéressant, mais au bout d'un moment j'en ai eu marre de rester assise avec un casque sur la tête, à faire des transcriptions. Alors je suis passée enquêtrice.

— Je parie que vous avez fichu une peur bleue à ces connards de la cité quand ils vous ont vue débarquer en uniforme.

Elle sourit de toutes ses dents.

— J'en garde un très bon souvenir.

— Une vraie *success story* à la française, si je comprends bien ?

— C'est vrai. De ce point de vue, la France a beaucoup évolué. Un jour j'ai dit à Jean-Louis, mon mentor : « La police ne veut pas de moi. Ils ne me considèrent même pas comme une Française. » Il m'a répondu : « *Au contraire, ma chérie**. Tu es une femme française. Bientôt, tu seras une policière française. Et on te témoignera énormément de respect. » Beaucoup de filles originaires des banlieues rejoignent l'armée ou la police. Ça leur permet de rompre avec les cités, les fondamentalistes, leurs familles. Une des choses que l'on comprend quand on s'intéresse aux réseaux islamistes, c'est que les extrémistes sont en quête d'identité. C'était également mon cas, mais la mienne, je l'ai trouvée de l'autre côté.

— Tant mieux pour nous.

Il leva son verre. Ils trinquèrent en contemplant la pluie. Il la dévisagea, et elle soutint son regard. Une fois encore, la ressemblance entre ses yeux et ceux de l'ange de la *Vierge aux rochers* le frappa.

— Quoi ? demanda-t-elle enfin.

— Je réfléchissais. En ce moment même, les passeurs sont là, dehors, en train de transporter de la drogue, de l'argent, des produits chimiques. Les narcos font tourner leurs labos et leurs fosses à coca. Les flics, les soldats se terrent dans la jungle. Tout le monde doit être trempé jusqu'aux os. Et nous, pendant ce temps, on est là, bien au sec, à boire du Baileys dans ce lieu magnifique. Je pourrais rester ici toute la nuit.

— *Moi aussi**.

Mais un moment après, elle se leva.

— Allons-y, dit-elle.

Pris de court, il l'imita. Arrivés à l'entrée de la salle à manger, ils hésitèrent. La pluie martelait le toit et l'herbe. Un chemin de pierres plates, à peine visible, menait au groupe de bungalows situé à une centaine de mètres de là.

— Ça m'étonnerait que ça s'arrête, dit-elle.

— Vous avez raison.

Il lui tendit la main. Elle la prit, et ils s'élancèrent sur le chemin sans plus rien dire, les doigts entrelacés, sautant par-dessus les flaques sous un véritable déluge. Les bungalows étaient disposés par groupes de trois. Ceux de Pescatore et Belhaj se faisaient face. Dégoulinants, ils s'abritèrent sous le porche commun. Ils reprenaient leur souffle, se regardaient en souriant. Elle rejeta la tête en arrière et secoua sa crinière bouclée dans une gerbe de gouttes.

Il songea qu'elle était vraiment belle, avec son côté sauvage. Sa main toujours dans la sienne, il se laissa gagner par le désir.

— Vous savez, j'ai remarqué quelque chose, chuchota-t-il. Les portes n'ont pas de verrou. Non seulement on n'est pas armés, mais on ne peut même pas s'enfermer.

— C'est inquiétant, fit-elle avec un air exagérément préoccupé.

Elle se tenait tout près de lui.

— Ouais. Le mieux, c'est de coincer une chaise sous la poignée. Posez vos clés dessus, comme ça si quelqu'un essaie d'entrer, vous serez réveillée par le bruit.

— Bonne idée.

De sa main libre, elle lui serra le bras gauche.

— Vous devriez peut-être me montrer.

— Peut-être.

Ils entrèrent dans le bungalow de Belhaj. La porte claqua derrière eux. Leurs corps se plaquèrent l'un contre l'autre. Pescatore avait la tête qui tournait. La bouche et la peau de la jeune femme parfumées au Baileys, à la nicotine et à la pluie, ses seins moulés par la chemise trempée, ses cheveux contre son visage quand il la retourna. Ils s'arrachèrent leurs vêtements. Ils s'agrippaient, se débattaient, heurtaient la porte, le mur.

Elle le guida vers le lit. Ils ralentirent la cadence, profitant du moment, ivres l'un de l'autre. Il ne voulait pas donner l'impression qu'il se croyait tout permis parce qu'il lui avait sauvé la vie à La Matanza. Elle embrassa l'hématome sur son ventre et l'assura qu'au contraire, c'est elle qui tenait à lui exprimer sa reconnaissance. Un peu plus tard, elle déclara que dorénavant, il parlerait français dans son lit. Il répliqua, en français, qu'il espérait bien enrichir son vocabulaire.

La pluie tombait toujours sur la narco-jungle.

12

EL BAILE DEL SUA-SUA

Amélie Hidalgo revint à l'heure du petit déjeuner avec une proposition.

Pescatore et Belhaj étaient assis à la table où ils avaient dîné la veille. La végétation détrempée scintillait au soleil.

L'hôtel n'avait pas de machine à espresso. Pescatore avala plusieurs tasses de café infect. Il était merveilleusement épuisé. Il s'était attendu à se sentir coupable. S'associer à la police française alors que le FBI l'avait congédié ne lui posait pas de problème, mais ce n'était vraiment pas professionnel de coucher avec l'enquêtrice en chef. Pourtant, il ne regrettait rien. Fatima non plus, apparemment. Depuis leur réveil, elle s'était réfugiée dans un silence serein.

— Il refuse de vous voir ou de vous parler, les informa Amélie Hidalgo. Ni ici, ni à Cochabamba, ni à Tombouctou.

Elle but une gorgée de café en fronçant les sourcils. Elle portait une longue robe blanche et jouait avec un collier de graines de huayruro rouges. De toute évidence, elle se serait bien passée de faire l'intermédiaire. Pescatore était persuadé que sa source secrète était un des policiers boliviens qui avaient arrêté Raymond et son copain Ali Baba.

— Il ne communiquera avec vous ni par téléphone ni par e-mail. Voilà son offre : il a une photo à vendre.

— Une photo d'Ali Baba ? demanda Pescatore.

— Une photo qui devrait vous intéresser.

Après une brève discussion en aparté, Belhaj et lui annoncèrent leur prix : mille dollars. L'avocate envoya un texto contenant un seul mot. La réponse ne tarda pas. L'homme en réclamait cinq mille. Ils se mirent d'accord sur trois. Le gouvernement français se chargerait de régler la note.

— Maintenant, écoutez-moi bien, reprit Hidalgo. Il m'a donné des instructions très précises. Dès que je vous les aurai communiquées, j'en aurai fini avec cette affaire.

Le scénario de l'échange était compliqué. Son principal avantage était que Pescatore allait pouvoir récupérer son accessoire favori : un flingue.

Dix heures plus tard, à bord du Land Cruiser, Wenceslao, le garde du corps de l'ambassade, lui remettait un Sig Sauer SP2022 semi-automatique de neuf millimètres. Le pistolet était glissé dans un holster d'épaule que Pescatore enfila par-dessus son T-shirt noir avant de remettre sa veste. Il tâta l'arme à travers le tissu.

— Je me sens mille fois mieux.

Fatima lui fit un clin d'œil. Elle avait dû batailler ferme avec le garde, qui lui conseillait d'exiger un autre plan, de repousser le rendez-vous le temps d'obtenir du renfort, ou – sa solution préférée – de rentrer directement à l'ambassade de La Paz. Il n'était pas très chaud à l'idée de donner une arme à Pescatore. Mais Fatima n'avait rien lâché, et il avait fini par ouvrir le petit arsenal rangé dans une mallette au fond du coffre. Wenceslao n'avait pas arrêté de répéter « *Ça sent pas bon** », jusqu'à ce qu'elle lui ordonne de la fermer.

Leur voiture était garée dans le quartier des affaires délabré de Villa Tunari, la plus grande ville du Chapare. Le lieu du rendez-vous se trouvait à quelques rues de là. Pescatore et Belhaj passèrent en revue les différentes consignes, mots de passe et plans de secours.

— Sois prudent, conclut-elle.

Le soir tombait. Une petite brise rendait la chaleur stagnante plus supportable. Pescatore longea une rangée de façades en brique et en bois. De l'eau gouttait sur le trottoir depuis les auvents et les toits en tôle ondulée. Les devantures des boutiques étaient vert pâle, bleu vif ou roses dans la lumière déclinante. Il passa devant une épicerie, un café Internet rempli de randonneurs d'allure scandinave, une terrasse de bar où deux Quechuas étaient assis comme des zombies sur des chaises en plastique rouge, autour d'une table couverte de bouteilles de bière. Des scooters vrombissaient dans la rue. Un chien buvait dans une flaque. Pescatore s'écarta pour céder le passage à trois vendeuses aux silhouettes en forme de toile de tente, coiffées de grands chapeaux. Elles portaient d'énormes sacs sur le dos.

La Pensión Lola se trouvait dans un renfoncement mal éclairé où les palmiers reprenaient peu à peu leurs droits sur le bitume. Pescatore écarta le rideau de perles de l'entrée, sous une publicité pour la *cerveza* Taquiña représentant les Andes. Le réceptionniste assis derrière un comptoir grillagé avait le nez écrabouillé, les cheveux plats et l'air hostile. Pescatore demanda la chambre 205 et paya trente-huit dollars.

En grimpant l'escalier sombre, il fut assailli par la chaleur et les odeurs : cigarette, égouts, encens, ammoniaque et un relent persistant de moisi. Il entendit une télévision, un rire de femme rauque. Son arme à la main, il se faufila dans la chambre 205, vérifia le placard et la salle de bains. Puis s'assit dans le fauteuil en cuir affaissé. L'écran plat était la seule chose dans la pièce qui ne soit pas plus vieille que lui.

Dehors, la nuit tombait. Apercevant son reflet dans le miroir, il passa une main dans ses cheveux en bataille. L'image était sale, déformée. Il avait l'air lugubre, tout vêtu de noir dans son fauteuil noir.

La Pensión Lola était un hôtel de passe où les prostituées accueillaient leurs clients, trafiquants exilés loin de chez eux ou jeunes recrues de la police et de l'armée. L'aversion de Pescatore pour les bordels allait au-delà du simple dégoût pour le manque d'hygiène. Quand il était à la Frontalière, il avait entendu des histoires de femmes et d'enfants forcés de se prostituer des deux côtés de la frontière. Des histoires teintées de cruauté, de perversion, de désespoir. Des histoires qui avaient gravé des images traumatisantes dans son esprit.

On frappa à la porte. La fille dit s'appeler Yennifer. Le pistolet contre la jambe, il jeta un coup d'œil vers le fond du couloir avant de la laisser entrer. Elle portait une robe en coton vert moulante qui s'arrêtait juste sous les fesses, soulignant sa silhouette minuscule, ses petits bras et ses formes de pin-up de dessin animé. Le nuage chimique de son parfum prit Pescatore à la gorge.

— C'est mon ami qui m'envoie, dit-elle.

Elle avait l'air d'avoir son âge, mais son visage rond était déjà marqué. Ses cheveux étaient attachés par des barrettes Mickey et Minnie. Elle posa son sac sur le lit puis se tourna vers Pescatore, une main sur la hanche.

— Alors ?

Il lui remit les trois mille dollars. Elle compta les billets avant de lui tendre une enveloppe cachetée et d'annoncer qu'elle allait se rafraîchir. Dès qu'elle eut fermé la porte de la salle de bains, il ouvrit le pli.

La photo avait apparemment été prise à l'aide d'un téléphone portable. Elle était d'assez bonne qualité. On y voyait Raymond et un autre homme, assis sur un banc en bois. Ils n'étaient pas menottés mais on devinait qu'ils étaient prisonniers. La manche d'un uniforme était visible sur le côté, ainsi qu'une rangée de talkies-walkies sur un présentoir.

Raymond, fidèle à lui-même, faisait son show. Il portait des chaussures de marche ; son pied droit était posé sur son genou gauche. Il ouvrait les bras en un geste théâtral, comme s'il était en train de raconter une anecdote pendant une soirée – riant à gorge déployée, l'air enjoué. Mais son regard était tendu, aux aguets. Il portait un sweat-shirt des Chicago Bulls.

Pescatore se réjouit de constater que le visage de l'autre homme était parfaitement net. Ali Baba, les bras croisés, laissait Raymond se charger des relations publiques. Il fixait l'appareil avec une expression sévère. Pescatore songea à un proverbe chinois que Facundo citait parfois : *Assieds-toi au bord de la rivière et bientôt, tu verras passer le cadavre de ton ennemi.*

Ali Baba devait avoir une quarantaine d'années. Il semblait en bonne condition physique ; épaules larges, barbe noire bien taillée, crâne ovale et dégarni. Le col d'une chemise blanche dépassait de son pull en V.

Qui que ce soit, il n'a pas l'air de plaisanter.

Pescatore sortit son iPhone, photographia le cliché et envoya l'image à Fatima par e-mail. Ils avaient convenu de cet arrangement à des fins de sécurité, et pour qu'elle sache qu'il n'allait plus tarder. Il envoya la même photo à Facundo accompagnée d'un bref message : « Vous pouvez l'identifier ? Je vous expliquerai. »

Puis il glissa le document dans une poche de sa veste. Yennifer émergea de la salle de bains, les cheveux détachés. Elle posa ses barrettes sur la table de nuit. Elle était encore plus petite qu'avant ; elle avait retiré ses chaussures rouges à plate-forme. Il était temps de lui signifier que la transaction était terminée.

— Eh bien, *señorita*, tout est réglé, lança-t-il en se levant. Merci beaucoup. Je sais que tu as déjà reçu un dédommagement, mais tiens, voilà pour toi.

Il lui fourra l'équivalent de vingt dollars dans la main, lui souhaita une bonne soirée et la poussa vers la porte.

Yennifer haussa très haut les sourcils. Ses yeux lourdement maquillés avaient un éclat étrange, comme si elle avait bu ou pris de la drogue.

— Qu'est-ce que tu racontes ?

— On a fini. Il faut que j'y aille.

— Pas question, mon grand. On m'a dit de rester une heure. Ça fait partie de la couverture. Faut qu'on soit crédibles.

Il l'assura que ce n'était pas nécessaire. Mais elle avait reçu une belle somme et des ordres stricts ; elle n'avait pas l'intention de désobéir. Quoi qu'il arrive, elle resterait dans cette chambre avec lui.

— Tu es sûre ?

— Sûre.

Il se laissa tomber dans le fauteuil. Il n'avait pas envie de passer une minute de plus dans ce bouge. Fatima et les autres l'attendaient au bout de la rue.

Yennifer inclina la tête sur le côté.

— Comment tu t'appelles ?

— Valentino.

— Tu ressembles à ce chanteur, là.

Surpris, il demanda :

— Quel chanteur ?

— Un qui est aussi acteur. Il joue le méchant dans une *telenovela*.

Elle s'approcha, se pencha sur lui.

— Tu sais, Valentino, si tu voulais, on pourrait rendre ça très crédible…

Le tissu de sa robe était tendu à craquer. Elle s'assit à califourchon sur ses genoux. Son parfum était tellement fort qu'il piquait les yeux. Elle passa les mains autour de son cou et lui colla sa poitrine sous le nez. Le corps de Pescatore, encore imprégné de sa nuit avec Fatima, réagit instinctivement. À peine vingt-quatre heures s'étaient écoulées, et il se retrouvait là, avec une autre femme, dans une autre chambre d'hôtel. Le danger, l'obscénité et la folie de cette situation l'excitaient.

Sa main remonta le long de la cuisse charnue de la fille. Il s'aperçut qu'elle ne portait rien sous sa jupe. Elle lui glissa sa langue dans l'oreille. Il l'agrippa par les hanches et l'attira contre lui.

Ce genre de conneries ne m'arrivent jamais, à moi, songea-t-il. *On croirait voir Raymond.*

Cette pensée le refroidit immédiatement. Il la prit par les épaules et la repoussa gentiment.

— *Señorita*. Yennifer. S'il te plaît. Ce n'est pas une bonne idée.

— Tu es sûr ?

— Sûr.

Il continua à l'écarter de lui jusqu'à ce qu'elle se redresse. Rouge, échevelée, elle remonta le haut de sa robe sur ses seins. Il expira lentement, mortifié de s'être laissé dominer par ses pulsions. Il était couvert de sueur.

— Si tu ne veux vraiment pas…

Le ton de sa voix signifiait : « Si tu es gay à ce point… »

Elle lui demanda ce qu'ils allaient faire pendant une heure. Il proposa d'allumer la télévision. Elle s'allongea sur le lit avec la télécommande pendant qu'il téléphonait à Fatima pour lui exposer la situation, sans rentrer dans les détails. La voiture viendrait se poster quarante-cinq minutes plus tard que prévu à l'emplacement dont ils avaient préalablement convenu, non loin de l'hôtel.

— Nous nous tiendrons prêts, promit-elle.

Derrière elle, Pescatore entendit Wenceslao qui ronchonnait.

Yennifer avait trouvé une chaîne de clips. Soudain, elle poussa un cri de joie en reconnaissant une de ses chansons préférées : *El Baile del Sua Sua* par Kinito Mendez. Elle se mit à danser le merengue comme les Dominicaines sensuelles qui ondulaient à l'écran, chantant à l'unisson : « Divise ton corps en deux. En haut, tu ne bouges pas. Et en bas, ça fait *sua-sua-sua.* » Pescatore l'applaudit mais refusa de se joindre à elle.

Une heure s'écoula ainsi, un clip suivant l'autre. En partant, elle lui serra la main et il la remercia gentiment. Puis il referma la porte derrière elle et appela Fatima.

— Cinq minutes.

— Dépêche-toi, lui dit-elle.

Il avait l'intention d'attendre que Yennifer ait quitté l'hôtel avant de sortir à son tour. Mais quand il aperçut ses barrettes sur la table de nuit, il les ramassa sans réfléchir et descendit en courant. Au moment où il débouchait dans le hall, il entendit un crissement de pneus, un choc sourd et un hurlement de femme.

Le réceptionniste usé ne sursauta même pas ; il avait sans doute l'habitude de ce genre de scène. Pescatore dégaina son arme et écarta le rideau de perles.

Dans la rue, deux hommes costauds d'allure militaire s'en prenaient à la fille près d'un GMC Yukon. L'un d'eux la tenait par les cheveux et, un pistolet sous son nez, menaçait de l'abattre si elle ne se calmait pas. Elle jurait, se débattait, le frappait. Pendant ce temps, le deuxième fouillait son sac.

Ce n'est pas un hasard, songea Pescatore. Le duo était au courant pour la photo, ou savait en tout cas que Yennifer devait participer à un échange. L'agression se déroulait à quelques mètres de l'entrée de l'hôtel, sur la gauche. Le véhicule de Pescatore l'attendait un peu plus loin à droite. S'il filait pendant que les types étaient occupés avec la fille, il avait de bonnes chances de leur échapper. Mais une gifle la projeta à terre et elle s'étala dans la boue. L'homme au pistolet lui envoya un coup de botte dans les côtes. Pescatore s'en voulut d'avoir envisagé la fuite. Il n'y avait qu'une autre solution, inévitable, brutale.

Il franchit le rideau, prit une posture de combat et cria :

— *Policía !*

Sauf qu'il n'était pas de la police. À moins que ces deux brutes armées et dopées à la viande se rendent sur-le-champ, il se voyait mal improviser une arrestation sur leur territoire. Il n'avait pas de plaque, pas d'autorité, aucune raison de la jouer réglo.

Celui qui tenait le pistolet fit volte-face. Pescatore tira trois fois dans sa direction, visant l'abdomen.

Puis trois fois sur son acolyte. Le premier tournoya sur lui-même avant de s'écrouler. Le deuxième tituba jusqu'au Yukon et tomba à genoux. Yennifer hurlait. Pescatore lui ordonna de rester à terre. Quand un éclair lumineux jaillit de l'intérieur de la voiture, il comprit, malheureusement trop tard : il y avait un troisième homme au volant. Un homme qui lui tirait dessus à travers le pare-brise. Il détala, poursuivi par un bruit de verre cassé. Soudain, il trébucha et chuta lourdement. Le choc lui coupa le souffle. Couché à plat ventre, il entendit les balles siffler au-dessus de sa tête.

Un véhicule arriva en trombe. Wenceslao, penché par la fenêtre passager du Land Cruiser, maniait sa mitraillette avec une précision de chirurgien. Une rafale réduisit en miettes ce qui restait du pare-brise du Yukon. Le corps du chauffeur fut projeté en arrière comme celui d'un mannequin de crash-test, puis s'écroula. Le Land Cruiser se rangea le long du trottoir, juste à côté de Pescatore. Wenceslao tira une nouvelle rafale de sécurité sur les deux hommes gisant dans le caniveau. Pescatore se hissa sur le siège arrière.

Au milieu de la rue, Yennifer s'enfuyait, pieds nus, une chaussure dans chaque main.

— Que s'est-il passé ? lança Fatima.

Pescatore avait du mal à reprendre son souffle.

— Quelqu'un a été mis au courant de notre petite transaction.

Il se pencha pour serrer l'épaule de Wenceslao d'un geste reconnaissant. Ce dernier hocha la tête.

Il a beau passer son temps à râler, il sait aussi appuyer sur la détente en cas de besoin, pensa-t-il.

Fatima alluma une cigarette et demanda au chauffeur de les conduire au plus vite à Santa Cruz, où se trouvait un aéroport international. Ce n'était pas le moment de traîner dans le coin, et elle ne tenait pas à expliquer aux autorités la succession d'événements qui avait fait trois victimes devant la porte de la Pensión Lola. Le Land Cruiser filait le long de la route à deux voies. Le chauffeur insultait tous les véhicules, cyclistes, piétons et animaux qui avaient le malheur d'apparaître, tels des fantômes, dans ce couloir traversant la jungle.

Environ une demi-heure plus tard, il leur annonça qu'ils étaient suivis par un Nissan Frontier. Il ralentit ; l'autre voiture aussi. Quand il accélérait, l'autre l'imitait. Un gyrophare rouge s'alluma sur le toit.

Ils débattirent brièvement pour déterminer si ce Nissan banalisé appartenait ou non à la police, si c'était une bonne chose ou pas, et s'il fallait s'arrêter.

— Désolé d'en rajouter, dit Pescatore, mais les types sur lesquels on a tiré pouvaient très bien être des flics. En civil, ou pas en service. Ils en avaient l'allure.

— Accélérez, lança Fatima au chauffeur.

Elle alluma une nouvelle cigarette. Pescatore rechargea son arme. Le garde du corps passa un coup de fil pour signaler une situation d'urgence, sans doute à l'ambassade française – qui se trouvait dans la capitale bolivienne, c'est-à-dire à des centaines de kilomètres de là. Il décrivit leur position.

Le temps que la cavalerie arrive dans ce trou paumé, il n'y aura plus qu'à nous ranger dans des sacs, pensa Pescatore.

Dix minutes plus tard, d'autres gyrophares rouges apparurent, devant eux cette fois. Deux véhicules bloquaient la route. Des silhouettes armées de longs fusils sortirent de l'ombre. Il fallait trouver un plan, et vite. Pescatore voulait forcer le barrage.

— On fait quoi, commissaire ? insista le garde du corps.

Fatima souffla la fumée de sa cigarette et inclina la tête, comme si elle était assise à la terrasse d'un café et venait d'entendre une remarque désagréable.

— Nous sommes des représentants du gouvernement français en mission officielle, à bord d'un véhicule de l'ambassade de France. Nous allons nous arrêter, comme on nous le demande.

Près du barrage, des lampes torches clignotaient pour leur intimer de ralentir. Les silhouettes noires coururent se mettre à couvert. Le chauffeur écrasa la pédale du frein. Après le grondement du moteur et le crissement des pneus, le silence leur parut assourdissant.

Pescatore serra le poing sur son pistolet. Derrière eux, deux hommes armés descendirent du Nissan.

On est cernés. J'espère que Fatima sait ce qu'elle fait.

Une demi-douzaine d'hommes les tenait en joue. Malgré tout, Pescatore n'était pas sûr qu'il s'agisse des collègues des deux brutes. Ils étaient trop calmes. Ou alors, ils avaient un sacré sang-froid.

Un type maigre à lunettes s'approcha de leur voiture en prenant soin de rengainer son arme. Il portait une casquette d'uniforme, une veste de treillis et un pantalon kaki – une tenue qui laissait planer un certaine ambiguïté quant à son appartenance ou non aux forces de l'ordre. Il tenait un téléphone satellite à la main.

Wenceslao baissa sa vitre, échangea quelques mots avec lui, puis se retourna.

— Ce monsieur prétend être lieutenant de police, traduisit-il d'un ton peu convaincu. Il dit avoir quelqu'un au téléphone pour monsieur Valentino.

— Quoi ?

Wenceslao lui tendit l'appareil. La vie de Pescatore avait pris un tour si étrange depuis quelque temps qu'il ne fut pas vraiment surpris d'entendre une voix familière.

— Alors, *cuate*, qu'est-ce que tu racontes de beau ?

13

I LOVE PARIS

C'était une citation extraite des *Anges aux figures sales*, un film de gangsters des années 1930 qu'ils aimaient beaucoup quand ils étaient gosses. James Cagney et Pat O'Brien y incarnaient deux copains d'enfance originaires d'un quartier difficile. Un jour, la police les prenait en chasse. Cagney était arrêté et sombrait dans la criminalité, tandis qu'O'Brien, parvenu à s'échapper, devenait prêtre. Le premier finissait sur la chaise électrique après avoir aidé son ami à réformer une bande de délinquants, joués par les interprètes des Bowery Boys. Raymond imitait souvent le salut nasillard échangé par les deux garçons lors de leurs retrouvailles : « Alors, qu'est-ce que tu racontes de beau ? »

— Raymond, marmonna Pescatore.

Une expression d'incrédulité se peignit sur le visage de Fatima.

— Tu trouves ça drôle ? J'ai un tas de flingues braqués sur moi, là.

— C'était juste pour m'assurer toute ton attention, mon frère. Et faire monter le suspense.

— Tu appelles d'où ?

— De très loin. Et toi, qu'est-ce que tu fous dans le Chapare ? Ce n'est pas très malin de se faire remarquer par là-bas. En plus, il paraît que tu t'es associé avec les fédéraux. Une belle métis, d'après ce que j'ai compris. Elle bosse pour qui, le FBI ?

Raymond avait suffisamment de relations dans le coin pour surveiller le moindre de leurs mouvements et leur envoyer les flics. Quelqu'un avait dû lui donner une description ou une photo de Fatima Belhaj. Mais le fait qu'il se trompe sur sa nationalité et la prenne pour un agent américain prouvait que ses sources n'étaient pas infaillibles. Pescatore se demanda s'il avait aussi commandité les deux hommes de la Pensión Lola.

— Alors, *man*, tu te la tapes ?

— Va te faire foutre ! Toi et tes petits jeux à la con !

Son exclamation fit sursauter ses compagnons.

— Estime-toi heureux que je sois intervenu, mon vieux. Tu t'attaques à des poids lourds.

— Oh oui, pardon, j'oubliais ta nouvelle spécialité : le meurtre à distance, répliqua Pescatore, tremblant de rage. J'étais à El Almacén, Ray. J'ai vu tous ces gens, les bras et les jambes arrachés, les tripes à l'air. Dieu ait leurs âmes. Tu es fier de toi, espèce de salaud ?

Il y eut un long silence. Puis Raymond répéta :

— Tu étais à El Almacén ?

— Ouais, t'as tout compris.

— Comment…

— C'était le pire carnage que j'aie vu de ma vie.

La voix de Raymond perdit de son assurance.

— Je suis désolé, Valentino. J'espère que tu…

— Désolé que je me sois trouvé là-bas ? Ou que deux cents personnes aient été massacrées ?

— Désolé pour tout ça.

Étant donné les circonstances, Pescatore décida de profiter de son léger avantage.

— Arrête. Tu vas me sortir quoi après, que tu n'avais rien à voir là-dedans ?

— Moins que tu ne crois. Et n'oublie pas que je t'ai appelé. Quand j'ai découvert qu'il se tramait quelque chose à Buenos Aires, j'ai essayé de te prévenir.

— Tu ne t'es pas donné beaucoup de mal.

— C'est toi qui m'avais filé un mauvais numéro !

— Tu aurais pu continuer à appeler, ou appeler la cavalerie, bordel !

— Ce n'est pas si simple. Je prenais de gros risques. Comme en ce moment, d'ailleurs.

Pescatore sentait que Fatima, le garde du corps et le chauffeur étaient consternés par ce qu'ils entendaient. Il prit une profonde inspiration.

— J'apprécie ton geste, Raymond. Maintenant, il est temps de te rendre. Avant qu'il soit trop tard. Et qu'il y ait d'autres morts.

Il regarda Fatima, qui hochait la tête pour l'encourager.

— Malheureusement, ce n'est pas possible pour l'instant.

Raymond semblait réciter son texte.

Il croit peut-être que les services secrets américains nous écoutent, pensa Pescatore. *Et si ça se trouve, il a raison.*

— Allez, mec. Il doit bien y avoir une solution.

— Quand le moment sera venu, c'est toi que je contacterai, promis.

— Est-ce qu'on doit se préparer à d'autres attentats ?

— Un conseil : gardez un œil sur l'Europe. C'est là-bas que ça va péter.

— Où en Europe ?

— *Escúchame, fiera*, tu es plutôt mal placé pour me faire subir un interrogatoire.

Raymond eut un rire dur. Il avait repris le contrôle.

— Tu n'as pas tort, reconnut Pescatore. Tu comptes rappeler tes dobermans ?

— Oui. À condition que tu foutes le camp de Bolivie.

— OK. Merci.

— Passe-moi le *teniente*.

— Réfléchis à ce que je t'ai dit, Raymond. J'attends ton coup de fil.

Pas de réponse. Pescatore tendit le bras par-dessus l'épaule de Wenceslao et rendit le téléphone à son propriétaire.

— Mon ami souhaiterait que vous libériez le passage, dit-il.

Le lieutenant porta le téléphone à son oreille quelques secondes, puis recula. Ses agents dégagèrent la route. Le Land Cruiser s'élança sur la chaussée, et ses occupants soulagés regardèrent le danger s'éloigner dans le rétroviseur.

Pescatore rapporta les paroles de Raymond à Fatima.

— Dire qu'on courait après son ombre, et que tout à coup, il était là, au bout du fil.

— J'ai du mal à y croire.

— On dirait qu'il vient de nous sauver la vie.

— C'est une interprétation possible.

Fatima et son garde du corps passèrent quelques coups de téléphone. Assis près d'elle, les yeux fermés, sa jambe frôlant la sienne, Pescatore comprit des bribes de conversation. Il était question de sortir du pays avant que les autorités boliviennes puissent identifier leur rôle dans la fusillade de Villa Tunari et les intercepter. La Bolivie allait donc rejoindre la liste des nations où il n'était plus le bienvenu. Il se remémora la scène : il avait certainement tué les deux hommes.

Les choses s'étaient passées si vite qu'il n'avait pas eu le temps de réfléchir. Il ne savait pas trop quoi en penser. L'appel de Raymond l'avait déboussolé. Son ami semblait sûr de lui, mais fragile. Il prenait visiblement plaisir à jouer les marionnettistes, à décider de leur sort par téléphone. Mais il avait paru sincèrement choqué en apprenant la présence de Pescatore sur les lieux de l'attentat de Buenos Aires.

À l'aéroport de Santa Cruz, ils furent accueillis par une équipe de sécurité envoyée par l'ambassade : un Français et deux Boliviens. Wenceslao et ses collègues se chargèrent des bagages avant d'escorter Belhaj et Pescatore, qui leur avait rendu le Sig Sauer à contrecœur, jusqu'à un salon VIP situé de l'autre côté des portiques de contrôle. Les gardes se plantèrent dans l'entrée.

— On dirait qu'ils s'attendent à voir débarquer la police d'une minute à l'autre, commenta Pescatore.

Fatima, occupée à taper un message sur son téléphone, répondit :

— Ils seront soulagés quand on aura décollé.

— Pourquoi Miami ?

— C'était le premier vol international disponible.

— Oh. Et après ?

Elle leva les yeux.

— Il faut que je rentre à Paris pour continuer l'enquête. Surtout depuis que Raymond a évoqué une possibilité d'attentat en Europe.

— Et moi ?

— À toi de voir.

— Tu en penses quoi ?

— Que tu devrais venir avec moi pour qu'on poursuive notre travail.

Pescatore se pencha par-dessus l'accoudoir de son siège et jeta un coup d'œil autour de lui.

— Sous quelle casquette ?
— Hein ?
— Pour raisons professionnelles ou personnelles ?
Elle imita sa posture et, le regardant dans les yeux avec un sourire de conspiratrice, elle murmura :
— Les deux.
— Allons à Paris.
— Bien.
— À une condition : je paierai mon billet. Mon agence couvre mes dépenses.
— On discutera finances plus tard. Pour l'instant, j'ai besoin de ton aide.
Elle avait reçu par e-mail une liste d'une vingtaine de noms. La plupart appartenaient à des Argentins installés en France, immigrés en règle ou clandestins, avec ou sans casier. Son équipe supposait que Raymond utilisait une fausse identité, grâce à un authentique passeport obtenu par l'intermédiaire de Florencia. D'après Fatima, les gens s'inventaient rarement des pseudos au hasard ; ils préféraient choisir des mots ayant un sens pour eux.
— Dis-moi si tu vois quelque chose qui pourrait lui correspondre.
Elle lui tendit son téléphone. Il passa la liste en revue.
— Pourquoi ces cinq-là sont-ils à part ? demanda-t-il.
— Ils ne se trouvent probablement pas en France. Peu d'infos, pas de photos.
— Eh bien, celui-là est intéressant. Alberto Francisco.
— Pourquoi ?
— Inverse les deux noms et traduis-les en anglais. Ou en français.
— Francis Albert.

— Ce n'est peut-être qu'une coïncidence, mais ça correspond aux prénoms d'un chanteur. Une des idoles de Raymond.

Il sourit.

— Je vais te donner un indice : il adorait Paris.

— Sinatra ?

— Oui. Si j'étais dans la peau de Raymond et que je me cherchais un pseudonyme, ce serait le genre de chose qui me viendrait à l'esprit.

— Excellent.

Belhaj rédigeait déjà un e-mail.

Pescatore en profita pour téléphoner à Facundo, qui dormait mais fut heureux d'avoir de ses nouvelles. Après un compte rendu de son expédition en Bolivie, le jeune homme lui expliqua d'où venait la photo qu'il lui avait envoyée. Facundo ne connaissait pas Ali Baba, mais il promit de mener l'enquête. Pescatore l'informa que le FBI était également sur l'affaire.

— On va découvrir l'identité de ce salopard, promit son patron d'une voix empâtée. Je me fais opérer demain. Je serai sans doute un peu dans le cirage pendant deux jours.

Il avait beau en parler avec insouciance, c'était une opération risquée. Pescatore toucha le bois de la table basse.

— D'accord, chef. Dépêchez-vous de vous remettre sur pied. Vous serez de retour à La Biela en un rien de temps.

— Je meurs d'impatience à l'idée de regarder les autres s'empiffrer de *medialunas* et boire du café à ma place…

Pescatore lui souhaita bonne chance avant de raccrocher.

Belhaj et lui prirent leur avion. Une longue escale permit à Pescatore de jouer les guides dans l'aéroport de Miami, mélange d'infrastructures américaines et d'atmosphère latino. Dans un café cubain où il emmena Fatima, les serveurs s'adressèrent à lui en espagnol. Puis ils déambulèrent dans les boutiques où se côtoyaient des employés et des clients originaires de toute l'Ibéro-Amérique. Dans la cafétéria de La Carreta, il l'initia au milk-shake de guanabana et au « Maures et Chrétiens », un plat à base de riz et de haricots dont le nom fit sourire la jeune femme.

Quand Fatima lui demanda d'où lui venait cette connaissance de la Floride, il lui avoua que son ex était de Miami. Peu après, il lui racontait toute l'histoire. Comment amour et travail s'étaient mêlés étroitement dans cette relation ; comment Isabel, alors agent fédéral à l'Inspection générale, l'avait recruté comme indic sur une affaire liée à la Triple Frontière. De retour à San Diego, ils s'étaient fiancés. Leur couple avait tenu trois ans.

Fatima n'était pas étonnée : les liaisons entre informateurs et responsables étaient toujours compliquées.

— C'est le moins qu'on puisse dire. Notre relation reposait sur le danger, l'excitation, l'adrénaline. C'était nous deux contre le reste du monde. Après ça, difficile de s'adapter à une vie de routine. Pour nous, il n'y avait pas de juste milieu. Isabel est très organisée, ambitieuse. Alors que moi, comment dire… je suis plutôt du genre à improviser. On ne rit pas, madame la commissaire ! Mes chefs avaient refusé de me renvoyer sur la Ligne car d'après leurs informations, la mafia de Tijuana voulait ma peau. Ils m'ont baladé à droite à gauche. Unité de lutte contre la contrebande, missions en Arizona et au Texas. À la maison, c'était tendu. On se disputait sans arrêt. Pour finir, Isabel a obtenu une promotion – un poste à Washington. Et ça s'est arrêté là.

— Mais tu tiens encore à elle.

— Possible. Si je me suis installé à Buenos Aires, c'est aussi pour m'éloigner d'elle. Elle m'a obsédé pendant des mois. Et puis je t'ai rencontrée. Depuis, c'est toi qui m'obsèdes.

Elle sourit sans répondre. Le silence ne le dérangea pas. Il avait assez parlé.

Ils voyagèrent toute la nuit et atterrirent à Paris au petit matin. Le taxi les emporta dans la lumière grise. Pescatore, qui n'avait jamais mis les pieds en France, n'identifia aucun monument célèbre. Belhaj le déposa à un hôtel de la porte Maillot près du Palais des Congrès, un bâtiment en forme de station spatiale à l'ouest de la ville. Elle voulait passer chez elle pour se changer avant d'aller au bureau. Tant que ses supérieurs n'étaient pas au courant de la présence de Pescatore, mieux valait qu'il reste discret.

— C'est délicat, lui expliqua-t-elle. J'ai besoin d'un peu de temps.

— Je comprends.

Elle avait joué franc jeu : elle avait accepté qu'il collabore à l'enquête, mais il était étranger, n'appartenait pas aux forces de l'ordre et n'était officiellement plus membre de l'équipe. Plus elle parlait et plus son sentiment d'isolement s'accentuait.

— Repose-toi, lui conseilla-t-elle.

Ils échangèrent leur premier baiser depuis leur nuit dans la jungle. Puis il regagna sa chambre d'un pas de zombie et s'écroula sur son lit.

Quand il se réveilla, il faisait nuit. Il avait dormi toute la journée. Il prit une douche, se changea et alluma la télé. Le journal débuta par un sujet sur les troubles qui agitaient les banlieues de Paris et d'autres grandes villes. À l'approche de l'été, le gouvernement craignait des émeutes. Pescatore constata avec soulagement qu'il comprenait une bonne partie du commentaire. Néanmoins, parler français serait une autre histoire.

Le téléphone de la chambre sonna. Fatima l'attendait au rez-de-chaussée. Elle l'entraîna dans le restaurant de l'hôtel et commanda pour eux deux, impatiente de voir s'éloigner le serveur.

— J'ai un scoop : tu avais raison. Alberto Francisco est bien le pseudonyme de Raymond en France !

— Génial. Il est encore dans le coin ?

— Nous n'en savons rien. Non seulement il a vécu ici, mais il était connu des autorités. En tant qu'indic.

Pescatore mit un moment à digérer la nouvelle.

— Comment est-ce possible ? Comment se fait-il que tu viennes seulement de l'apprendre ?

Le regard de la jeune femme s'assombrit.

— Il se passe parfois des choses étranges dans ce milieu. J'ai eu une journée plutôt pénible. Certains de mes collègues se sont fermés comme des huîtres quand j'ai abordé le sujet. Cette affaire, c'est de la dynamite. Elle a été volontairement étouffée. D'ailleurs, tout cela est confidentiel. Je ne devrais même pas t'en parler.

— Ne t'inquiète pas. Je garderai ça pour moi. Quand Raymond a-t-il arrêté de travailler pour vous ?

— L'année dernière. Je n'ai pas encore fini d'assembler le puzzle.

— Vous avez identifié Ali Baba ?

— Non. Demain, on part pour le Sud.

— Pourquoi ?

— C'est là-bas que vit l'*officier traitant** de Raymond.

— Son ancien référent ?

— Oui. On a rendez-vous avec lui, bien que ça ne l'enchante guère.

— Encore un membre du fan-club international de Ray Mercer, si je comprends bien…

14

HOW BLUE CAN YOU GET ?

Dans la région de Sète dont il était originaire, Bruno Esposito, l'ancien responsable de Raymond, était connu sous le nom de Commandant.

Cela faisait référence au rang qu'il avait occupé dans la police. Depuis sa retraite, c'était également son nom de scène. Le présentateur l'annonça au micro en détachant chaque syllabe :

— Bru-no Es-po-si-to, le Commandant !

Des hourras s'élevèrent des tribunes et résonnèrent au-dessus du canal inondé de soleil.

— C'est notre homme, n'est-ce pas ? s'enquit Pescatore. Dans le bateau rouge ?

Fatima retira ses lunettes sombres.

— Oui. L'autre, dans le bateau bleu, s'appelle Hercule.

— Ça lui va bien. Il doit peser au moins cent cinquante kilos. On dirait un éléphant de mer.

Sète était son premier véritable aperçu de la France. Il avait été immédiatement conquis. Le port étendait ses canaux et ses lagons au pied du mont Saint-Clair. Après avoir pris l'avion jusqu'à Montpellier, Belhaj et lui avaient longé la côte en voiture. Ils étaient assis à la terrasse d'un café sur la promenade bordée de palmiers, où des gradins temporaires avaient été installés. Sur les conseils de sa compagne, Pescatore avait commandé un pastis.

L'alcool et le décalage horaire n'étaient pas étrangers à sa fascination pour ce sport dont il n'avait jamais entendu parler auparavant : la joute nautique. Un rituel aquatique à la croisée de la corrida, de la lutte et du tournoi médiéval. Sur le canal, le spectacle battait son plein.

Le Commandant fit son apparition sur la droite. Il devait mesurer près d'un mètre quatre-vingt-dix et peser pas loin de cent kilos. Les épaules carrées, le dos puissant, un ventre énorme, il portait l'uniforme des jouteurs – marinière à rayures bleues et blanches, chemise et pantalon blancs – et tenait un bouclier en bois dans la main gauche, brandissant sa lance de la droite pour saluer l'assistance. Il était campé sur une plate-forme à la poupe d'une barque propulsée par dix rameurs. L'équipage de son embarcation rouge et blanc comprenait également un joueur de tambour et un hautboïste.

La barque de son adversaire arrivait sur la gauche, chargée d'un équipage semblable. Les musiciens jouaient un air de fanfare. Un murmure parcourut la foule.

Prenant appui sur ses jambes aussi épaisses que des troncs d'arbres, le Commandant se pencha en avant. Sa silhouette colossale se dessinait à contre-jour. Les barques convergèrent l'une vers l'autre ; les lances s'abattirent violemment sur les boucliers tels deux poids lourds entrant en collision. Hercule rugit, mais le Commandant resta silencieux. Arc-bouté sur sa plate-forme, les muscles saillants, il déséquilibrait lentement et inexorablement son adversaire plus massif, dont le visage affichait une expression incrédule. Un dernier coup sec sur le bouclier, et Hercule grogna, tomba à la renverse puis se retrouva deux mètres plus bas dans une immense gerbe d'éclaboussures. Secouant la tête et crachant, il nagea jusqu'au canot venu le récupérer.

— La vache ! s'exclama Pescatore au milieu des vivats. Il y a du sang dans l'eau !

Belhaj leva les yeux au ciel. Par chance, elle n'eut pas à subir ce spectacle très longtemps : l'ex-flic fut éliminé au tour suivant par un autre colosse surnommé l'Anti-Parisien. Avant même qu'Esposito ait plongé dans le canal, elle était debout et écrasait sa cigarette.

— Viens.

Plusieurs têtes se tournèrent quand elle passa, cheveux au vent, très droite, dans son débardeur, son caleçon et ses sandales montantes. Elle avait glissé son arme dans un sac à main à petite anse. Quelques minutes plus tard, Pescatore et elle retrouvèrent leur contact à la terrasse d'un restaurant niché dans une cour ombragée. Les tables étaient prises d'assaut par des jouteurs tout de blanc vêtus, chevaliers du prolétariat côtier. Leur embonpoint témoignait de leur amour du sport, de la bonne chère et du vin corsé. Pescatore contempla leurs sourcils ensanglantés, leurs nez cassés, leurs oreilles et leurs paupières boursouflées.

Le Commandant avait une cicatrice à la mâchoire. Il était assis seul, à l'écart des autres, sans doute parce qu'il les attendait. Il avait enfilé le maillot bleu de l'équipe de France de football et posé une serviette sur ses épaules. Ses lunettes de soleil étaient remontées sur ses cheveux humides et clairsemés. Son sourire découvrait des dents impressionnantes et accentuait les rides autour de ses yeux et de sa bouche. Il avait une voix relativement douce qui contrastait avec son physique.

— Commençons par manger, lança-t-il en guise de préambule. Je dois conserver mon poids de forme.

La serveuse leur apporta de généreuses assiettes de macaronade, la spécialité locale à base de macaronis, de viande et de sauce tomate. Fatima avait expliqué à Pescatore que la région était peuplée de nombreux descendants d'immigrés italiens, espagnols, maltais et pieds-noirs. Les ancêtres d'Esposito étaient sans doute napolitains.

Lorsqu'il était encore en activité, le Commandant travaillait à Montpellier, aux Renseignements généraux. Les RG, comme on les appelait alors, étaient un héritage de la police politique napoléonienne. Ils surveillaient tout ce qui pouvait l'être.

— Syndicats, partis politiques, étudiants, journalistes, casinos… énuméra-t-il en s'adressant à Pescatore. Mais notre mission principale concernait la menace islamiste et criminelle dans les banlieues. Nous connaissions le terrain mieux que quiconque.

En 2008, les RG avaient fusionné avec le service de Belhaj en charge de la surveillance du territoire. Le résultat était une nouvelle super-agence nommée Direction centrale du renseignement intérieur (DCRI). Esposito considérait que ses anciens collègues et lui avaient été lésés par cette réorganisation.

— C'était un mariage forcé, conclut-il.

Pescatore songea à la mésentente qui régnait entre les services d'immigration et les douanes américains depuis leur regroupement.

Environ deux ans après la création de cette nouvelle entité, le Commandant avait recruté un informateur prometteur du nom d'Alberto Francisco, un Argentin converti à l'islam qui évoluait au sein d'un groupe extrémiste. Ses condisciples et lui fréquentaient une mosquée installée dans une ancienne usine automobile près de Montpellier.

— Leur discours était très radical. Ils entretenaient des liens avec un réseau chargé d'envoyer des combattants en Algérie et en Irak après l'invasion américaine. Et voilà que cet Alberto, ou ce Raymond, puisque c'est son vrai nom, est sorti de nulle part. Il avait beaucoup de charisme et s'était fait remarquer à la mosquée en officiant comme *muezzin*. On racontait qu'il avait une voix d'ange.

Le Commandant regarda vers le ciel.

— Je ne sais pas… reprit-il.

Pescatore s'était aperçu qu'il avait l'habitude de prononcer cette phrase à chaque fois qu'il s'apprêtait à prouver l'étendue de ses connaissances.

— C'était bizarre de tomber sur un Sud-Américain dans ce milieu. Mais il était d'origine libanaise, et recommandé par des trafiquants islamistes installés en Espagne. Il a pris la tête d'un groupe dissident qui organisait des sessions de prière privées. Il y avait beaucoup de convertis dans leurs rangs. Ce sont les pires, parce qu'ils ont quelque chose à prouver. Il faut les avoir à l'œil.

Belhaj hocha la tête en signe d'assentiment. Esposito reprit son récit. Son unité avait découvert que Raymond faisait bouger les choses. Il organisait des séjours dans des camps d'entraînement terroristes et des voyages vers les zones de combat. Mais l'épouse marocaine de l'une de ses recrues lui avait tapé dans l'œil. Bientôt, le type en question mourait lors d'un attentat-suicide en Afghanistan.

— Cette femme était une idéologue qui adorait souffler sur les braises. Cultivée, très dure. Son mari était jeune et pas très malin. Raymond l'a envoyé à la mort pour prendre sa place dans le lit conjugal. Plus tard, il l'a épousée.

— C'est elle, la mère de ses enfants ? demanda Pescatore.

— Souraya. Oui. Je vois que vous connaissez le dossier, monsieur.

Pescatore posa son menton sur sa main. Il revoyait Raymond évoquant sa famille avec fierté lors de leur conversation en Argentine. Comme par hasard, ça cachait une sale histoire.

— Le visa de cette femme posait problème, poursuivit Esposito. Elle se trouvait sur la liste noire des services marocains en raison de ses prises de position radicales. J'ai convoqué Alberto, enfin Raymond, et nous avons eu une petite discussion. Il avait beau la jouer cool, la menace d'expulsion de son épouse a payé. Nous avons abouti à un accord. Voilà : j'avais un pied dans le réseau. À la croisée des routes vers le Pakistan, l'Afghanistan, le Mali, la Syrie. Tous les principaux théâtres d'opération. Ses informations nous ont été très utiles, à nous ainsi qu'à d'autres services. Nous avons intercepté des djihadistes qui partaient au combat ou en revenaient, identifié les lieux d'entraînement à l'étranger. D'ailleurs, coïncidence ou pas, un de ces camps au Pakistan a été la cible d'un missile Hellfire. Tout le monde était content.

Peu à peu, Raymond avait tissé des liens d'amitié avec ses référents.

— Il était très sympathique. Sa spécialité, c'était les petites attentions. Un jour, on a écouté de la musique dans ma voiture – je suis un grand fan de blues. Raymond s'y connaissait aussi. La fois d'après, il m'a offert un enregistrement live de B.B. King à Chicago. Un classique : *How Blue Can You Get ?*

Esposito prononça le titre anglais avec un accent hésitant et touilla son café.

— Je ne sais pas. Il était peut-être trop mielleux pour être honnête. J'ai dit à mes hommes : « Les gars, tenez-le à l'œil, celui-là. Il ne ressemble pas aux petites frappes exaltées qu'on côtoie d'habitude. » Et ça n'a pas raté : très vite, on a trouvé des choses qui ne nous plaisaient pas.

Le Commandant avait découvert comment Raymond et sa bande arrondissaient leurs fins de mois. Ils fourguaient du haschisch et de la cocaïne à des trafiquants marocains à Barcelone, à des Gitans à Perpignan, des Italiens à Nice. Ils étaient également impliqués dans des vols à main armée et des fusillades.

— Les indics jouent toujours sur plusieurs tableaux, alors on n'est pas intervenus. Mais l'échelle de ces trafics et l'audace dont ce type faisait preuve m'inquiétaient. C'était un véritable gangster. Au début, il portait la barbe et tout l'attirail du fanatique, mais il n'a pas tardé à la raser. Il s'habillait bien, courait les filles. Il racontait à ses disciples que son style de vie relevait de la *taqîya*, la dissimulation destinée à tromper les infidèles. J'avais la sensation qu'il… Pardonnez-moi, il faut que je présente mes respects au vainqueur.

L'Anti-Parisien, le jeune jouteur bronzé qui l'avait battu, s'approcha pour le saluer. Ils échangèrent de grosses tapes bourrues dans le dos. Belhaj jeta un coup d'œil exaspéré à Pescatore. Une fois l'autre parti, Esposito se rassit.

— Quel guerrier ! commenta-t-il. J'étais moi-même un vrai champion dans ma jeunesse, mais je manque d'entraînement. Et malgré tous mes efforts, je ne suis pas certain de pouvoir battre l'Anti-Parisien un jour.

— Pourquoi le surnomme-t-on ainsi ? s'enquit Pescatore, allant à l'encontre du principe qu'il appliquait généralement – *Dans le doute, ferme-la.*

— Il se trouve que par ici, nous ne sommes pas de grands fans de Paris, répondit le Commandant avant d'avaler son café. J'y ai travaillé lorsque j'étais jeune officier chez les CRS. Je parle donc d'expérience. Paris est une drôle de ville. Un musée cerné par la jungle.

Belhaj fronça les sourcils et répondit quelque chose que Pescatore ne comprit pas. Le Commandant répliqua sur le même ton, puis ils échangèrent plusieurs phrases cinglantes. Pescatore saisit quelques mots au vol. La jeune femme déclara qu'Esposito aurait aussi bien pu la traiter de chimpanzé. Il rétorqua qu'elle était ridicule de se sentir visée.

Pescatore s'aperçut qu'il venait de jeter une grenade dégoupillée sur la table. Fatima voyait dans le Commandant un dinosaure de province raciste et misogyne qui insultait à la fois l'endroit où elle avait grandi et le pouvoir qu'elle incarnait. Quant à lui, il la considérait comme une jeune carriériste issue d'une minorité ethnique, envoyée au front par ses planqués de chefs. C'était d'autant plus ironique qu'Esposito descendait probablement lui-même d'une famille d'immigrés. Peut-être cela le rendait-il d'autant plus vindicatif.

Profitant d'une accalmie, Pescatore intervint aussi poliment que son maigre français le lui permettait :

— Tout est de ma faute. Je n'aurais jamais dû poser cette question. Je vous présente mes excuses.

Ses mots eurent un effet apaisant sur Esposito.

— Je suis un peu amer, reconnut-il en soupirant. J'ai fait mon devoir, et ça ne m'a valu aucune reconnaissance. Je sais que vous enquêtez sur les attentats survenus en Argentine. J'en déduis que Raymond est impliqué, ce qui confirme mes pires craintes.

Impassible, Fatima enchaîna :

— Vous disiez qu'il manipulait les services de renseignement ?

— C'était pire que ça. Je le soupçonne d'espionnage. Et d'au moins un acte de violence politique sur le sol français. Mais cette théorie ne remporte pas beaucoup de succès auprès de mes anciens collègues.

Le Commandant se pencha pour ramasser son sac de sport.

— Quand on m'a annoncé votre venue, je suis allé récupérer le rapport que j'avais rédigé à l'époque. J'aimerais que vous le lisiez, que vous teniez compte des informations qu'il contient, sans émotion ni subjectivité.

Il surprit le regard désapprobateur de la jeune femme.

— Quoi ? Ça ne vous plaît pas que je transporte ainsi des documents confidentiels ?

Il sourit.

— Les jouteurs ne sont pas des voleurs. Et surtout, personne n'oserait voler un jouteur. Lisez, je vous en prie. Prenez votre temps. Nous poursuivrons plus tard cette conversation.

Sans leur laisser l'occasion de protester, il se leva et se dirigea vers une autre table, à l'autre bout de la terrasse.

— Il commence à me taper sur les nerfs, ce Commandant, marmonna Fatima.

Elle avait prononcé le titre avec mépris.

N'osant rien dire de peur d'envenimer les choses, Pescatore se contenta d'approcher sa chaise. Fatima proposa de traduire les passages qu'il ne comprenait pas. Le rapport, rédigé quinze mois plus tôt et couvert de tampons CONFIDENTIEL, faisait référence à Raymond sous le nom d'Alberto Francisco. Après un bref préambule, on y lisait :

Cet informateur a permis à notre unité d'infiltrer un réseau international lié à Al-Qaïda. Les conclusions de l'investigation reposent sur des preuves solides (cf. Annexe 1).

Néanmoins, de récents événements nous ont conduits à remettre en question la crédibilité dudit informateur. Bien qu'il occupe un poste-clé au sein d'un réseau terroriste sunnite de la région de Montpellier, il pourrait en effet entretenir des liens parallèles avec les services secrets du Hezbollah et de l'Iran.

En dépit de l'inimitié entre sunnites et chiites, il existe des précédents. Les Iraniens ont fait appel à des sunnites nord-africains lors des attentats qui ont frappé l'Europe dans les années 1980. Ce pays a également accueilli des responsables d'Al-Qaïda en fuite après le 11 septembre. Pour les Iraniens, la galaxie qui gravite autour de Ben Laden représente une arme utile contre l'Occident, Israël et l'Arabie saoudite, une source de terreur et de confusion ainsi qu'un bouclier efficace en cas de représailles.

Voici trois arguments parmi d'autres venant étayer cette théorie pour le moins sensible :

1) Le groupe de Francisco est impliqué dans des vols à main armée et des trafics de stupéfiants. Les bénéfices engrangés lui permettent de mener un style de vie luxueux, mais nous avons également détecté des signes de transfert de liquidités vers des destinations atypiques. Une source nous a ainsi rapporté que des valises pleines de billets étaient envoyées à Beyrouth par porteur. Malheureusement, nous n'avons été en mesure d'intercepter aucune de ces cargaisons. Cet argent pourrait servir à financer le Hezbollah, qui a de plus en plus recours au trafic de drogue.

2) Le mois dernier, une source nous a fait part d'une mésaventure intéressante survenue en Iran (cf. Annexe 2, témoignage de Ricard Xavier Vives). Cet homme, un extrémiste espagnol et ancien militaire, avait été sélectionné par Francisco pour rejoindre un camp d'entraînement pakistanais via la Turquie et l'Iran. Il voyageait en groupe sous la direction d'un militant hispanophone nommé Belisario.

Les forces de sécurité iranienne ont intercepté le groupe. L'Espagnol a été séparé des autres et conduit en lieu sûr pour y subir un interrogatoire. Les agents iraniens, visiblement au courant de ses antécédents dans l'armée, lui ont proposé de l'argent et un programme de formation visant à préparer des missions en Europe et en Amérique du Sud. Après avoir refusé, il est rentré chez lui, convaincu que cet incident avait été orchestré par Alberto Francisco. Depuis son témoignage, cet homme a disparu. Notre hypothèse est la suivante : Francisco prendrait sous son aile certains convertis prometteurs qu'il enverrait ostensiblement au Pakistan via l'Iran, où les services secrets tenteraient de les recruter. Ils pourraient ensuite être utilisés comme agents dormants de ce pays à des fins de terrorisme ou d'espionnage, en France ou dans le reste de l'Europe.

3) Plusieurs pistes convergentes ont d'ailleurs attiré notre attention sur le récent assassinat à Lyon d'une dissidente iranienne, Leila Shahidi, issue d'une famille de notables. La police judiciaire soutient qu'elle a été abattue lors d'un banal vol à main armée. Néanmoins, mon unité persiste à croire qu'il s'agissait d'un meurtre commandité en rapport avec l'engagement de sa famille contre le régime de Téhéran. Le tueur présumé entretenait des liens téléphoniques avec l'entourage de Francisco (cf. Annexe 3). Bien entendu, sa culpabilité n'a jamais pu être prouvée, et il est mort un peu plus tard dans un accident de moto. Reste que Francisco était tout à fait en mesure d'organiser l'assassinat de la dissidente.

Le rapport se concluait par une demande expresse d'enquête approfondie autour de la personne d'Alberto/Raymond, en collaboration avec d'autres forces de l'ordre et services de renseignement français ou étrangers.

— Qu'est-ce que tu en penses ? fit Pescatore, tout excité.

Belhaj était en train d'étudier un schéma des rapports téléphoniques entre les différentes personnes évoquées.

— Belisario... à tous les coups, c'est Belisario Ortega, l'ancien flic responsable des attentats de Buenos Aires !

— C'est en effet l'élément le plus intéressant et le plus solide de ce rapport, dit-elle.

— Ce qui signifie que tu n'es pas convaincue.

— N'oublie pas que son auteur l'a rédigé pour se justifier, parce qu'il était en train de perdre le contrôle de son informateur. Ce sont en grande partie des spéculations. De nombreux groupes islamistes envoient des djihadistes dans le sous-continent indien via l'Iran. Les services secrets là-bas sont au courant, mais ça ne veut pas dire qu'ils tentent d'infiltrer les réseaux en question. Le conflit entre chiites et sunnites en Syrie n'a fait que renforcer l'hostilité des Iraniens vis-à-vis d'Al-Qaïda.

Fatima avait de bonnes raisons de douter : la théorie défendue par le rapport impliquait que Raymond soit assez fourbe pour diriger deux réseaux en parallèle. Mais Pescatore ne pouvait s'empêcher de se demander si la mauvaise opinion qu'elle avait du Commandant affectait son objectivité.

Elle lui demanda d'aller chercher Esposito. Pescatore s'approcha de la table où le jouteur riait aux éclats avec son équipe. Le Commandant s'enquit d'une voix aimable :

— La *haute personnalité** de Paris est-elle prête à me parler ?

Tandis qu'ils retournaient ensemble à leur table, Pescatore lui demanda :

— Vous participez aux joutes depuis longtemps ?

— Aussi longtemps que je m'en souvienne. Mon père était jouteur lui aussi. Ce sport remonte à l'époque des Croisades : les soldats l'ont inventé pour s'occuper en attendant d'embarquer pour la Terre sainte.

— Ça a l'air marrant, si on ne craint pas les coups de lance dans la figure.

Esposito gloussa. Il voulut connaître le prénom de Pescatore. Il le lui fit répéter deux fois, l'air étonné, mais n'en dit pas plus.

Belhaj alluma une cigarette avant de reprendre sa conversation avec le Commandant. Ce dernier leur raconta qu'après avoir lu son rapport, ses chefs lui avaient remonté les bretelles. Ils lui avaient reproché de tirer des conclusions hâtives sans aucune preuve. Puis ils l'avaient mis au placard. Une équipe de Paris s'était vu confier la responsabilité de Raymond, qui collaborait alors à la mise au point d'une opération visant à démanteler son propre réseau.

— Il est allé voir un gros bonnet dans mon dos et a conclu un accord pour faire protéger sa famille. Peut-être avec les services secrets américains. Ils étaient très intéressés par cette affaire. Après tout, c'était pour tuer vos soldats que ces militants partaient s'entraîner au bout du monde. J'ai protesté tant que j'ai pu, expliqué qu'on ne pouvait pas laisser Raymond s'en sortir. C'était lui qui tirait les ficelles ! Il nous avait trompés. Mais il a réussi à convaincre tout le monde qu'il était indispensable.

Il y avait eu une douzaine d'arrestations en France, en Belgique, en Espagne et en Turquie. Raymond et Belisario étaient passés entre les mailles du filet.

— Quelle farce. Il ne leur a jeté que des miettes. Personne n'a été pris au Pakistan, parce que la police là-bas est du côté de l'ennemi. Tout ça m'a laissé un goût amer. C'était une question d'honneur. J'ai préféré prendre ma retraite. À quarante-sept ans, vous vous rendez compte ? Et je suis devenu jouteur à plein temps.

— Savez-vous où est Raymond ? l'interrogea Belhaj.

— Pas du tout. Je viens d'apprendre que vous étiez à sa recherche, et qu'en réalité il était américain. Ça n'a fait que renforcer mes soupçons. Mais vous devriez vous tourner vers vos collègues, ceux qui ont repris le dossier après moi. Il semblerait qu'ils aient perdu sa trace. C'était bien la peine.

Belhaj haussa les épaules, visiblement du même avis que lui sur ce point.

— Méfiez-vous de ce type, conclut Esposito, le visage déformé par une grimace. C'est un scorpion. Il détruit tout ce qu'il touche.

Belhaj le remercia de leur avoir consacré un peu de temps. Quand elle voulut lui rendre le rapport, il insista pour qu'elle le garde. Avec un peu de chance, il pourrait encore lui être utile.

— Je suppose que, comme moi, vous êtes la première de votre famille à être entrée dans la police ?

Autrefois, j'en tirais une immense fierté. Mais tout cela est éphémère. Ce n'est pas le plus important dans la vie.

Il embrassa du regard les tablées joyeuses qui l'entouraient. *De retour chez lui, dans sa tribu*, songea Pescatore.

15

JOUR DE PAYE

Alors que le taxi les ramenait de l'aéroport Charles-de-Gaulle le lendemain matin, ils croisèrent un convoi de fourgons de police lancés à toute allure.

Une bonne dizaine de véhicules, gyrophares allumés, remplis d'agents. Les carrosseries portaient les initiales CRS.

— *Merde**, lâcha Fatima. C'est parti.

À Montpellier, la nouvelle était déjà dans les journaux du matin et sur tous les écrans de télé : après des semaines de violences sporadiques dans les cités, les policiers de tout le pays se préparaient au pire car un incident avait mis le feu aux poudres dans une banlieue proche de l'aéroport parisien. Deux jeunes armés de bombes de peinture avaient tagué le mur d'un commissariat. Les agents les avaient alors pris en chasse, et un des garçons s'était retrouvé sous les pneus d'un bus. Il était dans le coma.

— S'il y reste, ça va être l'enfer par ici, prévint Fatima.

— Est-ce que les réseaux islamistes y sont pour quelque chose ?

— Non. Ils partagent le même espace, mais ils évoluent dans un univers séparé. Les émeutiers sont des bandes de voyous. En général, ils ne sont motivés ni par la politique ni par la religion. Ils ont leurs propres codes, leur propre logique. Les troubles surviennent souvent après des conflits avec la police. Surtout quand il y a des morts, accidentelles ou non.

— Ce n'est pas le meilleur contexte pour traquer Raymond. Tu imagines un peu, s'il y avait un attentat terroriste là-dessus ?

— C'est ce que je redoute.

La circulation ralentit. Fatima désigna un graffiti sur le béton bordant l'autoroute.

— Tu as vu ça ?

*C'est le Jour de Paye**. C'était justement la phrase écrite par le jeune tagueur sur le commissariat.

La jeune femme expliqua à Pescatore que cela faisait référence à une chanson de Booba, un rappeur musclé d'origine sénégalo-marocaine aux allures de gangster, doué d'un certain talent pour les mots. En une nuit, le slogan s'était propagé sur tous les murs du pays.

Le taxi rejoignit la Seine et ils furent bientôt au cœur de la ville. Pescatore eut enfin l'occasion d'apprécier Paris dans toute sa splendeur : façades de pierre encadrant le fleuve, silhouette élégante de la tour Eiffel. Cette vue le renvoya à ce qu'il était : un gamin de Taylor Street.

— C'est joli, chez toi, Fatima... dit-il en lui embrassant la main. Après avoir vécu dans le Paris de l'Amérique du Sud, je découvre enfin l'original.

— Je suis contente que tu sois là.

Ils avaient dormi ensemble à l'hôtel de Montpellier, rattrapant le temps perdu. Il en avait appris un peu plus sur la vie de la jeune femme. Elle avait beaucoup de succès auprès de ses collègues masculins mais avait toujours évité de s'engager. Elle gardait aussi ses distances avec sa famille. Deux de ses frères étaient en prison. Depuis qu'elle était gradée, ses anciens voisins venaient lui demander des faveurs. C'était une conséquence logique de son histoire, tout comme sa réaction épidermique à la moindre remarque sur les musulmanes qui réussissaient dans la vie.

— J'ai vu que tu n'avais pas apprécié la blague du Commandant, avait murmuré Pescatore, à moitié endormi.

— Il me fait pitié.

Elle était blottie contre lui, ses cheveux parfumés étalés sur son torse.

— Vraiment ?

— C'était un bon flic. Il a eu la malchance de tomber sur un indic manipulateur. J'ai beau avoir des doutes au sujet de sa théorie sur l'Iran, il est tout sauf idiot.

— J'ai cru que tu allais le gifler.

— Il ne voulait sans doute pas m'insulter personnellement. Mais c'était très blessant. Je ne pouvais pas laisser passer ça.

— Je crois qu'il a compris le message.

L'unique moment de tension avait eu lieu au petit déjeuner, quand Pescatore avait réclamé une arme.

— Impossible, avait-elle répondu.

— Pourtant, ça nous a bien servi en Bolivie.

— Nous étions en pleine jungle, dans des circonstances extrêmes. Maintenant, nous sommes en France. Ce serait illégal, Valentino. Je ne peux pas t'y autoriser.

Le taxi la déposa au ministère de l'Intérieur place Beauvau, devant une immense grille ouvragée encadrée par des colonnes et des drapeaux. Ses supérieurs l'avaient convoquée pour discuter de l'enquête sur Raymond Mercer et de la menace terroriste. Pescatore en profita pour réserver une chambre dans un petit hôtel du boulevard Malesherbes.

En cette fraîche journée de juin, il faisait un temps idéal pour marcher. Il se promena d'un monument célèbre à l'autre – place de la Concorde, jardin des Tuileries, musée du Louvre. Le problème, c'est qu'il ne pouvait s'empêcher d'observer les lieux avec les yeux d'un terroriste. En apercevant un fourgon de police garé devant l'ambassade américaine, il se demanda si le réseau de Raymond – quel qu'il soit – prévoyait aussi de s'attaquer à des cibles civiles en Europe. Il réfléchit au rôle de son ancien ami dans les attentats de Buenos Aires. Lors de leur entretien téléphonique, Raymond lui avait donné l'impression de n'être qu'un second couteau. Pourtant, d'après le Commandant, c'était lui qui menait la danse à Montpellier.

Pescatore déjeuna près de la place de la Madeleine, dans un petit bistrot appelé Caffè Corto. Un Italien prénommé Massimo lui servit un espresso et un sandwich au *prosciutto*, accompagnés d'un conseil utile : pour avoir une chance d'obtenir un café buvable à Paris, il fallait le demander « *bien serré** ».

Après avoir vidé sa deuxième tasse, Pescatore sortit son calepin. Il passa en revue les notes qu'il avait prises au cours des derniers jours et décida de consigner les déplacements de Raymond par ordre chronologique.

Novembre 2004 – Arrestation à Chicago. Indic : Chicago, Miami, Am. latine.

Fin 2005 – Buenos Aires. Chanteur/pianiste.

2006-2007 – Collabore avec Flo, Kharroubi, Belisario Ortega. Faux papiers, trafic d'êtres humains, cocaïne. Conversion à l'islam.

2007 – Sous le pseudo Ramon Verdugo, allers et retours en Bolivie. Trafics avec l'Argentine, le Brésil, l'Europe et le Proche-Orient.

2007 – Saisie de drogue dans la province de B.A. (Toujours indic américain ?) S'installe en Bolivie. Arrêté avec Ali Baba (cf. photo des flics boliviens), puis relâché.

2008 – ??

2009-2011 – Montpellier, France, sous le pseudo Alberto Francisco. Chef d'une cellule extrémiste. Épouse Souraya. Recrutement, envoi de militants d'Al-Qaïda au Pakistan (via l'Iran) et vers d'autres zones de djihad. Indic pour la police française.

2012 – Carte postale du Liban à son cousin argentin. Soupçons du Commandant : double jeu, trafics de drogue, vols à main armée. Possible soutien financier à destination de Beyrouth. Meurtre d'une dissidente iranienne à Lyon.

2013 – Belisario Ortega en compagnie de militants en Iran/Pakistan. Le Commandant alerte ses supérieurs sur lien possible avec l'Iran/le Hezbollah. Nouvelle unité de la DCRI en charge de R. (Rôle des services secrets US ?) Démantèlement du réseau.

Fin 2013-début 2014 – Retour de Raymond à Buenos Aires. Reprend contact avec Flo. Aperçu devant le club de jazz par Bocha.

Avril 2014 – Fait entrer les kamikazes en Argentine. Appels passés à Amélie et moi (à confirmer). Démantèlement de la cellule de La Paz. Attentats de Buenos Aires.

Cet exercice l'aidait à mettre de l'ordre dans ses idées. Il manquait encore certaines pièces du puzzle, notamment entre la Bolivie et la France. L'étendue des rapports de Raymond avec les agents américains restait également floue. Tout comme ses liens supposés avec l'Iran. Pescatore décida d'appeler Facundo pour en discuter avec lui et prendre de ses nouvelles.

En sortant son téléphone, il songea que son patron pourrait peut-être aussi l'aider dans un autre domaine.

Facundo répondit d'une voix assurée :

— L'opération s'est bien passée.

Pescatore lui fit un compte rendu des derniers jours. Puis il continua, en langage codé :

— Facundo, j'ai besoin d'un coup de main. J'ai oublié mon exemplaire de Martín Fierro (il insista sur le dernier mot) et j'aimerais m'en procurer un autre. Sauriez-vous où je pourrais en trouver un ? Je suis perdu sans mon Martín… Fierro.

Martín Fierro était un célèbre poème épique argentin. Mais en argot, le mot *fierro* signifiait également « pistolet ».

Son chef comprit tout de suite l'allusion.

— Tu es sûr ?

— Oui, j'en suis arrivé à un stade de mon développement intellectuel où il m'est indispensable.

— C'est un ouvrage majeur. Ça ne se lit pas à la légère. Surtout à l'étranger. Ici, c'est plus facile.

— Je sais. Mais je suis un lecteur sérieux et prudent. Je pense vraiment que ça me fera du bien. Sinon, je ne vous embêterais pas avec ça.

— D'accord. À part ça, il te faut de l'argent ?

— Non, il me reste encore une bonne partie de ce que vous m'avez avancé.

— Parfait. Je te rappellerai. Sois prudent, fiston.

Moins d'une heure plus tard, Facundo lui communiquait une adresse et un nom. Pescatore prit le métro jusqu'au quartier du Marais. Sur le quai, il se trouva entouré par un groupe de jeunes garçons en sortie scolaire. Ils étaient une vingtaine, âgés de sept ou huit ans, tous coiffés de casquettes de base-ball, y compris leur instituteur. Cela le surprit, car il ne pensait pas que les Français appréciaient particulièrement ce sport. Mais quand l'un des enfants retira son pull, une accompagnatrice lui tint sa casquette le temps qu'il le passe par-dessus sa tête, et c'est là que Pescatore comprit : le petit portait une kippa. La jeune femme s'empressa de remettre la casquette en place avant de prendre le garçon par la main et de rejoindre le reste du groupe.

Facundo lui avait parlé des dangers encourus par ses coreligionnaires dans les rues d'Europe : passages à tabac, coups de couteau, meurtres, parfois. Deux ans plus tôt, une vague de terreur avait déferlé sur Toulouse lorsqu'un tireur extrémiste avait abattu des soldats de confession musulmane qu'il considérait comme des traîtres, avant de massacrer les élèves d'une école juive. Comme Raymond et son groupe, il était lié à des réseaux islamistes pakistanais et afghans.

L'adresse fournie par Facundo correspondait à un magasin de chaussures de la rue des Rosiers, en plein cœur d'un quartier aux ruelles encombrées de piétons. Pescatore demanda à voir le propriétaire, un jeune homme hirsute prénommé Moshe qui portait une kippa et une veste aux manches retroussées. Dans la minuscule boutique, pleine à craquer de marchandises, il n'y avait pas un seul client. La vendeuse, une fille branchée aux cheveux courts, jeta un coup d'œil blasé à Pescatore avant de reporter son attention sur son téléphone portable.

Moshe l'entraîna dans la réserve au fond de la cour. Pescatore avait besoin d'une arme facile à dissimuler. Moshe lui en proposa plusieurs, et il se décida pour un Colt.25 semi-automatique assorti d'un étui de cheville.

— Je vous dois combien ?

— Rien du tout, répondit Moshe avec un geste de la main. Notre ami commun et moi avons un arrangement.

De retour dans le métro, Pescatore rumina des pensées sombres. Il s'en voulait de mentir à Fatima. Mais il en avait assez de son statut équivoque, d'abord auprès du FBI et maintenant de la police française. En plus, il y avait de fortes chances qu'elle-même ne lui ait pas tout dit, notamment en ce qui concernait le rôle des Américains dans l'affaire. Furukawa avait parlé d'une équipe du FBI en charge du dossier. Et d'après le Commandant, les services secrets avaient eu des contacts avec Raymond l'année précédant les attentats de Buenos Aires. Ils auraient même passé un marché avec lui – sa liberté en échange du réseau de Montpellier. Cela soulevait un certain nombre de questions épineuses, comme celle de savoir si les attentats argentins auraient pu être évités.

C'est pénible de n'être au courant de rien, pensa Pescatore. *Pénible, et dangereux*. Plus il se rapprochait de Raymond, plus il courait le risque de se faire tuer. Il était flic, alors il lui fallait un pistolet. Mieux valait être attrapé avec une arme par les gentils, que sans arme par les méchants.

Il regagna sa chambre d'hôtel et alluma la télé. Pas encore d'émeutes. Le jeune homme blessé était toujours dans le coma. Le journal télévisé diffusait des images de fourgons de police et de gamins rassemblés au pied des tours. Attendant le *Jour de Paye.*

Fatima lui téléphona et lui indiqua un point de rendez-vous. Sur ses conseils, il prit un taxi, s'assurant au passage que l'étui fixé à sa cheville était bien invisible. La voiture emprunta une série de tunnels creusés sous les grands immeubles du quartier d'affaires de La Défense, puis roula un moment dans la lumière du couchant, entre collines vertes, centres commerciaux et rues ombragées. Après avoir longé des demeures cachées derrière de hauts murs, elle s'arrêta sur une petite place pavée, devant un bureau de poste et un café. L'endroit était à mi-chemin entre la banlieue chic et le village de campagne.

Fatima l'attendait près d'une Peugeot 407 grise. Elle lui prit la main quand il monta à bord.

— Tu l'as trouvé ? demanda Pescatore.

Elle lui décocha un sourire triomphant.

— Lui, non, mais sa famille, oui.

— Je ne m'attendais pas du tout à ce genre de décor.

Les services de renseignement avaient localisé la femme de Raymond et placé sa maison sous surveillance. La propriété avait été achetée à son nom deux ans plus tôt. Les voisins croisaient souvent Souraya, qui portait le voile, et ses deux fils. Plusieurs avaient également décrit un homme ressemblant à Raymond.

Belhaj aurait préféré attendre un peu plus longtemps, afin de confirmer l'identité des suspects dans l'espoir que sa cible se montre. Mais ses chefs redoutaient un attentat terroriste imminent. Ils voulaient lancer la vague d'arrestations le plus tôt possible et déjouer un éventuel complot.

La voiture monta lentement vers la villa de Raymond, perchée sur une colline bordée de jardins imposants. Juste avant le sommet, un mur de pierre couvert de lierre et percé d'un portail marquait l'entrée de la propriété.

— Sympa, commenta Pescatore. Ça a dû lui coûter un bras.

— L'argent de la drogue.

Belhaj alla se garer un peu plus loin dans un parking couvert, où ils retrouvèrent six officiers de son équipe ainsi que le double d'agents du GIPN. Une fois dehors, Pescatore l'attira à l'écart.

— Je peux vous accompagner, n'est-ce pas ? Ça ne posera pas de problème ?

— Je suis responsable de l'intervention. Et je tiens à ce que tu sois là. Mais s'il te plaît, enfile cette cagoule de Spider-Man avant qu'on entre. C'est le protocole.

Quelques heures plus tard, il était assis avec l'unité de Belhaj dans un fourgon posté non loin de la maison de Raymond. Un ordinateur portable affichait des images de vidéosurveillance prises sous plusieurs angles. Les agents du GIPN patientaient dans un autre véhicule. Vers minuit, une berline Volkswagen approcha et franchit le portail. Deux hommes de type maghrébin entrèrent dans la maison. Pescatore entendit un policier les qualifier de « *barbus** ». Aucun ne ressemblait à Raymond. D'après Belhaj, l'un d'eux était son beau-frère. Leur arrivée compliquait un peu l'affaire.

— On dirait qu'il se trame quelque chose, ajouta-t-elle. Toute la famille se prépare peut-être à partir.

Pescatore jouait avec sa cagoule. Il jeta un coup d'œil aux enquêteurs en blousons de cuir qui l'entouraient, hirsutes, mal rasés et visiblement aguerris au combat. Ils avaient accepté sa présence sans broncher et le traitaient avec courtoisie et discrétion. Ils supposaient sans doute qu'il bossait pour la CIA. Cet accueil chaleureux fit remonter des souvenirs de la Frontalière, quand il effectuait des descentes dans des planques de trafiquants. Il ressentait un mélange familier d'impatience, d'appréhension et de concentration extrême. Le pistolet attaché à sa cheville l'inquiétait un peu ; il évitait de se déplacer et gardait les pieds bien à plat sur le plancher du fourgon.

— C'est pour quoi faire, ces masques ? demanda-t-il.

— Pour protéger nos identités, répondit Belhaj. C'est une pratique courante dans les forces de police européennes.

— Oui, j'ai déjà vu ça à la télé.

— Vous n'en utilisez pas aux États-Unis ?

— Là-bas, c'est plutôt réservé aux braqueurs de banque. Ça intimide.

Belhaj sourit.

— C'est pour terroriser les terroristes.

À quatre heures du matin, elle décida que le moment était venu. Elle s'attacha les cheveux avant d'enfiler sa cagoule. Les autres l'imitèrent.

Les agents du GIPN escaladèrent le mur sur la rue et celui qui séparait la propriété du jardin des voisins. Belhaj, Pescatore et le reste de l'équipe s'accroupirent autour du portail. De l'autre côté, des grenades incapacitantes explosèrent dans le noir. Les policiers venaient de pénétrer dans la maison. Arme au poing, les agents en civil s'élancèrent dans l'allée derrière Belhaj. Pescatore réprima son envie de dégainer le pistolet caché sous son pantalon. Il ne le sortirait qu'en dernier recours, car une fois que les autres l'auraient vu, ce serait terminé pour lui. Il traversa la pelouse en courant, distinguant l'ombre d'une balançoire et d'un trampoline sur le côté et manquant de trébucher sur un ballon de foot. Il entendit des ordres retransmis par radio, des claquements de portes, des hurlements de femme, des pleurs d'enfant. La lumière s'alluma.

La maison, très haute de plafond, était décorée dans le style contemporain. Un agent du GIPN en armure intégrale était planté au milieu du salon, le pied sur la nuque d'un homme étalé par terre, torse nu. C'était l'un des deux visiteurs arrivés plus tôt. Belhaj parlait dans sa radio. Quelqu'un annonça d'un ton calme que les lieux étaient sécurisés. Dans la cuisine, une femme proférait insultes et menaces. On lui ordonna de la fermer.

Madame Mercer, devina Pescatore.

Les enquêteurs entreprirent une fouille en règle de la villa. Le salon contenait très peu de meubles, tous de grande qualité. Les murs étaient nus. Un Coran trônait sur un chevalet. Pescatore se pencha pour inspecter l'étagère de DVD placée sous l'écran plasma. Il posa une main sur le bras de Belhaj.

— Regarde : *La Bataille d'Alger*. Ray adorait ce film.

— À cause de l'histoire ou de la mise en scène ?

— Les deux. Je peux faire un tour ?

— Vas-y.

Il passa la tête par la porte du bureau. Un piano électrique. Des tonnes de livres en anglais, en espagnol, en français et en arabe. Une collection de CD et de vinyles vintage.

Belhaj l'appela depuis l'étage. Il monta la rejoindre, au bout d'un couloir surveillé par plusieurs agents.

Ils franchirent une porte et Pescatore se retrouva nez à nez avec un Raymond miniature.

Le garçon devait avoir quatre ans. Il portait un pyjama aux couleurs des Chicago Bulls. Il avait hérité des yeux profondément enfoncés, des pommettes hautes et des épaules minces de son père. Il serrait un gros lion en peluche dans ses bras. Malgré sa frayeur évidente, il ne pleurait pas et jetait des regards assassins aux individus masqués et armés qui venaient de faire irruption dans sa chambre.

La même attitude que son paternel, songea Pescatore.

À côté, un enfant plus jeune sanglotait dans les bras d'une femme voilée assise sur le lit – sans doute la nounou.

Il demanda à Belhaj l'autorisation de s'entretenir avec l'aîné des garçons. Elle fit sortir tout le monde de la pièce. Alors il retira sa cagoule et s'accroupit, heureux de sentir l'air frais sur son visage.

Le petit s'était réfugié derrière une batterie en plastique. Rien dans la pièce n'évoquait l'islam fondamentaliste. Il y avait des piles de jouets et de nombreux posters de footballeurs européens, de basketteurs de la NBA, de personnages de Disney et du Muppet Show. Pescatore aperçut également des disques, et pas seulement de chansons pour enfants. Il imaginait très bien Raymond sélectionnant les titres avec soin pour former l'oreille de ses fils – musique classique, big bands, Santana, les Beatles. Dans un coin, un xylophone, un clavier et une guitare complétaient la panoplie.

— Comment ça va, bonhomme ? demanda Pescatore d'une vois rauque.

Instinctivement, il lui avait parlé en anglais. Le garçon le dévisagea avec de grands yeux. Pescatore n'y avait pas pensé, mais sa voix devait ressembler à celle de Raymond. Car quels que soient les idiomes utilisés par cette famille, il était convaincu que son ami s'adressait à ses enfants dans sa langue maternelle.

Le petit serrait toujours son lion en peluche contre lui. Il faisait la moitié de sa taille et portait une veste en jean.

— Il est cool, ton lion. Il s'appelle comment ?

L'enfant baissa les yeux et marmonna quelque chose qui ressemblait à « Roland ».

— Je suis un ami de ton papa. De Chicago. Tu connais Chicago ?

— Bulls.

Il avait une voix douce et un léger accent. Il fixait toujours ses pieds.

— Les Chicago Bulls, oui, c'est notre équipe de basket. Comme sur ton pyjama. Moi, je m'appelle Valentino. Et toi ?

Le garçon releva brusquement la tête.

— Valentino, répéta-t-il avec une prononciation parfaite.

— C'est ça, bonhomme. Et toi ?

— Valentino.

— Oui, c'est mon nom. Et le tien ?

Le petit soupira d'un air exaspéré, et c'est alors que Pescatore comprit. Voilà pourquoi le Commandant avait réagi bizarrement quand il s'était présenté. Les larmes lui montèrent aux yeux.

Au même instant, le garçon martela :

— Je m'appelle Va-len-ti-no !

16

CHAMPS-ÉLYSÉES

*Garde à vue**.

Pescatore n'avait pas trouvé de traduction satisfaisante de cette expression, mais au bout de douze heures, il avait une idée assez précise de ce qu'elle recouvrait. La loi française autorisait la police à détenir les suspects de terrorisme jusqu'à quatre-vingt-seize heures d'affilée. Sans avocat ni procureur. Juste des flics les mitraillant de questions. Ils n'avaient frappé personne, sans doute parce qu'ils n'en avaient pas eu besoin : les informations qu'ils avaient obtenues étaient assez explosives comme ça. Quoi qu'il en soit, Pescatore était bien content de ne pas en faire l'expérience lui-même. Les Français ne plaisantaient pas avec les terroristes.

— Une fois, on a envoyé toute une famille en prison, lui avait raconté Fatima sur le chemin du commissariat. Le fils était notre suspect, et son frère son complice présumé. Le père était un imam radical. Quant à la mère, elle avait été arrêtée pour association de malfaiteurs. S'ils avaient eu un chien, on l'aurait embarqué aussi – mais les chiens sont *haram*.

C'était déjà le soir. Un enquêteur posa une énième tasse de café devant Pescatore, qui le remercia en français. Par chance, l'unité disposait d'une machine à espresso qui tournait à plein régime. Il était assis dans une pièce en sous-sol où il faisait très froid. D'autres agents l'entouraient, installés sur des chaises ou plantés derrière le miroir sans tain qui donnait sur une salle d'interrogatoire vide. Tout en buvant du café, ils passaient des documents en revue, téléphonaient ou travaillaient sur leurs ordinateurs portables.

Pescatore en savait désormais davantage sur la famille de Raymond. En plus de la villa, ils possédaient plusieurs appartements le long de la côte atlantique, ainsi que dans l'enclave espagnole de Ceuta au nord du Maroc. La police avait découvert des preuves confirmant l'étendue de ses richesses : comptes bancaires, immobilier, voitures de luxe. La femme de Raymond, Souraya, avait vingt-six ans et était titulaire d'un diplôme de droit obtenu au Maroc. Ils avaient deux fils, Valentino, quatre ans, et Ramón, deux ans.

Pescatore ne s'était pas encore remis du fait que l'aîné s'appelle comme lui. Contrairement à bon nombre des actes de Ray, celui-ci ne pouvait être mis sur le compte d'un calcul délibéré. Et il avait donné à son second fils la version espagnole de son propre prénom. D'après Fatima, Raymond avait gardé une certaine nostalgie de son amitié avec Pescatore. Symboliquement, il avait voulu recréer leur duo par l'intermédiaire de ses enfants. Pescatore était hanté par l'image du petit Valentino accroché à son lion en peluche. Il s'était pris d'affection pour lui, comme s'il était de son devoir de le protéger. Sur le visage du garçon, il avait vu se peindre la conscience douloureuse que ces inconnus allaient changer sa vie pour toujours.

Les interrogatoires qui s'étaient déroulés jusque-là n'étaient qu'un échauffement. Belhaj avait observé ses hommes tandis qu'ils questionnaient la nounou, le frère de l'épouse, son associé et l'épouse elle-même. Cette dernière n'avait quasiment pas ouvert la bouche, à part pour se plaindre parce qu'on lui avait retiré son hijab. Belhaj avait décidé de prendre la relève. Elle s'était réfugiée dans son bureau où elle se préparait en fumant cigarette sur cigarette. Les enquêteurs s'y succédaient pour répondre à ses questions et lui faire part des résultats de la perquisition.

Une porte s'ouvrit au fond de la salle d'interrogatoire. Deux agents en uniformes, un homme et une femme, firent entrer Souraya et l'installèrent à la table. Elle n'était pas menottée.

Bien qu'elle fût marocaine, elle avait le teint un peu plus clair que Belhaj. Ses traits étaient plus acérés. Sous sa robe ample, ses épaules étaient hautes et fines. Sa longue chevelure noire encadrait des yeux brillants de rage et une bouche immense. Elle n'avait pas dormi depuis son réveil brutal au milieu de la nuit. Pescatore se souvint que Raymond l'avait qualifiée de princesse et de lionne.

S'adressant autant à ses gardes qu'aux spectateurs invisibles derrière leur miroir, Souraya exigea qu'on lui rende son foulard.

— C'est un sacrilège de me laisser ainsi tête nue.

Sa diction claire et véhémente trahissait des années de militantisme et de manifestations.

— Vous m'humiliez, vous bafouez mes droits les plus élémentaires !

Malgré lui, Pescatore éprouva une pointe de compassion. Il se souvenait de son arrestation en Argentine : le sweat-shirt remonté sur son visage, l'odeur des chevaux et de l'urine, le sentiment d'impuissance. D'une façon totalement irrationnelle, il craignait que quelqu'un décide soudain qu'il était du mauvais côté du miroir.

Belhaj réapparut, passa à côté de Pescatore et de ses collègues, et entra dans la salle d'interrogatoire. Les gardes laissèrent les deux femmes en tête à tête. L'arrivée de Belhaj sembla perturber Souraya, qui lui jeta un regard mauvais lorsqu'elle posa un dossier sur la table. L'enquêtrice retira son blouson de cuir et le suspendit soigneusement au dossier de sa chaise. Elle portait un sous-pull moulant, un jean et des bottes. Son arme et sa plaque luisaient du même éclat que la boucle de sa ceinture. Elle prit son temps, alluma une cigarette.

— Attention les yeux, prévint l'un des compagnons de Pescatore avant d'ouvrir et fermer les jambes de manière suggestive.

Les autres ricanèrent.

L'adjoint de Belhaj, un certain Laurent, leva le nez de son ordinateur portable. Ses petites lunettes rondes lui donnaient un air studieux. D'un grognement réprobateur, il mit fin aux commentaires graveleux.

Souraya attaqua la première, en arabe.

— On parle français, ici, la coupa Belhaj.

La jeune femme s'exécuta en haussant le ton. Après quelques phrases, Pescatore comprit de quoi il retournait. Refusant de croire que la DCRI puisse employer une enquêtrice d'origine maghrébine, elle soupçonnait Fatima d'être un agent des services secrets marocains venue l'interroger sous une fausse identité. Elle se tourna vers le miroir pour apostropher une nouvelle fois l'assistance.

— Cette espionne marocaine n'a rien à faire ici. La France ne relève pas de sa juridiction. J'ai des droits !

— Très drôle, répliqua Belhaj. Toi, une terroriste qui veut détruire la France, qui méprise ce pays plus que tout, tu viens nous parler de tes droits ? Des droits dont tu peux justement te prévaloir parce que tu vis en France ? Je vais t'apprendre une chose, Souraya. Je suis commissaire de la police française. Tiens, voilà ma plaque. Eh oui, je suis également d'origine marocaine. Mais je ne suis pas une pathétique esclave de la foi. Je fume, je bois, je fais ce dont j'ai envie. Et mon job, c'est de te démolir.

Belhaj s'assit, les jambes croisées, soufflant la fumée de sa cigarette. Souraya la foudroya du regard.

— Où est ton mari ? reprit la commissaire.

— Je n'ai rien à vous dire.

Belhaj tira une longue bouffée.

— Je viens de rencontrer sa copine de Buenos Aires, Florencia. Tu la connais ? Grosse, vieille, moche. Mais elle doit être plus douée que toi au lit, parce qu'il n'arrive pas à se passer d'elle. Il était encore là-bas pour se la taper il y a quelques semaines, juste avant les attentats. Raymond adore lui chanter la sérénade. *Sophisticated Lady*. Très romantique, non ? Est-ce qu'il chante pour toi aussi ?

— Je n'ai rien à vous dire.

Le nom de Florencia avait visiblement touché une corde sensible. Souraya fulminait.

— Peut-être que mes collègues n'ont pas été assez clairs, poursuivit Belhaj. Je vais t'expliquer la situation. D'après notre premier examen des preuves – e-mails, cartes de crédit, etc. –, il semble évident que tu as participé au complot visant Buenos Aires. Tu as aidé ton mari à acheter des billets d'avion sur Internet. Rien que ça nous suffirait à t'inculper pour conspiration ayant conduit à l'assassinat de deux cents personnes, dont deux ressortissants français.

Ce qui signifie, madame l'avocate-terroriste, que tu es foutue.

Pescatore ne l'avait jamais entendue s'exprimer avec tant de cruauté et de brutalité. Tout son corps exsudait le mépris. Il ne la reconnaissait plus.

— Foutaises, répondit Souraya.

— Tu connais la loi. On a largement de quoi aller au procès. Vu la complexité de l'affaire et son caractère international, entre la procédure et la constitution du dossier, tu peux compter sur quatre ans minimum de détention provisoire. Le nombre de victimes augmente les chances que tu écopes d'une longue peine. Et si par le plus grand des hasards tu étais acquittée, peu importe : on t'expulserait vers le Maroc. Tu es en tête de la liste des personnes recherchées par les moukhabarat. Ils meurent d'impatience de mettre la main sur toi. Ils te pendront par les pieds jusqu'à ce que toutes tes conneries te ressortent par les oreilles. Et ça sera juste un *amuse-gueule**.

Souraya croisa les bras sur sa poitrine. Elle réitéra sa demande concernant son foulard. Belhaj se leva et fit les cent pas en claquant des talons.

— Arrête de me faire chier avec ça. Ton foulard, tu peux te torcher avec. Espèce de sale hypocrite répugnante. Tu prétends te battre pour tes frères et tes sœurs des cités ? Regarde-moi le palace dans lequel tu vis, au fond de ta banlieue de bourges. Dans le genre décadence de l'Occident, on ne fait pas mieux. Financée par cette saloperie d'argent de la drogue, en plus.

— Je vous interdis de me juger.

— C'est humain. Tu as grandi dans un taudis puant de Casablanca. Ce mec t'a couverte d'or, alors tu en profites. Normal. Mais ne viens pas prendre tes grands airs d'islamiste après ça. J'ai vu comment tu élèves tes gosses. Musique pop, Disney, Batman !

— J'ai le droit de leur offrir la meilleure éducation possible. Il faut qu'ils apprennent à se fondre dans le mode de vie occidental, même s'ils ne sont pas d'ici. La véritable résistance passe par là.

De l'autre côté du miroir, les enquêteurs laissèrent éclater leur satisfaction. Belhaj avait réussi à percer une brèche, à faire réagir son adversaire. Elle laissa tomber sa cigarette sur le sol et l'écrasa sous sa botte comme s'il s'agissait du visage de Souraya.

— C'est ainsi que Raymond le justifie ? C'est ce qu'il te raconte ? Pauvre idiote. Manipulée d'abord par les barbus marocains, puis par ce play-boy américain qui se la joue islamo-gangster. Tu me dégoûtes. Et je ne parle même pas de la façon dont tu t'es débarrassée de ton premier mari. Tu te souviens de lui ou pas ? Bilal ? Celui qui s'est fait exploser en Afghanistan ?

— Bilal est un glorieux martyr. Vous n'êtes pas digne de prononcer son nom.

— Un martyr ? Un cocu, oui ! Raymond l'a retourné comme une crêpe avant de l'envoyer à la mort. La culpabilité doit te bouffer.

— Taisez-vous !

Belhaj se précipita vers la prisonnière. Une fraction de seconde, elle parut sur le point de la gifler. Souraya eut un mouvement de recul. Belhaj ouvrit le dossier posé devant elle et en sortit un document : une photo couleur.

Souraya poussa un cri qui résonna dans la petite pièce. Elle se détourna en tremblant, secouée de sanglots. Pescatore craignit qu'elle se mette à vomir. Autour de lui, les autres agents se rapprochèrent de la vitre.

Belhaj attendit que la jeune femme encaisse le choc et que le silence revienne.

— Oui, c'est bien sa tête, déclara-t-elle d'une voix douce. Voilà ce qui arrive aux kamikazes. Leur corps se désintègre, mais leur tête reste intacte. Pauvre Bilal. Si pathétique, si nul. La bombe cachée sous sa veste a mal fonctionné. L'explosion n'a été que partielle, trop faible pour tuer les soldats américains qu'il visait. Ils n'ont souffert que de blessures superficielles provoquées par les éclats de ses os.

— Menteuse ! éructa Souraya.

Elle s'essuya les yeux et le nez.

— Il a tué cinq infidèles !

— Non. Raymond t'a raconté ça pour que tu te sentes mieux. J'ai lu le dossier. Il contient un extrait du journal… voilà : « Aucune victime n'est à déplorer à l'exception du kamikaze. » Sa mort aura été aussi inutile que sa vie. Raymond a dû bien rigoler. Mais l'infidélité est un cercle vicieux. Tu as trompé Bilal, alors Raymond te trompe.

Souraya était livide.

— Où est Raymond ? demanda à nouveau Belhaj. Qu'est-ce qu'il complote ? Quelles sont ces cibles ?

— Vous perdez votre temps.

— Non. C'est toi qui n'en as plus.

Belhaj contourna la table et vint se planter derrière Souraya, tout près, pour la mettre mal à l'aise. Elle sortit une nouvelle photo du dossier.

— Tes garçons, murmura-t-elle en posant les mains sur les épaules de la prisonnière dans un geste sarcastique.

Celle-ci se dégagea brusquement, veines et tendons saillants sur le cou.

— Valentino et Ramón, reprit Belhaj. Pas très musulman, mais ça sonne bien.

— Ils ont aussi des noms musulmans, fit Souraya d'une voix étranglée, comme malgré elle. Seifullah et Ayman.

— Sauf que c'est Raymond qui commande. Ils répondent aux prénoms qu'il leur a donnés. Regarde-les bien, Souraya. Je vais faire tout mon possible pour que ce soit la dernière fois.

Elle retourna prendre sa place de l'autre côté de la table. Sa voix devint glaciale. Ses mots claquaient comme des coups de fouet.

— Tu m'entends ? La dernière. Tu es une mère indigne, une meurtrière, une terroriste, une trafiquante de drogue, une blanchisseuse d'argent. Tu vas finir en prison. Ton mari aussi, s'il survit. J'ai déjà contacté les services sociaux. Bien sûr, on s'assurera que les enfants soient séparés. Ce sera plus facile. On est en train de leur chercher des familles d'accueil. Je crois que l'idéal, ce serait de gentils parents juifs, non ? Avec un peu de temps et d'effort, l'influence culturelle…

— Sale pute !

Souraya bondit sur ses pieds et se jeta sur elle. Belhaj l'attendait de pied ferme, en posture de défense, les poings à hauteur de la taille, aussi calme que s'il s'agissait d'un entraînement d'arts martiaux. Avant que la jeune femme ait pu l'atteindre, elle fit un pas en avant et la frappa à la base du nez avec le plat de la paume.

Souraya s'écroula sur le sol en sanglots, du sang coulait sous ses doigts.

Dans un brouhaha d'exclamations et de chaises renversées, les enquêteurs se précipitèrent en salle d'interrogatoire. Belhaj leur fit signe de se calmer. Elle réclama une serviette et un verre d'eau pour la prisonnière. Puis, reprenant son souffle, elle s'agenouilla à côté d'elle.

Pescatore n'avait d'yeux que pour Fatima. Elle avait retrouvé sa sérénité aussi vite que si elle avait retiré un masque.

Une vraie pantera, songea-t-il. C'était le terme que Facundo utilisait pour les commandos israéliens et autres guerriers endurcis. *Je n'aimerais pas avoir affaire à elle*. Il eut une pensée pour le pistolet interdit toujours attaché à sa cheville.

— On va te nettoyer un peu, déclara Belhaj. Et ensuite, parce que tu aimes tes fils et parce que Raymond Mercer a gâché ta vie, tu nous diras tout ce qu'on veut savoir.

Souraya parla jusqu'à minuit passé.

Pescatore était un peu surpris qu'elle trahisse Raymond si facilement. Elle avait dû faire un rapide calcul et conclure qu'elle était coincée. Elle était prête à tout pour ne pas perdre ses enfants et préserver ce qui restait de sa famille. Et de toute évidence, sa relation avec Raymond était houleuse, empoisonnée par la culpabilité qu'elle éprouvait envers Bilal. Les rancœurs s'étaient accumulées. Raymond imposait son point de vue sur l'éducation des garçons, et surtout, il fréquentait d'autres femmes. Souraya harcela Belhaj de questions sur Florencia.

— La loi islamique l'autorise à avoir plusieurs épouses, déclara-t-elle. Mais pas à se taper des traînées sorties du caniveau et à me ridiculiser.

On n'a que ce qu'on mérite, pensa Pescatore.

Les aveux de Souraya confirmèrent son rôle actif au sein du réseau, où Raymond prenait soin de compartimenter les informations. Ce qu'elle n'avait pas appris de sa bouche, Souraya le tenait d'un cercle d'indics informels constitué de femmes de djihadistes. Le groupe de Raymond subsistait grâce à l'argent de la drogue. Bien qu'inspiré par Al-Qaïda et entraîné selon ses principes, il était autonome. Raymond avait obtenu la bénédiction des responsables de l'organisation au Pakistan. Les « sages » des zones tribales, contraints de se cacher pour échapper aux drones, avaient été ravis de lui laisser le champ libre. Mais Souraya ne semblait pas au courant des coups de téléphone passés par son mari à Pescatore et Amélie Hidalgo. Elle n'avait jamais entendu parler d'Ali Baba et ne reconnut pas son visage lorsqu'on lui montra la photo.

À la surprise de Pescatore, Belhaj la questionna également sur les transferts d'argent à destination du Liban et les liens du réseau avec les services secrets iraniens. En fin de compte, elle n'excluait pas complètement que la théorie du Commandant soit fondée.

Souraya secoua la tête d'un air dédaigneux. Des cargaisons de drogue et d'argent étaient en effet envoyés à Beyrouth, mais c'était du pur business. Elle voyait mal Raymond collaborer avec les chiites.

— Nos frères transitent par là-bas pour se rendre au Pakistan. En général, les forces de police iraniennes ferment les yeux. Mais ça ne veut pas dire qu'on ait le moindre rapport avec les chiites. Ce sont des serpents, des hérétiques. Nous les méprisons tout autant que nous vous méprisons.

L'étape suivante du plan de Raymond consistait à attaquer simultanément plusieurs pays d'Europe. Les cibles les plus probables étaient Londres et Paris. La jeune femme n'avait pas vu son mari depuis des semaines. Il était toujours en déplacement, supervisait les derniers préparatifs.

— N'allez pas croire que mon arrestation mettra un frein à ses projets. Au contraire, ça risque d'accélérer les choses.

Souraya leur communiqua également une liste de noms, de numéros de téléphone, d'adresses e-mail et de documents, tout en précisant qu'elle ne disposait que d'informations incomplètes.

— Il a des comptes bancaires, des passeports, des identités dont j'ignore tout, des alliés dans tous les coins. Il est plus malin que vous, ajouta-t-elle en posant un doigt sur sa tempe. Vous allez voir. Il n'y a pas eu d'attentat majeur en Europe depuis ceux de Londres en 2005. Avec lui, ça va changer.

— A-t-il l'intention d'y prendre part ? demanda Belhaj.

— Ça dépend des besoins du réseau. Mais il est prêt à se sacrifier.

Ça m'étonnerait, songea Pescatore. *Il a toujours préféré sacrifier les autres.*

Au-dessus de la serviette tachée de sang qu'elle plaquait sur son nez, le regard de Souraya était chargé de haine. D'après les renseignements dont elle disposait, les terroristes comptaient viser des lieux publics parisiens. Elle parlait avec une admiration amère dans la voix.

— C'est un maître de la planification. Le nouveau Carlos le Chacal, le Khaled Cheikh Mohammed de sa génération. L'idée, c'est de transformer une capitale internationale en théâtre, en choisissant des éléments symboliques : la tour Eiffel, le Louvre, les Champs-Élysées… Si j'étais vous, je garderais un œil sur les Champs-Élysées.

17

LA BATAILLE D'ALGER

Pescatore avait vu *La Bataille d'Alger* de nombreuses fois. Sans être aussi obsédé que Raymond par ce film, il en gardait un souvenir marquant. Il l'avait revu en Argentine avec Facundo, qui lui avait expliqué que le Pentagone s'en servait comme d'un manuel anti-insurrection. Il avait redécouvert avec plaisir la bande-son envoûtante, à commencer par le générique d'ouverture : batterie, violoncelle et cuivres appelant aux armes tandis que les parachutistes envahissaient la Casbah à la recherche d'Ali La Pointe, voyou devenu révolutionnaire.

La mélodie résonnait dans sa tête tandis qu'il observait les services de l'anti-terrorisme de l'État français en pleine action. Il bénéficiait d'un point de vue privilégié depuis la 407 de Fatima Belhaj, poste de commande mobile d'où elle coordonnait opérations offensives et mesures défensives.

Les premières se résumaient à la chasse aux kamikazes. Après l'interrogatoire de Souraya, les Français avaient prévenu le gouvernement britannique et leurs autres alliés de la menace. Les agences concernées étaient en alerte rouge depuis le début de la journée. Elles surveillaient les communications sensibles et avaient placé les frontières et les transports en commun sous vigilance accrue. Elles avaient également passé en revue les informations dont elles disposaient sur Raymond et sa bande, localisé voitures et planques, questionné parents et associés, défoncé des portes, activé leurs sources dans les mosquées, les prisons, les restaurants, les cités, les clubs d'arts martiaux, les librairies islamiques, les boucheries halal et même les cercles parallèles qui élevaient et vendaient des moutons aux fondamentalistes pour les sacrifices rituels.

Les mesures défensives, quant à elles, concernaient la protection des cibles potentielles à Paris. En raison des risques d'émeutes déjà élevés, les chefs de la police rechignaient à agiter davantage la population en rendant la menace publique. Ils avaient préféré augmenter discrètement les contingents de troupes antiterroristes, déjà postés dans les lieux stratégiques depuis des mois en raison des conflits au Proche-Orient et en Afrique du Nord.

— C'est un des seuls endroits de Paris où se mêlent toutes les origines et toutes les classes sociales, expliqua Fatima en roulant vers l'Arc de triomphe au milieu d'un flot scintillant de voitures. Quand j'étais jeune, mes frères, mes sœurs et moi venions souvent ici. Notre *cité** était moche et sans intérêt. Pas de cinéma, rien à faire. Alors on se retrouvait aux Champs-Élysées pour se promener, admirer les vitrines, manger au McDo. Comme des touristes.

En ce samedi soir, l'avenue étincelante était bondée. Des cars déposaient leurs cargaisons d'Américains, d'Européens ou d'Asiatiques. Projecteurs et flashs d'appareils photo illuminaient le tapis rouge d'une avant-première. Des familles faisaient la queue devant un stand de crêpes où un Africain coiffé d'une toque de cuisinier jonglait avec ses spatules.

C'était la première fois depuis son arrivée que Pescatore voyait autant de personnes issues des minorités ethniques. Les jeunes se déplaçaient en bande, roulant des mécaniques dans l'uniforme international de leur génération : sweats à capuche, chaînes en or, jeans baggy et baskets. Un garçon aux cheveux en brosse et à la carrure d'athlète, vêtu d'un jogging aux couleurs du drapeau algérien, était en train de saluer un ami. Après s'être serré la main, ils la posèrent sur leur cœur. Plutôt cool, pensa Pescatore. Il vit autant de filles en pantalon moulant ou minijupe que de femmes voilées, ainsi que plusieurs bandes d'origine ethnique mixte. Belhaj lui expliqua le sens de l'expression « *black-blanc-beur** ».

— Ils sont sages, commenta Pescatore. En même temps, il y a des flics à tous les coins de rue.

Le trottoir des Champs-Élysées était l'un des plus surveillés de France. Le taux de criminalité y était faible, à l'exception de quelques vols à la tire et de bagarres isolées. Des voitures de police bleu-blanc-rouge longeaient l'avenue. Les agents sur le terrain avaient reçu le soutien d'une unité de CRS, répartie en groupes de quatre. Pescatore se souvint que le Commandant avait appartenu à cette force d'intervention ; d'ailleurs, ces hommes lui ressemblaient beaucoup avec leurs épaules de jouteurs, leur nuque épaisse et leur démarche lourde, bras ballants. Leur pantalon était rentré dans des bottines à lacets, et une paire de gants dépassait de leur poche arrière.

Belhaj lui désigna les officiers en civil de la brigade antigang et les membres de son équipe – à pied, en voiture ou à deux sur des motos. Pescatore essaya de se mettre à leur place. Ils inspectaient trottoirs et véhicules, se préparaient mentalement à dégainer, imaginaient une confrontation avec un terroriste apparu dans la foule, se voyaient exploser avec lui. On leur avait donné des photos de Raymond pour qu'ils mémorisent son visage et établissent le profil psychologique de leur proie.

Dans quel bordel tu t'es fourré, mon frère...

Pescatore bâilla et frotta ses joues mal rasées. Il était passé à l'hôtel pour prendre une douche rapide et se changer. À part ça, ils n'avaient pas arrêté depuis la fin de l'interrogatoire de Souraya la nuit précédente, quand elle avait été autorisée à voir sa famille et un avocat.

Belhaj avait conduit Pescatore dans son bureau pour qu'il écrive à Raymond. Même si ce dernier ne l'avait pas mentionné au téléphone, elle était persuadée qu'il avait bien reçu l'e-mail envoyé de Buenos Aires. Ils avaient sélectionné chaque mot avec soin. Pescatore avait annoncé à Raymond qu'il était en France et avait appris l'arrestation de sa femme. Il lui proposait de jouer les intermédiaires entre les autorités et lui, le suppliant de le contacter avant qu'il y ait de nouvelles victimes. Il lui donnait son numéro de portable ainsi que celui de l'hôtel ; il ne voulait surtout pas rater un nouvel appel.

« J'ai rencontré le *pequeño* Valentino, avait-il ajouté. Chouette gamin. Il est entre de bonnes mains. Mais pour son bien et celui de ta famille, il est temps que tu fasses le bon choix. »

Pescatore vérifia son portable pour la énième fois : toujours pas de réponse. Belhaj se gara près de la place de l'Étoile. Elle parla dans sa radio. Son équipe était en train de suivre une piste : des individus suspects auraient stocké des armes dans une cave, non loin de l'aéroport. Elle lui annonça ensuite, en ouvrant sa portière, qu'elle voulait jeter un œil à la sécurité de la station Charles-de-Gaulle-Étoile – centre névralgique où se croisaient plusieurs lignes de métro et de RER.

Alors qu'ils descendaient l'escalator, Pescatore aperçut un agent de police et des soldats en uniformes armés de fusils. Le RER était le principal moyen d'accès aux banlieues. Le week-end et en cas d'agitation, les équipes du renseignement surveillaient les gares situées hors de la capitale et alertaient leurs collègues du centre-ville lorsque des bandes de *casseurs** approchaient. Depuis que le jeune vandale à l'origine du tag *Jour de Paye* était entre la vie et la mort, les cités étaient au bord de l'explosion. Mais il était hors de question qu'on laisse brûler des voitures sur les Champs-Élysées ; cela aurait des répercussions trop graves sur le tourisme, les carrières de certains politiques et bien sûr de certains membres des forces de l'ordre.

Fatima, elle, se moquait royalement des risques d'émeutes. Bien que Souraya ait parlé de monuments historiques, elle redoutait plus que tout un colis piégé à bord d'un train.

— Personne ne veut voir se répéter les événements de Madrid ou de Londres, déclara-t-elle alors qu'ils traversaient la station bondée. C'est une tactique trop facile, trop meurtrière. Si on y a échappé jusqu'ici en France, c'est grâce à des heures de travail et une bonne dose de chance.

Ils débouchèrent sur le quai. Une rangée d'agents de police accompagnés de chiens était plantée le long du mur. À l'arrivée du RER, les hommes s'avancèrent, scannèrent du regard la foule de passagers qui sortaient des wagons et en emmenèrent certains à l'écart. Leurs cibles étaient pour la plupart des groupes de jeunes issus des minorités ethniques. Les policiers vérifiaient leurs papiers, leur posaient quelques questions, les fouillaient, puis les laissaient repartir. C'était un rituel discret et d'une étrange efficacité. Les autres voyageurs poursuivaient leur route sans réagir. Les jeunes obéissaient sans opposer de résistance.

Un nouveau train arriva. Les CRS interceptèrent une bande bruyante. Alors qu'ils faisaient s'aligner les adolescents contre le mur, un berger allemand s'énerva soudain. Il aboyait, se tortillait et sautait au bout de sa laisse, retenu par un agent de la brigade canine en combinaison bleue.

— Hé, calmez votre chien ! protesta un jeune à la coupe afro qui portait un T-shirt représentant la Guadeloupe.

Les mains à plat contre le mur, il jeta un coup d'œil par-dessus son épaule.

— Il est entraîné à mordre les Blacks et les Arabes, c'est ça ?

La police libéra les garçons, qui s'éloignèrent d'un pas chaloupé en direction de l'escalator. Leurs cris résonnèrent dans la station :

— C'est le *Jour de Paye !*

Pescatore se tourna vers Belhaj avec un regard interrogateur.

— Vous avez le droit de les arrêter et de les palper comme ça, sans raison ?

— La loi autorise la police à effectuer des contrôles d'identité et des fouilles corporelles.

— On ne vous colle jamais de procès pour discrimination raciale ?

Le téléphone de Belhaj sonna. Un de ses informateurs désirait la voir sur-le-champ. Pescatore prit soin de maintenir la jambe de son pantalon par-dessus son arme lorsqu'ils remontèrent à bord de leur voiture. Belhaj écrasa l'accélérateur, gyrophare allumé et sirène hurlante. Elle se fraya un chemin dans le monstrueux bouchon de la place de l'Étoile.

Soudain, sans quitter la route des yeux, elle demanda :

— Tu t'es tordu la cheville ?

— Hein ?

— Tu boites. Comme si tu avais mal au pied.

Pescatore fit de son mieux pour paraître détendu. Il n'avait pas l'habitude de ce foutu holster de cheville, et ça se voyait. *Elle supervise la plus grande chasse à l'homme de toute sa carrière, mais elle ne perd pas une miette de ce qui se passe autour d'elle. Voilà ce qui arrive quand on veut cacher un truc à la flic avec qui on couche.*

— Oh, ça ! C'est rien. Je me suis froissé un muscle derrière la cuisse pendant l'attentat d'El Almacén, en voulant porter mon boss qui venait d'avoir une crise cardiaque. Ça me lance de temps en temps. Tu n'as jamais rencontré Facundo, mais c'est un sacré morceau.

Son rire sonnait faux. Heureusement, Belhaj reçut un appel radio de son adjoint, Laurent. Quelques minutes plus tard, ce dernier apparut derrière eux au volant d'une voiture remplie d'inspecteurs. Ils filèrent à vive allure jusqu'au périphérique et prirent la direction de l'est.

Pescatore en profita pour poser une question qui le tracassait depuis un moment.

— Fatima, es-tu en contact avec le FBI ou la CIA ?

Concentrée sur sa conduite, elle sourit d'un air faussement agacé.

— Pourquoi ?

— Et d'une, ils sont plutôt doués quand il s'agit de retrouver des gens. Surtout s'il s'agit de citoyens américains. Et de deux, ils pourraient nous fournir certaines réponses. Sur la nature de leur collaboration avec Raymond, ou les raisons pour lesquelles ils l'ont laissé filer l'année dernière à Montpellier – ce genre de choses.

— Ils ignorent où il est. Et ils ne sont pas très bavards à son sujet.

— Est-ce qu'ils savent que je bosse avec toi ?

— Sans doute. Je ne leur ai pas demandé la permission. À moins d'une extrême urgence, je n'ai pas l'intention de leur parler de toi.

Satisfait de cette réponse, il enchaîna :

— Tu y crois, toi, au portrait de Raymond tirant toutes les ficelles tel Carlos le Chacal ? Ou le « Khaled Cheikh Mohammed de sa génération » ?

Elle lui jeta un regard en biais, une main sur le volant.

— Non.

— Moi non plus. Et pas seulement parce qu'il nous a sauvé la vie en Bolivie. Je ne suis toujours pas convaincu qu'il soit le cerveau de l'affaire.

— La théorie de Souraya ne tient pas, parce qu'elle n'a pas tous les éléments.

— Oui. Il a dû en rajouter pour l'impressionner. Si c'était lui le chef, je ne vois pas pourquoi il aurait voulu nous prévenir des attentats. Et puis, ça vaut ce que ça vaut, mais il m'a juré qu'il n'était pas responsable.

Ils sortirent porte de Pantin, le gyrophare toujours allumé mais sans sirène.

— Je m'interroge sur ses motivations, reprit Pescatore. Il se cache derrière ses conneries idéologiques, mais à mon avis c'est surtout une question d'argent. De pouvoir. Et de gloire. Il a toujours vécu sa vie comme un personnage de film.

— C'est un profil assez inhabituel.

— Je pense qu'il doit être poussé par quelqu'un.

— *En tout cas**, quelle que soit sa position hiérarchique, il est bel et bien impliqué dans un complot. Il faut le stopper.

L'indic de Belhaj s'appelait Adel. C'était un ancien islamo-braqueur, un pro spécialisé dans les attaques de fourgons blindés qui se servait de son butin pour financer des causes extrémistes. La commissaire l'avait chargé de se renseigner sur les rumeurs d'arsenal terroriste caché dans une cave. Ils avaient rendez-vous dans le parc des Buttes-Chaumont. Le jardin était plongé dans l'obscurité. Adel les attendait non loin du sommet de la plus haute colline, près du kiosque. Le jour, la vue devait être impressionnante. Il serra la main de Belhaj, Pescatore et Laurent, la posant sur son cœur à chaque fois. Les autres inspecteurs montaient la garde à distance raisonnable.

Adel, paupières lourdes et profil acéré, avait une trentaine d'années. Il parlait d'une voix basse teintée d'un fort accent arabe.

— *Madame la commissaire**, commença-t-il. Je m'attends toujours à apprendre qu'on vous a nommée ministre de l'Intérieur.

— Le jour où ça arrivera, *habibi*, je t'engagerai comme conseiller, répliqua Belhaj.

— Bonne idée ; conseiller spécial en charge des relations avec la *racaille**.

— Fais attention quand tu emploies ce terme en ma présence.

Elle jeta un regard amusé autour d'elle. Elle avait expliqué à Pescatore que les bandes des cités utilisaient ce mot entre elles, mais que dans la bouche d'un flic ou d'un politicien, c'était une insulte.

La tenue d'Adel était à mi-chemin entre l'homme d'affaires véreux et le voyou chic. Sous sa veste bordeaux, sa chemise noire bien repassée et son pantalon à pinces, on devinait un corps sec et nerveux. Ses manières étaient courtoises. Il leur rapporta avoir suivi un trafiquant d'armes jusqu'aux caves d'un immeuble, dans une banlieue ouvrière appelée Stains. Depuis quelques mois, le type en question louait son box à un groupe d'islamistes. Ils y stockaient les fusils d'assaut, les pistolets, les grenades et les munitions qu'il leur vendait – ça faisait partie du deal. Le trafiquant avait gardé les clés afin de pouvoir vider la cache en cas de problème.

— Hier soir, ils se sont pointés, continua Adel. Ils étaient quatre. Ils ont sorti leur matos, l'ont embarqué dans deux voitures et ont filé à toute vitesse. Comme s'ils avaient un gros coup sur le feu. D'après le propriétaire, ils ont parlé de braquer une banque ou un fourgon blindé. Mais pour lui, ce serait autre chose. Du genre qui vous inquiète.

— Qu'est-ce qui lui fait penser ça ? l'interrogea Belhaj.

— Ce ne sont pas des pros. Ils n'ont sans doute jamais commis un vol à main armée de leur vie. Il y a un Turc dans le lot, un ancien prisonnier. Mais les autres sont des *petits blancs** convertis à l'islam mais qui ne portent pas la barbe.

Adel décrivit ensuite véhicules et suspects à Laurent, qui prenait des notes sur un carnet.

— Tu as des numéros de téléphone ? intervint Belhaj.

Adel grimaça, les bras écartés, comme s'il était vexé qu'elle ose en douter. Dégainant son portable, il plissa les yeux et dicta les coordonnées à Laurent.

— Autre chose ? demanda la jeune femme.

— Le type a entendu ces connards parler d'ambulance. Apparemment, quelqu'un allait en avoir besoin.

— Leurs victimes ?

— Je suppose, oui. *Voilà**. J'ai fait ma B. A. de la journée.

Ils quittèrent le parc au pas de course. Belhaj demanda à Laurent de monter en voiture avec Pescatore et elle. Il prit le volant, destination l'immeuble du trafiquant d'armes. Assise côté passager, elle passa tout le trajet au téléphone. Au bout de cinq minutes, elle ordonna à son adjoint d'allumer la radio.

La nouvelle venait de tomber : à Londres, il y avait eu une fusillade et des explosions devant chez Harrods. Des hommes armés de fusils et de grenades s'en étaient pris à des piétons sur Brompton Road, le boulevard où se trouvait le célèbre grand magasin. Ils avaient fait feu depuis un taxi, volé ou détourné. Au même moment, leurs complices attaquaient la station de métro voisine de Knightsbridge. La police londonienne, alertée par la police française, avait réagi promptement. L'ensemble des assaillants avaient été tués ou capturés en l'espace de quelques minutes. Malheureusement, on déplorait également des victimes parmi les civils.

— Ils ont réussi leur coup ! s'exclama Pescatore.

— Et choisi une cible symbolique. Comme l'avait prédit Souraya.

Pescatore s'affaissa sur son siège. Il imaginait la scène : la foule vaquant paisiblement à ses occupations, le gros taxi noir s'avançant dans la rue, les coups de feu tirés depuis les vitres baissées…

— Fatima !

Il lui agrippa l'épaule.

— Fatima ! Qu'est-ce qu'il a dit, ton indic ? Il a parlé d'une ambulance, non ?

Elle se retourna vers lui.

— Oui, et alors ?

— Tu te souviens, dans *La Bataille d'Alger*, quand les guérilleros volent une ambulance et font le tour de la ville en tirant sur tout ce qui bouge ? Raymond adorait ce passage. C'était son préféré. Il disait que les Algériens prenaient leur revanche, que c'était leur tour de répandre la mort autour d'eux. Regarde ce qui s'est passé à Londres : et s'ils comptaient détourner une ambulance pour faire un rodéo sur les Champs ?

Elle se figea.

— Ils ne faisaient pas allusion aux victimes. Ils avaient besoin d'une ambulance pour leur attentat !

— C'est ce que je dis.

Belhaj exigea que la seconde voiture poursuive sa route jusqu'à Stains pour interroger le trafiquant. Puis, après avoir demandé à Laurent de faire demi-tour pour les ramener sur les Champs-Élysées, elle ordonna que l'on contrôle toutes les ambulances dans Paris et que l'on passe en revue les rapports de vols, ainsi que les dossiers d'extrémistes ayant pu avoir accès à ce type de véhicule de par leurs relations ou leur emploi.

Les soupçons se confirmèrent une heure plus tard, alors que Belhaj s'entretenait avec de hauts fonctionnaires de la police dans le poste de commandement de la place de l'Étoile. Une voiture de patrouille venait de repérer une ambulance sortie du périphérique au niveau du boulevard Malesherbes. Après vérification, il s'avéra qu'elle avait été volée la veille sur le parking d'un hôpital. La berline de la police la suivit à distance, bientôt rejointe par des véhicules officiels et banalisés, un hélicoptère et une unité d'intervention. Plus elle approchait du centre, plus l'escorte se resserrait autour d'elle.

Lorsque l'ambulance bifurqua dans une rue à sens unique, des voitures de police et des agents à pied bloquèrent les deux extrémités. Dans une tentative désespérée, les terroristes foncèrent droit sur un fourgon. La fusillade qui s'ensuivit se solda par la mort du conducteur et des deux passagers de l'ambulance. Deux agents furent légèrement blessés par des tirs croisés, mais il n'y eut pas d'autres victimes à déplorer.

La scène s'était déroulée à l'est des Champs-Élysées, dans un quartier aux rues bordées de restaurants et de boîtes de nuit. Belhaj et Pescatore se frayèrent un chemin entre les badauds, les équipes de télévision, les membres des forces de l'ordre et les pompiers. Il s'attendait à ce que d'une seconde à l'autre une main se pose sur sa poitrine et qu'on lui demande ses papiers. Mais il était avec Fatima Belhaj : le mur d'uniformes s'ouvrit comme par magie.

Abîmée par les balles, les éclats de grenades et l'accident, l'ambulance était illuminée par les projecteurs, les gyrophares, les flashs, les néons d'un restaurant chinois et d'un club de strip-tease. Une équipe médico-légale était déjà au travail. Belhaj entraîna Pescatore jusqu'aux deux cadavres à l'avant du véhicule. Les terroristes étaient affalés sur leurs sièges, le visage défiguré et ensanglanté. Ils étaient rasés de près, comme beaucoup d'aspirants martyrs. Il ne les avait jamais vus.

Une trentaine de mètres plus loin, on avait tracé un cercle à la craie autour d'un troisième corps qui gisait sous un drap à côté d'un AK-47, entouré de taches de sang, de débris et d'éclats de verre. L'homme avait jailli de l'arrière de l'ambulance, une grenade à la main, mais la riposte des policiers l'avait arrêté dans son élan. Sa munition avait explosé tout près de lui.

Sur l'ordre de Belhaj, un des médecins souleva le drap. Pescatore eut un haut-le-cœur. Il détourna la tête et inspira profondément. Un hélicoptère de police tournoyait au-dessus d'eux, au clair de lune. Il repensa à la réaction du jeune agent argentin après la fusillade de La Matanza.

Le corps couché sous le drap n'avait plus de visage. Mais sa carrure était large et ses jambes courtes.

Fatima Belhaj étreignit furtivement l'épaule de Pescatore. Il se reprit, leva les yeux vers elle et secoua la tête.

Ce n'était pas Raymond. Mais il ne devait pas être loin.

18

JOUR DE PAYE – BIS

Encore à moitié endormi, Pescatore fit courir ses doigts sur la cuisse nue de Fatima. La courbe lisse de sa hanche se dessinait dans la pénombre de la chambre d'hôtel.

Ils étaient allongés au milieu d'un désordre de draps et de vêtements. Quand ils avaient enfin pu se traîner jusqu'à leur lit, il était très tard. Pescatore avait caché son holster de cheville sous le sommier. Ils étaient trop épuisés pour faire autre chose que s'accrocher l'un à l'autre et sombrer dans le sommeil. À l'aube, ils avaient fait l'amour avec une lenteur frénétique avant de se rendormir. Il était désormais temps de retourner au travail, comme Fatima venait de le murmurer plusieurs fois sans pour autant remuer un orteil.

Pescatore écarta les boucles de son visage et l'embrassa.

— Il n'y a pas d'urgence, si ? Tu es une héroïne. Tu viens de sauver Paris. Le ministre de l'Intérieur lui-même devrait t'apporter le petit déjeuner au lit.

— Un petit déjeuner pour deux, alors.

— Tu lui diras que je veux un café *bien serré**.

Elle caressa les muscles de ses épaules.

— Ce n'est pas encore fini.

— Tu n'es pas soulagée que ça se soit terminé comme ça ?

— Si. Mais il reste encore des problèmes à régler.

Le bilan de la fusillade de Londres s'élevait à vingt-trois victimes. Le quatrième terroriste à l'origine du complot des Champs-Élysées demeurait introuvable. Tout comme Raymond – qu'il s'agisse ou non d'une seule et même personne. Le trafiquant d'armes, à qui on avait montré la photo de Mercer, n'avait pas pu l'identifier : il n'avait aperçu l'homme que de loin, alors qu'il chargeait son arsenal dans une voiture et avait le visage dissimulé par la capuche de son sweat.

La nuit précédente était survenu un autre événement, passé au second plan dans la folie médiatique qui avait entouré l'attentat du samedi soir : le jeune tagueur hospitalisé depuis plusieurs jours avait succombé à ses blessures. On déplorait plusieurs incendies, des pillages et des heurts avec la police dans les cités. Les émeutes menaçaient de s'étendre à d'autres grandes villes, alimentées par les journaux télévisés et les vidéos que les casseurs postaient fièrement sur YouTube, Twitter et Facebook. Le *Jour de Paye* était arrivé. Malgré l'absence de lien entre les deux événements, la juxtaposition de ce soulèvement et des attaques terroristes représentait un véritable cauchemar pour les responsables des relations publiques.

— On n'a vraiment pas besoin que ça recommence comme en 2005, quand les journalistes américains laissaient entendre que la France était à feu et à sang, pesta Fatima tandis qu'ils rentraient au QG. Ils avaient carrément parlé d'insurrection islamiste.

— Ce n'était pas vrai ?

— Non ! Quelle bande de crétins. À l'époque, mes collègues surveillaient de près une cellule terroriste basée non loin de l'aéroport, dans la zone où se déroulaient les pires émeutes. Les types avaient beau être lourdement armés, ils ne s'en sont pas mêlés. Ils ont attendu tranquillement chez eux que ça se calme.

— Mais aujourd'hui, tu as peur que des terroristes en herbe soient influencés par ce qui s'est produit sur les Champs-Élysées.

— Oui.

Fatima s'arrêta à un feu rouge. Elle étouffa un bâillement et se frotta les yeux.

Au quartier général de la DCRI, Pescatore craignit que son arme ne soit découverte. Mais une fois de plus, la présence de Belhaj lui permit de contourner les détecteurs de métaux de l'accueil ; il entra directement par le garage tel un visiteur VIP. L'équipe de la jeune femme était d'humeur festive. Même s'ils ignoraient toujours l'identité exacte de cet Américain, les hommes avaient compris que ses informations avaient contribué à déjouer le dernier attentat.

Belhaj le laissa assister au briefing. Les responsables des cellules étaient un Anglais d'origine pakistanaise à Londres et un Français d'origine turque à Paris. Tous deux avaient été entraînés à l'étranger. Les autres étaient essentiellement des convertis inconnus des services de lutte antiterroriste. D'après les enquêteurs, les deux bandes avaient préféré les fusillades aux attentats-suicides par manque d'expérience, et à cause de la pression policière qui les poussait à précipiter les choses. À Londres, près de la moitié des victimes étaient de riches Saoudiens en vacances, très nombreux dans les boutiques et les restaurants de Brompton Road.

— C'est curieux, commenta Belhaj après la réunion. Je me demande s'ils visaient spécifiquement l'Arabie saoudite.

— Pourquoi ?

— Parce que ça pourrait signifier qu'Al-Qaïda a décidé de s'en prendre au royaume sur le sol européen. Ou alors, si l'on rejoint la théorie du Commandant, que les Iraniens sont impliqués. Après les États-Unis et Israël, c'est le pays qu'ils détestent le plus. D'ailleurs, il y a aussi beaucoup de Saoudiens sur les Champs-Élysées à cette période de l'année.

Après une courte pause déjeuner, Laurent entra sans frapper dans le bureau de Belhaj. Le visage sombre, il posa un papier devant elle. Elle le lut en fronçant les sourcils puis releva la tête vers son adjoint.

— Où as-tu trouvé ça ?

— Sur un site djihadiste.

La diatribe anonyme publiée sur Internet mentionnait le nom et le rang de Fatima. Elle y était accusée de violences sur la personne de Souraya pendant l'interrogatoire. Ses hommes et elle l'auraient battue, touchée de manière indécente et accablée de commentaires sexistes. Ils auraient également menacé de la déshabiller, terrorisé ses fils et déchiré son foulard en insultant sa famille, le Coran, le prophète Mahomet et l'islam.

— « Fatima Belhaj est une renégate servile et haineuse qui n'hésite pas à trahir et opprimer les siens », lut-elle à voix haute en détachant chaque syllabe. « Il est du devoir de nos frères, partout dans le monde, de se dresser pour venger l'humiliation subie par notre sœur Souraya, lionne marocaine et combattante de la foi. »

Laurent avait ordonné l'ouverture d'une enquête. Il soupçonnait l'auteur du texte d'être en contact avec l'avocat ou la famille de Souraya.

— Ce qui me dérange, c'est son manque de précision, déclara Belhaj. Je lui ai dit qu'elle pouvait se torcher avec son voile. Pourquoi ne pas citer mes paroles ? Pourquoi inventer autre chose ?

Leurs supérieurs tenaient à ce que la commissaire bénéficie d'une garde rapprochée, mais elle ne voulut pas en entendre parler. Après le départ de Laurent, Pescatore prit la parole.

— Fatima, ça m'inquiète de voir ton nom placardé sur des sites Internet terroristes.

— Ne dis pas n'importe quoi, le rabroua-t-elle. (Elle déglutit presque imperceptiblement.) Ce sont eux qui devraient s'inquiéter. Je suppose que tu n'as toujours pas de réponse de Raymond ?

— Je vérifie toutes les deux minutes.

Elle pivota sur sa chaise d'un air pensif.

— Si ce n'est pas lui le cerveau et s'il pense vraiment pouvoir nous proposer un marché, il est grand temps qu'il se manifeste.

— Tu veux que je lui écrive un nouveau mail ?

— Pas tout de suite. Mais bientôt, on le préviendra que sans reddition de sa part, son nom sera rendu public. Ça devrait limiter sa marge de négociation.

Laurent passa la tête dans l'embrasure de la porte. Ils avaient une piste concernant le suspect manquant du groupe des Champs-Élysées.

Quelques heures plus tard, à bord d'un fourgon banalisé aux vitres teintées, ils filaient à travers la banlieue délabrée en direction d'une cité appelée Le Roc.

— Aux États-Unis, c'est comme ça qu'on surnomme la prison, souligna Pescatore. *The Rock*.

— Ce n'est pas son vrai nom, répondit Fatima. En fait, l'endroit a été conçu par un célèbre architecte dans les années 1960. À l'époque, c'était un projet avant-gardiste. Le seul problème, c'est qu'il n'a pas vraiment tenu compte de l'aspect pratique : on a entassé des milliers d'immigrés les uns sur les autres dans d'immenses tours de béton, au beau milieu de nulle part.

— J'aurais pu leur dire que c'était une mauvaise idée. Il suffisait qu'ils regardent les logements sociaux de Chicago, ils auraient économisé du temps.

La vision futuriste de l'architecte avait vite laissé place à la réalité du ghetto. Les tours formaient un labyrinthe de bigoudis géants autour d'esplanades à plusieurs niveaux et de passerelles aériennes. La moindre surface était recouverte de graffitis et le béton décoloré se fissurait.

Pescatore était dans une voiture avec Belhaj, Laurent et un chauffeur. Un second véhicule les suivait. La rue s'enfonça dans un tunnel sous un immeuble. Ils dépassèrent des carcasses de voitures brûlées, des flaques d'eau stagnante, des tas de cendres et d'ordures. Partout, l'odeur fétide de la destruction rappelait les incidents de la nuit précédente.

— Il n'y a pas vraiment de Rolls Royce par ici, commenta Pescatore. Ce sont les bagnoles de leurs voisins qu'ils font cramer.

Belhaj mit une main en visière devant ses yeux et se massa les tempes. Un peu plus tôt, elle s'était plainte d'un début de migraine.

— Ils ont incendié la pharmacie toute neuve, la poste, la salle de gym, la crèche… *C'est le nihilisme total**.

Elle connaissait bien ce terrain. Pescatore se demanda si c'était grâce à d'autres affaires ou si elle avait grandi au Roc. Elle avait mentionné plusieurs fois la cité de son enfance, sans jamais entrer dans les détails. Elle semblait tenir à son jardin secret, et lui n'était pas du genre à insister.

Le fourgon emprunta une rampe pour aller se garer sur un parking à ciel ouvert. De là, ils dominaient l'esplanade centrale réservée aux piétons, sorte de place de village au cœur de la banlieue. Les poubelles avaient flambé et les vitrines étaient défoncées. Les lampadaires vandalisés tanguaient tels des squelettes ivres. Les murs étaient couverts de suie et de tags. Deux slogans se répétaient, *C'est le Jour de Paye** et *Police : NTM**. Des gamins jouaient à faire rebondir un ballon de football sur le volet métallique d'un bar. Une famille se frayait un chemin entre les débris. Le mari, costaud, portait des sacs de courses et arborait la tenue fondamentaliste intégrale : petit bonnet, barbe jusqu'à la poitrine, sweat-shirt, qamis, pantalon s'arrêtant bien au-dessus des chevilles, chaussettes blanches et chaussures de sport. Sa femme le suivait avec une poussette, les mains couvertes par de longs gants noirs et le corps dissimulé sous une burqa aussi ample qu'une tente.

De jeunes adultes et des adolescents étaient rassemblés par petits groupes entre les bâtiments. Certains avaient des capuches, des casquettes ou des écharpes sur la tête – pour dissimuler leurs traits et parce que le temps s'était nettement rafraîchi pour un mois de juin. On se serait plutôt cru en Argentine qu'en France. Beaucoup conduisaient des scooters, des mobylettes ou des motos à trois roues. Ils faisaient la course dans les tunnels et les parkings, tournaient paresseusement sur l'esplanade, tentaient des figures sur une seule roue.

Après les heurts de la nuit, l'unité anti-émeutes s'était retirée en périphérie du complexe. C'était l'heure de la mi-temps, le moment où les deux camps laissaient les civils vaquer à leurs occupations et rentrer du travail en attendant que la tombée de la nuit marque la reprise des hostilités.

Belhaj se pencha entre son adjoint et le chauffeur pour regarder à travers le pare-brise à l'aide de jumelles. Laurent était en train de parler dans sa radio.

— Rien ? lui demanda-t-elle.

— Rien.

Une vague supplémentaire d'agents avait été déployée à l'intérieur et autour de la cité. Un coup de fil anonyme leur avait signalé que le quatrième terroriste s'y était réfugié, sans plus de précisions. Les policiers avaient repéré une Renault Clio volée que le trafiquant d'armes avait identifiée comme appartenant à ses clients. Elle était garée sur un parking visible depuis le poste d'observation du fourgon. Vitres brisées, coffre ouvert : comme beaucoup d'autres véhicules, elle avait été vandalisée pendant la nuit. Sous couvert d'une banale patrouille en uniforme, l'équipe de Belhaj avait envoyé un chien renifler les alentours et l'intérieur de la voiture, à la recherche d'éventuels explosifs. Une fois ce risque écarté, ils avaient mis en place un dispositif de surveillance. Des écoutes téléphoniques avaient permis de surprendre une conversation entre des petits dealers faisant allusion au fugitif. Bien que les attentats n'aient pas été évoqués, c'était une piste intéressante. Belhaj avait l'intention de la creuser dès qu'il ferait nuit.

Pescatore ajusta le gilet pare-balles qu'il portait sous sa veste. Quand Fatima le lui avait donné, juste avant de partir, il lui avait une nouvelle fois réclamé un pistolet. Cela lui aurait permis de se débarrasser du holster qui le gênait et de soulager sa conscience.

— Un gilet sans arme ne sert à rien, avait-il argué. Rappelle-toi ce qui s'est passé à La Matanza.

— Vous autres Américains et vos flingues…

Fin de la discussion.

L'iPhone de Pescatore vibra : c'était un e-mail de Facundo lui demandant de le rappeler au plus vite. Mais pour lui parler en privé, il devrait attendre. La situation était trop critique pour qu'il se permette de sortir du fourgon.

Ils patientèrent longtemps. Fatima prit une aspirine et ferma les yeux. À l'exception de la brève prise d'otage de La Matanza, Pescatore ne l'avait encore jamais vue perdre pied. Mais il sentait que l'attaque sur Internet la tracassait. Il réfléchit aux risques qu'elle courait, au message de Facundo et à la piste sanglante que Raymond laissait derrière lui.

Le soir venu, comme l'espérait Belhaj, l'agitation reprit. Sur leur enregistrement téléphonique, un jeune dealer nommé Bakary évoquait la présence du fugitif au Roc. L'équipe de Belhaj assistée d'une vingtaine de policiers anti-émeutes se rassembla au pied de son immeuble : une grande tour constellée de paraboles qui ressemblait au monolithe de *2001 : l'odyssée de l'espace*. Belhaj, Pescatore et les autres se virent remettre des casques et des boucliers en Plexiglas afin de se fondre dans la masse des CRS.

Autour d'eux, les voitures flambaient, les voyous arpentaient la cité, les motos vrombissaient. Les radios annoncèrent qu'un groupe venait de s'attaquer à des bus à coups de cocktails Molotov avant de disparaître entre les barres d'immeubles. Une poignée de jeunes s'approchèrent en courant du hall d'entrée où les agents étaient postés. Ils transportaient des bouteilles et des jerricans d'essence. La police les poursuivit en leur laissant volontairement le temps de se réfugier à l'intérieur, car le plan de Belhaj consistait à utiliser le prétexte des émeutes. Une visite des forces antiterroristes donnerait immanquablement l'alerte, alors que l'arrivée des CRS faisait partie du quotidien.

Pescatore était resté en arrière. Levant son bouclier, il suivit les agents qui envahissaient l'étroite cage d'escalier mal éclairée. L'air était froid, chargé de relents de fumée, de marijuana et d'odeurs de cuisine. Les hommes montaient les marches quatre à quatre dans leur armure de Robocop, vociférant contre les jeunes qui balançaient derrière eux leurs bouteilles, jerricans, couteaux, briquets et autres preuves compromettantes. Ils les rattrapèrent au cinquième étage. Le souffle court, les policiers aboyèrent des ordres et obligèrent les gamins à enfiler des gants en plastique afin de vérifier la présence de résidus de cocktail Molotov sur leurs mains.

Pescatore continua à monter d'un pas plus lent avec l'unité antiterroriste et quelques CRS. Au septième, de la musique tonitruante résonnait jusque sur le palier : les accords de synthé agressifs et les rimes grondantes de *Jour de Paye*. Belhaj marmonna une phrase en même temps que le rappeur Booba : « *Dangereux banlieusards, ici c'est Paris, fuck l'OM*. »

— C'est quoi, l'OM ? l'interrogea Pescatore.

Il devinait son sourire amusé derrière la visière de son casque.

— L'équipe de foot de Marseille. Les rappeurs de cette ville et ceux de Paris sont rivaux. Comme ceux de l'East Coast et de la West Coast.

Leur destination était un appartement du douzième étage. Dans le couloir, les hommes dégainèrent leurs armes et les gardèrent près de leurs jambes, canons pointés vers le sol. Les agents en uniforme tambourinèrent à la porte. Un jeune Noir aux cheveux en pétard leur ouvrit.

— Bakary.

Ce n'était pas une question.

Le garçon secoua la tête et répondit en agitant la main, comme pour chasser un démarcheur :

— *Non, merci**.

Une paume gantée s'abattit sur sa poitrine et le poussa violemment en arrière. La brigade entra.

L'appartement était petit, propre et bien rangé. Photos de famille, coupes et médailles, diplômes, tentures et figurines africaines occupaient les murs et les étagères. Pescatore vit le mot « Mali » étalé sur un poster. Une télé à écran plasma faisait face à un fauteuil dans lequel les CRS firent asseoir Bakary. Deux fillettes aux longues tresses les observaient avec de grands yeux depuis le canapé, serrant contre elles leurs cahiers et leurs stylos.

Bakary tenta de se relever ; un bouclier l'en empêcha. D'après les informations dont disposait l'équipe, il dirigeait une petite affaire lucrative de vente de haschisch et de cocaïne, et avait jusque-là évité les problèmes. Il avait dix-neuf ans. Sous son sweat blanc du Real Madrid, on devinait une carrure athlétique. Il faisait preuve d'un sang-froid étonnant. La première surprise passée, son visage ne trahit plus la moindre émotion. Il resta avachi dans son fauteuil pendant que les agents inspectaient les pièces voisines, constataient qu'il n'y avait rien à signaler et rangeaient leurs armes. L'une des fillettes posa une question. Bakary lui fit signe de se taire, un doigt sur les lèvres.

Les policiers retirèrent leurs casques. Pescatore les imita. Fatima Belhaj libéra ses cheveux et s'accroupit devant les deux petites. Elle leur parla d'une voix douce. Pescatore ne comprit pas ce qu'elle disait, mais cela eut visiblement l'effet escompté car ses interlocutrices hochèrent la tête d'un air solennel.

Belhaj se tourna alors vers Bakary, mais elle fut interrompue par l'irruption d'une femme africaine dans l'appartement. Son turban multicolore et son châle de laine noué selon une technique complexe lui donnaient une allure de reine épuisée. Malgré le froid, elle était pieds nus dans des mules ouvertes. Un uniforme de cuisinière ou de femme de ménage dépassait de son sac. Contrairement à son fils, elle parlait français avec un fort accent.

— Bakary ! s'écria-t-elle avec plus d'indignation que de peur dans la voix. Qu'est-ce que tu as encore fait ?

— Ça va, *maman**, ça va, calme-toi.

Il leva les yeux au ciel.

La mère lâcha son sac et contempla d'un air incrédule la foule de policiers rassemblée dans son salon. Elle paraissait sur le point de s'effondrer. Belhaj intervint. Elle se présenta, s'excusa pour l'intrusion et prit la femme à l'écart pour lui demander d'accompagner les petites dans une autre pièce. La police devait discuter d'une affaire délicate avec son fils.

Tandis qu'un agent les emmenait, Belhaj ordonna à Bakary de leur dire ce qu'il savait du terroriste réfugié dans la cité. Le jeune homme se détendit : cette intervention musclée ne le concernait pas directement.

— Un terroriste ? répéta-t-il d'une voix rauque. Tout ce qu'on m'a dit, c'est qu'il était en fuite. Ici, les terroristes, ça ne nous intéresse pas. Franchement, c'est mauvais pour les affaires.

D'après Bakary, l'homme se cachait dans un autre immeuble, dans l'appartement voisin de celui d'un de ses amis. Voilà pourquoi ils en avaient discuté au téléphone. Le logement en question appartenait à une femme, peut-être l'épouse ou la petite amie du fugitif. Les dealers, qui avaient des yeux et des oreilles partout dans la cité, l'avaient vu arriver le samedi après-midi au volant de la Clio. Certains prétendaient qu'il avait un fusil d'assaut et d'autres armes. Bakary ne l'avait croisé que brièvement dans un hall d'entrée.

— À quoi ressemble-t-il ? demanda Belhaj.

— Pas de barbe. Ni black, ni reubeu. Pas *gaulois* *, non plus.

— À quoi, alors ? insista-t-elle sèchement.

— Plutôt le type espagnol. Ou gitan…

Bakary jeta un coup d'œil autour de lui.

— Comme lui, là.

Adossé au bar de la kitchenette, Pescatore vit avec surprise le doigt du garçon le désigner. Tous les regards se braquèrent sur lui. S'il avait su, il aurait gardé son casque. Belhaj le dévisagea. Il lui avait raconté qu'on les prenait souvent pour des cousins, Raymond et lui.

— Il ressemblait à cet agent ? s'enquit-elle.

— Un peu. En plus grand. Avec des cheveux raides.

Le cœur de Pescatore, déjà stimulé par la montée des escaliers et l'adrénaline, se mit à battre plus vite. Il imagina Raymond, aux abois, armé jusqu'aux dents, terré dans la cité. Avec une femme, encore.

Belhaj présenta une photo de Raymond à Bakary, qui l'examina longuement.

— Franchement, je ne peux pas vous dire. Je n'ai pas bien vu son visage.

Les agents se redéployèrent discrètement autour de l'immeuble désigné par Bakary. Une équipe du GIPN installa un poste de commandement en bordure de la cité. Belhaj laissa deux CRS chez le jeune homme pour s'assurer qu'il ne contacterait personne, puis rejoignit son équipe à proximité de leur cible. Ils garèrent les fourgons banalisés dans un terrain grand comme plusieurs courts de tennis, à l'intersection des quatre voies qui desservaient le complexe – deux pour les voitures, deux pour les piétons.

Laurent, le chauffeur et les autres partirent en reconnaissance à pied tandis que Pescatore restait dans le fourgon avec la commissaire. Elle ne lâchait plus sa radio. Au loin, ils apercevaient des flammes. Des bruits étouffés résonnaient le long des tunnels de béton : hurlement de sirènes, bruits de moteurs.

Pescatore demanda à Belhaj s'il y avait déjà eu des morts lors des émeutes.

— Non. Beaucoup de casse, mais les victimes sont rares.

— Chez moi, après deux nuits comme ça, on ne compterait même plus les tués par balles.

— C'est parce que tout le monde a le droit d'avoir une arme, chez vous. Et la police, celui de riposter. Ici, les chefs donnent généralement l'ordre de ne pas réagir. Et on leur obéit scrupuleusement.

— Aussi dures que soient vos banlieues, je crois que c'est encore pire aux États-Unis. À cause des armes, c'est vrai. Mais aussi, j'ai l'impression, parce que le gouvernement français prend davantage soin des plus pauvres.

Belhaj soupira.

— Le gouvernement dépense de l'argent, ce n'est pas le problème. Ce qui cloche, c'est la communication. Les gosses ne connaissent pas d'autre moyen d'expression que la violence. À l'école, les profs ne savent plus comment les prendre. La police, c'est pareil. Les jeunes recrues n'ont qu'une obsession : le contrôle des papiers. Mes frères se plaignaient qu'à chaque fois qu'ils se rendaient à Paris pour un entretien d'embauche, on les arrêtait au moins cinq ou six fois. Dans la cité, dans le train, dans la rue. Imagine un peu dans quel état ils étaient en arrivant. Il y a de quoi avoir la rage.

Pescatore se souvint que deux de ses frères étaient en prison. Il se demanda à nouveau si elle avait grandi au Roc.

— En fait, reprit-il, on dirait qu'il y a une frontière entre Paris et sa banlieue. Et vos policiers, c'est la Frontalière.

Elle haussa les sourcils sans répondre.

Le téléphone de Pescatore vibra encore. Cette fois, le message de Facundo se limitait à un mot : « Et ? »

À Buenos Aires, c'était le soir. Facundo s'impatientait. Pescatore ne voulut pas le faire attendre davantage.

— Fatima, mon patron essaie de me joindre. Ça te dérange si je l'appelle ?

— Non, vas-y.

Facundo décrocha à la première sonnerie.

— Je ne peux pas vraiment parler, le prévint Pescatore, mais j'ai cru comprendre que c'était important.

— Et comment ! Ali Baba a été identifié !

— Par qui ?

— Les *paisanos*. Ça n'a pas été facile. Il y a peu de photos en circulation. C'est Ali Houmayoun, un membre de la force iranienne Al-Qods. À l'époque du cliché pris en Bolivie, il était major. Aujourd'hui, il doit au moins être passé colonel.

— La vache !

Pescatore serra sans y penser la main de Fatima, qui lui jeta un regard interrogateur, puis il reprit sa conversation :

— Alors vous aviez raison.

— Toute modestie mise à part, oui.

Et le Commandant aussi, au sujet des Iraniens.

— C'est énorme.

— Ça explique pas mal de choses. Le major a contribué à l'expansion iranienne en Amérique latine. C'est un type dangereux, au passé trouble.

— Est-ce que les *paisanos* avaient des infos sur Raymond ?

— Quasiment aucune. Mais je suis sûr qu'Ali et lui travaillent toujours ensemble. Les Américains sont au courant. Et les Européens vont bientôt être prévenus.

— Ça veut dire que je peux en discuter ici ?

— Bien sûr.

— Je vous rappelle demain. Merci, Facundo.

À l'annonce de cette nouvelle, Fatima resta étrangement calme, presque impassible. Elle lui demanda de répéter le nom de l'Iranien, le nota, puis elle remit sa main sur ses yeux et recommença à se masser les tempes. Pescatore s'en voulut un peu ; il aurait dû attendre la fin du raid pour ne pas la déconcentrer.

— J'ai pensé que tu voudrais le savoir tout de suite, s'excusa-t-il.

— Tu as bien fait.

Mais c'est d'un ton excédé qu'elle ajouta :

— Je me demande quand les Israéliens et les Américains comptaient nous mettre dans la confidence !

— Ça complique les choses, n'est-ce pas ? Que l'affaire implique à la fois les Iraniens et Al-Qaïda ?

— Oui, si c'est bien le cas.

Soudain, la radio grésilla. Les équipes de surveillance les informaient que le suspect se trouvait dans l'appartement et venait d'éteindre les lumières. Le commandant du GIPN donna l'ordre de lancer l'assaut.

L'immeuble était situé au bout d'une passerelle qui partait du terrain où était garé le fourgon. Laurent avait convaincu Fatima de rester à l'arrière pour des raisons de sécurité. D'après ce que Pescatore comprit, c'était lié aux menaces publiées sur Internet. Elle avait accepté à contrecœur. Laurent et le reste des agents du renseignement entrèrent derrière l'équipe d'intervention, pendant qu'eux deux attendaient dans le véhicule banalisé.

La police ne fut pas assez rapide. À peine fit-elle irruption dans l'appartement que le fugitif se tira une balle dans la tête. Radio à l'oreille, Fatima rassura Pescatore : d'après son adjoint, il ne s'agissait pas de Raymond.

Pescatore ne fut pas vraiment surpris. Il aurait dû s'en douter. Raymond aimait tirer les ficelles, pas tirer sur les gens.

— On va aller jeter un œil, déclara Fatima. Mais avant, j'ai un coup de fil à passer.

— À cette heure-ci ?

— Je vais réveiller une certaine personne dans une certaine ambassade et lui demander pourquoi aucune source officielle ne m'a prévenue au sujet de cet Iranien.

Elle laissa un message laconique sur un répondeur, puis ils sortirent du fourgon. Elle n'avait pas encore mis le pied sur la passerelle que son téléphone sonnait : son contact de l'ambassade n'avait pas perdu de temps. Elle répondit, mais la ligne fut aussitôt coupée. La réception était mauvaise entre les tours.

Elle revint sur ses pas pour mieux capter, mais la communication fut à nouveau coupée au bout de quelques secondes. Elle s'éloigna encore, laissant Pescatore près de la passerelle. Plongée dans sa conversation, elle se mit à faire les cent pas à proximité des fourgons.

Pescatore l'observait, si belle dans ce décor de verre brisé, de carcasses de voitures et de sacs-poubelle éventrés. Les incendies allumés un peu plus loin illuminaient sa silhouette élancée, jean glissé dans des bottes, taille fine, col remonté de veste en cuir.

Tout à coup, quelque chose à la périphérie de son champ de vision l'alerta. Une moto. Et deux hommes dessus, avec des casques intégraux. Postés à l'entrée de la cour, dans la rue perpendiculaire à la passerelle, tous feux éteints. Pescatore se demanda depuis combien de temps ils étaient là. Il eut un mauvais pressentiment.

Au moment où il s'élançait, la moto bondit vers l'avant. Il comprit en un éclair : elle allait accélérer, tourner brusquement vers la gauche et foncer sur la jeune femme par-derrière, le passager braquant une arme sur elle. Il le devina avant même de voir la lumière se refléter sur le canon du pistolet.

— Fatima, attention ! hurla-t-il par-dessus le bruit du moteur.

Concentré à l'extrême, Pescatore ne se contenta pas d'être spectateur de la scène. Il était temps d'exécuter la manœuvre qu'il avait imaginée, anticipée et répétée dans sa tête depuis la minute où il avait attaché le holster à sa cheville. Prenant appui sur son genou droit, il tira des deux mains sur la jambe gauche de son jean. Pendant une fraction de seconde cauchemardesque, le tissu résista, accroché à l'étui. Il força, le pantalon remonta brusquement, et il dégaina enfin son arme.

Fatima s'était retournée vers la moto qui fonçait sur elle. Laissant tomber son téléphone, elle porta fébrilement les mains à sa ceinture et se précipita vers les fourgons, visant ses agresseurs par-dessus son épaule. Le passager fit feu ; Pescatore fit feu ; Fatima fit feu. Les tirs croisés résonnèrent dans la cour. Arrivée à quatre ou cinq mètres de la jeune femme, la moto se mit à vibrer, perdit l'équilibre et se renversa.

Le tireur s'envola dans les airs, comme propulsé par un canon. Le véhicule poursuivit sa course dans un horrible bruit de ferraille, le pilote toujours à califourchon sur la selle. Le frottement faisait jaillir des étincelles du béton. La moto filait à toute allure en direction de Pescatore qui continuait à tirer, un genou toujours à terre.

Il était pétrifié, étonnamment détaché des événements. Un bolide d'acier se précipitait sur lui, mais il avait l'impression d'assister à la scène par écran interposé. Il pivota enfin, son arme toujours braquée sur la moto, qui passa sur sa gauche et termina sa course contre un immeuble. Pescatore se crispa dans l'attente d'une explosion qui ne survint pas. Le pilote gisait au sol, inerte. Son passager avait atterri tête la première sur le capot d'une voiture brûlée. Seules ses jambes dépassaient du pare-brise, formant un angle grotesque avec son corps.

Lorsqu'il se retourna, Pescatore comprit que le pire avait fini par arriver : Fatima était touchée.

TROISIÈME PARTIE

19

GOING TO CHICAGO

Encore un hôpital. Encore une salle d'attente. Encore une longue veille.

Quelques heures plus tôt, il avait vu des médecins et des agents de police escorter les parents de Fatima dans le couloir. Le port digne et la moustache fine du père correspondaient à l'image qu'il s'était faite de lui. La mère était une version miniature de Fatima, avec un foulard.

Le gilet avait arrêté trois balles. Trois autres l'avaient atteinte au bras, à l'épaule et à la cuisse. La dernière avait traversé une artère. Il avait lu la surprise sur son visage, reflétant la sienne, quand elle s'était adossée au fourgon et avait découvert le flot de sang qui jaillissait de sa jambe. Il avait tenté de limiter l'hémorragie de son mieux. La cour résonnait d'appels à l'aide et de contacts radio paniqués tandis que les agents convergeaient vers eux à pied ou en voiture.

L'ambulance avait mis une éternité à arriver. Fatima s'accrochait à lui. Il lui avait dit qu'il l'aimait pour la première fois. Puis elle avait commencé à perdre connaissance, prononçant des paroles à moitié incohérentes. Elle répétait qu'elle était née au Roc et ne voulait pas y mourir.

Assis dans la salle d'attente, les bras croisés et le menton sur la poitrine, Pescatore somnolait. Non seulement ce qui s'était passé était un désastre, mais il craignait que tout soit encore une fois de sa faute. En Argentine, il avait raté sa chance d'empêcher la catastrophe fomentée par son ancien ami. Depuis lors, il avait sans cesse un train de retard sur lui. Si Raymond était le scorpion décrit par le Commandant, Pescatore était incapable d'éviter sa piqûre.

— Monsieur Pescatore ?

Laurent se tenait devant lui. Après le départ de l'ambulance, il l'avait réconforté d'une tape sur l'épaule tout en le délestant de son pistolet.

— Que disent les médecins ?

— Ses blessures sont graves. Elle a perdu beaucoup de sang. Mais elle est hors de danger.

— *Gracias a Dios*.

Spontanément, les mots lui étaient venus en espagnol.

— Je sais, vous êtes très fatigué. Mais il faut que je vous parle en privé.

Pescatore se leva et suivit Laurent d'un pas mal assuré jusqu'à un bureau de médecin vide. L'adjoint de Belhaj s'assit derrière la table, le fixant à travers ses petites lunettes rondes. Ses yeux gris et ses traits acérés dégageaient une grande énergie. Au nom de son service, il remercia Pescatore pour son intervention lors de la fusillade et les premiers soins donnés à la victime.

— Nous avons tous beaucoup d'admiration et de respect pour le commissaire Belhaj. Dans ce service, nous prenons soin de nos officiers et de ceux qui les aident. Nous vous sommes très reconnaissants.

Pescatore se déclara honoré. Il demanda des nouvelles des deux motards. L'un était mort, l'autre dans le coma. Tous deux sortaient de prison et étaient originaires du Roc. La police avait retrouvé vingt-cinq mille euros en liquide chez eux. Pour l'instant, aucun lien n'avait été établi avec la cellule terroriste de Paris. Néanmoins, les enquêteurs supposaient qu'ils avaient été recrutés pour tuer Belhaj, et que le tuyau sur la présence du fugitif dans la cité n'était qu'un leurre destiné à l'attirer là-bas.

— Pourquoi ce quatrième homme n'a-t-il pas suivi ses complices sur les Champs-Élysées ?

— Il s'occupait de la logistique, il avait un rôle secondaire. Et apparemment, il n'était pas au courant du piège tendu à la commissaire.

— Vous voulez dire que le réseau l'a sacrifié ?

— C'est notre hypothèse. Bien entendu, les accusations dont elle a fait l'objet sur Internet ont aussi pu pousser un autre groupe à agir. Mais ça nous semble moins probable.

— D'après vous, qui a commandité ce guet-apens ?

— Sans doute quelqu'un de l'entourage de Souraya. À sa demande ou en pensant que c'était ce qu'elle voulait.

— Vraiment ? Mais ses enfants, alors ? Ça dessert ses intérêts.

— Avez-vous côtoyé beaucoup d'extrémistes islamistes, monsieur Pescatore ?

— Non, c'est nouveau pour moi.

— Pour eux, l'idéologie pure surpasse tout. Cette femme est une fanatique, vous avez dû vous en apercevoir. Et sa famille aussi. Sa confession était une façon de se venger de Raymond Mercer. De même, je crois qu'elle était déterminée à faire payer la commissaire. Les messages Internet le prouvent. Étant donné qu'elle est en garde à vue, ses communications sont limitées. Nous découvrirons très vite si l'ordre venait d'elle.

— Il est possible que Raymond ait une photo de Fatima. Je dis ça à cause d'un commentaire qu'il m'a fait au téléphone. Il savait à quoi elle ressemblait.

Laurent nota quelque chose dans son calepin. Pescatore finit par poser la question qui le taraudait :

— Est-ce que Raymond fait partie de vos suspects ?

— Bien sûr.

— Parce que j'ai l'impression que les tueurs ont attendu que Fatima soit seule. Ça paraît bizarre, et l'idée même me fait horreur, mais je crois que Raymond veille toujours sur moi.

— En tout cas, s'il a supervisé l'opération, c'est à distance. Nous pensons qu'il a quitté le pays.

Laurent se tortilla sur son siège et serra les dents. *Nous y voilà. Il va enfin entrer dans le vif du sujet.*

La situation était délicate, lui expliqua-t-il. Un citoyen américain, illégalement armé, participant à une opération antiterroriste avec la police en pleine zone d'émeutes… Si cette histoire était rendue publique, ça ferait scandale.

— Jusqu'ici, nous avons réussi à garder votre présence secrète. Ça ne va sans doute pas durer. La balistique va établir que les deux tireurs n'ont pas seulement été abattus par la commissaire. Il y a forcément des témoins. Quelqu'un a pu vous filmer.

— J'espère que non.

— Vu le climat actuel, les répercussions pourraient être graves. Je dois vous poser certaines questions.

— Je vous écoute.

Laurent lui demanda de lui raconter la fusillade dans les moindres détails. Pescatore s'exécuta.

— La commissaire Belhaj vous avait-elle autorisé à porter une arme ?

— Absolument pas. Elle me l'a interdit, je savais que c'était illégal. Je la lui avais cachée.

— Comment vous l'êtes-vous procurée ?

— Par l'intermédiaire d'un Sud-Américain.

— Et je suppose que ce Sud-Américain a depuis quitté la France et qu'il sera très difficile à localiser ?

Laurent attendit, le stylo en l'air.

— Exactement.

Il l'interrogea ensuite sur ses liens avec le gouvernement américain et la façon dont il s'était retrouvé à travailler sur l'affaire. Puis, les lèvres pincées, il ajouta :

— Pardonnez-moi, mais quelle est la nature de vos relations avec le commissaire Belhaj ?

Pescatore se demanda si leur histoire d'amour pouvait attirer des ennuis à Fatima. Les services de renseignement avaient en général des règles assez strictes concernant les contacts avec des ressortissants étrangers.

— Je dirais que nous sommes bons amis, répondit-il lentement. Nous faisons équipe, nous avons fait face ensemble à des situations dangereuses. Mais en tout bien tout honneur, si c'est ce qui vous inquiète.

Laurent hocha la tête. Il allait être franc : il voulait que Pescatore quitte la France. Les pouvoirs en place avaient décidé que son départ permettrait d'étouffer l'affaire et de limiter les complications liées à son rôle dans la fusillade. On lui avait déjà réservé un billet sur un vol à destination des États-Unis qui partait le soir même.

Pescatore comprenait la logique de ce raisonnement. Mais il voulait rester auprès de Fatima. Il ne pouvait pas supporter de se voir encore retirer son arme et expulser. Il rappela à Laurent qu'il était leur seul lien avec Raymond.

— Ray m'a contacté plusieurs fois. Fatima était convaincue qu'il allait recommencer ; elle espérait même qu'il se rende.

— Les autorités américaines seront vos interlocuteurs à compter d'aujourd'hui. Elles vous attendront à l'arrivée.

— En parlant des Américains, où sont-ils ? Je suis surpris qu'un représentant de l'ambassade ne soit pas déjà en train de fourrer son nez partout.

— Ils ont suivi les derniers développements, déclara Laurent, les épaules voûtées. Mais tout le monde s'accorde sur un point : la meilleure façon de gérer la situation est de vous faire sortir du pays. À cause des aspects délicats dont je viens de vous parler.

— J'ai découvert la nuit dernière que Raymond avait collaboré avec les services secrets iraniens en Amérique du Sud. En la personne d'un agent de la force Al-Qods. Vous êtes au courant ?

Laurent acquiesça, toujours avec le même air pincé.

— Eh bien ? insista Pescatore. Les Iraniens sont-ils également impliqués en Europe ?

— Malheureusement, c'est un sujet que je ne peux pas aborder avec vous.

— Pourquoi ? Je bossais avec Fatima. Je vous ai dit tout ce que je savais. On m'a tiré dessus. Et maintenant, vous me cachez des choses ? À moi ?

— Cette information est classée secret défense.

Pescatore lutta pour garder son calme. Le plus important, c'était que Fatima s'en sorte.

— Bon, est-ce que je peux au moins la voir ?

— Croyez-moi, c'est impossible.

Laurent retira ses lunettes et se frotta les yeux.

— Sa famille est à son chevet, sans parler de ses supérieurs hiérarchiques et des membres du ministère de l'Intérieur qui passent la voir. C'est problématique. De toute façon, elle est sous sédatifs.

— Juste une minute ?

— *Désolé**, Valentino.

Pescatore encaissa le coup. Il baissa les yeux.

— Quand vous en aurez l'occasion, dites-lui que je pense à elle.

— Je le ferai.

— Vous avez mentionné un billet d'avion. Pour quelle destination ?

— Chicago.

Pescatore regagna sa chambre d'hôtel dans un état second qui n'était pas seulement dû à l'épuisement et à la tristesse. Il jeta son pantalon couvert de sang à la poubelle. Puis il fit ses valises et enfila sa veste de treillis noire par-dessus un pull à col zippé. Il s'effondra dans un des fauteuils du hall d'entrée et commanda un sandwich et un rhum-Coca. Il avait autant besoin d'alcool que de caféine. Laurent devait lui envoyer une voiture à dix-huit heures ; il avait une heure devant lui.

Chicago. Ils avaient dû choisir cette ville parce que c'était celle qui figurait sur son passeport. Peu lui importait. À ce stade, ça ne faisait plus la moindre différence. Il n'était pas certain que Chicago soit encore chez lui, mais il n'était chez lui nulle part de toute façon.

Il posa son téléphone sur la table. Facundo attendait son rapport, mais il n'avait pas l'énergie de lui écrire et il n'en voyait plus l'intérêt. Il se laissa aller contre le dossier du fauteuil et ferma les yeux.

Quand une tape discrète sur l'épaule le tira de son sommeil, il mit un moment à reprendre ses esprits. Un homme trapu aux cheveux blonds coupés très court s'excusa de l'avoir réveillé et lui demanda s'il était bien monsieur Pescatore.

— Oui, pardon, j'étais épuisé, répondit-il en se frottant les yeux.

L'homme attendait poliment, les mains croisées. Il tenait une enveloppe. Son torse était engoncé dans une veste en tweed fauve. Contrairement aux inspecteurs de l'équipe de Belhaj, il arborait une cravate qui faisait ressortir son cou puissant. En toute logique, ils lui avaient envoyé un costaud qui ferait à la fois office de chaperon et de garde du corps.

— Il est déjà l'heure de partir pour l'aéroport ? demanda Pescatore.

L'homme blond hocha la tête.

— Oui, monsieur. À cause des embouteillages. Il avait un accent français très prononcé.

Vingt minutes d'avance... ils ne veulent vraiment pas que je le rate, cet avion !

— OK. Tant qu'à attendre, autant que ce soit là-bas.

Le garde le conduisit jusqu'à une berline Peugeot, déposa sa valise dans le coffre et lui ouvrit la portière. Il boitait légèrement. Pescatore s'assit à l'arrière. Le chauffeur, un grand métis au crâne rasé qui portait des lunettes de soleil, le salua d'un hochement de tête.

— *À l'aéroport**, lui ordonna son collègue.

La voiture rejoignit le périphérique. Pescatore commençait à piquer du nez quand le blond se tourna vers lui et lui tendit l'enveloppe.

— *Pour vous, monsieur**.

Au moment de l'ouvrir, il ressentit un léger malaise. L'homme ne le quittait pas des yeux. Dès qu'il lut les premiers mots, il comprit pourquoi. La peur et l'incrédulité le paralysèrent.

Cuate,

Pour commencer, ne panique pas. Mes gars ne te feront aucun mal. Je réponds d'eux.

Ensuite, tu es la seule personne au monde en qui j'aie confiance. Tu avais raison, il faut qu'on parle. Je compte sur toi pour te montrer à la hauteur, comme d'habitude.

Alors voilà ce que je te propose : si tu veux me voir, suis mes hommes. Ils prendront soin de toi et organiseront une rencontre. Si tu ne veux pas, dis-le-leur. Et ça s'arrêtera là.

À toi de voir, man.

Abrazo, R.

Pescatore leva lentement les yeux et croisa le regard bleu acier du costaud assis à l'avant. Il savait désormais que ce n'était pas un flic. Erreur classique. Il avait baissé sa garde et supposé que le type travaillait pour le ministère de l'Intérieur. L'émissaire de Raymond, simplement censé lui remettre la lettre, avait sauté sur l'occasion. Il s'assurait ainsi de toute l'attention de son destinataire.

Pescatore repensa à une anecdote sur un homme d'affaires espagnol qui, après avoir atterri à Buenos Aires, s'était dirigé vers la bande d'escrocs en charge du service de taxi de l'aéroport. Il leur avait demandé d'une voix hautaine : « Y a-t-il quelqu'un pour le señor Sosa de Olivares ? » Un petit malin s'était avancé en répondant : « Oui, bien sûr, c'est moi, bienvenue en Argentine, avez-vous fait bon voyage, etc. » Quelques kilomètres plus loin, avec l'aide d'un complice armé, il avait dépouillé l'homme d'affaires jusqu'au dernier centime. L'histoire avait fait rire Pescatore. Lui, si rompu aux règles de la rue, si vif, si terre à terre, ne se ferait jamais avoir comme ce crétin. Jamais de la vie.

Le blond attendait, le bras gauche négligemment posé sur le dossier de son siège. Pescatore ne voyait pas sa main droite, mais il supposa qu'elle tenait une arme. Le chauffeur l'observait dans le rétroviseur. L'Américain releva le menton d'un air de défi. L'idée que Raymond ait pu le manipuler et prendre ainsi le contrôle de la situation le mettait hors de lui. Il songea à ce qu'avait dit Laurent : son ancien ami avait très bien pu commanditer la tentative de meurtre de Fatima.

Il envisagea de se battre, mais il recevrait une balle en plein visage avant même de défaire sa ceinture. À moins que Raymond ait donné l'ordre strict de ne pas le tuer. Pescatore aurait peut-être le temps de s'emparer de l'arme ou de se jeter sur le chauffeur dans l'espoir de provoquer un accident.

— Alors, *monsieur** ? demanda le blond. Vous êtes libre de refuser l'invitation.

— L'invitation ? répéta le jeune homme d'une voix tremblante. C'est de ça qu'il s'agit ?

— Bien sûr. Si ça ne vous convient pas, nous vous déposerons où vous le souhaitez.

Ah oui ? Même au commissariat ?

Raymond avait dû identifier son hôtel grâce au numéro qu'il avait indiqué dans son e-mail. Ces types n'avaient rien de dangereux fanatiques. C'était plutôt des gangsters de haut vol, suffisamment doués et téméraires pour le localiser – peut-être grâce à des sources au sein du personnel ou des forces de l'ordre. Ils s'étaient arrangés pour l'approcher avant l'arrivée de la police, et avaient ensuite improvisé.

Incapable de bouger, il baissa les yeux vers la lettre. La proposition de Raymond était risquée, choquante et typique du personnage. Au fur et à mesure que le choc initial s'estompait, Pescatore admit qu'il y avait peu de chances que ces deux hommes lui fassent du mal. Raymond avait laissé passer une occasion rêvée de l'abattre en Bolivie – s'il était bien à l'origine de l'embuscade – et une autre dans la cité du Roc. À quoi bon le faire maintenant ? Depuis le début, il avait conservé la même attitude : ami ou pas, danger ou non, il tenait à ce qu'il reste en vie. Peut-être estimait-il que le moment était venu, une fois encore, de conclure un marché.

Pescatore voulait des réponses. Il estimait les avoir méritées. Et voilà que Ray lui offrait une chance de le faire, face à face.

Le blond le fixait toujours. Pescatore le regarda droit dans les yeux. *À toi de voir, man.*

20

THIS MASQUERADE

En sortant de la voiture, Pescatore aperçut des collines de l'autre côté de l'eau.

La vue de la côte marocaine lui fit penser à Fatima. Un vent tiède soufflait sur les palmiers. Murphy, le chauffeur au crâne rasé, se chargea de sa valise. Le costaud blond, Jérôme, s'avança en boitillant vers la porte d'entrée en fer forgé. La villa aux murs blancs se trouvait sur la côte sud de l'Espagne. On accédait à la propriété par une allée sinueuse qui traversait une enclave résidentielle, protégée par de hauts murs, une grille, des caméras, des postes de gardes et le fourgon blindé jaune d'une agence de sécurité.

Le voyage avait duré toute la nuit et une partie de la matinée. Murphy et Jérôme s'étaient montrés efficaces et silencieux. Une fois que Pescatore avait accepté de les accompagner, ils avaient pris toutes les précautions nécessaires pour semer une éventuelle filature. Quittant l'autoroute parisienne, ils avaient foncé jusqu'à un garage où ils l'avaient fouillé et privé de son téléphone. Puis ils avaient changé de voiture et rejoint un petit aérodrome au nord de Paris. Un jet privé les y attendait. Il les avait déposés en pleine nuit sur une piste perdue dans les plaines du centre de l'Espagne. En route vers le sud, ils s'étaient arrêtés deux fois dans des planques pour de nouveaux échanges de véhicules. L'itinéraire choisi ainsi que leurs méthodes laissèrent supposer à Pescatore qu'ils empruntaient, en sens inverse, un couloir utilisé d'ordinaire pour le trafic de drogue.

Leurs pas résonnaient sur le sol de marbre de la villa. Il aperçut un piano dans un salon gigantesque, d'immenses baies vitrées donnant sur la mer et un escalier en colimaçon flanqué d'une délicate rambarde en fer forgé. Murphy et Jérôme s'écartèrent un peu, sans quitter la pièce. Raymond descendit en courant.

— Te voilà enfin, mon pote !

On aurait dit qu'il venait de se baigner. Ses cheveux étaient encore mouillés. Son T-shirt sans manches à col en V découvrait son torse bronzé, ses longs bras noueux. Il souriait de toutes ses dents.

— Salut, répondit Pescatore.

Raymond lui attrapa la main et le serra brièvement contre lui, comme s'il ne voulait pas se montrer trop insistant.

— Content de te voir, Valentino. Merci d'être venu. J'espère que les gars ne t'ont pas fait flipper.

— Non.

— Bien joué, mec, ça ne m'étonne pas de toi. Viens, *fiera*, mate un peu cette vue.

Il le conduisit à une terrasse carrelée de blanc et bleu. En dessous, la falaise descendait à pic jusqu'à une crique. À droite, une piscine avait été creusée dans la roche. Des marches permettaient de rejoindre un ponton où était amarré un grand hors-bord. Sous un ciel lumineux, les vagues s'étendaient à l'infini.

— Pas mal, hein ? commenta Raymond. De l'autre côté du détroit, c'est l'Afrique.

Pescatore leva le visage vers la chaleur du soleil. De la musique montait de la piscine. Une jeune nageuse fendit la surface, émergea de l'eau et se hissa sur le bord. C'était une jolie brune au corps bronzé, tout droit sortie d'une pub pour la Costa del Sol. Raymond lui envoya un baiser. Elle prit une pose alanguie sur un transat.

— Une vraie *Andaluza*, murmura Raymond. Vingt-deux ans. Un super coup.

Pescatore eut envie de le précipiter par-dessus la rambarde. Il l'avait poursuivi au-delà des mers en suivant son sillage de sang et de terreur. Il avait tué à cause de lui ; des gens qu'il aimait avaient failli mourir. Et voilà que Raymond paradait dans son palace de la côte en exhibant sa dernière conquête, comme s'il recevait un copain pour le week-end. C'était irréel, obscène, schizophrénique.

La seule chose qui lui permit de se contenir, c'était la conviction que Raymond n'avait jamais cessé de le protéger, de Chicago à Paris. Au cours du trajet, Pescatore avait pris une décision : il allait manipuler son ami comme ce dernier manipulait les autres.

— Canon ! s'exclama-t-il. On dirait une actrice.

— *Y tanto*. Tu entends cette chanson, mec ?

Pescatore se concentra sur le dialogue virtuose entre guitare et voix. Il connaissait chaque note, chaque mot par cœur.

— Un jour, je lui ai chanté *This Masquerade*, expliqua Ray. Depuis, elle écoute George Benson toute la journée.

— Tu as toujours dit que c'était l'un des meilleurs.

— Personne ne lui arrive à la cheville pour le scat accompagné à la guitare.

— Alors c'est ici que tu te cachais ? Pendant que les cadavres s'empilent, toi tu prends du bon temps dans ta planque de luxe ? Tu ne t'emmerdes pas.

— Mais non, je viens d'arriver. Je n'utilise quasiment jamais cette baraque. Bon, Valentino, tu as fait un long voyage. Tu veux te reposer un peu ? Te changer ? Murphy, donne-moi un *coup de main** : va chercher un espresso pour mon *cuate !*

Pescatore accepta le café et la proposition d'aller se rafraîchir à l'étage. Lorsqu'il revint, la table en bois rustique installée sur la terrasse était couverte de nourriture : omelette aux pommes de terre, plateau de crevettes, poulpes et moules, jambon, chorizo, pain frais, gaspacho. Raymond déboucha une bouteille de champagne.

— Sacré repas, fit Pescatore.

Raymond prit place dos à la rambarde. Ses hommes de main et sa copine restaient invisibles.

— *Figli maschi.*

Ils levèrent leurs verres. Pescatore pensa à leur dîner à Buenos Aires et aux deux fils de Raymond.

Ce dernier lui demanda justement d'une voix inquiète :

— Tu as vu mes garçons ?

— Oui, au commissariat.

Il n'avait pas davantage l'intention d'avouer que Fatima l'avait laissé participer aux raids que d'évoquer leur histoire d'amour. Ou le guet-apens.

— Ils allaient bien ?

— Ramón pleurait toutes les larmes de son corps, le pauvre.

Il avait répondu plus gentiment que prévu. Les yeux de Raymond s'embuèrent. Malgré son énergie et ses fanfaronnades, il semblait fatigué. Ses joues s'étaient creusées. Il avait pris sa pose à la Springsteen, main sur les lèvres, et agitait nerveusement la jambe.

Pescatore continua :

— Ton Valentino, par contre, il a du cran. Je lui ai parlé une minute. C'est un fan des Bulls.

— Il est dingue de basket, de foot, de tous les sports. Il est costaud pour son âge. Et il a l'oreille musicale, aussi.

Pescatore hocha la tête. Le champagne glacé apaisait son mal de crâne, et le vent rendait la chaleur supportable. Le poulpe avait la consistance idéale. Il songea que personne ne savait où il se trouvait. Il était sorti des écrans radars, hors du temps.

— Qu'est-ce qu'ils ont fait des enfants ? insista Raymond. Où sont-ils ?

— Dans ta belle-famille, je crois.

Son ami grimaça.

— Je m'inquiète tellement pour mes *gorditos*. Ils ont besoin de moi, ils sont seuls, et je ne peux rien faire.

Pescatore ne savait pas comment réagir.

— Et ma femme ?

— Comment te dire ça, mec… elle t'a balancé.

— Je m'en doutais.

— D'après ce que j'ai compris, elle prétend que tu as tout organisé.

— Elle est gonflée ! Elle aussi, elle est impliquée jusqu'au cou. Tu sais, la flic française qui s'est fait descendre ? C'était son idée. Je n'y suis pour rien.

Pescatore le dévisagea, luttant contre une nouvelle pulsion meurtrière. Il ne croyait pas un mot de son histoire. Raymond était beaucoup mieux placé que son épouse emprisonnée pour orchestrer un assassinat. Dans un flash, il revit Fatima gisant au milieu des bris de verre. Il secoua la tête pour chasser cette image et fit de son mieux pour rester impassible.

— Quand Souraya s'énerve, c'est foutu, *che*, poursuivit Raymond. Elle tient ça de son père, un imam. Il lui a bourré le crâne avec ces conneries de djihad depuis qu'elle est môme. Elle prend tout ça très au sérieux.

— Pas toi ?

— Si, dans une certaine mesure ; mais ce n'est qu'un outil, un moyen d'arriver à mes fins. Je n'ai pas envie de revenir au VIIe siècle.

Voilà pourquoi tu t'enfiles tout ce chorizo, songea Pescatore.

À voix haute, il déclara :

— Souraya a dit à la police française que tu étais le nouveau Khaled Cheikh Mohammed.

— *Qué hija de puta.* Je suis un lieutenant, pas plus. Un intermédiaire. Pas le cerveau. Le *mero mero*, c'est…

Raymond parlait à toute vitesse, en mangeant ses mots. Il souriait d'un air rusé.

— Mais j'y pense, tu le connais. Tu as récupéré sa photo dans le Chapare. Ils m'ont appelé en pleine nuit. J'ai dû intervenir pour empêcher les flics boliviens de te découper en morceaux. Tu sais qui c'est, ce type ? Les Français ou les Américains ont dû te le dire, non ?

Pescatore but une gorgée de champagne et s'essuya soigneusement la bouche. Puis il posa les coudes sur la table et croisa les mains.

— Ray, je ne suis pas ici pour répondre à tes questions, mais parce que tu m'as fait venir. Je veux que tu me racontes toute l'histoire, du début à la fin. Et épargne-moi tes conneries.

— Bien sûr, bien sûr.

Raymond ouvrit obligeamment les bras.

Il commença par Buenos Aires : comment il avait replongé dans le crime, puis s'était converti. Au départ, il suivait sa nouvelle religion à la lettre, se tourmentait au moindre écart. Il avait fini par prendre du recul sous l'influence de ses associés arabo-argentins.

— Ortega, le flic, était un converti lui aussi. Hardcore. Je n'ai pas tardé à comprendre un truc : un nouvel adepte, c'est comme un missile radiocommandé. Alors que Kharroubi et les autres *Turcos* étaient bien plus intéressants. Ils tenaient l'habituel discours islamiste, sauf que leurs motivations étaient avant tout nationalistes et anti-impérialistes. Ça me parlait davantage que cette manie de se coller le front par terre toutes les cinq minutes. Je suis sunnite, mais je me bats les couilles des rivalités entre sunnites et chiites. Comme moi, ces mecs menaient la belle vie. Je les ai incités à s'installer en Bolivie, à récupérer la coca à la source, à développer leur business à plus grande échelle.

Se servant des assiettes pour représenter les continents, Raymond dessina l'empire qu'il avait bâti grâce aux contacts de Florencia, aux faux papiers et au réseau de contrebande de Kharroubi. Il s'était allié avec une organisation majoritairement libanaise spécialisée dans le trafic de drogue et le blanchiment d'argent. Ils étaient partout : Amérique latine, Afrique de l'Ouest, Europe, Proche-Orient. Chiites, sunnites ou chrétiens, dévots ou hommes d'affaires purs et durs, ils suivaient le programme dicté par les Libanais et reversaient une partie de leurs profits au Hezbollah.

— Le Hezbollah a besoin de cash en continu, mon frère. Ils doivent financer une armée, des opérations secrètes à l'étranger, un parti politique, des hôpitaux, des bonnes œuvres… Qu'il s'agisse des cheikhs libanais ou des généraux iraniens, tout le monde s'enrichit grâce à la drogue. Et si au passage, on peut affaiblir ces camés d'infidèles décadents, tant mieux.

Alors ils copinent avec les cartels et les guérillas pour baiser l'Oncle Sam depuis le jardin du voisin. C'est ce qu'on appelle la guerre asymétrique.

L'Iran, qui soutenait le Hezbollah, avait fait pression sur la milice libanaise pour qu'elle augmente la part du trafic de cocaïne dans son financement. Les responsables religieux avaient même lancé des fatwas légitimant cette pratique, assimilée à un djihad sous couverture.

— Ce sont les frères du mouvement qui m'ont présenté le type de la photo, poursuivit Raymond. Ali Houmayoun. À l'époque, il était major au sein des GRI, les Gardiens de la Révolution islamique. Il se chargeait des opérations en Amérique du Sud pour Al-Qods, leur force spéciale. Un vrai dur. Le Mossad a essayé de l'éliminer à Istanbul. Sauf qu'une erreur sur la personne a fait que c'est son frère qui a été tué. Il hait ces connards d'Israéliens plus que tout. Je l'ai engagé comme associé, aidé à se créer des contacts pour obtenir de faux papiers et blanchir de l'argent. Mais les Américains me sont tombés dessus.

— Tu travaillais toujours pour eux ?

Raymond déboucha une deuxième bouteille de champagne.

— Disons que mon statut était un peu flou.

En Argentine, il avait continué à fournir des informations à ses anciens référents, une unité spéciale de la DEA de Miami. Il tirait profit des liens qu'il avait tissés avec les forces de l'ordre et du renseignement. D'après lui, tout le monde s'y retrouvait.

— Tu connais les fédéraux. C'est facile de les monter les uns contre les autres, d'exploiter leurs rivalités internes. Ils me tannaient pour avoir des infos sur la drogue et les terroristes. Alors je leur jetais quelques os à ronger de temps en temps, officieusement. Parfois à un service, parfois à l'autre. Je dénonçais mes concurrents. Au bout d'un moment, l'unité spéciale a commencé à renifler d'un peu trop près autour de mes contacts avec le Hezbollah. Ils avaient intercepté des messages qui les rendaient suspicieux. Pour protéger Ali, j'ai sacrifié une cargaison de coke dans la province de Buenos Aires. Les gringos étaient satisfaits, mais j'ai dû me délocaliser en Bolivie.

— Là-bas aussi, ça a chauffé.

— On se serait crus en pleine guerre des gangs, mon frère ! (Il fit mine d'actionner un pistolet-mitrailleur.) Genre Cagney et Bogart. Le pire, ça a été quand le major et moi avons été arrêtés avec du matos dans la jungle. Un des flics a pris la photo que tu as vue. Ali était furieux. Il déteste ça. Moi, je lui ai dit : « Hé, *boludo*, je te signale que ces Boliviens hésitent à nous tuer. Et qu'ils n'en ont rien à foutre que tu aies un passeport diplomatique. » J'ai l'habitude de me sortir de situations compliquées, mais je ne m'étais jamais retrouvé dans un tel merdier. Mon baratin nous a sauvé la peau. Après ça, on était comme des frères.

Pescatore commençait à deviner où il voulait en venir. *S'il l'appelle son frère, c'est qu'il envisage de le baiser.*

Raymond était parti pour l'Espagne, porte d'entrée de la cocaïne et du haschisch vers l'Europe, afin de consolider son réseau avec l'aide d'Ortega qui faisait des allers et retours depuis l'Argentine. Le major Ali était toujours leur associé, mais il était rentré en Iran. Promu colonel, il avait convoqué Raymond à Téhéran. Là-bas, il avait suivi un entraînement complet : survie, self-défense, commerce, combats urbain et rural, espionnage et contre-espionnage, cours d'arabe et de farsi. En résumé, il était devenu agent secret.

— Je prenais mon pied. D'une certaine façon, j'avais fait ça toute ma vie. Il paraît que j'étais doué.

Tu m'étonnes. Pescatore prit mentalement note de ces informations qui comblaient un vide crucial dans sa frise chronologique.

— Et tu n'as pas voulu donner de ta personne, participer à la guerre sainte en première ligne, te sacrifier pour tes frères musulmans et tout le bordel ?

— Je suis un soldat, mec. Cette guerre est importante. Mais je suis passé au poste de commandement – je ne suis plus un simple troufion.

Une femme d'origine latino-américaine portant un tablier vint débarrasser la table. Elle disposa ensuite des fruits, des desserts et une bouteille devant eux. C'était du brandy Cardenal Mendoza. Raymond la souleva d'un air ravi.

— *El Cardenal*, bébé. Je n'ai pas oublié.

Il se leva pour faire les cent pas, son verre de dégustation à la main. La vue magnifique en arrière-plan ressemblait à un décor de théâtre.

Raymond décrivit les forces de sécurité iraniennes comme un État dans l'État, grouillant de mafias. Autrefois réputées pour leurs attentats, leurs assassinats et leurs prises d'otages, elles avaient été rongées par la corruption. Les talents et la richesse d'Ali avaient fait de lui un acteur majeur de ce petit milieu. Et Raymond était son protégé.

— Ali est un brillant stratège. Il a monté sa propre unité. Il en avait ras-le-bol qu'Israël et les États-Unis tuent les scientifiques iraniens, sabotent leur programme nucléaire et leur imposent des sanctions. Surtout que l'Iran foirait toutes ses tentatives de riposte. Alors il a décidé d'infiltrer Al-Qaïda et d'utiliser son influence. La beauté de cette idée, c'est qu'elle reposait sur une structure existante, une marque reconnue. Avec un vivier de djihadistes affamés à qui il suffisait de donner des ordres, des ressources et une cible. L'ennemi ne saurait jamais de qui provenait l'attaque.

— Des attentats sous fausse bannière.

— C'est ça. La faute retomberait sur Al-Qaïda, qui décimait les combattants iraniens et ceux du Hezbollah en Syrie, et s'en prenait plus généralement aux chiites du monde entier.

— Je croyais que l'Iran essayait d'entamer un processus de paix avec nous, de calmer les choses ?

Raymond fit une grimace dédaigneuse.

— Les politiciens, peut-être. Mais pas les copains d'Ali chez les GRI. Ils ne croient pas à toutes ces conneries de réconciliation avec l'Occident. Et ils comptent bien obtenir l'arme nucléaire, tôt ou tard. Ils ont pas mal d'ennemis près de chez eux.

La nouvelle mission de Raymond avait été facilitée par des vétérans d'Al-Qaïda réfugiés et détenus en Iran. Les services secrets du pays installaient ces rivaux fort utiles dans des planques ressemblant davantage à des maisons d'hôtes qu'à des prisons. Les sunnites avaient donné à Raymond des conseils et des contacts dans le milieu terroriste. Après s'être basé à Montpellier, une ville qu'il connaissait grâce au trafic de drogue, il avait infiltré un réseau associé à Al-Qaïda pour le compte de ses responsables iraniens.

— J'en ai profité pour étendre mon organisation. J'ai dit à Ali : « On a un sacré bassin de recrutement ici. Il nous suffit de trouver des frères radicaux, des criminels de confession musulmane, ou des convertis, d'anciens soldats, des flics ripoux comme Ortega. Des pros. On les mettra en première ligne. Avec de la chair à canon en soutien. Des terroristes Kleenex. »

Il gloussa et sortit un mouchoir en papier de la poche de son pantalon. Adossé à la rambarde, il alluma le joint qu'il contenait. Il tira une bouffée puis le tendit à Pescatore.

Ce dernier s'y attendait. Il n'avait pas fumé de marijuana depuis l'époque où il travaillait comme indic à la Frontalière. Ça le rendait idiot et mou. Mais pour le rôle qu'il jouait en cet instant, il était justement nécessaire de paraître faible. Il hésita. Le bras de Raymond était toujours en suspens au-dessus de la table.

— Comme au bon vieux temps, insista ce dernier.

Pendant qu'ils fumaient, Raymond lui raconta comment sa femme l'avait secondé à la tête du groupe, sans rien savoir de ses liens avec l'Iran.

— Alors ce mariage faisait partie de ta couverture ?

Pescatore avait volontairement pris un ton méprisant. Il espérait déstabiliser son adversaire. Ça fonctionna : Raymond parut blessé. Ses yeux lançaient des éclairs.

— Non, *cuate*. Comment peux-tu dire ça ? J'ai aimé Souraya plus que n'importe qui. C'est la mère de mes fils. Elle est dévouée, courageuse. Une femme musulmane *como Dios manda*. C'est ma faute si elle me déteste aujourd'hui.

Pescatore aurait trouvé cet élan sentimental plus convaincant sans la présence de la jeune maîtresse et les commentaires graveleux auxquels il avait eu droit en arrivant. Raymond tira une longue bouffée du joint avant de reprendre son histoire. Tout s'était passé comme sur des roulettes jusqu'à ce qu'il ait maille à partir avec le Commandant et les renseignements français.

— Ce gros abruti a failli tout faire foirer. Un vrai *fregón*, celui-là. Pour commencer, il s'est servi des problèmes de visa de ma femme pour faire pression sur moi. Avec le temps, c'est devenu de plus en plus compliqué de gérer mon réseau tout en lui donnant les infos qu'il réclamait. Et puis il a compris que j'étais responsable du meurtre de cette dissidente à Lyon. C'était une mission spéciale ordonnée par Téhéran. Esposito ne me lâchait plus. Alors j'ai eu une idée. J'ai contacté un Américain pour qui j'avais bossé, qui supervisait les opérations antiterroristes à l'échelle de l'État. Depuis son divorce, il avait sombré dans l'alcool et sa carrière était en chute libre. Il avait besoin d'un gros coup pour revenir dans la partie. Et le fait que je sois au courant de son penchant pour la boisson a achevé de le convaincre. Je lui ai dit : « J'ai du lourd au sujet d'un groupe lié à Al-Qaïda en Europe. » Ensuite, je lui ai balancé des combattants sans intérêt, enveloppés dans du papier cadeau. Il est intervenu en haut lieu pour que les Français me lâchent. En échange, il a eu sa grosse affaire, marqué quelques bons points auprès de ses supérieurs. Problème réglé.

— Ils n'ont pas cru à la théorie du Commandant sur l'implication des Iraniens ?

— Les avis étaient partagés. Certains agents auraient voulu creuser la question, d'autres non. Quoi qu'il en soit, ils ont décidé de laisser tomber. Mais ils m'ont prévenu que pour eux, je n'existais plus. Ils avaient eu leur dose. Je leur ai répondu : « Allez vous faire foutre, *maricones*. C'est pas comme si j'avais besoin de vous pour payer mes factures. »

Raymond tirait sur son joint, le visage dur derrière la fumée. Pescatore laissa son regard se perdre dans le paysage grandiose, jusqu'au vertige. Le vent déployait des formations de nuages ; le soleil illuminait la côte marocaine. Il avait lu une phrase un jour sur « les collines d'Afrique couleur de lion ». Était-ce le cas ? De quelle couleur était un lion, d'ailleurs ? Entre le champagne et l'herbe, il n'avait plus les idées claires.

— Ray, reprit-il. Notre rencontre à l'aéroport de Buenos Aires… c'était un hasard, ou un coup monté ?

Le regard de Raymond était trouble. Il baissa les yeux. *Jusqu'ici, tu as été plutôt honnête avec moi*, songea Pescatore. *Ne commence pas à me mentir maintenant, ou je te balance au pied de la falaise.*

— Je me suis arrangé pour tomber sur toi. Mais quelques jours plus tôt, je t'avais vraiment croisé par hasard. Je marchais près du cimetière de Recoleta. Tu entrais dans le café La Biela. J'ai cru halluciner. J'ai demandé à mes contacts en Argentine de se renseigner sur les raisons de ta présence en ville. Ils t'ont suivi, ont découvert que tu accompagnais un client à l'aéroport, et je me suis pointé.

— Pourquoi ?

— J'avais besoin d'aide. La machine s'était emballée, je voulais sauter en marche.

— Pourquoi tu ne m'as rien dit pendant le dîner ?

— Je devais d'abord m'assurer que je pouvais compter sur toi. Et puis, Ali n'avait pas encore donné son feu vert.

Après avoir été promu général, Ali avait entamé une campagne de terreur destinée à impressionner ses responsables politiques les plus intransigeants. Il avait décidé de commencer par l'Amérique latine, où il pouvait utiliser l'infrastructure de Raymond, semer le désordre et frapper Israël et Al-Qaïda d'un seul coup magistral.

— Il comptait attaquer l'école juive de Buenos Aires, rapporta Raymond en mordant dans une pâtisserie. Il voulait tuer les enfants des officiers du Shabak et du Mossad. Pour lui, la cible devait être cent pour cent juive. Alors qu'avec El Almacén, l'impact serait double : on toucherait à la fois des Argentins et des Juifs.

— C'est toi qui lui as conseillé ça ?

Pescatore avait du mal à masquer son dégoût, mais Raymond n'eut pas l'air de s'en rendre compte.

— Le général Ali respecte mon opinion. Il dit que j'ai un talent inné d'organisateur. Un attentat terroriste est avant tout un acte de communication. Comme une chanson, un spectacle. Ça repose sur une histoire, des images, des symboles… toute une chorégraphie.

— Je ne comprends pas, mentit Pescatore.

— J'ai dit à Ali : « Il faut qu'on tue le plus de gens possible. Une pile de cadavres, ça marque les esprits. Ça fait des choses à filmer. Sinon, les médias n'en auront rien à foutre ; l'Argentine, c'est le trou du cul du monde. » Voilà pourquoi on a recruté des kamikazes. Pour l'impact psychologique. On en a fait venir deux de l'étranger parce qu'on n'était pas sûrs que nos *pibes* argentins appuieraient sur le bouton. Si la voiture piégée avait explosé devant l'école, on aurait facilement atteint les cinq cents victimes.

Le mal de tête de Pescatore revenait en force. Il serra les dents.

— Pourquoi m'avoir téléphoné ?

— Je voulais stopper la machine ! Vraiment. Tout était prêt. J'étais en route pour Beyrouth, d'où je devais admirer le feu d'artifice avec Ali. Je me suis arrêté en France le temps de voir ma famille. Un après-midi, alors que je jouais au foot avec Valentino, j'ai flippé. Je me suis mis à trembler, j'étouffais. Je ne me sentais pas capable de continuer. Alors j'ai appelé Amélie Hidalgo en Bolivie avec un téléphone jetable. J'avais monté la cellule bolivienne pour brouiller les pistes, de toute façon. Ali m'avait autorisé à les balancer si ça augmentait nos chances de réussite en Argentine. Ça faisait partie du plan.

Raymond s'adossa à la rambarde.

— Et puis j'ai pris un risque énorme en te passant ce coup de fil. Je n'avais personne d'autre vers qui me tourner. Tu étais toujours mon *cuate*, je savais que je pouvais remettre ma vie entre tes mains. Si je dénonçais le général, il fallait que quelqu'un me prenne en charge. Ma décision était prise. J'ai appelé trois fois, mais tu n'as jamais répondu. J'avais un avion à prendre ; Ali m'attendait. Ma femme était tout excitée par la perspective des attentats. Et puis elle n'arrêtait pas de me saouler : est-ce que je voyais d'autres filles, pourquoi je ne passais pas plus de temps à la maison… Elle m'a même demandé de l'emmener acheter des meubles dans une saloperie d'Ikea, c'était l'enfer. Je devais repartir.

Incapable de rester assis plus longtemps, Pescatore se leva. C'était donc ça, l'excuse de Raymond pour ne pas avoir empêché un attentat terroriste ? Des problèmes conjugaux ? Il bouillait intérieurement.

— Pourquoi n'as-tu pas prévenu quelqu'un d'autre ? Ou cherché un autre moyen de me joindre ? Ce n'était pas si compliqué.

— J'étais partagé. L'opération était un vrai chef-d'œuvre. J'en étais fier. Et malgré mes hésitations de dernière minute, je croyais en cette cause. J'avais honte de ma faiblesse. C'était trop tard, je ne pouvais plus intervenir. Comme disent les Arabes, *mektoub :* c'était écrit.

— Écrit ? rugit Pescatore. Non mais c'est quoi ces conneries ? Tu es complètement cinglé, espèce de sale égoïste de fils de pute !

Il avait la tête qui tournait. Il s'empara du premier objet qui lui tombait sous la main : le Cardenal

Mendoza. Raymond se crispa. Pescatore balança la bouteille de toutes ses forces contre la porte-fenêtre. Le choc du verre contre le verre fit un bruit assourdissant.

Des exclamations retentirent à l'intérieur de la maison. Quelques secondes plus tard, Jérôme apparut, tenant son pistolet à deux mains, canon tourné vers le sol. Murphy le rejoignit, torse nu, en mettant un chargeur sur son arme. Ils fixèrent la terrasse à travers ce qui restait de la vitre. Le verre crissait sous leurs pieds.

Pescatore se demanda s'il était face à son peloton d'exécution. Il vit Jérôme se décaler sur la droite pour écarter son patron de la ligne de tir. Il était en très mauvaise posture : son geste l'ayant éloigné de la table, il n'avait nulle part où se mettre à couvert. Raymond s'était réfugié dans un coin de la terrasse. Leurs regards se croisèrent. Raymond hésita, son expression passant de la peur à la tristesse, puis à la résolution. Il leva une main et cria :

— Du calme, du calme, tout va bien !

En français, il ordonna à Murphy et Jérôme de foutre le camp. Ils nettoieraient plus tard. Il ajouta quelques grossièretés, et les deux hommes obéirent de mauvaise grâce. Pescatore s'écroula sur une chaise. Il haletait et transpirait autant que s'il venait de piquer un sprint. Son regard se perdit dans le vague.

Raymond lui posa une main sur l'épaule, resta planté près de lui un moment, puis retourna s'asseoir à sa place.

— Je comprends, déclara-t-il enfin. Tu as l'impression que je t'ai impliqué dans tout ça. Tu te sens coupable. Tu…

— Ray, fais-moi plaisir. Ne m'explique pas ce que je ressens.

Quand la vitre avait explosé, Pescatore avait cru que sa mission improvisée venait d'échouer. Il avait perdu le contrôle et ne pouvait rien espérer de plus qu'une balle dans la tête. Mais c'était tout le contraire. Il était resté trop calme jusque-là. Son mouvement d'humeur correspondait bien plus à l'image que Raymond avait de lui. Désormais, les dés étaient jetés ; il n'avait plus qu'à patienter.

— J'ai une proposition à te faire, annonça Raymond.

— Je t'écoute.

— L'Europe, c'était la phase deux du plan. On a fait les gros titres. Certes, l'attentat de Londres aurait pu être plus meurtrier. Et celui de Paris a foiré. Mais peu importe. On a causé assez de victimes pour que tout le monde se mette à flipper. Islam 2 – Infidèles 0. Maintenant, Ali prévoit de frapper les États-Unis. On est en train de monter un nouveau coup depuis l'Amérique latine. Toujours sous fausse bannière.

Raymond s'interrompit, ménageant ses effets.

— Toi et moi, on va aller voir le FBI et la CIA, reprit-il en s'animant. Comme je te l'ai dit, le général Ali est l'ennemi public numéro un. Il fait très attention à sa sécurité et limite ses déplacements. Mais le complot visant les États-Unis est si important qu'il voudra le diriger lui-même, quitte à prendre des risques. Il a confiance en moi. Je vais donc pouvoir livrer aux autorités un terroriste d'envergure.

J'en étais sûr. Un grand coup de poignard dans le dos.

— Comment ?

— On a rencontré quelques difficultés. Il nous faut des hommes avec un profil de narcos, et un moyen de les faire entrer aux États-Unis. Il y a quelque temps, deux de nos Libanais ont voulu engager des passeurs mexicains. Ces *cabrones* leur ont extorqué cent mille dollars avant de leur trancher la gorge à Matamoros. *Mataron a los moros*. Ça a pas mal refroidi les responsables iraniens. Ali pense viser le sud-ouest du pays : San Diego, L.A., Houston… L'idéal serait de trouver un endroit tout près de la frontière. Comme ça, l'attentat mêlerait les menaces islamiste et frontalière. Le cauchemar de n'importe quel plouc fasciste planté devant Fox News.

Ce plan portait l'empreinte de Raymond. Pescatore l'imaginait très bien en train de le vendre à son chef, avec la même excitation que celle dont il faisait preuve maintenant à l'idée de le trahir.

— Amène-moi aux fédéraux, laisse-moi leur expliquer. Je leur ferai un de ces petits tours de passe-passe dont j'ai le secret.

— Qu'est-ce que tu cherches, au juste ?

— Je sais comment piéger Ali. Il suffit que je le convainque que j'ai déniché l'homme de la situation. Un spécialiste avec des contacts à la fois en Amérique latine et aux US, qui connaît la frontière comme sa poche – les flics des deux côtés, les trafiquants, les mesures de sécurité. Il voudra forcément le rencontrer.

— Et ce serait qui ?

— Toi.

21

YA NO ME ACUERDO

Après sa seconde tentative de nœud ratée, il renonça.

Il haïssait les cravates. Et puis, ce n'était pas comme s'il se rendait à un entretien d'embauche. Même si les autres étaient en tenue de travail, il y avait peu de chances que son look pose problème. Sa veste bleue et son jean feraient l'affaire.

La suite était chic et confortable, dans un dégradé de gris acier et de beige. Le style épuré contrastait avec la façade de pierre et les jardins de l'hôtel, installé dans un ancien palais. C'est Facundo qui lui avait recommandé l'endroit. Il trouvait qu'il méritait de passer un peu de bon temps à Madrid étant donné ce qu'il avait traversé et ce qui l'attendait encore.

Assis à une petite table ronde, Pescatore alluma son iPod. Il voulait réécouter la chanson avant qu'elle arrive.

Je ne me souviens plus
Si tes yeux étaient bruns ou noirs
Comme la nuit ou comme le jour
Où nous avons cessé de nous voir.

Ya no me acuerdo était une ballade du duo Estopa, deux frères originaires d'une ville ouvrière proche de Barcelone. Un air tendre, mélancolique. En Argentine, il l'avait souvent écoutée en pensant à Isabel

Puente – quand il se demandait si elle était aussi seule à Washington que lui à Buenos Aires, si elle luttait elle aussi contre l'envie de lui téléphoner, de lui écrire ou de sauter dans un avion pour mettre fin à ce silence, à cette solitude. Comme dans les paroles, il était obsédé par la crainte d'oublier son visage. Il n'y aurait rien eu de plus triste à ses yeux.

Depuis peu, il avait recommencé à se passer cette chanson en boucle. Il était en Espagne. Fatima lui manquait. Et voilà qu'il s'apprêtait à revoir Isabel, son ex-fiancée qui occupait désormais un poste haut placé au sein du Département de la Sécurité intérieure.

Elle frappa à sa porte à dix heures précises. Ils s'étreignirent en maintenant une distance de sécurité, comme s'il y avait une barrière entre eux. Elle était encore plus petite que dans son souvenir.

— Comment vas-tu, Isabel ? Ton vol s'est bien passé ?

— Très bien. Contente de te voir, Valentin.

Il y avait un moment qu'on ne l'avait pas appelé ainsi. Isabel et lui s'étaient toujours parlé en anglais, avec quelques mots espagnols ici ou là.

— Entre, assieds-toi. Ici, près de la table.

— Jolie chambre.

— J'ai la belle vie, hein ?

Quoi qu'en dise la chanson, il ne pourrait jamais oublier Isabel. Ses traits félins. Sa voix teintée d'un accent presque imperceptible, écho mélodieux de ses origines cubaines. Elle était un peu plus pâle, plus mince qu'autrefois – sans doute le résultat de longues heures passées dans son bureau de Washington. Même sa tenue semblait adaptée à sa fonction : robe noire ceinturée sous une veste d'été argentée. Elle avait remonté ses lunettes de soleil dans ses cheveux, tirés vers l'arrière et retombant sur ses épaules.

— Tu as l'air en forme, commenta-t-il.

— Toi aussi. Un peu fatigué, quand même. *Esas ojeras*.

Lorsqu'ils vivaient ensemble, c'était un de leurs rituels. Elle mentionnait toujours ses cernes avant de les caresser du bout du doigt. Instinctivement, il attendit ce contact familier qui bien sûr ne vint pas.

— Ça fait un mois que je n'ai pas dormi.

— Tu travailles trop.

Son sourire était dur. Leurs dernières conversations en face à face s'étaient résumées à des hurlements ou des échanges secs autour des détails pratiques de leur séparation. Il la trouvait plus détendue que ce qu'il avait imaginé. Il comprit pourquoi : ils avaient retrouvé leur dynamique initiale, celle d'indic et de référent.

— J'ai vu Leo Méndez il y a quelques mois, déclara-t-elle.

— Sacré Méndez… Qu'est-ce qu'il devient ?

— Il va bien. Il a lancé un magazine d'actualités. Il vit entre San Diego et Tijuana, suivant qui il se met à dos. Tu le connais : flic ou journaliste, il ne fait jamais dans la demi-mesure.

— C'est ce que j'aime chez lui. Et toi, que fais-tu exactement à la Sécurité intérieure ? Tu dois être tout près du haut de l'échelle, maintenant.

— L'intitulé de mon poste inclut les mots « en second » et « adjointe ». En résumé, je supervise les questions de sécurité nationale. Je coordonne de grosses affaires de terrorisme, de contre-espionnage, de trafic d'armes ou de contrebande, souvent en lien avec la protection des frontières.

— Tu es au courant de ce qui se passe ici ? Quand on s'est parlé au téléphone, j'ai eu la sensation que tu en savais déjà beaucoup.

Elle demeura impassible.

— Par courtoisie, un collègue m'avait effectivement prévenue lorsque ton nom était apparu après les attentats en Argentine.

— Un agent du FBI m'a laissé entendre qu'il y avait une enquête interne en cours ?

— Puisqu'il t'en a parlé, je peux même être plus précise. Il y a deux enquêtes : une en interne, et une de contre-terrorisme suite aux attaques de Londres et Paris. Nous examinons notamment la piste dont tu nous as fait part.

— En tout cas, j'apprécie que tu sois venue aussi vite. Tu es… la seule en qui je puisse avoir confiance.

Il avait hésité, car c'était le genre de discours que tenait Raymond. Deux jours plus tôt à la villa, ils avaient discuté longtemps. Murphy et Jérôme l'avaient ensuite conduit à l'aéroport de Málaga et lui avaient rendu son téléphone. Son premier coup de fil avait été pour Facundo, qui terminait sa convalescence chez lui. Ils avaient décidé qu'il était temps de faire intervenir l'artillerie lourde en la personne d'Isabel. Lorsque Pescatore l'avait contactée, elle l'avait écouté si calmement qu'il s'était posé des questions. On aurait dit qu'elle s'attendait à cet appel. Quand elle lui avait demandé de gagner Madrid au plus vite, il avait cru qu'elle l'enverrait voir des agents américains. Finalement, elle s'était elle-même déplacée.

Il se leva.

— J'en oublie mes bonnes manières… Je t'offre quelque chose à boire, ou à manger ? Tu veux que j'appelle le room service ?

— Mieux vaut éviter de faire entrer des étrangers dans cette pièce. Juste un peu d'eau, merci.

Après avoir posé des verres, des glaçons, une bouteille d'eau et un Coca sur la table, il entreprit de lui raconter son entretien avec Raymond.

— J'ai l'impression que le général Ali est un gros poisson, souligna-t-il.

— En effet. Il a du sang américain sur les mains depuis les années 90. Celui de militaires et de civils. Sans parler des Israéliens et des Européens.

— D'après Raymond, c'est un des pires terroristes qu'on ait jamais vu.

— Il est dangereux, et très actif. Ses supérieurs iraniens lui laissent visiblement une grande autonomie.

— Donc il va peser lourd dans la balance.

— Que réclame Raymond en échange ?

Ce dernier avait exposé son offre tel un avocat présentant son réquisitoire. Il allait et venait sur la terrasse éclaboussée d'orange et de violet par le soleil couchant. Étant donné l'importance du service qu'il se proposait de leur rendre, il voulait éviter la prison. Et récupérer la garde de ses fils.

— Mais ils ont la nationalité française, non ? demanda Isabel.

— Oui. Je lui ai expliqué qu'il avait peu de chances de s'en tirer sans condamnation. Il est d'accord pour faire un ou deux ans, maximum, dans un centre pénitentiaire de luxe avec sécurité réduite. Jusqu'à preuve du contraire, il dit n'avoir tué aucun citoyen américain.

— « Jusqu'à preuve du contraire. » Je rêve… Il y a au moins quatre ou cinq pays qui attendent de le traîner en justice. Et il reconnaît lui-même avoir joué un rôle majeur dans plusieurs conspirations terroristes ayant causé la mort de plus de deux cent vingt-cinq personnes.

— Entre Buenos Aires, Londres, Paris, l'activiste iranienne à Lyon et ses propres hommes, ça doit faire dans ces eaux-là, oui.

— N'oublie pas qu'il a également envoyé des combattants au Pakistan, en Afghanistan et je ne sais où. Eux aussi ont fait des victimes, parmi lesquelles se trouvaient certainement des soldats américains. Comment peut-il espérer échapper à une peine lourde ?

— Ce n'est pas la première fois qu'il conclut un marché. Il joue à pile ou face, et il s'en sort toujours.

Pescatore repensa à la performance de Raymond sur la terrasse. Quand celui-ci croyait en quelque chose, il avait le don d'en convaincre son interlocuteur, aussi improbable que ce soit et qu'on soit dupe ou non de son personnage.

— Pas cette fois. Quoi qu'il ait à nous offrir, ça ne se passera pas comme ça. Qu'il commence par se rendre, on négociera ensuite.

— Il est trop méfiant.

— Pourquoi veut-il t'emmener en Irak ?

— L'Iran n'était pas envisageable. Le Liban aurait pu faire l'affaire, mais le général s'y sent moins en sécurité. Les Iraniens sont en cheville avec les chiites du gouvernement irakien. C'est un pays qu'il connaît bien : il y a vendu des armes, formé des milices chiites, investi de l'argent. Là-bas, il se sent intouchable. Et Raymond est d'accord avec lui.

— Nous ne pourrons pas les arrêter là-bas. Les Irakiens ne voudront jamais contrarier la force Al-Qods.

— C'est juste une première rencontre, pour faire connaissance. On espère que le général Ali va gober notre histoire et m'engager.

— Tu penses qu'il te fera suffisamment confiance pour venir te retrouver en Amérique latine, où nous pourrons lui mettre la main dessus ?

Les yeux en amande d'Isabel étaient braqués sur lui comme des projecteurs. Elle n'était qu'à moitié assise sur sa chaise, une jambe repliée sous les fesses. Elle ne tenait jamais en place. Elle se tordait les mains, tripotait son verre, ses cheveux.

— Oui. Apparemment, il serait prêt à aller en Amérique centrale ou ailleurs afin de superviser les derniers détails du projet. Et si Raymond se porte garant pour moi, c'est déjà à moitié gagné. Ils sont comme les deux doigts de la main.

— A-t-il eu vent des articles sur ta mission d'infiltration dans un cartel mexicain de la Triple Frontière indirectement lié au Hezbollah ? Ce CV risque de ne pas beaucoup plaire aux Iraniens.

— Raymond s'en occupe. Après tout, lui aussi a été indic pour le gouvernement américain, et la force Al-Qods le sait. S'il leur jure qu'on se connaît depuis l'enfance et qu'il me confierait sa vie, ce qui est vrai, ça devrait suffire. Ils rêvent d'attaquer les États-Unis, mais pour y arriver, ils ont besoin d'un spécialiste.

— Explique-moi une chose : pourquoi un général des GRI estimerait-il que Valentin Pescatore est l'homme de la situation ?

— J'ai d'abord eu la même réaction que toi, mais Raymond a fini par me convaincre. Grâce à mon expérience à la Frontalière, je suis très bien placé pour faire passer des terroristes en douce et effectuer des missions de reconnaissance. Ces types ont beau être des super-espions, le Mexique, ce n'est pas du tout comme chez eux. Ils n'ont pas la moindre idée de ce qui se pratique sur la Ligne.

— Je suis quand même inquiète. Ils pourraient te tuer en Irak.

— Raymond a déjà eu plus d'une occasion de le faire. Mais il tient vraiment à moi. Et depuis les attentats en Europe, il est grillé. Il ne peut plus voyager puisqu'il est recherché par la police. Moi, je suis le lapin qu'il sort de son chapeau pour impressionner le général Ali et conclure un marché avec vous. Vis-à-vis des Iraniens, ses jours sont comptés. Ils découvriront tôt ou tard qu'il les a dénoncés pour l'attentat de Buenos Aires. Raymond a beau être riche comme Crésus, sa vie me fait penser à une expression espagnole : il est toujours en fuite, toujours en mouvement.

— *Huyendo hacia adelante.* Je connais.

Elle avait l'air de sous-entendre que ça pouvait également s'appliquer à lui. *Elle n'a pas tort*, songea-t-il.

— Je ne suis pas certaine que ce soit sage, ni même faisable, insista-t-elle.

— Écoute-moi, Isabel.

Il s'interrompit, passa une main dans ses cheveux.

— Je suis content qu'on ait cette discussion en tête à tête. Avant d'aller à l'ambassade, je tiens à préciser une chose : je ne te demande pas ton avis. Ma décision est prise. J'irai à Bagdad, rencontrer ces types et tout tenter pour attirer Ali dans nos filets. Si ça fonctionne, j'espère qu'il y aura quelqu'un pour l'arrêter avant qu'il ne soit trop tard.

Isabel appuya son pouce contre ses dents. Ce n'était pas bon signe. Elle se préparait au combat.

— Est-ce une offre ou un ultimatum ?

— Une proposition.

— Tu as l'intention de jouer les free-lances en pleine zone hostile, et il faudrait qu'on te soutienne sans poser de questions ? À tes conditions ?

Sa voix avait pris une tonalité froide, autoritaire. Ils retrouvaient leur dynamique familière, celle d'une joute verbale conduisant immanquablement au clash.

— Raymond m'a entraîné dans cette histoire. Je me sens responsable.

— Arrête de te flageller. Ça n'a rien de noble, c'est juste idiot.

— Je ne suis pas le seul en cause. Le gouvernement américain aurait dû comprendre depuis des années que Raymond jouait sur plusieurs tableaux. Il n'arrêtait pas de déconner, déclenchait des sonnettes d'alarme, mais vous l'avez laissé s'en tirer à chaque fois. Plus j'y réfléchis, plus je m'étonne que ni la CIA ni le FBI n'aient découvert ce qu'il tramait et empêché les attentats de Buenos Aires. C'est scandaleux.

— Peut-être. Voilà pourquoi nous avons ouvert une enquête interne. Mais c'est facile à dire après coup. Tu n'es pas réaliste, Valentin. D'autant que la cible n'était pas américaine.

— Mais Raymond est un citoyen américain. Et un de vos anciens indics.

— Il est fort possible que les services secrets en aient su davantage que tu ne crois. Ils ont peut-être simplement sous-estimé l'imminence de l'attaque.

— Ou alors ils se foutaient que des Sud-Américains crèvent. Raymond pouvait encore leur être utile.

Elle se pencha en avant, les mains sur la table, comme prête à lui sauter dessus.

— Une fois qu'on est à l'intérieur du système, on s'aperçoit mieux de son ampleur, de la quantité d'informations brassées et du nombre d'individus concernés. En général, ça explique beaucoup plus de choses que toutes les prétendues conspirations. Parfois…

Le téléphone de Pescatore sonna. Il s'apprêtait à rejeter l'appel quand il reconnut, avec un pincement au cœur, le numéro de Fatima. Il avait discuté avec son adjoint la veille. Les Français n'avaient pas du tout apprécié le petit tour que leur avaient joué les hommes de Raymond à Paris. D'après les enquêteurs envoyés en Espagne, Raymond aurait quitté l'Union européenne sous une fausse identité, peut-être via le Maroc. Pescatore avait demandé à parler à Fatima, mais Laurent lui avait répondu qu'elle était trop faible.

— Excuse-moi, je dois décrocher, lança-t-il à Isabel.

Elle hocha la tête. Le téléphone à la main, il se dirigea vers la chambre, séparée du salon par deux panneaux coulissants. Il en tira un et se réfugia dans un coin. Le timing n'était pas idéal, mais il n'en pouvait plus d'attendre. Il s'assit sur le lit et répondit à voix basse.

— Fatima ?

— Valentino, *mon amour**… Où es-tu ?

Ces mots firent fondre quelque chose en lui. Elle avait la voix pâteuse, encore plus rauque que d'habitude. Elle mélangeait l'espagnol, le français et l'anglais. Elle lui avoua être défoncée aux antalgiques.

— Tout va bien, ma belle. Je suis à Madrid. J'étais mort d'inquiétude. J'aurais voulu rester auprès de toi, mais Laurent m'a viré du pays.

— Vous autres Américains et vos flingues…

— Désolé de t'avoir caché ça.

Elle marmonna une réponse inintelligible. Il se pencha, une main plaquée sur l'oreille gauche.

— Fatima ? Tu es toujours là ?

— Valentino. (Elle semblait désorientée.) J'ai fait un cauchemar.

— Ah oui ?

— J'ai rêvé que tu chantais pour moi. Dans la jungle. Une drôle de chanson italienne. Il pleuvait. Et puis je me suis réveillée, toujours dans le rêve, et j'ai vu que c'était Raymond qui chantait, debout près de mon lit. C'était horrible.

Cette image fit frissonner Pescatore.

— Ne t'inquiète pas. Je suis le seul à chanter pour toi.

— *Très bien**.

Il entendit des bruits d'hôpital, des voix qui prononçaient le nom de Fatima.

— Il faut que je te laisse. Je voulais…

Elle se tut. Il s'empressa d'enchaîner :

— Je suis content que tu m'aies appelé. J'avais besoin d'entendre ta voix. Prends soin de toi, Fatima. Je te rejoindrai dès que possible.

— *Je t'aime**, murmura-t-elle.

— Moi aussi.

De retour dans le salon, il se laissa tomber sur sa chaise.

Isabel le dévisagea.

— Ça va ? demanda-t-elle.

— Oui, pardon. (Il se racla la gorge.) C'était l'enquêtrice française qui s'est fait tirer dessus l'autre jour. J'étais là.

— On m'en a parlé. Comment va-t-elle ?

— Elle est salement amochée, mais elle se remet petit à petit.

— Tant mieux.

Il baissa les yeux avant d'ajouter :

— Isabel… il faut que je te dise… cette femme, Fatima… on faisait équipe. Ça nous a rapprochés. Je tiens beaucoup à elle. C'est la première fois que je tiens autant à quelqu'un depuis notre rupture.

Ça me fait bizarre. Je suis désolé de te l'annoncer de cette façon, mais…

Elle lui prit la main.

— Je suis heureuse pour toi, Valentin.

Son sourire était teinté de mélancolie. La tension s'était dissipée ; l'affrontement avait été évité.

— On devrait y aller, annonça-t-elle au bout d'un moment.

Lorsqu'ils eurent franchi la grille de l'hôtel, Pescatore lui demanda :

— Il y aura qui, à cette réunion ?

— Tous les représentants fédéraux concernés. Tiens-toi prêt. On va sûrement réclamer l'aide des Britanniques et des Français. Les Israéliens aussi sont intéressés. Tout le monde veut la peau de Raymond et de ses copains. Ça va être compliqué.

Il comprit qu'elle allait reprendre son ancien rôle auprès de lui : celui de protectrice, de porte-parole, d'intermédiaire.

— Hé ben, commenta-t-il en secouant la tête. Tous ces pays et ces agences qui se bousculent… C'est vrai, ce qu'on dit : la bureaucratie est la nouvelle géographie.

— Qui dit ça ?

— Je l'ai lu dans un livre.

— Quel livre ?

Il hésita, un peu gêné.

— Ça s'appelle *Are We Rome ?* L'auteur y compare la décadence des États-Unis à celle de l'Empire romain.

Elle s'arrêta au milieu du trottoir et se tourna vers lui, l'air exagérément incrédule. Le soleil se reflétait sur ses lunettes de soleil.

— Depuis quand est-ce que tu lis, toi ?

— Tu as toujours dit que j'aurais dû reprendre mes études. J'ai décidé de suivre ton conseil. Et comme je ne pouvais pas le faire en Argentine, je me suis mis à lire. Des bouquins sur le terrorisme, le droit, les problématiques internationales…

— Bravo.

— Raymond n'est jamais allé à la fac, mais il lisait tout le temps. Et c'est une des personnes les plus intelligentes que je connaisse.

— J'espère qu'il le sera suffisamment pour ne pas tout gâcher.

Ils descendirent une butte et traversèrent le Paseo de la Castellana, un boulevard arboré à six voies flanqué de deux passerelles pour les piétons. Le ciel était d'un bleu immaculé ; l'air chaud, sec, chargé d'odeurs de cuisine et de gaz d'échappement. Madrid ressemblait à Buenos Aires en plus propre, plus élégant. Isabel et Pescatore marchaient d'un pas lent, côte à côte, leurs coudes et leurs épaules se frôlant.

— Isabel, tu te souviens quand on parlait de passer notre lune de miel en Espagne ?

— Bien sûr.

— Ça aurait été super. Je suis allé me promener la nuit dernière. À deux heures du matin, on se serait crus en plein après-midi. Il y avait de la circulation. Et beaucoup de monde dans la rue : des familles, des vieux sur des bancs. Les bars et les restaurants étaient bondés, les gens faisaient la fête. Difficile d'imaginer qu'on est en pleine crise économique.

— Justement, ils devraient peut-être la fermer, dormir un peu et régler leurs problèmes.

L'ambassade américaine était un grand bloc de béton coincé entre des immeubles de bureaux luxueux, des appartements huppés, des boutiques et des restaurants. La sécurité avait été renforcée après les frappes terroristes à Paris et Londres. À l'arrière de l'enceinte grillagée, deux véhicules blindés montaient la garde près des barrières actionnées par des officiers de la Guardia Civil en tricornes.

Pescatore avançait tête basse, les mains dans les poches. Soudain, à sa grande surprise, Isabel lui prit le bras. C'était une sensation familière, réconfortante. Il lui jeta un coup d'œil tandis qu'elle retirait ses lunettes de soleil.

— Valentin, on a passé combien de temps ensemble ? Trois ans ?

— C'est ça.

— On était très proches, on partageait tout, et pourtant tu ne m'as jamais parlé de Raymond Mercer. Comment est-ce possible ? J'ai lu vos dossiers. J'ai discuté avec Facundo et l'agent Furukawa. Je t'ai écouté tout à l'heure. Il est évident qu'il a eu une énorme influence sur toi. J'ai l'impression d'avoir découvert ton frère caché.

Pescatore s'arrêta. Le regard insistant de la jeune femme le mettait mal à l'aise.

— Je ne sais pas trop. On était copains, c'est vrai, quand on était gosses. Mais en grandissant, je me suis rendu compte qu'il n'était pas très fréquentable.

— Quand même… J'ai du mal à croire que tu n'aies jamais mentionné son nom.

Il haussa les épaules.

— Je t'avais parlé de mes ennuis à Chicago. Et des types avec qui je traînais à l'époque. J'ai toujours été honnête avec toi.

— Tu ne m'as pas menti, mais tu as toujours été très secret. Tu gardes tout à l'intérieur.

Il pensa à l'arme qu'il avait dissimulée à Fatima.

— Tu m'as souvent dit que j'avais un don inné pour les missions sous couverture.

— Si tu veux bien, j'aimerais qu'à partir de maintenant on ne se cache plus rien. Les enjeux sont trop importants. Je suis vraiment très inquiète au sujet de ce voyage en Irak.

— Ne t'en fais pas, ça va aller.

— Il y a une chose que je ne comprends pas. Raymond est-il toujours ton ami ? As-tu réellement confiance en lui ?

— Je ne le connais plus. Mais je lui fais confiance parce que lui me fait confiance.

Ils reprirent leur route. Il était surpris par cette démonstration d'affection. Isabel n'exagérait pas : elle craignait réellement qu'il ne revienne pas.

22

MY RIFLE, MY PONY AND ME

Il aurait été plus facile, plus rapide et plus sûr de prendre l'avion jusqu'à Bagdad.

Mais Raymond avait reçu des ordres du général Ali Houmayoun. Le maître-espion iranien était curieux de rencontrer ce Pescatore qui, lui disait-on, détiendrait les clés leur permettant de frapper le grand Satan. Il l'avait donc convoqué chez lui. Pour plus de discrétion, il avait décidé en accord avec Raymond de le faire passer par la Jordanie, à l'aide d'un vrai-faux passeport argentin. Raymond avait l'habitude d'utiliser cet itinéraire lorsqu'il envoyait des djihadistes étrangers en Irak.

Pescatore était resté une semaine en Espagne après l'arrivée d'Isabel. Il y avait eu plusieurs réunions à l'ambassade, dans des hôtels et sur une base militaire américaine. Les derniers jours avaient été consacrés à l'organisation stratégique, la préparation du matériel et des échanges par e-mail et par téléphone avec Raymond. Pescatore faisait également des rapports réguliers à Facundo, et il avait parlé à Fatima à plusieurs reprises. Leurs conversations restaient légères ; il avait préféré ne pas mentionner ses projets de voyage en Irak. Elle se remettait doucement ; mieux valait ne pas l'inquiéter. Pendant ce temps, et contre toute attente, Isabel et lui étaient redevenus amis. La jeune femme travaillait sans relâche. Elle l'avait aidé à naviguer dans la marée de flics, d'espions, de soldats et de diplomates qui l'entouraient. Au moment des adieux, elle lui avait répété plusieurs fois d'un ton presque menaçant : *Cuidate !* Attention à toi !

À Amman, Pescatore rencontra Mustapha, un trafiquant irakien. L'homme aurait pu être mexicain : il avait des jambes arquées, un corps robuste et un visage replet avec une moustache à la Zapata. Pescatore se souvint d'une plaisanterie du comique George Lopez à l'époque de la guerre en Irak : « J'ai un oncle qui est le portrait craché de Saddam Hussein. Pas vous ? »

Mustapha conduisait un Chevrolet Suburban, vieux tank d'un blanc sale qui filait dans la nuit. Ils avaient quitté Amman à minuit afin de franchir la frontière entre la Jordanie et l'Irak au petit matin. Plus le véhicule roulait vite, plus il vrombissait, et plus Mustapha chantonnait fort. Pescatore était effaré par la quantité de choses que cet homme faisait en conduisant : envoyer des SMS, gesticuler en parlant au téléphone, brancher ses écouteurs, verser deux tasses de thé et lui en passer une par-dessus son siège. Lorsqu'ils approchèrent de la frontière, Mustapha lui tendit une enveloppe contenant le passeport argentin préparé par Raymond grâce à des photos envoyées en express.

— Toi, maintenant, déclara Mustapha.

— Oui, je sais. Merci beaucoup.

Pescatore ne quittait pas le pare-brise des yeux, dans l'espoir que son chauffeur saisisse le message et reporte son attention sur la route.

Mustapha lui réclama son passeport américain en échange. Il le conserverait jusqu'à la fin de la mission. Après le lui avoir remis, Pescatore se sentit tout nu. Il déchira l'enveloppe et découvrit sa nouvelle identité : Marco Antonio Martin. Un mélange entre Marc Anthony et Ricky Martin, à tous les coups. Il y avait également des cartes de visite et une lettre sur papier à en-tête expliquant qu'il représentait une société de Buenos Aires spécialisée dans l'exportation de viande halal vers le Proche-Orient – société créée de toutes pièces par Raymond. C'était une excellente couverture, car les Irakiens ne connaissaient pas grand-chose de l'Argentine – son équipe de foot mise à part.

La situation était assez ironique : un ancien agent de la Patrouille frontalière américaine s'apprêtait à entrer dans un autre pays en toute illégalité, à l'aide d'un faux passeport. Plusieurs des anciens collègues de Pescatore avaient été envoyés en Irak pour former la police locale et empêcher précisément ce genre de choses d'arriver. Il espérait que leurs élèves n'avaient pas été trop assidus lors du cours sur les faux papiers.

Justement, le poste-frontière, un groupe de bâtiments bas éclairés par des projecteurs, apparut devant eux. Une file de véhicules patientait derrière un camion-citerne aux réservoirs rongés par la rouille. Mustapha se débarrassa rapidement des formalités jordaniennes. Une fois qu'ils furent passés du côté irakien, il fit entrer Pescatore dans une salle d'attente lugubre. Le jeune homme s'adossa à un pilier et le regarda se diriger vers les guichets où des fonctionnaires tamponnaient bruyamment des formulaires. Des voyageurs indolents patientaient sur des bancs en plastique. Les néons éclairaient la pièce d'une lueur maladive.

Pescatore remarqua une machine poussée contre un mur derrière des bureaux vides. Elle lui parut familière. Il s'approcha. C'était bien ce qu'il pensait : un détecteur à rayons X dernier cri, le même que ceux utilisés par les douaniers américains pour inspecter les bagages. Il se souvint qu'une cargaison de ces appareils avait été envoyée en Irak ; ses collègues avaient formé leurs homologues à leur utilisation. Et voilà que cet équipement de haute technologie qui valait plusieurs millions de dollars était relégué près d'une poubelle, même pas branché. Des cintres supportant des uniformes et des tenues civiles y étaient accrochés. Il avait été transformé en portemanteau.

Mustapha conversait avec un employé mal rasé qui portait des tongs en caoutchouc. Quelques mètres à peine les séparaient de Pescatore, mais ils ne lui adressèrent pas un regard. Tout à coup, ils disparurent dans un bureau. Ce n'était sans doute pas bon signe. Il avait supposé que Raymond savait ce qu'il faisait. Mais il commençait à s'inquiéter. Sa couverture serait-elle crédible ? Quel importateur de viande argentin serait assez idiot pour venir jusque-là ? La mission risquait d'échouer avant même d'avoir débuté. Il tenta d'estimer les risques encourus pour entrée illégale sur le territoire. On l'accuserait peut-être d'espionnage, ce qui dans la plupart de ces pays à la justice expéditive était passible de la peine de mort.

Quelques minutes plus tard, Mustapha émergea du bureau, tout sourire.

Le Suburban reprit sa route dans le noir. Mustapha désigna d'un geste triste le désert qui défilait derrière les vitres.

— Irak. *Harb* tout le temps.

Pescatore connaissait assez d'arabe pour savoir que *harb* signifiait « guerre ».

Ils s'arrêtèrent au bord de la route, sur un emplacement où était déjà garé un 4x4. Raymond sortit de l'ombre, un sac en toile dans les bras. Il les rejoignit à bord de leur voiture et les salua gaiement. Pescatore lui frappa dans la main, sincèrement heureux de le voir. Mustapha redémarra, suivi par le 4x4. Leur escorte devait les accompagner jusqu'à Bagdad.

— Alors, qu'est-ce que tu racontes de beau, *cuate ?* demanda Raymond.

Il était habillé tout en noir, avec un keffieh à carreaux rouges. Sa petite barbe le faisait ressembler à Al Pacino dans *L'Impasse*, comme dix ans plus tôt à Chicago.

— *A todo dar*, répondit Pescatore.

— Je vois que tu as suivi mes conseils de style. On dirait un gars d'ici, pas vrai, Mustapha ?

Ce dernier lui décocha un sourire par-dessus son épaule.

— Oui, un habitant de Samarra.

Pescatore ne s'était pas rasé depuis trois jours. Un employé de l'ambassade américaine à Madrid qui avait servi en Irak l'avait aidé à choisir sa tenue : pantalon noir à pinces, chemisette rayée à col large et keffieh à carreaux noirs. Il portait aussi sa veste de treillis noire. L'homme lui avait dit que s'il baissait la tête et ne disait pas un mot, il pourrait se fondre dans le décor.

— N'oublie pas, reprit Raymond en fouillant dans son sac. Pas de ceinture en voiture. Ni de lunettes de soleil. Sinon, autant porter une casquette « Connard de la CIA ».

Il lui tendit un Beretta semi-automatique, un étui et des munitions. Pescatore fixa l'arme à sa ceinture.

Autre pays, autre flingue, songea-t-il. Raymond lui montra deux carabines M4 couchées au fond de son sac.

— Tu sauras te servir d'un de ces bébés en cas de besoin ?

— J'en ai déjà utilisé lors d'une mission à Nogales.

— Nogales, c'était rien, *man*. Ici, c'est le Far West ! On est dans la province d'Al-Anbar.

Il lui expliqua qu'ils allaient traverser le fief des militants d'Al-Qaïda et autres fous de la gâchette.

— Ce pays, c'est du *puro desmadre*. Ils passent leur temps à se fighter. Sunnites contre chiites, chiites contre Kurdes, Kurdes contre chrétiens. Sans compter toutes les factions et tous les clans rivaux. Ils rusent, te manipulent, te reniflent pour essayer de savoir s'ils peuvent te buter, et combien de tes *cabrones* de potes les traqueront jusqu'à la fin de leurs jours.

— Un peu comme à Chicago.

— Ce n'est pas pour rien qu'on surnomme cet endroit Ch-Irak, *man*.

— Y a intérêt à se tenir prêt à dégainer.

— Comme dans les westerns. Quand est-ce que tu as vu *Rio Bravo* pour la dernière fois ?

— Oh, la vache. Ça fait un bail.

Raymond considérait ce film comme un des meilleurs de l'histoire du cinéma. Il le répéta cette fois encore, même s'il regrettait que les westerns donnent une vision aussi impérialiste, fasciste et raciste du monde.

— Arrête un peu avec tes conneries, répliqua Pescatore. On ne touche pas à *Rio Bravo*.

Raymond sourit et se mit à chanter *My Rifle, My Pony and Me*, la chanson du film. Son imitation du beau timbre de baryton de Dean Martin, à mi-chemin entre le Rital et le cow-boy, s'était encore améliorée avec le temps. Pescatore revit la scène : Dude étendu sur sa banquette en prison, chapeau sur les yeux, pieds surélevés et cigarette à la bouche.

Les panneaux routiers défilaient, porteurs de noms synonymes de violence et de massacres : Ramadi, Falloujah, Bagdad… Le Suburban traversait des terres désolées. Fidèle à lui-même, Raymond se comportait comme si tout ça n'était que du cinéma.

La chanson l'avait rendu nostalgique. Il évoqua son passé – les concerts, les filles, les matchs, les potes, les bagarres, les petits délits. Pescatore somnolait à moitié, son foulard remonté sur le visage. À l'aube, une tempête de sable se leva. Un nuage d'un brun uniforme recouvrit le ciel, le désert, les minarets, les maisons au toit plat et les ruines de guerre. Les gens s'arc-boutaient pour lutter contre les rafales piquantes, tandis que les palmiers se couchaient sous elles.

Ils entrèrent dans Bagdad à midi. La nappe de pollution assombrit un peu plus l'atmosphère. Pescatore fut surpris par le grondement de la circulation, l'enchevêtrement des voies express, des boulevards et des ponts autoroutiers. La ville était un gouffre à essence. Il remarqua des murs anti-explosions, des barbelés, des barricades. Les Américains avaient beau être partis, le conflit n'était pas terminé. Ces rues filmées si souvent par les médias du monde entier lui semblaient presque familières. La foule, l'impression de menace latente et le désordre ambiant lui firent penser à l'Amérique latine. Sauf qu'il y avait très peu de femmes dehors. Et que presque aucune ne montrait ses cheveux, sans parler de sa peau.

Leur point de chute était une résidence hôtelière, après un checkpoint protégé par des miliciens lourdement armés. Leur appartement de deux chambres était vaste mais en piteux état. La décoration des années 1980 avait mal vieilli, la climatisation sifflait et ronronnait de concert avec le groupe électrogène. Pescatore demanda à Raymond si c'était là qu'il vivait à présent. Il reçut une réponse évasive. Puis il fit une sieste. Il fut réveillé par l'appel à la prière du soir qui résonnait entre les bâtiments – un son qu'il trouva apaisant. Dans la cuisine, Raymond lui servit un café turc et s'amusa de la grimace qu'il fit en le goûtant. Ils discutèrent de la stratégie à suivre lors de la visite chez le général Ali. Pour Raymond, le plus important était que Pescatore soit naturel.

— Tu n'as pas à t'inquiéter. Il apprécie les gars sérieux, respectueux. Ceux qui ont porté l'uniforme et ont l'habitude des ordres. Par moments, il me trouve trop extravagant. Tu le crois, ça ?

Pescatore éclata de rire. Il guettait en vain chez son ami un signe indiquant qu'il s'en voulait de trahir un proche, un mentor si important dans sa vie.

Raymond changea de sujet. Il voulait connaître la réaction du gouvernement américain face au marché qu'il proposait. Pescatore avait déjà préparé sa réponse :

— Ils sont très intéressés par le général. Et la menace d'un attentat sur leur sol a retenu toute leur attention. Mais ils n'ont pas confiance en toi. À un moment donné, il va falloir que tu engages un avocat, que tu t'asseyes avec eux et que vous arriviez à un accord. Je ne vais pas pouvoir jouer les intermédiaires éternellement.

— Normal.

— Ils ne commenceront pas les négociations avant d'avoir vu ce que tu as à offrir. Ça suppose que tu m'obtiennes l'entretien promis avec le général.

— C'est pour ça qu'on est là.

— Pour être honnête, ils ont peur que je ne rentre pas en un seul morceau.

— Mais si, ne t'inquiète pas. Je m'en porte garant.

— Je compte sur toi pour ne pas entacher ma réputation. Et me garder en vie.

— Moi aussi, je compte sur toi.

— Tant mieux.

— On fait une sacrée équipe, *cuate*.

Ils commandèrent à dîner au room service et mangèrent devant la télé. Avachi dans un fauteuil en velours vert, Raymond zappait en monologuant sur les mérites respectifs de Shakira et Jennifer Lopez, la rivalité entre le Barça et le Real Madrid, la dernière vague d'attentats à la bombe en Irak. Il se mit ensuite à évoquer l'avenir. Il avait pas mal d'économies, ainsi que des investissements et des biens immobiliers sur lesquels il espérait que les fédéraux ne mettent jamais la main. Dans le cas contraire, ils lui en laisseraient peut-être la jouissance en échange de son témoignage contre le général Ali. Une fois que toute cette affaire serait derrière lui et qu'il aurait récupéré la garde de ses fils, il avait l'intention de s'installer dans un coin tranquille pour les élever correctement.

— Études, sport, musique… C'est une question de discipline. Si je pouvais trouver une école militaire doublée d'un conservatoire, ce serait parfait. Un père doit savoir fixer des règles, des limites. Comme ton *viejo*.

— Franchement, je ne suis pas certain que ce soit un modèle du genre.

— Tu as bien tourné. Tu connais la différence entre le bien et le mal.

— Ce n'est pas si compliqué.

— Si tu avais grandi dans le même environnement que moi, avec l'échelle des valeurs qu'on m'a inculquée, tu comprendrais que si, ça peut l'être.

— Ah oui ? (La tension et la fatigue avaient épuisé la patience de Pescatore.) Je vais te donner un exemple. Tuer deux cents personnes sans défense qui s'occupaient de leurs oignons dans un centre commercial, c'est mal. Faire exploser des mômes dans une école, pareil. C'est très, très mal.

Raymond plissa les yeux.

— Tu laisses volontairement de côté des questions essentielles. Comme les centaines de *milliers* de gamins et d'adultes tués et martyrisés chaque jour, depuis des années, en Palestine, au Liban, en Afghanistan ou en Irak. Peut-être que tous ces gens dans cette école, ce centre commercial et cette saloperie de Harrods à Londres n'étaient pas si innocents que ça. Parce qu'ils font partie d'un système qui a décidé de détruire le monde musulman. Grâce à cette soi-disant démocratie que tu défends avec tant de patriotisme.

Pescatore répondit :

— Si on confiait le monde aux types pour qui tu bosses, je n'ai vraiment pas envie de voir ce qu'ils en feraient. Tu as choisi le mauvais camp, mon frère.

Raymond déplia le repose-pieds et s'allongea de tout son long dans le fauteuil.

— Il n'est jamais trop tard pour en changer.

— C'est ce que tu penses ?

— Bordel, j'ai appris ça à Chicago. Du moment qu'on a quelqu'un ou quelque chose à vendre, on peut toujours se convertir.

— Je n'en suis pas si sûr.

— Relax, mec. Demain à cette heure-ci, on aura fini et tu seras en train de rentrer chez toi.

Pescatore se coucha tôt. Une fois dans sa chambre, il envoya un bref e-mail codé à Isabel à une adresse fictive créée pour l'occasion. Puis il verrouilla la porte, cala une chaise sous la poignée et posa ses clés dessus. Il dormit la main serrée sur son pistolet. Si des terroristes ou des ravisseurs débarquaient au milieu de la nuit, il ne se faisait pas d'illusion sur sa capacité à leur échapper. Mais il voulait choisir le moment et la manière dont il mourrait. Comme Rodolfo Walsh, un auteur argentin dont il avait entendu parler. Lorsqu'un commando de la mort avait tenté de l'enlever durant la guerre sale, il avait sorti une arme, obligeant ses adversaires à l'abattre sur-le-champ. Il avait ainsi évité d'être balancé dans le rio de la Plata depuis un avion, ou tout autre fin indigne. Pour sa part, Pescatore n'avait pas l'intention de figurer dans une vidéo de décapitation destinée à faire bander les djihadistes.

La tempête de sable retomba. Au matin, la ville était couverte de poussière et la chaleur accablante. Il enfila un gilet à poches par-dessus l'étui de son arme. Autour d'un petit déjeuner composé de pain, de dattes et d'un infâme café turc, Raymond lui annonça qu'ils avaient rendez-vous dans un quartier chiite avec les hommes du général, qui les conduiraient ensuite jusqu'à lui. La force Al-Qods évoluait dans l'ombre grâce à un réseau de planques, de bases secrètes et de sociétés-écrans. Malgré son influence sur cette région du monde, l'Iran entretenait des relations complexes avec les Irakiens.

— Même s'ils sont tous chiites, une rivalité persiste entre Arabes et Perses. Les Iraniens se considèrent comme les héritiers d'un immense empire. Les Irakiens trouvent que ce sont des casse-couilles qui se la pètent.

Mustapha prit le volant du Suburban et les conduisit le long de rues encombrées bordées de murs couleur sable. Des portraits de martyrs et d'ayatollahs ornaient les stands des marchés et les panneaux d'affichage.

Les gens étaient tous vêtus de noir. Ce quartier, qui abritait un temple chiite, était pauvre et animé. La circulation était dense. Raymond téléphona pendant que Pescatore admirait les dômes dorés qui dépassaient des toits. Le bâtiment avait quelque chose de factice, comme un gigantesque jouet clinquant.

Le Suburban tourna dans une rue envahie de véhicules et de piétons. Ils avançaient au ralenti. Raymond jurait et commençait à se plaindre au chauffeur quand des explosions retentirent.

Il y en eut trois. Fortes, mais pas assourdissantes. Une vague de terreur se propagea dans la foule. Quelques coups de feu se firent entendre. Les gens se pressaient autour de la voiture. Des policiers en béret et treillis passèrent en courant. Mustapha tenta d'avancer, puis de reculer – en vain. Ils étaient coincés.

Il discuta avec quelqu'un par la fenêtre ouverte. Des sirènes approchaient. Ils apprirent qu'une attaque kamikaze venait de se produire à l'intérieur du temple chiite. Des ambulances se frayèrent un chemin dans la foule, encombrant encore davantage la rue. Le Suburban était désormais immobilisé au milieu du chaos. Raymond hurlait en arabe dans son téléphone, jetant des regards rapides autour de lui.

— Écoute, mec, lança-t-il à Pescatore. On est bloqués. Nos contacts sont à quelques rues d'ici. On va les rejoindre à pied. D'accord ?

— C'est toi l'expert.

Mustapha les regarda partir, partagé entre le désir de protéger ses clients et celui de rester aux commandes de son navire échoué.

En sortant du cocon climatisé de la voiture, ils furent assaillis par la chaleur, la poussière et le tumulte. Ils avaient du mal à respirer. Raymond avançait d'un pas vif. Ils croisèrent un groupe de femmes en robes et voiles noirs qui se lamentaient et se frappaient la poitrine. Ils tournèrent à un coin de rue pour atteindre le boulevard, visiblement piétonnier, qui menait au temple. Là, ils se retrouvèrent pris dans une mêlée d'hommes, de véhicules et de gyrophares. Pescatore ne vit aucun dégât ; les explosions avaient dû être de faible ampleur. Des miliciens aidaient à dégager le passage pour les ambulances et les camions de pompiers. Il évita leur regard ; il se sentait trop exposé, trop visible.

Raymond lui annonça qu'ils devaient contourner le temple pour retrouver les hommes du général. C'est là que les ennuis commencèrent. Un petit groupe se détacha d'un mur pour les intercepter.

— Sales types à dix heures, marmonna Pescatore.

— Vu. Ils ont compris qu'on n'était pas d'ici.

— On fait quoi ?

— Reste calme. Imite-moi.

Ils étaient une demi-douzaine à leur bloquer le passage. Ils n'avaient pas l'air armés. Mais dans la débâcle de la rue, leur chef était typiquement le genre de voyou que Pescatore aurait préféré éviter. Maigre, le teint cireux, une allure de prédateur : un vrai pirate des terres. Un bandeau noir retenait ses cheveux trempés de sueur. Une cicatrice lui barrait la joue gauche. Il devait avoir une vingtaine d'années et était vêtu de noir, avec des manches longues malgré la chaleur. Il ne tenait pas en place, comme un accro à l'héroïne.

Le pirate s'approcha tout près de Raymond. Il lui demandait apparemment de prouver qu'il n'était pas du côté de l'ennemi. Un attroupement se forma autour d'eux. Les gens se bousculaient, discutaient. Des sirènes hurlaient au loin. Raymond répondit en arabe d'un ton grave, respectueux, peiné. La main sur le cœur, il sourit au cercle de visages qui l'entourait. Même dans ce moment de grande tension, ça l'amusait qu'on puisse le prendre pour une menace. Son expression indiquait qu'il comptait sur eux pour retrouver leurs esprits et rire de tout ça avec lui.

Le pirate passa à l'anglais :

— Vous êtes quoi ? Anglais ? *Amriky ?*

— Argentins ! s'exclama Raymond. Messi !

— Oui, renchérit Pescatore. L'Argentine. Maradona !

Il fit mine de taper dans un ballon, levant les bras comme pour célébrer un but. Un des spectateurs débita un flot de paroles. C'était un homme jeune en bleu de mécanicien. Ses gants en plastique jaune étaient tachés de graisse, comme le reste de sa personne. Il pointa Pescatore du doigt en répétant :

— Maradona.

Difficile de savoir s'il trouvait qu'il lui ressemblait, s'il exprimait son admiration pour le joueur de foot ou s'il se moquait de lui. Dans le doute, Pescatore répondit en anglais :

— C'est ça, mec. Maradona. *Argentina !*

Le pirate fronça les sourcils. Raymond brandit son téléphone, proposant de résoudre le quiproquo d'un simple coup de fil. L'autre refusa. Ses sbires se déployèrent autour des deux étrangers. La foule s'écarta, les laissant reprendre leur route sous bonne escorte. Entourés par le pirate et quatre malabars, Raymond et Pescatore conféraient à mi-voix en espagnol.

— C'est qui, ces types ? demanda Valentino.

— Un genre de patrouille de quartier. Leur chef a parlé de nous emmener au QG pour interrogatoire. À cause de l'attentat.

— Tu y crois ?

— Non. Ce sont des *chorros*. Ils veulent nous dépouiller.

Le pirate leur fit traverser le boulevard baigné de soleil. Il se dirigea vers une rue latérale, au milieu d'une rangée de boutiques, de cafés et de stands. Un homme passa en courant avec une petite fille en robe rose dans les bras. Les mains et la tête de l'enfant étaient entourées de bandages ensanglantés. Ses sanglots firent tressaillir Pescatore. Les habitants s'empressèrent autour d'eux : un marchand vida son étal pour y allonger la fillette, tandis qu'une vieille femme lui donnait à boire et essuyait son visage.

Cet endroit est peuplé de braves gens, et nous on se fait embarquer par une bande de voyous.

Raymond interpella le chef de la bande, qui aboya une réponse par-dessus son épaule.

— Il refuse que j'appelle mes amis, chuchota-t-il.

— Ils vont nous démolir.

— On va faire comme avec ce Croate qui t'avait traité de *taco*. On attaque, et on se barre en courant.

— Pas de *cuetes ?*

— Ouh là, non. Sauf s'ils dégainent les premiers. Sinon, on va se faire lyncher.

Pescatore mourait d'envie de sortir son Beretta, mais il comprenait. La ruelle obliqua vers la gauche. Un entrelacs de câbles électriques pendait au-dessus de leurs têtes. Ils passèrent devant des fenêtres à barreaux, puis une échoppe de barbier décorée d'un poster de l'imam Ali – beau, barbu et éclairé par-derrière comme une star de cinéma. Il faisait sombre et frais ; tout était calme. La frénésie du temple semblait loin derrière eux. Pescatore sentit monter l'adrénaline à mesure que l'inévitable bagarre se rapprochait.

— Maintenant, lança Raymond.

Il ne plaisantait pas : il avait bien l'intention de reproduire la manœuvre utilisée des années plus tôt sur un terrain de foot de Chicago. Il s'élança, les bras grands ouverts, et abattit ses deux mains sur les oreilles du pirate qui lui tournait le dos. L'effet fut aussi violent et efficace que la première fois. L'homme s'effondra comme si ses os et ses cartilages s'étaient brusquement liquéfiés.

Un gros baraqué voulut se jeter sur Raymond. Pescatore le frappa de toutes ses forces au niveau des reins, et profita qu'il soit plié en deux pour lui administrer un crochet du gauche, puis un du droit, puis un autre du gauche. À partir de là, le combat de boxe se transforma en mêlée. Ils se battaient dans un silence concentré, seulement interrompu par des grognements et des bruits d'impacts. Pescatore vit Raymond envoyer un coup de pied dans une rotule tout en essayant de se débarrasser d'un gringalet monté sur son dos. Un autre type parvint à blesser Pescatore à l'épaule gauche avec un morceau de tuyau. Il riposta par une clé à la gorge avant de repousser son adversaire contre un coffrage de climatiseur.

Les deux Américains se retrouvèrent côte à côte, le dos contre les volets rouillés d'une boutique, face à trois opposants. Le chef et le gros baraqué étaient toujours à terre.

— Il faut qu'on foute le camp d'ici, hoqueta Raymond.

— On n'a qu'à flinguer ces *comemierdas*.

Cette pulsion meurtrière s'accompagna d'une prémonition : les coups de feu allaient attirer une horde de miliciens, de policiers et de soldats qui les abattraient sur-le-champ. Pescatore mourrait avant d'avoir atteint sa cible.

Soudain, une voix retentit dans la ruelle. Un homme grisonnant et replet s'interposa entre eux. Il portait une *dishdasha*, la longue tunique traditionnelle des Irakiens, et un bonnet en crochet. Il les sermonna en arabe. Visiblement, ce n'était pas n'importe qui : les voyous baissèrent les yeux et les poings. Puis il s'approcha du pirate, qui s'était à moitié relevé et, à quatre pattes, secouait la tête comme pour chasser de l'eau de ses oreilles. Les mains sur les hanches, le vieil homme lui cracha quelques mots au visage. L'autre répondit d'un air mauvais. Une femme vêtue d'une ample *abaya* les rejoignit et se mêla à la conversation d'une voix indignée. D'autres commentaires leur parvinrent depuis les fenêtres et les portes. La rue jusque-là déserte s'était soudain remplie de témoins, et tous avaient leur mot à dire. Les assaillants regardaient autour d'eux, mal à l'aise.

— C'est quoi, ce bordel ? souffla Pescatore.

— Je crois que ce monsieur est un cheikh local.

— Un quoi ?

— Un genre de responsable de quartier, un intendant. Il est en train de leur faire la leçon. Il les traite de mauvais musulmans pour avoir osé s'en prendre à des visiteurs et faire honte à leurs voisins.

Le cheikh conclut ses reproches par un grand geste du bras. Pas besoin de traduction, ça signifiait : « Foutez-moi le camp d'ici. » Les membres du gang aidèrent leur chef à se relever avant de s'éloigner en boitillant.

Le cheikh se tourna vers Raymond et Pescatore. Il tendit le bras, paume vers le sol, et ferma plusieurs fois la main. Sa femme imita son geste en hochant la tête sous son voile. Raymond répondit d'un ton plein de gratitude, une main posée sur le cœur.

À mi-voix, il glissa à Pescatore :

— Suivons-le.

Le cheikh s'appelait Raheem, et son épouse avait bien vingt ans de moins que lui. Ils les conduisirent jusqu'à leur demeure, un bâtiment cubique protégé par un haut mur de béton. À la porte, Raymond retira ses chaussures et demanda à Pescatore d'en faire autant. Celui-ci défit à contrecœur les lacets de ses Timberland. Il se demandait ce qui se passerait s'il devait s'enfuir en courant.

En arabe, merci se disait *choukrane*. Pescatore répéta ce mot en boucle pendant la demi-heure qui suivit. Il posa la main sur sa poitrine aussi souvent qu'un homme souffrant de problèmes cardiaques. En nage, le corps douloureux et les poings serrés, il sirotait du thé dans un imposant fauteuil en velours rouge. Les trois autres étaient occupés par Raymond, le cheikh et son fils aîné, un homme au profil de loup et à la fine moustache. Il était vêtu d'un pantalon de jogging et serrait entre ses mains une vieille édition anglaise du *Docteur Faustus* de Thomas Mann. Peut-être était-il en train de lire lorsqu'ils étaient arrivés. À moins qu'il l'ait sorti pour avoir un sujet de conversation avec les étrangers. Autour d'eux, huit ou neuf jeunes, assis ou agenouillés sur le tapis rouge, formaient un public attentif.

Raymond traduisait quelques phrases par-ci par-là. Le cheikh Raheem et son épouse se rendaient au temple chiite pour aider les victimes de l'explosion lorsqu'ils étaient tombés sur la bagarre. Les assaillants faisaient partie d'une incorrigible bande de voyous du quartier qui avait l'habitude de s'en prendre aux étrangers, pèlerins et journalistes en particulier. Les mains croisées sur le ventre, le cheikh leur expliqua qu'il avait tenu à les inviter chez lui afin de leur présenter ses excuses au nom de sa communauté pieuse et hospitalière. Raymond le remercia. Il ajouta que son ami et lui, Argentins d'origine libanaise, étaient en ville pour affaires. Ils avaient mal choisi leur moment pour visiter le temple.

— Soyez les bienvenus, déclara le cheikh dans un anglais hésitant en tapotant le genou de Pescatore.

Ses yeux pétillaient au-dessus de sa barbe grise broussailleuse.

— C'est très aimable à vous, monsieur.

Pescatore était concentré sur son langage corporel. Les agents de la CIA rencontrés à Madrid l'avaient briefé sur les coutumes irakiennes. « Ne jamais montrer la plante de ses pieds. » Il gardait ses chaussettes bien à plat sur le sol. « Ne pas lever le pouce, c'est l'équivalent d'un doigt d'honneur. » Il s'était déjà retenu deux fois de faire ce geste en l'espace de dix minutes. « Ne rien manger ou toucher de la main gauche, c'est celle qui sert à s'essuyer. » Là, aucun risque, car son bras gauche était paralysé de douleur. « Ne pas regarder les femmes, leur adresser la parole ou poser des questions sur elles. » Pas de problème, l'épouse avait disparu. Les hommes les plus jeunes se chargeaient de servir le thé.

Le cheikh s'excusa et quitta la pièce. Raymond en profita pour passer de brefs coups de fil à Mustapha et aux gardes du général.

— Le cheikh va nous ramener au temple, annonça-t-il à Pescatore. Les types nous rejoindront là-bas. Ça te va ?

Pescatore acquiesça. Il remarqua que son ami avait un œil au beurre noir. Raymond sourit ; soudain, il parut très jeune.

— Sacrée baston. Tu as tout déchiré. Bien joué, mon frère.

— Toi aussi, tu distribuais les coups comme un pro.

Ils se tapèrent les poings. Ce geste très occidental suscita intérêt et amusement chez leurs hôtes.

Le cheikh revint. Il avait passé un vieux blouson gris par-dessus sa *dishdasha*. Une nouvelle expédition se mit en route : Pescatore, Raymond, le cheikh et ses fils.

Le soleil enflammait les dômes et les tours dont la splendeur semblait suspendue au-dessus du chaos. Sur la petite place, Pescatore dut enjamber les flaques de sang diluées par les lances des pompiers. La plupart des ambulances étaient reparties en emportant les morts et les blessés graves. Médecins et volontaires s'occupaient des rescapés à même la rue, ou sur les étals du marché. Le cheikh guida ses protégés jusqu'à l'entrée du temple. La police et les miliciens s'écartèrent respectueusement sur son passage. Il se retourna et s'adressa aux deux hommes.

— Il veut nous montrer ce qui s'est passé, traduisit Raymond. Pour que nous soyons témoins de la tragédie qui frappe son pays. Accordons-lui ce plaisir.

Je n'aurais pas formulé les choses de cette façon, pensa Pescatore.

La cour en marbre était jonchée de chaussures. L'une des bombes avait explosé non loin des étagères sur lesquelles les fidèles rangeaient leurs souliers avant la prière. Les kamikazes s'étaient faufilés dans un groupe de chiites venus se recueillir, formant un triangle mortel. La porte en chêne déchiquetée et arrachée de ses gonds ressemblait à une épave. Au milieu des débris, on distinguait des éclats de verre – les restes de lustres ouvragés semblables à ceux qui ornaient encore les arcades un peu plus loin. Les murs étaient couverts de mosaïques compliquées.

Il restait peu de victimes à l'intérieur. Les enquêteurs étaient déjà à l'œuvre. Des miliciens, visiblement aussi influents que les policiers dans cette ville, aidaient les religieux barbus et enturbannés à nettoyer les lieux. À l'aide de chiffons, de serpillières et de seaux, ils tentaient de balayer les débris. De temps à autre, ils se redressaient et se frappaient la tête ou la poitrine en signe de lamentation.

Le cheikh se joignit à eux. Effondré, il tournait sur lui-même pour contempler les dégâts. Soudain, il tituba et montra quelque chose à Pescatore. Ce dernier mit un moment avant de comprendre qu'il s'agissait de restes humains.

— Des gens, marmonna le cheikh avec une grimace.

— Dieu ait pitié de leurs âmes.

Pescatore était au-delà du choc, au-delà de la nausée. Le carnage le suivait à la trace. Pire : il avait l'impression de le provoquer.

Il se tourna vers Raymond, mais ce dernier était déjà ailleurs. Il parlait à toute vitesse dans son téléphone, prêt à reprendre sa route.

23

ADAM RAISED A CAIN

La planque était située dans la banlieue est de Bagdad. Les hommes du général empruntèrent une route détournée. Le Suburban les suivit. Au bout d'un moment, les deux Américains changèrent de voiture. On demanda à Pescatore de laisser son téléphone à Mustapha, qui l'attendrait un peu plus loin.

Vingt minutes plus tard, ils arrivaient à destination. La rue résidentielle était bordée de hauts murs et de palmiers. Un adolescent joufflu leur ouvrit la grille. Des gardes armés de fusils apparurent dans l'allée. La maison à un étage peinte dans des tons pastel aurait pu se trouver dans le sud de la Californie – si l'on exceptait son mauvais état général. La pelouse était envahie par les mauvaises herbes. L'endroit avait été abandonné par ses propriétaires, une riche famille sunnite, lorsque la zone était tombée aux mains de la milice chiite. Le général Ali se l'était approprié afin d'y installer un pied-à-terre.

— Il pourrait travailler à l'ambassade iranienne s'il le désirait, précisa Raymond. L'ambassadeur était dans la force Al-Qods avec lui. Mais ici, c'est plus discret.

Pescatore dénombra neuf hommes armés, en comptant les trois qui les avaient accompagnés.

Malgré leurs tenues civiles, ils avaient une allure militaire. Raymond confia son pistolet à l'un d'entre eux, et son ami l'imita. Le garde entreprit ensuite de palper rapidement Pescatore, qui sentit son cœur s'emballer. Mais la fouille n'avait rien d'agressif. La présence de Raymond lui garantissait un traitement respectueux. Pendant ce temps, celui-ci enchaînait les poignées de main, les tapes dans le dos, les paumes sur le cœur, les *Salaam aleikoum* et les *Hamdullilah*. Pescatore aurait préféré qu'il baisse d'un ton. Pour sa part, il était passé de l'attente angoissée à l'anticipation sereine. Il lissa ses vêtements et recentra la boucle de sa ceinture.

Les gardes leur annoncèrent que le général n'était pas encore arrivé. Pescatore et Raymond patientèrent dans une véranda surélevée.

— Il ne devrait pas tarder, déclara Raymond. Ça va ?

— Je tourne un peu au ralenti.

— Hé, Ahmed, c'est un ballon de foot ?

Raymond descendit les trois marches d'un bond. Un des gardes poussait du pied un ballon noir et blanc à moitié caché dans les hautes herbes. Il l'envoya à Raymond, qui jongla avec avant de le lui repasser. Ils firent quelques échanges en avançant dans l'allée.

— Ahmed Zidane ! s'exclama Raymond.

Le jeune sourit de toutes ses dents. Il plongea pour arrêter une passe haute, retenant d'une main le fusil qu'il portait en bandoulière. Avec sa tignasse et sa barbe, on aurait dit un croisement entre l'imam Ali et un des Bee Gees.

— Valentino, viens ! appela Raymond. Un peu d'exercice pour garder la forme !

C'était bien la dernière chose dont Pescatore avait envie. Mais il ne pouvait pas se permettre de refuser. Il se joignit donc à eux. L'objectif était d'empêcher le ballon de toucher le sol. Quand ils étaient petits, Raymond et lui s'occupaient ainsi pendant des heures. Ray était un surdoué du ballon. Il consacrait plus d'efforts au jonglage – un bon moyen d'impressionner les filles – qu'aux matchs. Depuis, il avait encore amélioré sa technique. Il dansait, faisait le pitre, accompagnait ses mouvements d'un commentaire en anglais, arabe ou espagnol. Il enchaîna des passes de la tête en direction de Pescatore qui, rouillé, dut récupérer plusieurs fois la balle dans les hautes herbes. Les gardes se rapprochèrent pour les regarder. Pescatore pivota sur lui-même pour effectuer une talonnade.

— *Dale, maestro !* l'encouragea Raymond. Fais-nous ton show !

Raymond rattrapa le ballon sur le dessus du pied droit et l'y garda en équilibre. Puis il fit joyeusement étalage de ses talents : jonglage du pied, de la cuisse, très bas, très haut. Il plongea vers l'avant, les épaules creusées, et fit glisser la balle le long de sa nuque jusqu'à ses omoplates. Il resta ainsi un moment, les bras en croix, aussi immobile qu'une statue. Sans changer de position, il laissa échapper un cri triomphant. Les gardes l'acclamèrent.

Soudain, les hommes se figèrent. Raymond venait d'envoyer le ballon loin au-dessus de la tête de Pescatore qui s'élança sur la pelouse pour le rattraper, puis se retourna.

Le général Ali était apparu sous la véranda. Encadré par deux hommes armés, il serrait un cigare mince entre ses lèvres. Il leva les mains et applaudit avec une espèce de bienveillance sardonique.

Le général iranien avait dû entrer à pied dans la propriété. À moins qu'il n'ait été là depuis le début, caché dans la maison et les observant depuis une fenêtre.

Si Raymond était gêné, il le cacha bien. Il étreignit son mentor et l'embrassa sur la joue. Pescatore se débarrassa du ballon et s'approcha de la véranda, au garde-à-vous.

— Général, je suis heureux de vous présenter enfin mon ami Valentino dont je vous ai tant parlé.

Pescatore monta les marches. Ils échangèrent une poignée de main. Le général Ali lui palpa le biceps gauche, comme pour évaluer sa force.

— Je suis très honoré, déclara Pescatore.

— Tout l'honneur est pour moi, répondit Ali avec un fort accent et un bref sourire.

Il les conduisit à l'intérieur. Ses deux gardes du corps les suivirent à l'étage, qui sentait le renfermé et ne devait pas servir souvent. Après avoir ouvert la porte d'un bureau, ils se plantèrent de chaque côté. La pièce était sombre et peu meublée. L'Iranien s'assit sur une chaise en cuir à haut dossier derrière une table en chêne. Un ordinateur portable et deux téléphones étaient posés devant lui. Une baie vitrée donnait sur la pelouse et l'allée. La climatisation ne rafraîchissait pas vraiment l'atmosphère.

Pescatore avait passé des heures à lire et écouter des comptes rendus sur le général. Malgré les efforts combinés de plusieurs services d'espionnage, on n'avait pu lui fournir que très peu de photos, toutes plus anciennes que le cliché pris en Bolivie six ans plus tôt. Ali avait désormais cinquante-trois ans. Sa chemise de soie grise sans col dévoilait des épaules et une nuque puissantes. Légèrement bedonnant, barbe grise bien taillée, il commençait à se dégarnir. Ses lèvres minces étaient soulignées par les rides irrégulières qui partaient des ailes de son nez. Il portait une montre de marque. Quand il fixait quelqu'un, il baissait le menton, levait les yeux et inclinait la tête sur le côté – avec la concentration d'un joueur d'échecs de classe internationale dont l'échiquier serait couvert de cadavres et de liasses de billets. Un général gangster dans toute sa splendeur.

Pour une fois, Raymond restait silencieux. Un des gardes leur servit du thé avant de ressortir.

— Vous êtes très jeune.

On sentait de la défiance dans sa voix. Le général Ali semblait surpris et un peu déçu. Pescatore ne se laissa pas démonter. Les gens se trompaient souvent sur son âge. Le général avait commencé par une critique pour le tester. Il réagit comme si c'était un compliment.

— Merci, monsieur. En réalité, je n'ai qu'un an de moins que Raymond.

— C'est vrai, confirma ce dernier. Il a toujours su se débrouiller. Vous auriez dû le voir aujourd'hui, quand on a eu notre petit problème près du temple.

Raymond raconta l'attentat et la bagarre, exhibant son œil au beurre noir. Le général Ali secoua la tête avec une indulgence paternelle. Pescatore se souvint qu'il avait quatre filles. Raymond n'était pas seulement son protégé et son partenaire ; il le considérait comme un fils, effronté, charismatique et gâté.

Raymond vantait toujours le courage de Pescatore, qui avait eu le dessus sur un adversaire bien plus costaud que lui.

— C'est normal, j'ai fait pas mal de boxe. Et un peu de lutte, aussi.

Cette fois, le sourire du général dura un peu plus longtemps. Il lui confia avoir été un champion de lutte dans l'armée, des années plus tôt. Pescatore le savait déjà – il avait sciemment abordé le sujet. À vrai dire, son expérience en la matière se limitait aux cours de sport du lycée.

— Vous voyez, là, et là ?

Le général porta la main à son nez, plat et légèrement cassé, ainsi qu'à son oreille droite déformée.

— Ce n'est pas un sport de fillettes.

Raymond gloussa. Le général interrogea ensuite Pescatore sur ses origines et sa famille. Ce dernier répondit avec sincérité. Il n'était pas à proprement parler sous couverture ; il devait simplement incarner une autre version de lui-même.

Le général baissa le menton, leva les yeux, inclina la tête.

— Je suis curieux de savoir ce que vous faites ici, ce qui vous motive. Êtes-vous devenu l'un des nôtres ? Croyez-vous qu'il n'existe d'autre dieu qu'Allah, et que Mohammed est son prophète ?

— Non, monsieur, ça non. Avant, j'étais catholique, mais j'ai été dégoûté de la religion par les prêtres et tout le reste.

— Quel est votre avis sur la république islamique d'Iran ?

— Je n'ai pas vraiment d'opinion, monsieur. Je préfère me montrer honnête avec vous : ma seule motivation, c'est l'argent. J'aime faire des affaires.

— C'est tout ?

— Il y a autre chose, concéda Pescatore avec une pointe de rancœur dans la voix. J'en veux à mort au gouvernement américain. Ils se sont foutus de moi. Je ne les supporte plus. Il est temps qu'ils reçoivent la monnaie de leur pièce.

Ali hocha la tête.

— Vous avez travaillé longtemps sur la frontière ?

— Six ans.

En réalité, c'était plutôt cinq. Il s'en voulut d'avoir exagéré : ce genre de détails était facile à vérifier. Il but une gorgée de thé. La sueur perlait sur sa nuque et au-dessus de sa lèvre. Il régnait une chaleur étouffante dans la pièce, et la fumée de cigare n'arrangeait pas les choses. Il décrivit sa carrière à la Frontalière, dressant le portrait d'un agent aigri qui avait l'impression d'avoir été utilisé, puis abandonné. Une distorsion des faits basée sur un fond de vérité.

— J'ai fait des TDY – des missions temporaires – en Californie, au Texas et dans l'Arizona. Comme j'ai enquêté sur les trafiquants, je connais les réseaux qui font passer les clandestins. J'ai des sources dans les forces de l'ordre mexicaines et les cartels – comme vous le savez sans doute, les deux se mélangent souvent.

— *Los narcos mexicanos son los más fuertes*, répondit Ali.

Il parlait plutôt bien espagnol, avec un accent caribéen.

— *Afirmativo, mi general.*

Pescatore vit Raymond acquiescer d'un air approbateur. Son ami agitait la jambe sans arrêt, ce qui le rendait encore plus nerveux.

— Nous avons quelques difficultés à opérer au Mexique, avoua l'Iranien. À cause des services secrets. Ils sont très agressifs.

— Oui, monsieur. Ça ne me surprend pas. Autant prendre l'avion directement pour Miami. Les agents américains sont postés dans les aéroports aux côtés des Mexicains. Ils passent au crible les listes de passagers. Le CISEN, le service de renseignement mexicain, est plutôt coriace. En collaboration avec les Américains, il traque les EIP, ou Étrangers d'intérêt particulier. Ce sont des ressortissants de pays à forte présence terroriste, ou de ceux dont les services secrets se montrent hostiles. Vous, monsieur, en feriez partie. Vous êtes aussi un AQM : Autre que Mexicain.

Les Mexicains autorisent la CIA à interroger les EIP, soit en personne, soit par vidéoconférence.

Il multipliait les acronymes dans le but de paraître professionnel, mais aussi pour masquer sa nervosité. Le militaire prit le temps de digérer tous ces termes et de les consigner mentalement avant de lui faire signe de continuer.

— En résumé, général, les Mexicains, qu'ils soient flics ou narcos, connaissent la mentalité américaine. Ce qui leur importe, c'est de préserver un contexte commercial favorable. Alors ils offrent leur aide à leur puissant voisin pour tout ce qui a trait au terrorisme islamiste. Si les narcos massacrent soixante-dix migrants d'Amérique centrale, tout le monde s'en tape. Mais si un Pakistanais lié à Al-Qaïda franchit la frontière à Tijuana et bute cinq Américains dans le centre commercial d'Horton Plaza à San Diego, là, ils sont dans la merde.

— Ce serait un désastre, expliqua Raymond. Un scandale politique.

— Ça entraînerait la création de comités au Congrès, un emballement médiatique, un écrémage dans les hautes sphères. Le commerce et les relations entre Mexique et États-Unis en pâtiraient.

— *Un tremendo lío*, conclut le général en dégainant son meilleur argot.

— *Exactamente, mi general*. Comme il y a quelques années, quand vos hommes ont essayé de recruter le cartel des Zetas pour tuer l'ambassadeur saoudien à Washington. Grosse erreur. L'opération était vouée à l'échec. Votre contact chez les Zetas a couru voir la DEA tellement vite qu'il a failli se casser une jambe. Qu'est-ce qu'un cartel de drogue mexicain qui brasse des millions de dollars chaque jour viendrait foutre dans un attentat terroriste islamiste ? Pourquoi les Zetas prendraient-ils le risque d'attirer l'attention de l'armée américaine ? C'est dingue. Je suis même étonné que la force Al-Qods ait manqué à ce point de jugement.

Il craignait d'être allé trop loin, mais sa fausse candeur fut récompensée. Le général secoua son cigare d'un geste agacé, créant un nuage de fumée.

— Oui, c'était du travail d'amateur. Mon groupe évolue à un tout autre niveau.

— Je l'espère, répliqua Pescatore, à fond dans son rôle de professionnel endurci. Le plus important, c'est d'effacer vos traces. Il vous faut un intermédiaire qui ne vienne pas du Proche-Orient. Un Américain hispanophone comme moi, qui se chargerait du recrutement, des pots-de-vin et de tous les détails pratiques.

— Quel est le meilleur moyen de faire passer une équipe aux États-Unis ?

Le général Ali se pencha en avant, les mains à plat sur la table de chêne. Pescatore prit son temps, but un peu de thé.

— Eh bien, je n'ai pas trop envie de me couper l'herbe sous le pied, monsieur. Mais le mieux serait qu'ils entrent en toute légalité par un aéroport, avec des passeports en bonne et due forme délivrés par un pays qui obtient facilement des visas. L'Europe, ou l'Australie, par exemple.

Ali semblait apprécier sa rigueur.

— Et par la frontière mexicaine ?

— Dans ce cas, tout dépend de l'équipe. S'ils sont latinos, ce sera plus facile.

— Et s'ils ne le sont pas ? intervint Raymond.

— D'une façon ou d'une autre, ils devront avoir des passeports latino-américains. Ils pourraient prendre un vol pour l'Amérique centrale, éventuellement depuis l'Équateur ou le Venezuela, qui ont des frontières ouvertes et sont plutôt bien disposés envers vous. Et si vos hommes préfèrent passer clandestinement du Guatemala au Mexique, on peut leur trouver des coyotes sous protection de la police mexicaine, des types spécialisés dans les clients indiens ou chinois prêts à payer cinquante mille dollars par tête. C'est pour ça qu'ils ne se font pas dépouiller, violer ou kidnapper comme les migrants d'Amérique centrale. Les Mexicains penseront que ce sont des clandestins VIP, pas des terroristes.

— Vous connaissez des passeurs ?

— Oui, monsieur. Pour franchir la frontière, on a le choix entre deux solutions. Les ports d'entrée officiels sont la plus simple, à condition de connaître quelqu'un. On soudoie un inspecteur de la douane, et il se contente de laisser passer une voiture sans la contrôler. Le seul problème, c'est qu'il y a toujours des yeux et des oreilles qui traînent. L'autre possibilité, c'est le désert ou les montagnes. C'est plus long, plus physique, plus dangereux. Des alliés au sein de la Frontalière pourraient nous être utiles.

— Bien.

Ali posa son cigare.

— Que faisiez-vous en Argentine ?

Cette question prit Pescatore de court. Jusque-là, la conversation s'était déroulée comme il l'avait imaginé. Mais Raymond l'avait prévenu. Ali était un *cabrón*. Il changeait de sujet comme un procureur. Embrouillait le cerveau de son interlocuteur. Mieux valait rester sur le qui-vive. Pescatore essuya la sueur de sa lèvre supérieure.

— En Argentine ?

— Oui.

Le regard d'Ali était braqué sur lui comme un rayon laser ; son sourire avait disparu.

C'était l'un des points faibles de l'histoire qu'ils avaient inventée. A priori, les Iraniens ignoraient qu'il bossait pour Facundo. Dans le cas contraire, ça poserait problème. S'ils découvraient qu'il avait été arrêté par la police argentine après les attentats, cela risquait de leur mettre la puce à l'oreille. Raymond et lui pourraient bien y laisser leur peau.

— Officiellement, j'y suis allé pour rendre visite à des amis et travailler comme garde du corps. Officieusement – il décocha à son interlocuteur un sourire digne de Raymond – c'était surtout pour faire des affaires. Dans le trafic de drogue.

— Ah oui ?

Du coin de l'œil, Pescatore remarqua que la jambe de son ami s'agitait de plus en plus vite. Il ne se rappelait pas l'avoir déjà vu aussi stressé.

— C'était mon intention. Mais pour être honnête, j'ai été un peu fainéant. J'ai profité de la ville, fait la fête. Jusqu'à ce que je tombe sur Raymond et qu'il me parle de ce projet.

— Avez-vous été en contact avec l'ambassade américaine à Buenos Aires ?

Encore un terrain glissant. Pescatore se demanda si quelqu'un l'avait aperçu en compagnie de Furukawa. Il n'avait pas le choix : il devait avoir confiance en Raymond.

— J'y suis allé pour faire renouveler mon passeport. C'est tout.

Il avait l'impression que le regard d'Ali lui disséquait le crâne. Il aurait donné n'importe quoi pour que quelqu'un monte la clim ou ouvre la fenêtre.

— On devrait peut-être discuter des objectifs, non ? intervint Raymond.

La conversation s'orienta vers les différents scénarios envisageables. C'était un vrai champ de mines.

Pescatore voulait prouver qu'il s'y connaissait sans donner d'indications concrètes. Ses référents américains lui avaient signalé les zones au sujet desquelles, à leur connaissance, la force Al-Qods et le Hezbollah s'étaient déjà renseignés. Ali et Raymond évoquèrent plusieurs cibles juives à Los Angeles.

Pescatore décida d'insister sur les obstacles afin de se rendre indispensable.

— N'oubliez pas que vous devrez d'abord arriver jusqu'à L.A. Il y a des postes de contrôle de la Frontalière sur l'autoroute. C'est comme une deuxième frontière.

Le général Ali se racla la gorge.

— J'ai vu à la télévision des images de longues files d'attente à la douane. Des tas de voitures et de camions. C'est une possibilité intéressante. Un environnement, comment dire, riche en cibles potentielles.

— C'est ce que je te disais, Valentino, renchérit Raymond. Il faut frapper un poste-frontière. Symboliquement, l'attentat engloberait les États-Unis et le Mexique, le pouvoir et le commerce. Une bonne partie des transfrontaliers sont des citoyens américains, n'est-ce pas ?

— Tout à fait. Ou des détenteurs de cartes vertes, des résidents permanents.

— Les trafiquants de drogue ont déjà ouvert le feu sur la frontière par le passé ?

— Oui. En Arizona, en représailles après une grosse saisie. Un homme caché dans les collines côté mexicain a mitraillé le port d'entrée.

— Vous imaginez, Ali ? Une attaque de snipers bien organisée visant les embouteillages de la frontière ? Ou des tireurs rapprochés, combinés avec un camion piégé ? Pourquoi pas à San Diego et El Paso en simultané ? Ce serait spectaculaire.

Le général haussa ses sourcils noirs. Malgré la chaleur, son front restait sec.

— Qu'en pensez-vous, Valentino ?

— Ça causerait pas mal de dégâts, c'est sûr, si…

— En plus, ça règle notre problème : pas besoin de faire entrer une équipe aux États-Unis, continua Raymond, tout excité. La vraie frontière se trouve à environ deux cents mètres au sud du port d'entrée, donc techniquement, on frapperait sur le sol américain. Pas vrai, Valentino ?

Du calme, mon frère, bon sang !

— En effet, répondit-il d'une voix grave. Dans tous les scénarios que tu viens d'évoquer, le seul souci concernerait la sécurité de nos hommes au Mexique. Les services secrets américains sont très présents au sud de la frontière : ils recrutent des sources, interceptent des communications. Plus notre opération sera de grande envergure, plus il y a de chances que les flics ou les trafiquants mexicains en entendent parler. La mafia a des *halcones*, des guetteurs, un peu partout – dans les hôtels, les stations-service… Ils installent même leur propres checkpoints sur l'autoroute.

Le général hocha la tête.

— Remarquable.

— Avec moi, vous aurez plus de chances d'y arriver.

Ali l'interrogea ensuite sur les ports d'entrée, le fonctionnement interne des services de douanes et des groupes de trafiquants, les différents pays d'Amérique du Sud et d'Amérique centrale. Pescatore se contenta de réponses succinctes. Il commençait à s'inquiéter : on n'en était clairement plus au stade de la simple consultation. Il se demanda si une équipe était déjà prête, si le général avait d'autres informateurs. Ils seraient peut-être en mesure d'appuyer sur le détonateur plus vite que Pescatore ne l'aurait cru. Ali se tourna vers Raymond et continua en arabe, une langue que ce dernier maîtrisait mieux que le farsi. Pescatore écouta en silence, les mains sur la boucle de sa ceinture. Il sentait monter l'irritation. Raymond avait beau être un type dangereux, ce n'était finalement qu'un petit arnaqueur, un pion de moyenne envergure. Ses compétences, ses centres d'intérêt et ses ressources, il les devait entièrement à Ali. Ce dernier l'avait transformé en machine à tuer. C'était lui le marionnettiste.

Si tu étais un homme, se dit Pescatore, *tu te jetterais sur le bureau et tu buterais ce connard, tu lui briserais le cou, tu l'étranglerais. Ancien lutteur ou pas, tu aurais le dessus. Pense à toutes les vies que tu sauverais... Ce serait rendre service à l'humanité. Une victoire comme celle-là vaut la peine d'y laisser sa vie. Mais comment réagirait Raymond ? Est-ce qu'il te filerait un coup de main ? Ou est-ce qu'il défendrait Ali ? Tu es probablement le seul pour qui il serait prêt à risquer sa peau.*

En sueur, tremblant de haine et de peur, Pescatore imagina la séquence violente qui s'ensuivrait. C'était une possibilité si tangible qu'elle lui donnait le vertige. Même si Raymond jouait le jeu, et même s'ils parvenaient à tuer Ali rapidement et sans bruit, il y avait une dizaine d'hommes armés sur la propriété. Supposons qu'ils réussissent miraculeusement à désarmer les gardes postés derrière la porte. Deux de moins. À ce moment-là, l'alerte serait forcément donnée : ils ne pourraient plus compter sur l'élément de surprise. Et Raymond n'avait pas signé pour une mission suicide.

Pescatore secoua la tête.

Reprends-toi. Ce n'est pas comme ça que ça fonctionne dans le monde réel. Tu n'es pas dans un film de série Z. Les martyrs sont soit très courageux, soit complètement stupides. Tu n'es ni l'un, ni l'autre. Alors contente-toi de suivre le plan.

— Oui ? demanda le général en le regardant fixement.

Pescatore réalisa avec effroi qu'il donnait l'impression de vouloir prendre la parole.

— Pardon, monsieur, je réfléchissais. Rien d'important.

— Vous ne m'avez pas encore parlé d'argent, remarqua le général en tirant une longue bouffée de son cigare.

— Non, monsieur.

Pescatore soutint le regard de l'Iranien jusqu'à lui arracher un sourire.

— Eh bien, parlons-en. Quel serait votre prix ?

— Très honnêtement, cela dépendra de ce que vous me demanderez.

Il essaya de prendre un air sérieux teinté d'une pointe d'avidité.

— Vous vous attaquez à la cible la plus énorme et la plus difficile qui soit. Il vous faut un service irréprochable. C'est ce que je me propose de vous offrir. Si je bosse pour vous sur le terrain, en me chargeant des missions de reconnaissance, du recrutement des passeurs etc., je cours pas mal de risques. Ça ira chercher dans les deux cent cinquante mille dollars. Si je suis juste consultant, disons cent cinquante mille. Sans compter le voyage et les frais.

— C'est cher.

— Oui, monsieur. Mais je crois que je les vaux. Et vous ne regretterez pas votre investissement.

Ali acquiesça. Sa posture indiquait que l'entretien touchait à sa fin.

— Je suis ravi de voir que les deux personnes que j'estime le plus sont désormais amies, et alliées, déclara Raymond. Ensemble, nous allons accomplir de grandes choses.

— Vous êtes jeune, mais intelligent et fort, lança Ali à Pescatore avec un grand sourire. Je pense que nous nous reverrons.

— De la part d'un combattant aussi expérimenté que vous, c'est un honneur, monsieur. Je m'en réjouis d'avance.

Le général leva l'index.

— N'oubliez pas que cet honneur implique certaines responsabilités. Raymond vous considère comme son frère. Ce qui signifie que vous êtes également le mien.

La main sur le cœur, Pescatore baissa les yeux pendant que l'autre continuait :

— Deux choses : discrétion absolue, et réactivité. Nous vous contacterons bientôt. Tenez-vous prêt.

— Je le suis, monsieur.

L'Iranien fouilla dans un tiroir de son bureau et en sortit une enveloppe qu'il tendit à Pescatore. Elle était remplie de dollars américains. *Un pourboire pour son nouvel homme de main.*

— En gage de gratitude, expliqua Ali.

Ils se levèrent. Le général jeta un coup d'œil à l'un des téléphones posés devant lui. *Dernière chance. C'est le moment. Dis-lui où il peut se le foutre, son argent. Frappe-le à la gorge pour qu'il la ferme, et bute-le.* Mais il murmura un « merci » en glissant l'enveloppe dans sa poche.

— Nous rencontrerons sans doute des problèmes, mais l'argent n'en est pas un, conclut Ali.

— Tant mieux. Le plus souvent, ça n'en est un que pour ceux qui n'en ont pas.

Le général laissa échapper un petit rire. Il serra la main de Pescatore, toujours en lui étreignant le bras. Puis il s'adressa en arabe à Raymond. Ils le laissèrent, passant devant les sentinelles, et redescendirent l'escalier. Raymond tenait Pescatore par l'épaule.

— Super, super, super, super ! exulta-t-il.

Il ne restait plus la moindre zone d'ombre sous la véranda. Pescatore avait du mal à tenir sur ses jambes.

— Tu trouves ? s'étonna-t-il. Il n'a pas vraiment parlé de suite concrète.

— Le but était de voir si le feeling passait entre vous, *che*. Il fallait que tu fasses bonne impression. Et tu as réussi. Après, c'est à moi de m'occuper des détails. Le plus important, c'est que tu as assuré. Ça va aller très vite maintenant.

— Tant mieux.

— Tout le monde devra être prêt.

Raymond haussa les sourcils d'un air de conspirateur.

Pescatore remarqua un Nissan Pathfinder vert garé dans l'allée. Ahmed, le garde à l'allure de Bee Gees qui avait joué au foot avec eux, se tenait à côté, son fusil à la main. Il échangea quelques mots avec Raymond. La main toujours sur l'épaule de son ami, celui-ci se tourna de façon à se retrouver dos à la maison.

— Bon, écoute, mec, changement de programme. Ali veut que je reste. Il a des choses à voir avec moi concernant notre projet et d'autres affaires. Je dois participer à une réunion ce soir. Après ça, il quittera la ville et j'aurai fini.

— Je ne comprends pas. On a déjà fini. Tu es censé me reconduire à la frontière.

— Je sais, mais…

— Tu as dit que je serais en Jordanie en un rien de temps.

— Désolé, c'est lui le chef. Il décide de mon emploi du temps.

La voix de Raymond s'était faite insistante, enjôleuse.

— Ahmed va te ramener à Mustapha, qui te déposera à l'hôtel. Détends-toi, mange un truc, regarde la télé. Je rentrerai tard dans la soirée. Ou demain matin. Mais promis, d'ici vingt-quatre heures on sera partis.

— Ça ne me plaît pas.

Pescatore jeta un coup d'œil par-dessus son épaule. Deux nouveaux gardes étaient apparus autour du 4x4. Les autres attendaient près du portail. Ahmed lui adressa un grand sourire télégénique. Quand il se retourna vers Raymond, celui-ci souriait aussi.

Une sensation de froid envahit la poitrine de Pescatore. *Bordel. Tu m'as eu. Je ne pensais pas que tu franchirais cette limite. Le scorpion a encore frappé.*

— Allez, mec, tout le monde nous attend, murmura Raymond. Ça commence à avoir l'air louche.

Pescatore s'essuya le front sur sa manche et tenta de se dérider. Il prit Raymond par l'épaule pour qu'ils ressemblent à deux amis échangeant une confidence avant de se séparer.

— Tu sais, déclara-t-il d'un ton léger, je crois vraiment qu'on devrait suivre le plan. Rentrer ensemble à l'hôtel, maintenant, et quitter le pays comme prévu.

— Impossible. Si le boss me dit de sauter, je saute. Ne t'inquiète pas. Ça ne change pas grand-chose.

Pescatore expira lentement. Ses soupçons se confirmaient : le général avait flairé l'embrouille et demandé à Raymond de se débarrasser de lui. À moins que son ami ait décidé de jouer les agents triples et de tout révéler. Cette histoire d'entretien n'était qu'une mascarade destinée à attirer Pescatore dans leurs filets pour ajouter un scalp américain à leur collection. Il imaginait déjà la vidéo de décapitation faisant suite à une séance de torture, lors de laquelle il dénoncerait les maîtres espions américains qui avaient osé s'attaquer au général Ali. Pescatore maudit le jour où il avait eu la bêtise de se croire plus malin que Raymond. Il allait le payer très cher.

Il murmura :

— J'ai un mauvais pressentiment.

Pour tromper l'assistance, Raymond fit mine d'éclater de rire, les épaules et la tête agitées de soubresauts.

— C'est ridicule, marmonna-t-il enfin, les dents serrées. On est ensemble dans cette galère. J'ai toujours été franc avec toi. Je sais que tu as du cran. Ne te dégonfle pas maintenant.

Pescatore plissa les yeux face aux rayons du soleil. Il commençait à douter de ses doutes. S'ils avaient voulu le tuer, ils l'auraient déjà fait. Cette maison contenait certainement des pièces réservées aux interrogatoires et aux liquidations. Pourquoi l'emmener ailleurs ? Et puis, si Raymond était en train de l'embobiner, il était persuadé qu'il pourrait le lire dans ses yeux. Or ce n'était pas le cas. Aussi idiot que ça puisse paraître, son instinct ne l'avait encore jamais trompé.

Pourtant… Même si, comme le prétendait Raymond, il ne courait aucun danger, ça ne changeait rien au fond du problème. Il était impératif qu'ils s'en tiennent au programme initial et repartent ensemble. Pescatore devait le lui faire comprendre de façon détournée.

Il avait conscience de tous les regards fixés sur lui. Le général Ali en personne les observait peut-être depuis son bureau. Pour gagner du temps, il fit mine de chahuter, esquiva, envoya un petit coup dans l'abdomen de Raymond tout en parlant à mi-voix.

— Je sais tout ça, mec, mais je t'assure que je me sentirais bien mieux si tu m'accompagnais.

Raymond prit une posture défensive à la Mohamed Ali, les points devant le visage, les coudes le long du corps et dit :

— Fais-moi confiance, *cuate*.

Pescatore ne savait pas trop qui il essayait de sauver. Il ne pouvait pas insister davantage. Il serra Raymond contre lui et lui donna deux tapes dans le dos.

— À bientôt, lança-t-il. *Cuate*.

Raymond inclina la tête comme s'il envisageait le problème sous un nouvel angle et le fixa longuement, les yeux brillants.

Pescatore s'assit dans le Pathfinder, ses vêtements trempés de sueur collant au siège. Ahmed prit place à côté de lui et deux hommes armés à l'avant. Un mot arabe revint à l'esprit du jeune homme : *mektoub*. C'est écrit.

Pendant le trajet, nonchalamment appuyé contre la fenêtre, il observa son escorte du coin de l'œil. Ses muscles étaient noués. Le 4x4 s'arrêta bientôt près du Suburban blanc de Mustapha, garé à l'ombre d'un échangeur d'autoroute au milieu d'un cimetière automobile. Des chiens errants fouillaient dans les ordures d'un terrain vague.

Ahmed rendit son Beretta à Pescatore avec un grand sourire. Ce dernier sourit en retour, la main sur le cœur.

Il avait les jambes douloureuses à force de tension accumulée. Il claqua la portière derrière lui. *On dirait que finalement, Raymond disait vrai. Trop tard.*

Mustapha le salua et lui tendit son iPhone, l'arme dont il avait le plus besoin en cet instant. Il demanda au chauffeur de le reconduire à l'hôtel. En chemin, il tapa un message d'une main rendue glissante par la sueur.

C'était un e-mail de quatre mots : *Adam Raised a Cain* – «Adam engendra Caïn », ou « Adam piqua une crise », selon les traductions. Le titre d'un vieux tube de Springsteen qu'ils avaient choisi comme code.

La réponse ne se fit pas attendre.

« Merci de confirmer votre demande de chanson : *Adam Raised a Cain.* »

« Affirmatif. J'ai très envie de l'entendre. »

Le Suburban approchait du centre-ville. Il vit des tours. Il vit des ponts jetés au-dessus du Tigre, plaque de métal chauffée à blanc. Il ne repéra aucune filature. Pourtant, il se savait surveillé de très près depuis son départ d'Amman. Par des agents sous commandement américain assistés du MI6, de la DGSE française, du Mossad et des moukhabarat jordaniens. Ils l'avaient équipé de deux balises GPS. L'une était incrustée dans la boucle de sa ceinture. Il avait dissimulé l'autre dans les hautes herbes entourant la planque d'Ali lorsqu'il était allé récupérer le ballon de foot.

— Poste de contrôle, lança Mustapha d'une voix mal assurée.

Deux pick-up remplis de soldats irakiens bloquaient la rue devant eux. Pescatore comprit la raison de l'inquiétude du chauffeur. Il s'agissait visiblement d'une opération spéciale. Les militaires en uniformes de commandos semblaient farouchement déterminés. Ils entourèrent la voiture et braquèrent leurs fusils sous le nez de Mustapha, qui répondit en balbutiant. Les soldats firent sortir Pescatore. Il n'opposa aucune résistance quand ils l'embarquèrent en le poussant par les épaules et le bas du dos. Il se mit à trottiner au même rythme qu'eux.

Ce n'est qu'en voyant les Américains qu'il sut qu'il était sauvé. Le duo se composait d'un Noir musclé d'une quarantaine d'années et d'un Blanc plus jeune à la carrure de garçon de ferme et aux cheveux touffus. Ils se présentèrent : Malone et Stockton. Tous deux portaient des pantalons de treillis, des gilets pare-balles, des oreillettes, des lunettes de soleil couvrantes et des pistolets. Ils se dirigèrent vers une camionnette blindée aux vitres teintées. Au moment où Malone s'apprêtait à claquer la portière, un soldat irakien passa la main par l'embrasure pour lui remettre un document. C'était le passeport de Pescatore, repris à Mustapha sous la menace d'une arme.

— Tout est bon ? s'enquit Malone.

— Tout est bon.

— Où se trouve l'autre client ?

— Il n'a pas pu venir. Ça ne change rien au plan.

— Bien reçu.

Lors des réunions à Madrid, ils avaient vite écarté le plan initial de Raymond pour piéger le général Ali. L'Américain n'était pas assez fiable, et l'Iranien trop insaisissable. Rien ne garantissait qu'il accepte de se mettre en danger pour superviser son opération. Même s'il se rapprochait de la zone visée, il pourrait très bien rester à l'abri, hors de portée, au Venezuela ou à Cuba.

En même temps, il fallait se rendre à l'évidence : le général représentait une menace bien réelle. Des agences de renseignement indépendantes avaient confirmé les dires de Raymond quant à ses intentions de frapper les États-Unis. D'après leurs sources, il réfléchissait à plusieurs plans parallèles et bénéficiait d'une autonomie inquiétante. Il fallait l'arrêter. Pour les Israéliens qui le traquaient depuis des années, c'était une occasion en or. Français et Britanniques étaient d'accord. Les espions avaient donc pris le relais, tout en laissant à Isabel le soin de gérer Pescatore. Il s'avéra que le général Ali était monté en grade : il figurait désormais sur la liste des « terroristes à abattre ».

L'ambassade américaine à Bagdad était la plus grande du monde. C'était une véritable forteresse qui incluait des logements, des magasins, des lieux de détente et même des noms de rues. Malone et Stockton le guidèrent jusqu'aux ascenseurs, franchirent des couloirs, des sas sécurisés. Partout, de grands panneaux rappelaient l'importance de la confidentialité et des mesures de sécurité. Ils arrivèrent enfin à destination : une salle de conférence avec vue sur la ville baignée dans la brume de fin d'après-midi.

Tous trois prirent place à une table où étaient posés des gobelets et une grande bouteille d'eau. Pescatore but comme s'il venait de traverser le désert. Alors qu'ils se rafraîchissaient sans mot dire, il y eut une explosion au loin. Ils ressentirent sa vibration sourde jusque dans leurs os.

Pescatore ferma les yeux.

— Salut, lança Malone.

— Salut, Hellfire, répondit Stockton.

Pescatore rouvrit les yeux. Les deux hommes se frappaient le poing. Puis Malone tendit le bras vers lui au-dessus de la table. Machinalement, le jeune homme imita leur geste.

En bordure de la ville, une colonne de fumée s'élevait vers le soleil.

Les organisateurs étaient partis du principe que la force Al-Qods ne s'attendrait jamais à une frappe de drone américain à Bagdad. C'était trop délicat sur le plan politique, trop risqué sur le plan diplomatique. Mais le général Ali représentait un cas particulier. Il avait franchi trop de lignes rouges. Washington avait décidé d'envoyer un message. Si les Irakiens et les Iraniens n'appréciaient pas, tant pis pour eux.

Autre élément crucial : Ali faisait confiance à Raymond, et Raymond à Pescatore. Ce dernier ne lui avait rien dit de la vraie mission. On lui avait ordonné de continuer à agir comme s'il préparait le terrain en vue d'une arrestation. Ainsi, il identifierait discrètement la position d'Ali et marquerait la zone de frappe à l'aide d'une balise. Lorsque Raymond et lui auraient quitté les lieux, il lancerait le signal de l'attaque aérienne. Une unité irakienne de confiance se chargerait de les intercepter en route. Une fois à l'ambassade, Raymond apprendrait la vérité. Il aurait alors le choix entre deux options : être extradé d'Irak sous protection américaine, ou rester dans le champ d'action des services secrets qu'il venait de trahir sans vergogne. Il serait toujours temps pour lui de marchander plus tard, dans son pays natal. Isabel Puente estimait qu'il aurait déjà de la chance s'il échappait à la peine de mort. Mais c'était mal le connaître.

Une heure plus tard, la jeune femme arriva du poste de commandement. Malone et Stockton la laissèrent seule avec Pescatore. Elle l'informa que les rapports préliminaires des différentes sources et témoins étaient unanimes : le général Ali était mort. Une équipe de télévision avait filmé son corps au moment où on l'extrayait des décombres. Aucun des occupants de la planque n'avait survécu.

Pescatore lui expliqua qu'il avait préféré tenter le coup tant qu'il en avait l'occasion. Quitte à sacrifier Raymond.

Isabel hocha la tête d'un air compatissant.

— Tu n'avais pas le choix, Valentin. Tu as fait ce qu'il fallait.

— Peut-être. N'empêche que je me sens mal.

Épilogue

MANTECA

Facundo dit que ça lui rappelait une blague. Celle du chasseur d'ours. Il sirota son thé en jetant un regard envieux à l'espresso de Pescatore.

Un type part à la chasse à l'ours, seul dans les bois avec son fusil. Quelqu'un lui tape sur l'épaule. C'est un ours énorme. L'ours lui dit : « Oh oh… qu'est-ce que tu fabriques avec ce fusil ? Ce n'est pas bien, tu sais. » Et pour le punir, il le viole. L'année suivante, à la saison de la chasse à l'ours, le type se pointe à nouveau. Quelqu'un lui tape sur l'épaule : l'ours. Celui-ci s'exclame : « Encore toi ? Je t'avais prévenu. » Et il le viole. À la même époque l'année d'après, la chasse à l'ours commence. Et, bien sûr, le type retourne dans les bois. L'ours lui tape sur l'épaule et dit : « C'est pas pour la chasse que tu viens, pas vrai ? »

Pescatore éclata de rire. Il était heureux d'être à La Biela en ce beau vendredi de septembre. Il était rentré de France quelques jours plus tôt. C'était la première fois qu'il revoyait Facundo depuis trois mois. Son chef semblait en forme. Il avait perdu du poids et repris des couleurs. Sa voix de basse profonde avait même retrouvé un peu de sa verve habituelle.

— Marrant, commenta Pescatore. Même si je ne vois pas trop le rapport avec moi.

— Il y en a un, d'une certaine façon.

Facundo fit une grimace d'excuse.

— Ma métaphore n'était peut-être pas des mieux trouvées. Ce que je voulais dire, c'est que dans certaines situations, on s'acharne quoi qu'il en coûte, aussi violent, dingue et traumatisant que ce soit. Tu saisis ?

— Oui, bien que ça n'aille pas aussi loin qu'avec l'ours.

Facundo gloussa.

— En tout cas, fiston, je suis fier de toi et très impressionné par ce que tu as accompli. Sans parler des points que nous avons marqués auprès de plusieurs agences de renseignement.

— Merci. J'ai réagi de mon mieux.

— C'était comment, la vie parisienne ?

— Pas mal. Je commençais à m'y habituer.

— J'avais peur que tu ne reviennes plus. Au fait, j'ai eu une franche conversation avec un de mes contacts. La police fédérale ne t'en veut plus.

— Bonne nouvelle.

— Comment va ton amie française ?

— Mieux. Les médecins nous ont autorisés à passer une semaine en Bretagne. Elle a repris le travail à mi-temps. Et elle compte me rendre visite bientôt.

— Ça s'annonce plutôt bien, non ?

Pescatore sourit.

— Honnêtement, je n'en sais rien. Je suis américain, elle est française. Sa vie est là-bas. Mais je meurs d'envie de la revoir.

— Et Isabel ?

— On est à nouveau proches. Je suis le premier surpris.

— *Ay*. Si seulement j'avais ton âge et les mêmes problèmes que toi avec les femmes…

— C'est juste une amie.

Puis ils parlèrent boulot. Quand Pescatore aurait repris ses marques, Facundo comptait l'envoyer en mission à l'étranger. À vrai dire, il avait tellement de demandes à l'international qu'il envisageait de monter une succursale à Miami ou Washington. Il avait pensé à Pescatore pour être son représentant aux États-Unis.

— Ce serait génial ! s'exclama ce dernier.

— Ne t'emballe pas. On en reparlera à tête reposée.

Facundo fit signe au serveur de les resservir. Puis il croisa ses grosses mains, arrondit le dos et baissa la voix.

— J'ai longuement discuté avec un *paisano* l'autre jour. La meilleure source dont je dispose sur cette affaire. En particulier en ce qui concerne l'aspect irakien.

— Il y a du nouveau ?

— Les Israéliens et les Américains ont réclamé un rapport détaillé sur les restes retrouvés autour du site d'impact.

Pescatore se remémora les images diffusées aux infos. La maison dévastée. Les corps pulvérisés. La vision floue du général Ali étendu sur un brancard, le visage gonflé et couvert de suie.

— Il n'y avait pas beaucoup de doutes sur la question, mais les analyses ADN ont confirmé que le général Ali était bien parti rejoindre Allah.

— Ils avaient un échantillon auquel comparer les prélèvements ?

— Le Mossad avait liquidé son frère à Istanbul il y a quelques années.

— Ah oui, Raymond m'en a parlé.

D'autres victimes avaient été identifiées : trois soldats iraniens, cinq militants irakiens chiites, trois combattants libanais du Hezbollah. Néanmoins, les choses étaient moins claires en ce qui concernait Raymond Mercer, alias Ramón Verdugo.

— Comment est-ce possible ? s'étonna Pescatore. À l'ambassade, on m'a assuré qu'il avait été vu parmi les cadavres. Et c'est aussi ce que disaient les rumeurs.

— Je sais. Du travail bâclé. Il s'est passé des choses depuis.

Les sourcils broussailleux de Facundo se rejoignirent.

— Il y a quelques semaines, à Dubaï, un homme a retiré dix-sept mille dollars d'un compte en banque associé à Raymond Mercer – le seul qui n'ait pas été gelé. Les caméras de sécurité ont enregistré une image très nette.

Pescatore se balançait sur sa chaise.

— Vous voulez dire que…

— Il est en vie. Le *chorro*.

Pescatore regarda par la fenêtre. Le soleil brillait. La terrasse était bondée. Il prit une grande inspiration.

— C'est une sacrée nouvelle que vous m'annoncez là, Facundo.

— Je sais, fiston.

Le vieil homme pencha son énorme masse au-dessus de la table. Il avait le visage sombre.

— Au fond, c'est comme s'il était mort. Tout le monde le cherche. Et il y a de fortes chances que ça se règle de manière, comment dire, extralégale. Les Iraniens et le Hezbollah le considèrent comme un traître répugnant. Ils veulent en faire un exemple. Les Israéliens aussi, pour d'autres raisons. Et les Français. Sans parler des Américains qui sont également à ses trousses. Le FBI, ainsi que d'autres organismes plus clandestins.

Pescatore acquiesça.

— Ils n'ont pas envie qu'il parle de ce qu'il a fait quand il était indic pour eux. Ni de la manière dont ils ont failli tuer un ressortissant américain lors d'une frappe aérienne en Irak. Même si ça, c'était de ma faute. Ce n'était pas prévu.

— La version officielle reste celle d'une explosion d'arsenal clandestin. De toute façon, en Irak, tout le monde accuse toujours les Américains quand ça pète.

— A-t-on une idée de l'endroit où il se cache ?

— En Afrique ou en Amérique latine. Ne t'inquiète pas, quelqu'un finira bien par le trouver. Il va téléphoner, laisser des traces sur Internet. Un des fils de pute qu'il a baisés va le baiser en retour. Sa sentence de mort a déjà été prononcée. L'exécution ne sera qu'une formalité.

Pescatore avait mis du temps à se pardonner ce qu'il avait fait en Irak. Pour ne pas devenir fou, il avait dû enterrer Raymond et son souvenir sous les gravats. Maintenant, il ne savait plus trop ce qu'il ressentait. De la colère ? De la peur ? Du soulagement ?

Le serveur se matérialisa à côté d'eux, apportant les boissons. Facundo eut la délicatesse de changer de sujet. Il rappela à Pescatore qu'il l'attendait pour le dîner de shabbat. Puis il lui demanda quand Fatima devait venir.

— Fin octobre. Je pensais l'emmener à Punta del Este. Ça devrait être plutôt calme à cette période de l'année, non ?

— Oui. Jusqu'en décembre. Tu sais ce qu'on dit : quand viendra l'Apocalypse, il faudra se réfugier en Uruguay, parce que là-bas tout arrive avec cinquante ans de retard.

Pescatore se figea, la tasse en l'air. Il la reposa. La reprit. But une gorgée.

— Oui, répondit-il. J'ai déjà entendu ça.

Le dîner chez Facundo lui donna la sensation d'être de retour chez lui après une longue absence. Il se coula avec plaisir dans les rituels familiers, plaisanta sur le régime de son chef, lut *Un grillon dans le métro* à David. Il partit de bonne heure, prétextant la fatigue due au décalage horaire.

Réveillé à l'aube, il jeta quelques affaires et son couteau de chasse dans un sac. Il traversa le fleuve en hydroptère pour rejoindre Colonia del Sacramento en Uruguay. C'était une journée ensoleillée et venteuse. Les flots étaient agités, le ferry à moitié vide. À l'arrivée, les passagers furent accueillis par une gourde de maté posée sur un guichet désert. L'inspecteur des douanes uruguayennes arriva quelques minutes plus tard d'un pas lent et digne.

Il régnait un silence de musée sur Colonia, une ville aux petites rues pavées et à l'architecture portugaise du XIXe siècle. Pescatore loua une Chevrolet Vectra et prit la route à vive allure en direction de Montevideo.

Florencia lui avait confié que Raymond adorait la région. Qu'il serait ravi d'y attendre la fin du monde en jouant du piano dans un petit bar près de la plage.

Pescatore avait cherché sur Internet une liste des clubs, restaurants et hôtels proposant des concerts. Il commença par Piriápolis, un complexe élégant et défraîchi plongé dans une somnolence de basse saison. Le vent balayait les planches écaillées de la promenade déserte. Des moutons d'écume se formaient à l'horizon, là où le fleuve se jetait dans l'océan. Les palmiers oscillaient. Quelques habitants se promenaient, leur maté à la main. Des voitures vintage passaient en ronronnant. L'Uruguay était un paradis pour dinosaures automobiles, peuplé de Packard, de Bugatti et de Ford T entretenues avec amour.

Pendant tout le week-end, Pescatore sillonna les environs de Punta del Este, ville vedette de la côte. Bon nombre d'établissements étaient encore fermés.

Le lundi après-midi, il eut de la chance. Il se trouvait près de La Paloma, qui offrait en été une alternative plus paisible au faste et à la foule de Punta del Este. Il demanda à la caissière d'une épicerie où trouver un bon espresso. Elle lui conseilla l'hôtel Viento Dulce, une nouvelle auberge installée au bout d'une étroite péninsule.

Il était le seul client. La longue salle équipée de ventilateurs à pales s'ouvrait sur une terrasse panoramique. Il remarqua un piano dans un coin. Lorsqu'il se renseigna auprès de la serveuse, une jeune femme mince et bronzée aux cheveux décolorés par le soleil, elle lui confirma que le bar employait bien un pianiste. Un Argentin nommé Dino. Un vrai charmeur, avec une sacrée voix. C'était une drôle d'histoire : il avait débarqué quelques semaines plus tôt et convaincu les propriétaires de l'engager. Il ne travaillait pas le lundi. En général, il passait répéter le matin, avant l'ouverture. Elle ignorait où il vivait.

Pescatore erra dans les alentours jusqu'au soir. Il éclusa tous les établissements ouverts, arpenta les rues résidentielles dans la lumière déclinante. Puis il passa une nuit agitée à l'hôtel.

Le lendemain matin, il glissa l'étui de son couteau de chasse dans son dos. Après avoir enfilé une veste en jean, il descendit l'escalier et se dirigea vers la terrasse. Par-dessus le clapotis des vagues, il distinguait des notes de piano. Il prit soin de rester dans l'ombre d'une haie et s'approcha des grandes baies vitrées. Le reflet du soleil sur la vitre l'empêchait de voir à l'intérieur. La porte par où il était sorti la veille était toujours ouverte.

Raymond était assis au piano, dos à la terrasse, avec le mur à sa droite. Il jouait un air de jazz latino que Pescatore avait déjà entendu. Penché sur le clavier, il répétait un passage au rythme syncopé. Il était seul. Dans le bar, il faisait sombre. Les plantes et les tables n'étaient que des ombres. La seule lumière provenait de la terrasse.

Pescatore se rapprocha doucement. Vêtu d'un sweat à capuche, d'un jean et de tongs, Raymond était perdu dans sa musique. Ses cheveux avaient poussé. Pescatore s'arrêta à trois mètres de lui, les bras le long du corps, les genoux légèrement fléchis.

— Dino.

Raymond se retourna, bondit sur ses pieds, heurta le piano et retomba sur son tabouret. Ses cheveux masquaient en partie son visage déformé par la terreur. Voyant que Pescatore bloquait la seule issue, il se ratatina dans son coin.

Pescatore s'avança, le bras droit dans le dos, prêt à dégainer le couteau. Il n'aperçut aucune arme, aucun signe d'agressivité.

— Fils de pute, sanglota Raymond. Sale fils de pute, qu'est-ce que tu comptes faire ? *Por el amor de Dios*.

Sa poitrine se soulevait avec effort. Il écarta ses cheveux de ses yeux injectés de sang. Il avait l'air hagard – pâle, bouffi, les joues mal rasées au-dessus d'un petit bouc.

— Du calme, mec, ordonna Pescatore. Du calme.

Il avait utilisé le même ton rauque et autoritaire que lorsqu'il se retrouvait seul face à des groupes d'étrangers, à l'époque de la Frontalière. Il attendit que l'autre reprenne son souffle.

— Tu m'as foutu une trouille bleue, fit Raymond d'une voix étranglée.

— Ouais.

Ray était adossé contre le mur. Il tremblait.

— Qu'est-ce que tu vas faire ? Qu'est-ce que tu veux ?

— Te parler. On n'a pas eu trop le temps la dernière fois.

Pescatore attrapa une chaise à la table la plus proche. Il la retourna et s'assit à califourchon dessus, la poitrine appuyée contre le dossier. Raymond l'observait comme s'il venait de débarquer d'une soucoupe volante. Il jetait des coups d'œil furtifs vers les ombres, les fenêtres.

— Tu m'as brisé le cœur en Irak, mec, déclara-t-il enfin. On faisait équipe. Je bossais pour toi, j'ai pris des risques. Tu m'as brisé le cœur.

— Trop dommage.

— Tu avais deviné que j'avais payé ces types pour buter ta Française ? C'est pour ça que tu m'as envoyé à la mort ?

Effectivement, Pescatore l'avait compris depuis un moment. Il était envahi par des émotions contradictoires. Il était soulagé que son ami soit vivant. Après tout, c'est lui qui avait trahi Raymond en Irak et non l'inverse. Mais il ne se faisait pas d'illusions. Il savait ce qui allait se passer. C'était d'une clarté absolue, comme si le brouillard venait de se lever une bonne fois pour toutes.

— Tu vois, c'est révélateur, commenta-t-il. Tu prétends que je suis ton meilleur ami, que tu donnerais ta vie pour moi et toutes ces conneries, mais tu ne comprends pas comment je fonctionne. C'est un des problèmes qu'on a à régler, tous les deux.

— Comment m'as-tu retrouvé ?

— Je te connais. Je me suis souvenu d'un truc que quelqu'un m'avait dit, et je n'ai eu aucun mal à relier les points à partir de là.

— Qui ça, « quelqu'un » ?

— Une femme.

Raymond soupira.

— Je ne t'ai encore fait aucun mal, reprit Pescatore. Alors arrête ton cinéma. Explique-moi plutôt ce que tu fous là, encore en vie, en train de jouer du piano.

Raymond se pencha vers l'avant – Pescatore ne quittait pas ses mains des yeux – et ramassa une bouteille de bière. Il en but une gorgée, faisant couler un peu de liquide sur son menton. Il s'essuya.

— En fait, c'est une super histoire.

Sa voix n'était plus qu'un écho, vide d'émotion et d'énergie.

— À ta décharge, c'est vrai que tu as essayé de me convaincre de partir avec toi ce jour-là à Bagdad. J'ai mis un moment à comprendre. Heureusement que tu t'es trahi à la dernière minute.

— Comment ça ?

— Tu m'as appelé *cuate*. Je te surnomme comme ça depuis des années, mais je ne t'avais jamais entendu le dire. Pas une seule fois. Tu étais super nerveux. Au début, j'ai pensé que tu avais peur d'être pris en traître. Et puis tu m'as appelé *cuate*. C'est là que j'ai compris que tu mijotais un truc.

Cuate signifiait « jumeau ». C'était un terme affectueux que les Mexicains employaient entre copains. Pescatore n'avait jamais aimé que Raymond l'utilise. Et plus leur amitié était devenue ambivalente, plus ça l'avait agacé.

— Je ne suis pas aussi doué que toi pour mentir aux gens.

— Moi je crois que tu l'as fait exprès, pour m'envoyer un message.

— Hum.

— Peut-être inconsciemment. Mais c'est ce que je pense.

— Intéressant.

Après le départ de Pescatore, les hommes du général avaient voulu déjeuner. Raymond était tendu. Il se repassait en boucle sa conversation avec son ami. Quand les autres avaient envoyé l'adolescent joufflu qui leur servait de domestique acheter à manger, il s'était inventé une course à faire pour l'accompagner.

— C'était de l'instinct de survie, mec. Il fallait que je me tire de là. J'avais besoin de réfléchir. On était à quelques rues de la maison lorsque le missile a frappé. J'ai eu mal aux oreilles pendant des jours.

Raymond et le gamin étaient retournés sur les lieux. Quelques minutes plus tard, Raymond disparaissait au milieu de la foule. Pour la force Al-Qods, il était un suspect tout désigné. Fuyant les tueurs lancés à ses trousses, il était parti pour Dubaï en passant par la Turquie. Il avait couru le risque de vider son dernier compte bancaire actif et de récupérer un passeport jamais utilisé. Puis il avait pris l'avion pour l'Afrique du Sud, le Brésil et enfin l'Uruguay.

— Vous m'avez bien dépouillé, ajouta Raymond, les yeux baissés vers le piano. Mon fric, mes baraques, mes bagnoles, mes femmes, mes contacts. Ma famille. Je n'ai plus rien.

— Il te reste la musique. C'est plutôt sympa par ici.

— Pas pour longtemps.

— C'est vrai. Il ne m'a fallu que trois jours pour te localiser. Il y a plein de sales types qui te cherchent. C'est à qui te trouvera le premier.

Raymond lui jeta un regard amer.

— Ça te fait marrer ?

— Non.

— J'ai retourné ma veste pour toi, Valentino.

— Pas pour moi. Pour toi-même. Comme d'habitude. Parce que tu n'avais plus d'autre solution.

— J'ai toujours été un ami fidèle. Je t'ai protégé, quoi qu'il m'en coûte.

Pescatore sentit monter une pointe de regret. Il attendit qu'elle passe. Puis il reprit la parole comme s'il s'adressait à un enfant :

— Je t'explique. Disons que tu as un chien. Un chien super agressif. Qui attaque tout le monde, même les gens que tu aimes. Mais qui t'est entièrement dévoué. Tu l'aimes sans doute en retour. Pourtant, tôt ou tard, il faudra que tu trouves une solution.

— Tu me compares à un chien ?

— Tu es futé, talentueux, drôle. J'ai beaucoup appris grâce à toi. Tu as eu une immense influence sur moi, tu fais partie de là d'où je viens. Mais tu es un monstre. Tu crois vraiment que j'ai fait ce que j'ai fait à cause de Fatima ? Comment savais-tu qu'on était ensemble, d'abord ?

— Je te connais, répondit Raymond d'un air moqueur. Mes gars vous ont observés en Bolivie. Rien qu'à la façon dont tu la regardais sur les photos, c'était évident. Je l'ai d'abord prise pour une Américaine. Plus tard, j'ai obtenu des infos à son sujet, je l'ai identifiée et ajoutée à la liste de mes cibles. Après le plantage magistral de nos frères sur les Champs-Élysées, il me fallait des résultats. Et de quoi calmer ma femme. Je m'en voulais, mais je devais éliminer Fatima Belhaj. Alors j'ai cité son nom sur un site Internet et j'ai organisé cette fusillade.

— Ça m'a mis dans une rage folle. Mais ce n'était pas la seule raison. J'attendais que tu fasses preuve d'un minimum de tristesse en pensant à tous ces gens que tu avais tués. En France, à Londres… et à Buenos Aires, bordel. Là d'où sont originaires nos deux familles ! J'ai prié pour que tu aies des remords – en vain. Tu étais juste déçu que la voiture piégée n'ait pas explosé devant l'école. « On aurait facilement atteint les cinq cents victimes », tu m'as dit.

— On en a déjà parlé. J'étais un soldat. J'étais en guerre.

— C'est des conneries. Tu es un nazi. Si on était en 1939, tu signerais sans hésiter pour prendre la direction d'un camp de concentration. Alors ferme-la, laisse-moi parler. En Irak, j'ai dû agir selon tes méthodes. Comploter, trahir. Je ne voulais pas te tuer. Je suis un sentimental. Mais je ne pouvais pas permettre au général de s'en tirer. C'était un monstre encore plus dangereux que toi. Le plus dur, ça a été de faire tout ça dans ton dos. Quitte à appuyer sur la gâchette, j'aurais préféré te regarder en face.

Au fur et à mesure de la conversation, Raymond s'était avachi sur son banc, la tête appuyée contre le mur. Il se redressa soudain. La peur avait allumé deux brasiers dans ses yeux sombres.

— Tu es venu finir le boulot, souffla-t-il.

Monsieur J'en-fais-des-tonnes. Jusqu'au bout, il faut qu'il se croie dans un film.

— Non, sauf si tu m'attaques le premier. Je suis venu te proposer quelque chose.

— Au nom de qui ?

— En mon nom.

Raymond attendit, la tête penchée sur le côté. Pescatore n'avait encore discuté de son idée avec personne ; elle avait pris forme dans son esprit au cours des derniers jours.

— Livre-toi à moi. Je te conduirai à une responsable en qui j'ai confiance chez les fédéraux américains. On fera ça de façon réglo, officielle. Tu avoueras publiquement, par écrit, et tu balanceras tout. Tous tes crimes, dans tous les pays, tous les cerveaux terroristes que tu connais, tous les flics et espions pour qui tu as bossé comme indic et ceux qui t'ont laissé t'en tirer. Un bon gros coup de pied dans la fourmilière.

— Tu crois que je pourrais négocier un accord ?

Les néons s'allumèrent en clignotant au-dessus de leurs têtes. Ils sursautèrent. Un homme de ménage en uniforme apparut près du bar, traînant un seau et une serpillière. Il salua Raymond, qui leva lentement une main.

Pescatore continua un ton plus bas :

— Un marché ? Tu rêves. Mais j'ai des contacts dans les médias.

Il songeait à Leo Méndez de Tijuana et à son réseau très étendu.

— Ils feront pression sur les autorités pour en savoir plus. Ça devrait garantir ta survie. Tu seras jugé quelque part : en Angleterre, en France, aux États-Unis… À mon avis, tu finiras tes jours en prison.

— Et qu'est-ce que j'y gagne, au juste ?

Raymond plissa les yeux. Il avait retrouvé son assurance. Pescatore en éprouva presque de la nostalgie. Ça avait quelque chose de réconfortant. Il résista à une subite envie de se lever et de partir.

— Je n'en reviens pas de devoir te mettre les points sur les *i*. Tu seras vivant, Raymond. Tes fils pourront peut-être te rendre visite. Tu paieras pour ce que tu as fait. Victimes et survivants pourront tourner la page. Ils le méritent.

Raymond repoussa sa tignasse des deux mains. Il posa ses doigts sur ses lèvres, le regard en coin. Le jeune Springsteen échevelé était de retour. Pour finir, il secoua la tête.

— Ça ne me ressemble pas. Merci quand même.

Pescatore n'était pas surpris. Dans la vie, on pouvait espérer, mais il ne fallait jamais s'étonner de rien.

L'adrénaline était retombée. Ils restèrent assis en silence, sans se regarder.

L'employé continuait son ménage. La serpillière couinait, les chaises raclaient le sol.

— Tu chantes quoi, ici ?

— Des standards. Du tango, surtout. Et un peu de jazz.

— La vieille école, c'est toujours une valeur sûre.

— Je fais pas mal d'instrumental aussi. Je ne mise plus tout sur ma voix.

— C'est chouette, Ray.

Au bout d'un moment, Pescatore se leva en disant :

— Bon.

Il s'avança vers la porte qui donnait dans le hall. Une image lui revint à l'esprit : celle du tunnel de Chicago balayé par le vent. Il accéléra le pas.

— Je ne fuirai pas, lança Raymond dans son dos. Je ne bougerai pas d'ici.

— Ça ne devrait plus être long.

La nouvelle parut dans la presse argentine la semaine suivante. Comme les meurtres étaient peu courants sur la côte uruguayenne, cela fit pas mal de bruit. Journalistes et auteurs de gros titres s'en donnèrent à cœur joie autour de *Tirez sur le pianiste*. Deux hommes casqués et armés étaient arrivés à moto un beau matin. Ils s'étaient dirigés tout droit vers le bar. Ils avaient utilisé des silencieux.

La police privilégiait la piste d'un braquage ayant mal tourné. Personne n'y croyait. Le crime était clairement l'œuvre de professionnels. La victime détenait un passeport argentin authentique correspondant à une identité créée de toutes pièces. Les enquêteurs essayaient encore de déterminer qui il était réellement.

Pescatore n'avait parlé à personne, pas même à Facundo, de son entrevue avec Raymond. Il n'avait pas plus d'informations que celles publiées par la presse, ce qui laissait de nombreux détails dans l'ombre. On ignorait par exemple ce que Raymond était en train de faire au moment du meurtre, et où il était tombé.

Mais lorsqu'il se représentait la scène, il voyait Raymond au piano. Jouant la chanson qu'il répétait lorsqu'ils s'étaient vus pour la dernière fois : *Manteca*. Le classique du mambo par Chano Pozo, ce génie de la batterie et adepte de la *santería* qui avait connu sa petite heure de gloire. L'homme indomptable qui dansait seul dans un bar sur sa propre chanson lorsque son passé l'avait rattrapé.

REMERCIEMENTS

Je remercie du fond du cœur tous les membres, hommes et femmes, des forces de l'ordre, des services de renseignement et des services diplomatiques qui au fil des ans ont été pour moi de patients professeurs et des guides attentionnés. Mille mercis également à Asya Muchnik, Liana Levi et leurs équipes. Ainsi qu'à Valeria et Carmen ; Carlo et Sal ; mes parents ; ma famille ici ou à l'étranger. Et à Andy pour ses blagues.

MIXTE
Papier issu de
sources responsables
FSC® C003309

10/18, une marque d'Univers Poche,
est un éditeur qui s'engage pour
la préservation de son environnement
et qui utilise du papier fabriqué à partir
de bois provenant de forêts gérées
de manière responsable.

Imprimé en France par CPI

N° d'impression : 3011873
Dépôt légal : octobre 2015
X06587/01